Conny und die Sache mit dem Hausfrauenporno

Für dich, meine Süße. Möge die Liebe dich finden, wo auch immer du versuchst, dich zu verstecken.

Dorothea Stiller

Conny und die Sache mit dem Hausfrauenporno

*Bibliografische Information der Deutschen Nationalbibliothek:
Die Deutsche Nationalbibliothek verzeichnet diese Publikation in
der Deutschen Nationalbibliografie; detaillierte bibliografische Daten sind im Internet über http://dnb.dnb.de abrufbar.*

© 2015 Dorothea Stiller

Illustration: Stiller, Dorothea

Herstellung und Verlag: BoD − Books on Demand, Norderstedt

ISBN: 978-3-7347-8802-4

Inhaltsverzeichnis

Prolog		Wie Conny aus reiner Notwehr zu schreiben beginnt	7
Kapitel	1	Cornelia Mayer, Autorin	13
Kapitel	2	Modern und zielgruppengerecht	26
Kapitel	3	Die Selbsthilfegruppe	36
Kapitel	4	Die Tücken der Technik	47
Kapitel	5	Ein produktiver kinderloser Arbeitstag	56
Kapitel	6	Die jungen Wilden und esoterische Energieberatung	82
Kapitel	7	Die Nummer mit der Nummer	91
Kapitel	8	Ein Haken ist immer dabei	105
Kapitel	9	Teuflischer Kuchen und traumhafte Dates	119
Kapitel	10	Rotwein und glorreicher Sex mit Wassermännern	131
Kapitel	11	Sandkastenfee und schnauzbärtige Spinne	142
Kapitel	12	„Poff!"	162
Kapitel	13	Prinzen, Drohbriefe und inhaftierte Kaninchen	174
Kapitel	14	Marktschreier und unvorhergesehene Notfälle	195
Kapitel	15	Krankfeiern und Käsekuchen	208
Kapitel	16	Eifersucht und Exfrauen	225
Kapitel	17	Traumprinzen und Tränenströme	243
Kapitel	18	Planänderungen und Beziehungsalarm	257
Kapitel	19	Partydilemma mit Wanderpalme	270
Kapitel	20	Inkognito unter Harcore-Fans	300
Kapitel	21	Neue Freunde, neue Dates und neuer Schrecken	309
Kapitel	22	Nicht verlobt im Morgengrauen	323
Kapitel	23	Zucchinilasagne mit Geständnissen	333
Kapitel	24	Kiez, Cowgirls und Überraschungen	340
Kapitel	25	Frohes Neues Jahr!	363

Prolog
Wie Conny aus reiner Notwehr zu schreiben beginnt

"Was wollen Sie von mir?", zischte sie.

"Das, meine Liebe, ist die falsche Frage." Lord Beaufort war anzumerken, wie sehr er sich in dieser Rolle gefiel.

"Die Frage ist, was Sie wollen, Miss Harvey."

Lynn erschrak, denn er schnellte vor und presste sich gegen sie. Sie taumelte zurück und spürte die Wand kalt und hart in ihrem Rücken und seinen Körper, der sich gegen ihren drängte. Er roch angenehm, nach Gewürzen und Hölzern. Lynn unterdrückte den Impuls, ihre Nase in seinem Kragen zu vergraben. Mit beiden Händen packte Alan Beaufort ihre Schultern. Die automatische Beleuchtung schaltete sich mit einem Klick ab, und Lynn spürte seinen Atem an ihrem Ohr.

"Dieser grüne Junge kann dir unmöglich geben, was du brauchst, Lynn."

Ihr Körper kribbelte von den Zehen bis in die Haarspitzen. Alan Beaufort zog sie an sich und presste seine Lippen auf ihre. Er schmeckte nach Whisky. Sein Oberkörper drängte gegen ihre Brüste und seine Lippen umfassten ihre Unterlippe. Lynn ließ es geschehen. Sie atmete flach und schnell, sog seinen Duft ein. Ohne es zu wollen öffnete sie die Lippen und seine Zunge fand ihre. Beauforts Hände glitten Millimeter um Millimeter an ihren Seiten hinunter, umfassten ihre Hüften und zogen sie gegen seinen Körper.

Lynn bewegte sich kaum. Es ging zu schnell um zu denken. Sie war überrascht von ihrer eigenen Erregung. Wie elektrischer Strom prickelte es in ihrem Nacken. Es gelang ihr nicht, ihre Gedanken zu ordnen.

Warum ließ sie es wie eine Marionette zu, dass dieser Mistkerl sie packte und küsste, als ob es sein Geburtsrecht wäre? Der Gedanke machte sie zornig.

Wo war ihre Selbstachtung? Was glaubte dieser Macho, wer er war? Sie stemmte ihre Hände gegen seine Brust und versuchte, ihn von sich zu schieben.

„Was soll das denn werden?", lachte Beaufort, drückte sich fester an sie und küsste sie abermals. Lynn wusste sich nicht anders zu wehren. Sie grub die Zähne in seine Unterlippe. Alan Beaufort stöhnte auf und ließ für einen Augenblick von ihr ab. Lynn zögerte nicht und stieß ihn weg.

Nur das Dämmerlicht der Straßenlaternen drang durch das Fenster in den Flur. Beaufort verzog das Gesicht und betastete mit der Zungenspitze seine Lippe. Ein Blutstropfen hatte sich gebildet. Alan wischte ihn mit dem Handrücken ab. Lynn versuchte, unter seinem Arm hindurchzutauchen und in ihr Zimmer zu laufen. Doch er kam ihr zuvor. Seine Hand schnellte vor und packte ihr Kinn. Lynn musste sich auf die Zehenspitzen strecken. Ihr Hinterkopf wurde gegen die Wand gedrückt.

„Lass mich dir eine Sache in aller Deutlichkeit erklären, meine Kleine." Obwohl er leise sprach, war die Drohung unüberhörbar. „Ich werde dich haben. Ein Beaufort bettelt nicht. Ich habe Zeit. Du wirst vor mir um Gnade winseln. Ob aus Schmerz oder aus Lust – das bleibt ganz dir überlassen, meine liebe Lynn."

Triumph sprach aus seinem Lächeln. Dann lockerte er den Griff und Lynn sank wieder auf ihre Fußballen.

„Sie sind ein Psycho, Beaufort", fauchte Lynn. „Und jetzt scheren Sie *sich zum Teufel oder ich werde schreien!"*

„Bald", sagte er nur. Sein Blick war Lynn unheimlich, doch sie fühlte sich davon angezogen wie von einem Hypnotiseur. Alan wandte sich um und verschwand im Dunkel des Korridors.

Cornelia nahm die Finger von der Tastatur und lauschte in den Flur. Stille. Nichts regte sich. Die Kinder schliefen. Mit eineinhalb Jahren schlief auch Leni endlich durch. Meistens jedenfalls. Conny speicherte ihr Manuskript, entkorkte eine Rotweinflasche und schenkte sich ein halbes Glas ein. Das Rauchen hatte sie vor über vier Jahren aufgegeben. Da war sie mit Adrian schwanger geworden. Ein Laster brauchte der Mensch, und ein Schlückchen Wein half ihr, sich zu entspannen und den Alltag hinter sich zu lassen. Wer überzeugend Erotik schreiben wollte, musste den Alltagsstress loslassen können. Sie hielt das Glas gegen das Licht, betrachtete die granatrote Färbung und schwenkte es unter ihrer Nase. Ein Duft von Himbeere und Pflaume und etwas, das wie Herbstlaub roch. Conny hatte keine Ahnung von Wein, und bis vor einem Jahr hätte sie auch noch das Zeug aus dem Tetrapack getrunken. Doch seit sie Romane schrieb, versuchte sie, ihre Sinne zu schärfen.

Beim Schreiben beneidete sie die Engländer und Amerikaner. Deutsch konnte hölzern und unflexibel sein. Conny empfand dies besonders dann als Handicap, wenn sie erotische Szenen schreiben musste. Auf Deutsch war es schwer, nicht klischeehaft, medizinisch oder vulgär zu klingen. Trotzdem war sie gut darin.

Warum auch nicht? Als Alleinerziehende über dreißig hatte man seine Libido schließlich nicht zwangsläufig an der Garderobe abgegeben. Inzwischen hatte sie auch einen Arbeitstitel für ihren erotischen Roman: *Lippenbekenntnisse*.

„Mamaaa! Assa!" Lenis Piepsstimme war aus dem Flur zu hören. Sie wollte noch etwas Wasser trinken. Meistens schlief sie danach schnell wieder ein.

„Ich komme, Lenimaus. Leg dich bitte wieder hin."

Conny klappte den Laptop zu, holte Lenis Trinkbecher aus der Küche und ging in ihr Zimmer.

„Bitte, mein Schatz." Conny reichte dem Mädchen den Becher. Die Kleine trank ohne abzusetzen und streckte Conny den leeren Becher wieder entgegen.

„Jetzt leg dich wieder hin und schlaf, kleine Motte." Conny streichelte ihrer Tochter das Köpfchen. Lenis Löckchen waren schweißnass. Als Conny zur Tür gehen wollte, schüttelte Leni vehement den Kopf.

„Mama sälen!"

„Erzählen? Ich habe dir schon eine Gute-Nacht-Geschichte erzählt. Du musst schlafen. Mama geht auch gleich ins Bett."

„Mama...sälen!" Lenis Kinn bebte. Die Mitleidstour zog bei Conny eigentlich immer.

Sie atmete aus und ließ sich in den Sessel neben Lenis Bett fallen. Für heute Nacht würde Lynn Ruhe vor Lord Beauforts Avancen haben. Conny, die Lenkerin ihres Schicksals, hatte anderes zu tun.

Es was ein krasser Sprung von Lord Beaufort und Lynn Harvey zu improvisierten Abenteuer-Erzählungen von Prinzessin Leni und der Sandkastenfee. Dafür hätte ihr der Literaturnobelpreis gebührt, fand Conny.

Prinzessin Leni und die Sandkastenfee hatten sich winzig klein gemacht, um zu schauen, wie es wohl bei den Ameisen zu Hause aussah. Tiefe gleichmäßige Atemzüge verrieten, dass Leni wieder eingeschlafen war. Conny brach die Geschichte ab. Leni lag friedlich, den Popo in die Höhe gereckt und den Kopf seitwärts ins Kopfkissen gekuschelt. Wie Kinder so schlafen konnten, war Conny ein Rätsel. Sie deckte ihre kleine Tochter zu, ohne sie aufzuwecken, schlich aus dem Zimmer und schloss die Tür.

Bevor sie ins Wohnzimmer zurückging, um den Rest Rotwein zu trinken, steckte sie den Kopf durch Adrians Zimmertür. Sie hörte sein leises, friedliches Rüsseln.

Sie durfte nicht darüber nachdenken, dass Adrian schon fast vier war. Gar nicht mehr lange und er würde ein Schulkind sein und Leni würde diesen Sommer zu Adrian in die Kita kommen. Conny fühlte sich alt.

Wahrscheinlich war es besser, sich ein Pseudonym zu überlegen. Eine Mutter, die über Sex schrieb, wäre ein gefundenes Fressen für gehässige Mitschüler. Irgendetwas Englisches. Den Nachnamen ihrer Gastfamilie aus dem Englandaustausch damals vor einem gefühlten Jahrhundert. Cornelia Elliott. Der Klang gefiel ihr nicht. Connie Elliott. Schon eher. Vielleicht noch eine mittlere Initiale, wie sie viele Amerikaner hatten. Sie könnte ihren Zweitnamen nehmen. Louise Elliott. Connie Louise Elliott. Nein, C.L. Elliott. Das war es! Das gefiel ihr und passte zum Genre. Es klang nach dem Lyriker T.S. Eliot, aber das fand Conny nicht schlimm. Im Gegenteil. Es ließ ihre Geschichten anspruchsvoller erscheinen.

Kapitel 1

Cornelia Mayer, Autorin

Conny lächelte und heftete den Verlagsvertrag in einen Aktenordner. Es hatte gedauert, aber heute war er endlich in der Post gewesen. Jetzt war es offiziell. Cornelia Mayer, Autorin. Das hatte was. Streng genommen würde das Buch nicht unter ihrem eigenen Namen erscheinen. Trotzdem war sie stolz. Das hätte sie sich nicht träumen lassen, als sie ihr Manuskript damals verschickt hatte. Schließlich wusste sie, dass man ohne Agentur im Rücken mit einem unverlangten Manuskript keine guten Karten hatte. Sie strich noch einmal über das Papier, bevor sie den Ordner schloss und in das Regal über ihrem Schreibtisch stellte. In den zwei Jahren Elternzeit, die sie sich mit Leni gegönnt hatte, hatte sie tatsächlich einen kompletten Roman geschrieben. Viel erstaunlicher war, dass sie es geschafft hatte, ihn zu überarbeiten, nachdem sie wieder angefangen hatte zu arbeiten.

Es hatte jedenfalls ihre Toleranzschwelle, was den Verwüstungszustand ihrer Wohnung anging, deutlich erhöht. Zum Glück half ihre Mutter ihr mit den Kindern. Denn seit sie das Manuskript in den Händen gehalten hatte, war ein Damm gebrochen. Seitdem konnte sie nicht anders. Sie musste schreiben. Ihr großer Traum war es, davon leben zu können. Doch das würde wohl ein Wunschtraum bleiben. Wer schaffte es schon heutzutage, seinen Lebensunterhalt als Autor zu bestreiten?

Mit ihrer ersten Veröffentlichung war sie ihrem Traum ein klitzekleines Stück näher gekommen. Fremde Menschen würden ihr Buch lesen und hoffentlich auch lieben. Nach den vielen Absagen fühlte sich die Zusage vom Verlag Schwarz & Schimmel in Hamburg wie ein Lottogewinn an.

Bisher funktionierte die Zusammenarbeit mit dem Lektorat wunderbar. Das war eine völlig neue Erfahrung für Conny und machte ihr Spaß. Mit ihrer Lektorin Iris hatte sie Glück. Sie lagen in vielen Dingen auf derselben Wellenlänge, aber Iris hatte einen scharfen Blick dafür, was funktionierte und was nicht. Schwarz & Schimmel war ein mittelgroßer Verlag und der Gründer, Gunther Schwarz, hielt nichts von steilen Hierarchien. Es ging dort familiärer zu als anderswo.

Bald würde Conny ihr Buch in Händen halten und in den Auslagen der Buchläden sehen können. Das war ein erhebendes Gefühl. Sie freute sich darauf, das Cover zu sehen, das Buch durchzublättern, ihre Nase hineinzustecken und den Geruch der Seiten zu genießen. Ihr Buch! Die Vorstellung hatte etwas Sinnliches. Für Conny war sie beinahe so erotisch wie die Abenteuer ihrer Romanheldin Lynn Harvey.

***

Einige Monate später:

„Auf dein erstes Buch!" Kirsten erhob das Glas zum Toast, und die Freundinnen stießen an.

„Jetzt mach endlich auf!" Steffi trommelte auf den Karton mit den Büchern. „Ich bin so gespannt auf das Cover!" Tags zuvor war das Paket mit den Autorenexemplaren angekommen. Es hatte Conny viel Überwindung gekostet, es nicht gleich zu öffnen. Stattdessen hatte sie ein paar Flaschen Crémant gekauft und die Kinder zu ihren Eltern ausquartiert, um das Öffnen des Buchpakets mit ihren drei besten Freundinnen zu feiern.

Steffi war eine Kollegin aus dem Berufskolleg, an dem Conny in Teilzeit Deutsch und Englisch unterrichtete. Sie hatten im gleichen Schuljahr dort angefangen und sich auf Anhieb blendend verstanden. Die Zeit als Neuling im Kollegium hatte sie zusammengeschweißt. Steffi war lieb und verlässlich und nie um Rat verlegen. In einigen Dingen war sie konservativer als Conny – oder spießig, wie Kirsten es gerne nannte.

Kirsten hatte Conny per Zufall auf der Party einer gemeinsamen Bekannten kennengelernt. Sie waren ins Gespräch gekommen, hatten festgestellt, dass sie viele Interessen teilten und nicht weit voneinander wohnten, und der Rest war Geschichte. Die extrovertierte Kirsten arbeitete als Gefäßchirurgin in einer Hamburger Klinik. Sie beherrschte die Kunst des großen Auftritts und sah immer blendend aus. Bisweilen konnte sie deswegen auf Außenstehende unnahbar und arrogant wirken. Conny kannte sie jedoch gut genug, um ihre vielen guten Eigenschaften zu schätzen. Von den dreien stand Kirsten Conny am nächsten. Anja hatte Conny in der Uni bei einem gemeinsamen Schottland-Aufenthalt kennengelernt. Sie hatten beide Anglistik studiert, doch, anstatt wie Conny im Lehramt, war Anja auf Umwegen in der PR gelandet.

Conny nahm das Küchenmesser vom Tisch und begann das Klebeband feierlich langsam aufzuschlitzen, als ob sie eine Hochzeitstorte anschnitt. Dann klappte sie den Karton auf.

„Lass mich auch gucken!" Kirsten drängelte sich zwischen Anja und Conny, um einen Blick in den Karton werfen zu können.

Der Buchrücken war weinrot mit weißer Schrift. Conny schnupperte. Druckfarbe, frischer Papierschnitt.

„Auspacken!", befahl Kirsten. „Los, ich will das Cover sehen!"

Conny zog ein Buch heraus und hielt es mit einer Armeslänge Abstand vor ihr Gesicht. Eine körnige Fotografie in Schwarz-Weiß zeigte Schultern, Rücken, Po und Beine einer Frau, nur zum Teil von ihrem langen Haar und einem halb heruntergeglittenen Morgenmantel aus glänzendem Stoff verdeckt. Geschickte Beleuchtung modellierte den kurvigen Körper.

„Wow!" Conny war begeistert.

„Sehr geil!", stimmte Anja zu.

„Zeig doch mal richtig!" Kirsten versuchte Conny das Buch aus der Hand zu nehmen. „Mach es nicht so spannend."

Conny überließ ihren Freundinnen das Buch und zog noch ein Exemplar aus dem Karton. Sie steckte ihre Nase hinein.

„Das Cover ist toll, Conny. Sexy, aber nicht billig", befand Steffi. „Aber C.L. Elliott? Ist das dein Pseudonym?"

Conny nickte.

„Ich fand es vernünftiger, zunächst unter Pseudonym zu veröffentlichen. Hauptsächlich wegen der Kinder. Aber in der Schule käme es eventuell auch nicht gut an, dass ich Erotik schreibe."

„Deine Schüler sind doch alle über sechzehn. Da sollte das kein Problem sein." Anja nahm sich eine Hand voll Tortilla Chips. „Die könnten es doch selbst lesen."

„Ein Grund mehr, unter Pseudonym zu schreiben", meinte Steffi. „Das ist ja schon sehr intim."

„Eben." Conny war mit Steffi einer Meinung. „Wie war das noch mit dem Vier-Seiten-Modell der Kommunikation? Jede Mitteilung enthält immer auch eine Selbstoffenbarung. Man lässt sich in den Kopf gucken, wenn man schreibt. Und wenn es Erotik ist..."

„Schon klar." Kirsten grinste. „Ich glaube, da wäre ich auch beim Pseudonym geblieben."

„Ich muss euch auch bitten, niemandem davon zu erzählen. Bisher wisst nur ihr drei von meiner Veröffentlichung." Conny schenkte sich noch ein Glas Crémant ein.

„Nicht einmal deinen Eltern hast du es erzählt?", wunderte sich Steffi.

„Gerade denen nicht!" Conny nahm einen großen Schluck aus ihrem Glas. „Da möchte ich auf die richtige Gelegenheit warten. Mein Vater hat immer noch am Coming-Out meines Bruders zu knabbern. Sagen muss ich es ihnen allerdings. Meine Mutter wird jetzt öfter babysitten müssen, um mir Zeit zum Schreiben freizuschaufeln."

„Was haben wir nur falsch gemacht? Der Sohn schwul und die Tochter schreibt Schweinkram!" Anja lachte. „Das solltest du ihnen in der Tat so schonend wie möglich beibiegen."

„Mein Glück ist, dass mein Vater nichts mit Fiktion anfangen kann. Der liest nur Biographien, Dokumentationen oder Sachbücher. Er wird nicht erpicht darauf sein, zu lesen, was ich schreibe. Aber meine Mutter würde es lesen wollen, und das macht mir Sorgen." Conny knabberte an einem Niednagel. Der Gedanke, das Buch ihren Eltern zu zeigen, machte sie nervös.

„Das ist so wie damals als Teenager. Wenn man mit den Eltern einen Spielfilm angeschaut hat und dann kam eine Sexszene." Steffi knusperte an einem Tortilla Chip.

„Oh, hör auf!" Anja löste ihren Pferdeschwanz und schüttelte die rotblonde Lockenmähne.

„Grausam!", erinnerte sich Kirsten.

„Das trifft es ziemlich genau, Steffi." Conny lachte. „Ich werde es einfach bei passender Gelegenheit meiner Mutter stecken. Sie wird froh sein, dass sie es nicht den Nachbarn erzählen muss, weil ich unter Pseudonym veröffentliche, und Papa muss die Details ja nicht wissen."

„Na dann – auf dein Buch und auf dein Coming-Out!" Anja hob ihr Glas. „Deine Eltern werden sich damit arrangieren. So schlimm ist es schließlich nicht. Das Buch ist doch nicht pervers. Es ist sehr gut gemacht. Ich fand es jedenfalls anregend. Dabei ist mir aufgefallen, wie nötig ich es habe. Ich brauche dringend Sex."

„Amen, Schwester!" Kirsten hob ihr Glas über den Kopf. „Ich erhöhe das Gebot: GUTEN Sex...nein, PHÄNOMENALEN Sex!"

„Also ehrlich Anja, Kirsten!" Steffi schüttelte den Kopf. „So schlimm kann es nicht sein. Außerdem gibt es Wichtigeres als Sex."

„Sagt die Einzige in dieser Runde, die verheiratet ist. Und damit schließe ich mein Plädoyer", neckte Anja.

„Macht mir das doch nicht ständig zum Vorwurf!" Steffi bedachte Anja mit einem kühlen Blick. „Im Übrigen fand ich dein Buch auch toll, Conny. An einigen Stellen habe ich rote Ohren bekommen!"

„Wir werfen dir überhaupt nichts vor, Steffi. Wir sind bloß neidisch", seufzte Kirsten.

„Moment. Du bist vielleicht neidisch. Ich wollte noch nie heiraten, will aktuell nicht heiraten und werde auch in Zukunft nicht heiraten wollen" Anja warf Kirsten über den Rand ihrer Brille einen gespielt strengen Blick zu. „Ich brauche nur langsam mal wieder Sex. Gut – und vielleicht jemanden zum Quatschen und Verreisen, und mit dem man mal was unternehmen kann. Bloß niemanden, der mir ständig an der Backe klebt."

„Früher wollte ich unbedingt in weiß heiraten. Kirche, große Feier, das ganze Programm. Leider bin ich immer an Typen geraten, die davon nichts wissen wollten. Heute muss es nicht mehr das Komplettpaket sein." Kirsten drehte ihr Sektglas auf der Tischplatte hin und her. „Es wäre nur schön, jemanden zu haben, mit dem man sein Leben teilen kann."

„Ganz unwichtig ist Sex nicht. Das kannst du ruhig zugeben, Steffi", beharrte Anja. „Ich meine, du und Arndt, ihr habt doch noch welchen, oder?"

Conny sah, wie sich die Spitzen von Steffis Ohren rot verfärbten.

„Natürlich", murmelte Steffi. „Ich sage nur, dass es wichtigere Dinge gibt."

„Können wir wieder zum Thema zurückkommen?" Conny wusste, dass Steffi solche Gespräche unangenehm waren. „Ich dachte, wir feiern heute mein Buch. Wisst ihr, dass ich es eigentlich euch zu verdanken habe? Wenn ihr mir nicht damals diese lahme Sado-Maso-Schmonzette geschenkt hättet, weil ihr dachtet, nach der Trennung wäre bei mir der Notstand ausgebrochen und ich würde langsam vertrocknen wie mein alter Ficus, hätte ich gar nicht angefangen zu schreiben. Es war reine Notwehr. Im Prinzip war das Buch ja eine gute Idee. Da kann sich die Fantasie austoben, ohne dass es Ärger gibt. Aber diese Protagonistin ging einfach überhaupt nicht! So ein unbedarftes Mäuschen. Ich brauche eine Hauptfigur, die Reibungsfläche bietet."

„Stimmt, die war reichlich unemanzipiert." Anja nickte.

„Also habe ich mir einfach meine eigene Heldin geschrieben. Die bietet dem Kerl nämlich ordentlich Paroli. Auf die Weise macht es mir auch weniger Bauchschmerzen, wenn der Typ dominant ist." Conny blätterte noch einmal mit dem Daumen durch die Seiten und genoss das Gefühl.

„Ich finde, der Abend schreit nach einer Privatlesung! Lass doch mal die Luft aus den Gläsern und lies uns was Heißes vor, Baby!" Kirsten ließ sich auf die Couch fallen.

„Ich weiß nicht. Ich glaube, ich käme mir seltsam vor, wenn…" Conny hatte ihr Buch noch niemandem vorgelesen. Sie las ihre Texte beim Überarbeiten laut, aber nie vor Publikum.

„Privatlesung!!!", johlte Anja. „Komm schon, nicht so schüchtern. Wir haben es alle gelesen. Außerdem erzählen wir uns alles. Dagegen ist ein bisschen erotische Literatur harmlos."

„Okay", lachte Conny. „Stimmt. Aber ich glaube, diesmal bin ich diejenige, die rote Ohren bekommt."

***

„Mama, könntest du vielleicht in der nächsten Zeit die Kinder einmal die Woche nehmen?" Conny lehnte mit dem Rücken an der Arbeitsplatte in der Küche ihrer Eltern.

„Natürlich, Schatz." Ihre Mutter goss Kaffee in zwei Becher und reichte ihr einen. „Warum?"

„Ich brauche ein bisschen Zeit für mich", entgegnete Conny.

Ein Lächeln breitete sich über das Gesicht ihrer Mutter aus.

„Du hast jemanden kennen gelernt!"

„Nein, Mama." Conny überlegte noch, wie sie ihr Coming-Out am besten verpackte. „Ich schreibe Bücher und habe gerade meinen ersten Verlagsvertrag bekommen. Sie wollen, dass ich noch mehr für sie schreibe."

„Das sind ja mal tolle Neuigkeiten!", freute sich Connys Mutter. „Meine Tochter ist Schriftstellerin. Wann bekomme ich denn dein Buch mal zu lesen?"

„Äh...na ja", druckste Conny. „Ich muss dich vorwarnen. Es ist nicht ganz jugendfrei."

Connys Mutter runzelte die Stirn und sah Conny fragend an.

„Es ist ein erotischer Roman für Frauen." Conny fühlte sich besser, als sie es ausgesprochen hatte.

„Aha", machte ihre Mutter und nippte an ihrem Kaffee. Es war ihr anzusehen, dass sie nicht recht wusste, wie sie reagieren sollte.

„Vielleicht solltest du es einfach mal lesen", schlug Conny vor. „Ich habe es vorne in meiner Tasche. Moment."

Sie holte das Buch und drückte es ihrer Mutter in die Hand. Das Entsetzen stand Frau Mayer ins Gesicht geschrieben, als sie das freizügige Bild auf dem Cover betrachtete. Dann hellte sich ihre Miene auf.

„Da steht ja gar nicht dein Name drauf!"

„Ich schreibe unter Pseudonym", erklärte Conny.

Ihre Mutter wirkte sichtlich erleichtert.

„Und damit verdienst du Geld?"

Conny nickte. Nachdem sie ihrer Mutter verraten hatte, wie hoch der Vorschuss gewesen war, und dass – bei Erfolg – noch

Tantiemen oben drauf kommen würden, war sie bereits versöhnlicher gestimmt.

„Verkauft sich so etwas denn?"

„Erstaunlich gut sogar." Conny wunderte sich selbst darüber. Dass amerikanische Hausfrauen erfolgreiche Erotiktitel schreiben konnten, war zu genüge bewiesen. Sie hatte aber nicht damit gerechnet, dass ein deutscher Erotikroman so viel Anklang finden würde.

„Deinem Vater sagen wir, du schreibst Bücher für Frauen, dann will er es gar nicht so genau wissen", raunte Connys Mutter verschwörerisch.

Damit war das Thema Coming-Out erledigt. Bis zu dem peinlichen Moment, in dem Connys Mutter ihr erzählt hatte, dass sie das Buch gelesen und nicht mehr hatte aus der Hand legen können. Conny hatte verzweifelt versucht, an nichts zu denken.

„Es hat mir zwar die Schamesröte ins Gesicht getrieben, aber es war wirklich fesselnd, Conny." Dann hatte ihre Mutter gekichert wie ein Backfisch. Das an sich wäre schon genug gewesen, um Conny nachhaltig zu verstören. Doch es kam schlimmer.

„Außerdem fand ich es inspirierend. Die Lektüre hat mal wieder Schwung in unser Liebesleben gebracht."

Conny hatte eine ganze Weile gebraucht, um die Bilder aus ihrem Kopf zu bekommen.

Ihr zweites Buch war in Arbeit. Das Exposé lag ihrer Lektorin vor. Allerdings hatte sie nun seit Wochen nichts mehr von Iris gehört. Sie wusste, dass Verlage Nachfragen nicht gern sahen. Eine Autorin, die ständig nachfragte, war nicht pflegeleicht. Und nicht pflegeleichte Autoren konnte sich bei der täglichen Arbeitslast keiner leisten.

Langsam zerrte das Warten auf Rückmeldung allerdings an Connys Nerven. Was, wenn ihr das Exposé nicht gefallen hatte? Würde der Verlag ihr zweites Buch ablehnen? Aber warum meldete sich Iris dann nicht, um ihr eine Absage zu erteilen? Vielleicht hatte es ihr gefallen, aber sie konnte die Programmleitung nicht überzeugen?

Um nicht dauernd ihre E-Mails zu checken oder auf den aktuellen Verkaufsrang ihres ersten Buches zu schielen, ging Conny so oft wie möglich mit den Kindern vor die Tür. Und dann verfluchte sie ihr Smartphone. Denn auch auf dem Spielplatz oder bei der Spielgruppe konnte sie sich nicht zusammenreißen und kontrollierte regelmäßig den Posteingang.

***

UND NOCH EINIGE MONATE SPÄTER:

„Entschuldige bitte, dass es so lange gedauert hat, bis ich mich melde, aber es hat bei uns im Verlag Umstrukturierungen gegeben. Da war es hier in den letzten Wochen recht chaotisch. Viele Besprechungen und Konferenzen." Endlich der rettende Anruf von Iris.

„Oh, schon okay. Ich hatte ohnehin nicht so schnell mit einer Rückmeldung gerechnet", log Conny.

„Mir hat das Exposé gefallen." Iris senkte die Stimme, so als ob sie nicht frei sprechen konnte. „Allerdings kann ich dir aktuell noch keine Zusage geben. Ich habe jetzt einen neuen Chef. René Schwarz, also Schwarz Junior. Wir haben ein neues Imprint gegründet. Es heißt Black Ink. Schwarz Junior hat es übernommen und ich bin mit rüber gewechselt."

„Imprint? Was ist das denn? Bedeutet der Wechsel, dass ich jetzt eine neue Lektorin bekomme?", fragte Conny.

„Ein Imprint ist wie ein Verlag im Verlag. Eine eigene Marke, hinter der aber der eigentliche Verlag steht. Ehrlich gesagt kann ich dir noch nicht viel berichten. Es ist alles noch nicht offiziell. Ich gehe davon aus, dass sich einiges verändert. Schwarz Junior kennt zwar durch seinen Vater die Branche, allerdings hat er bisher eine Marketing-Agentur geleitet. Aber er möchte dich sprechen, Conny. Das soll ich dir ausrichten. Am besten rufst du ihn die Tage an. Ich gebe dir mal seine Durchwahl, okay?"

„Okay, Moment, ich hole schnell was zu schreiben." Conny wühlte in ihrer Schreibtischschublade und zog Notizblock und Kugelschreiber hervor. „Schieß los."

Diese Nachricht beunruhigte Conny. Was konnte Schwarz Junior von ihr wollen?

Kapitel 2

Modern und zielgruppengerecht

Die Büroräume von Schwarz & Schimmel befanden sich in einer Monstrosität aus Keramikplatten und Aluminiumblech in Hamburgs schicker HafenCity. Conny konnte sich nicht entscheiden, ob sie das Gebäude scheußlich oder stylisch finden sollte. Architektonisch war es sicher wertvoll. Sie zupfte an ihrem Blazer herum. Er wollte nicht recht sitzen. Dann überprüfte sie Frisur und Makeup in ihrem Taschenspiegel und betrat die Lobby.

„Guten Tag, wie kann ich Ihnen helfen?" Die hübsche Rothaarige am Empfangstresen lächelte.

„Äh...ich hatte einen Termin für 15 Uhr mit Herrn Schwarz. Mayer. Cornelia Mayer. Ach...und ist Frau Krämer im Haus?" Wenn sie schon hier war, konnte sie auch Iris einen Besuch abstatten.

„Nein, Frau Krämer ist heute leider nicht da. Wegen des Termins, einen Moment..." Die junge Sekretärin schaute in ihr Terminbuch. Ihr Lächeln wirkte professionell und hätte ohne weiteres für eine Zahnpasta-Reklame getaugt.

„Natürlich, Frau Mayer. Wenn Sie noch einen kleinen Augenblick Platz nehmen möchten."

Sie wies auf eine ovale Designer-Sitzgruppe in Apfelgrün. Conny glaubte einen Hauch von Apfelduft und frisch gemähtem Gras wahrzunehmen. Entweder ein Raumspray oder die Psychologie der Farbwahl hatte sie ausgetrickst. Conny suchte sich auf dem Beistelltischchen eine Zeitschrift aus und entdeckte die Quelle ihrer Geruchshalluzination: eine Glasflasche mit Diffusor-Stäbchen. *Pure Green* las sie.

Die Sekretärin bot ihr etwas zu trinken an, und Conny nahm ein stilles Wasser. Von Kohlensäure musste sie aufstoßen. Das wäre vermutlich nicht der richtige Gesprächseinstieg. Sie fühlte sich, als müsse sie zu einem Bewerbungsgespräch für einen Job, für den sie absolut unterqualifiziert war.

Einige Zeit später erschien eine Frau in dunkelblauen Röhrenjeans. Sie war vielleicht Mitte zwanzig, und unter ihrer weißen Schluppenbluse schimmerte die Unterwäsche durch. Sie konnte es tragen. Conny fühlte sich gleich um etliche Kilos schwerer und mindestens zehn Jahre älter. Die Haare der Frau glänzten wie auf einem Werbefoto für Haartönung und waren zu einem Knoten aufgeschlungen, der gekonnt unfrisiert aussah. Es war die Art Frisur, für die Conny im Bad eine halbe Ewigkeit brauchte, nur damit sie sich beim ersten Windstoß oder einer unbedachten Bewegung in Wohlgefallen auflöste. Conny hatte sich daher entschlossen, ihre Haare einfach offen zu tragen.

Die Dame stellte sich als Frau Schubert vor und bat Conny, ihr zu folgen. Sie gingen zum Fahrstuhl.

Das Büro von Herrn Schwarz lag in der obersten Etage. Durch das Fenster überblickte man das Fleet.

Schreibtisch und Regale waren ordentlich. Conny fand nichts, das etwas über ihr Gegenüber hätte verraten können.

Kein Nippes, keine Fotos. Entweder war Schwarz Junior ein Purist oder es lag daran, dass er das Büro erst vor kurzem bezogen hatte – oder beides.

„Frau Mayer. Wie schön, Sie endlich persönlich kennen zu lernen." Herr Schwarz streckte ihr die Hand entgegen. Conny schätzte ihn auf Anfang oder höchstens Mitte dreißig. Er sah aus wie einem Katalog für trendige Herrenmode entstiegen. Dunkelbraune Chinohosen, schwarzes Oxfordhemd mit Button-Down-Kragen und ein dunkelgrau melierter Wollblazer. Für Conny war er das Klischeebild eines Marketing-Menschen. Seine dunkelblonden Haare waren an den Seiten kurz. Oben türmten sie sich zu einer gekonnt zerzausten Tolle. Er sah gut aus. Für Connys Geschmack war er zu sehr wandelndes Fashion Statement. Sein Lächeln wirkte allerdings sympathisch.

„Aber vielleicht sollten wir ‚du' sagen? *Black Ink* ist ein junges Imprint, und wir halten hier nicht viel von Förmlichkeiten. Ich bin René. Ich darf doch Cornelia sagen?"

Conny war zu beschäftigt damit, sich underdressed und fehl am Platze zu fühlen, um Einspruch einzulegen. Stattdessen nickte sie, ergriff seine Hand und schüttelte sie.

„Natürlich, schon in Ordnung."

„Setz dich doch." René wies auf die Besucherstühle vor seinem Schreibtisch. „Kaffee? Oder vielleicht etwas Kaltes zu trinken?"

„Kaffee wäre prima." Conny nahm auf einem der elfenbeinfarbenen Ledersessel Platz.

„Ich freue mich, dass du meiner Einladung so schnell folgen konntest." René goss aus einer Thermoskanne Kaffee in zwei Tassen. „Milch? Zucker?"

„Nur Milch, bitte." Conny schaute hinaus auf das Fleet. Ein wenig beneidete sie René um den Ausblick von seinem Arbeitsplatz. Conny bedankte sich, als René eine Tasse vor ihr auf den Schreibtisch stellte. Nachdem auch er sich gesetzt hatte, nahm sie einen Schluck und wartete darauf, dass er das Gespräch wieder aufnahm.

„Wie du weißt, hat sich *Lippenbekenntnisse* hervorragend verkauft. Die Zahlen sprechen für sich. Hausfrauenporno ist gerade groß im Kommen." Ein Lausbubenlächeln zeigte sich auf seinem Gesicht.

Conny hätte beinahe ihren Kaffee über den Schreibtisch gespuckt.

„Hausfrauenporno?", wiederholte sie.

René lachte. Er schien es witzig zu finden, dass sie offensichtlich konsterniert war.

„Entschuldige den saloppen Begriff. Erotik für eine weibliche Zielgruppe zwischen dreißig und fünfzig - boomt gerade gewaltig. Grund genug für uns, eine eigene Reihe mit erotischen Romanen speziell für Frauen herauszubringen. *Black Ink* setzt hauptsächlich auf Krimi und Thriller. Daneben allerdings auch auf erotische Mystery und Dark Erotica für eine etwas reifere, weibliche Zielgruppe."

Conny nickte verständig und ließ René mit seinen Ausführungen fortfahren.

„Aber das ist längst nicht alles. Schließlich verkauft man heute nicht mehr das Buch allein."

„Nicht?" Conny runzelte die Stirn.

„Aber nein, man verkauft ein Gesamtpaket. Printausgabe, E-Book und vergessen wir nicht die Verwertung der Nebenrechte wie Taschenbuchausgabe, Übersetzung des Titels in andere Sprachen und Hörbuch, bis hin zu den buchfernen Nebenrechten wie Bühnenbearbeitung, Verfilmung oder beispielsweise Videospiele. Dann gibt es jede Menge Peripherie. Für Black Ink wird es einen ganz fabelhaften Online-Auftritt geben – das wird dir gefallen - mit Trailern zu einzelnen Buchtiteln, Fan-Lounges für die Autoren, Frageboxen für die Fans, in denen Leserfragen regelmäßig von den Autoren beantwortet werden, Chat und Foren – und natürlich entsprechende Auftritte in Social Networks wie Facebook und Twitter."

„Aha." Conny gab sich Mühe zu folgen. Das Marketing interessierte sie ehrlich gesagt nicht besonders. Sie wollte Bücher schreiben und gut. Natürlich wollte sie die Bücher auch verkaufen, doch wofür hatte man einen Verlag?

„Online können die Fans alles erfahren: von witzigen Einblicken in das Leben ihrer Lieblingsautoren und den Entstehungsprozess eines Buches bis hin zum Terminkalender für die Buchtour. Was uns auch gleich zum Thema Lesereise bringt. Du hattest am Telefon bereits deine problematische Situation angesprochen."

„So problematisch ist sie gar nicht. Ich habe inzwischen mit meiner Mutter gesprochen, und sie kann die Kinder eine Weile nehmen", versicherte Conny. „Bloß - drei Wochen sind zu viel. Das geht alleine wegen der Arbeit nicht. Ich kann nur in den Schulferien verreisen."

„Die Veranstalter reißen sich um die Termine. Eine Woche ist definitiv zu kurz." René tippte mit der Spitze eines Kugelschreibers auf der Tischplatte herum. „Genau deswegen wollte ich dich sehen. Ich denke, wir haben die perfekte Lösung für dein Problem gefunden. Das dürfte dir gefallen."

Er öffnete einen Hefter und zog ein Portraitfoto heraus, das er vor Conny auf den Glastisch legte. Als Conny sich darüber beugte, sah sie ihr eigenes Spiegelbild. Das Glastischzeitalter war für Conny definitiv vorbei. Ihren eigenen hatte sie entsorgt, als Adrian ungefähr ein Jahr alt war. Darin hätte man sich vor Bananenmatsch und Zwiebackpampe auch gewiss nicht spiegeln können.

„Darf ich vorstellen? Das ist C.L. Elliott." René strahlte. „Genauer gesagt: Cecil Lloyd Elliott. Das Gesicht zu deinen Büchern."

„Wie bitte was?" Conny starrte auf das Foto. Es zeigte einen gut aussehenden, dunkelhaarigen Mittdreißiger mit Dreitagebart und leuchtend graublauen Augen. Eine kernigere, weniger gestriegelte Version des jungen Pierce Brosnan.

„Ich dachte, das würde dir sehr entgegen kommen. Wegen der Kinder und deines Jobs bist du zeitlich leider nicht flexibel. Außerdem hattest du darum gebeten, dass deine Anonymität gewahrt bleibt. So haben wir ein zielgruppengerechtes Gesicht zum Namen und ein Aushängeschild für deine Romane." René plauderte unbeirrt weiter. Connys entsetzten Gesichtsausdruck schien er nicht bemerkt zu haben.

„Moment mal, René." Conny gelang es, ihn zu unterbrechen. „Nur dass ich das richtig verstehe. Ich schreibe, und dieser Typ posiert als C.L. Elliott und geht für mich auf Lesereise?"

„Genau. Er übernimmt auch den Online-Auftritt und alles was daran hängt. Bisher haben wir uns in Sachen Autorenvita bedeckt gehalten und alles ein wenig kryptisch und geschlechtsneutral ausgedrückt. Das ist jetzt unser Glück. Die Kollegen vom Marketing und ich sind uns sicher, dass wir die Verkäufe noch erheblich steigern können, wenn bekannt wird, dass es sich bei Cecil Elliott um einen für die Zielgruppe attraktiven *männlichen* Autor handelt." René war bester Laune und sichtlich stolz auf seinen Einfall.

„Auf keinen Fall!", protestierte Conny. „Ich kann meine Bücher selber vertreten. Ich gehe auch auf Lesereise. Dann wird es eben nur eine Woche. Absolute Anonymität brauche ich nicht. Es reicht mir, wenn meine Schüler nicht auf Anhieb auf die Bücher stoßen, wenn sie meinen Namen googeln."

„Aber denk doch nach, Cornelia." Schwarz war von seinem Vorhaben nicht so leicht abzubringen. „Düstere Erotik für Frauen, ein gutaussehender Mann im Alter der Hauptzielgruppe. Es wäre perfekt. Ich möchte dir nicht zu nahe treten, aber deine Optik verkauft sich eben schlecht."

„Was? Meine Optik?" Conny war empört.

„Entschuldige, das klang hart, aber eine Mutter von zwei Kindern mittleren Alters spricht die relevante Zielgruppe eben nicht an", erklärte René.

„Darauf kommt es verdammt noch mal auch überhaupt nicht an!" Conny war wütend. Es war ihr inzwischen egal, was Schwarz von ihr dachte. Sollte er sie für hysterisch und unprofessionell halten. Diesen Unsinn würde sie nicht mitmachen. „Was ist außerdem mit der Autorin von *Fifty Shades of Grey*? Oder nimm Charlaine Harris – auch keine Schönheitskönigin! Ihre Sookie Stackhouse Romane waren allerdings Vorlage für eine megaerfolgreiche Fernsehserie!"

„Das ist Amerika." René gab so schnell nicht auf. „Und außerdem gibt es auf dem Markt bereits genug dicke Hausfrauen, die Erotik produzieren."

Conny war ein Dampfdrucktopf kurz vor dem Explodieren.

„Dicke Hausfrauen? Ich glaub ich..."

„Sorry, war nicht böse gemeint." Schwarz beeilte sich zurückzurudern. Connys Kopf hatte die Farbe einer reifen Tomate angenommen, ihr Blick der eines Stiers kurz vor dem Angriff. René schien das nicht entgangen zu sein.

„Was ich sagen möchte ist: es drängen genügend Bücher auf den Markt, die auf der Erfolgswelle von *Shades of Grey* und Co reiten wollen. Da braucht man ein Alleinstellungsmerkmal. Was wäre bei einer Erotikreihe für Frauen zielführender als ein Autor, der auch optisch die feuchten Träume der Zielgruppe bedient?"

„Da platzt mir doch gleich der Kragen!" Conny sprang auf und stützte sich mit beiden Händen auf die Tischplatte. Ihr war egal, dass sie dabei vermutlich Fettflecken hinterließ.

„Was ist denn das für ein chauvinistisches Gewäsch?" Renés Lächeln war jetzt einem Ausdruck gewichen, der irgendwo zwischen Mitleid und Überlegenheit lag.

„Ich sage es ganz offen, Cornelia." Er sprach ruhig und betonte jedes Wort. Connys Ausbruch schien ihn nicht sonderlich zu beeindrucken. Zumindest verriet sein Gesichtsausdruck nichts darüber. Sicherlich wäre er ein guter Pokerspieler gewesen. „Für uns ist es wesentlich einfacher, Lizenzen aus dem englischsprachigen Ausland zu kaufen, als eigene Autoren aufzubauen. Wenn wir das tun, dann möchten wir sie auch langfristig an uns binden. Wir möchten, dass sie hinter unseren Konzepten stehen. Wir wünschen uns Autoren, die sich mit dem Verlag und dem Label identifizieren. Wir brauchen keine Einzelkämpfer und Eigenbrötler, die irgendwo in ihrer Dachkammer sitzen und vor sich hin schreiben."

„Und was ist, wenn der Verlag sich nicht mit den Autoren identifiziert? Das ist dann in Ordnung?" Conny war immer noch auf hundertachtzig.

„Du verstehst nicht, worum es hier geht. Der Buchmarkt ist knallhart, da zählt Wirtschaftlichkeit, nicht Selbstentfaltung. Überleg es dir. Es ist nicht so, als hätten wir keine anderen Angebote."

René verschränkte die Hände und legte sie vor sich auf die Schreibtischplatte.

„Heißt das, meine Bücher würden nicht mehr verlegt, wenn ich nicht zustimme?"

Conny setzte sich wieder. Sie fühlte sich überrumpelt und wusste nicht, was sie sagen sollte. Außer von Schwarz & Schimmel hatte sie nur Absagen bekommen. Niemand sonst hatte ihr Buch hatten verlegen wollen. Sollte sie die Brocken hinwerfen und von vorne anfangen mit der Verlagssuche? Das zusätzliche Einkommen konnte sie verdammt gut gebrauchen – vor allem in Anbetracht von Torstens reichlich unverkrampfter Einstellung zum Thema Unterhaltszahlungen.

War es wirklich so schlimm, wenn niemand wusste, dass die Bücher in Wahrheit aus ihrer Feder stammten? Sie hatte sich mit dem Outing doch ohnehin schwergetan. War sie tatsächlich bereit mit ihrem Gesicht – wenn auch nicht mit ihrem Namen – in der Öffentlichkeit für Erotikromane zu stehen? Erfolg war doch eigentlich Bestätigung genug, und sie war endlich wieder flüssig und musste nicht jeden Cent zweimal umdrehen.

„Also gut." Conny gab sich geschlagen. Sie wollte sich nicht noch einmal der frustrierenden Suche nach einem Verlag aussetzen. „Dann möchte ich aber, dass die Tantiemen noch nach oben korrigiert werden. Ein Prozent?"

„Ein halbes. Maximum. Take it or leave it." René hatte wieder sein Pokerface aufgesetzt. Er streckte Conny die Hand hin.

„Deal?"

„Deal."

Kapitel 3

Die Selbsthilfegruppe

Die Selbsthilfegruppe, wie Conny Anja, Kirsten und Steffi auch zu nennen pflegte, traf sich zum Kochen in Connys Küche.

„Wo sind denn Leni und Adrian?" Steffi schnappte sich ein Gemüsemesser. „Bei der Oma?"

„Nein, die sind dieses Wochenende bei ihrem Vater." Conny genoss es, an solchen kinderfreien Wochenenden Zeit für Freunde zu haben.

„Torsten ist echt ein lieber Kerl, aber dass du diesem Chaoten freiwillig deine Kinder überlässt, ist mir ein Rätsel." Anja war sehr direkt, das mochte Conny an ihr. „Der bringt es doch fertig und vergisst sie irgendwo."

„Glaub mir." Conny rückte den Frühlingszwiebeln mit einem großen Küchenmesser zu Leibe. „Wenn Ela nicht wäre, hätte ich da auch Bedenken. Aber sie kümmert sich rührend um die Kinder. Manchmal glaube ich, sie wäre eine bessere Mutter als ich."

„Sektchen?" Kirsten warf elegant ihre langen blonden Haare über die Schultern und schwenkte eine Flasche, die sie gerade aus dem Kühlschrank geholt hatte.

„Unbedingt!", rief Conny.

„Na gut, ein halbes kann ich trinken. Ich bleibe schließlich noch eine Weile, bevor ich mich ans Steuer setze." Steffi holte drei Gläser aus dem Schrank.

Anstelle einer Antwort grinste Anja breit und streckte Kirsten ihr Glas entgegen.

„Allerdings kann ich nicht begreifen, wie du dich mit der Tussi verstehen kannst, die dir den Ehemann ausgespannt hat." Kirsten füllte die Gläser.

„Sie hat ihn nicht ausgespannt", verbesserte Conny. „Die Ehe war kaputt, noch bevor Leni geboren wurde. Wir wollten es nur nicht wahrhaben. Oder sagen wir: ich wollte es nicht wahrhaben. Ich dachte, Liebe muss alles aushalten."

„Das kommt davon, wenn man zu viele kitschige Filme und Bücher konsumiert." Anja war weit weniger emotional als Conny. Sie sah die Dinge meistens nüchtern.

„Apropos. Wie war denn eigentlich dein Date mit dem Typ von dieser Online-Singlebörse, Kirsten?" Es zischte laut, als Steffi Sojasauce in die Pfanne goss. Eine Wolke würziger Dampf stieg auf.

„Ach, frag nicht!" Kirsten stöhnte und machte eine wegwerfende Handbewegung. „Ringglatze, Bierbauchansatz und Brille in Glasbausteinstärke. Aber wir haben uns sehr gut unterhalten können. Netter Typ. Ich war drauf und dran meine optischen Ansprüche für ihn herunterzuschrauben. Und dann sagt er mir beim nächsten Telefongespräch, ich sei ja leider nicht, was er sich vorgestellt hatte. Also, er hatte mir noch eine Chance geben wollen, weil wir uns am Telefon und bei unserem Date doch so prima verstanden hätten. Bloß optisch sei ich leider überhaupt nicht sein Fall. Dagegen käme er nicht an."

„Hatte er denn kein Foto von dir?" Conny nippte an ihrem Sekt.

„Doch. Das ist es ja eben. Er faselte etwas davon, dass er enttäuscht sei, weil ich genauso aussehe wie auf dem Bild, das ich ihm geschickt habe." Kirsten tippte sich an die Schläfe.

„Bitte?" Steffi prustete. Ein Tropfen Sekt lief ihr am Kinn hinunter. „Er hat sich beschwert, dass du in real aussiehst wie auf deinem Foto? Ist das sonst nicht anders herum?"

„Hab ich auch nicht verstanden." Kirsten lachte „Kurzum, ich war Mister Ringglatzenmaulwurf offenbar nicht hübsch genug."

„Was ist das, eine Partnerbörse oder Germany's Next Topmodel?" Anja schüttelte den Kopf.

„Du bist eine bildschöne Frau. Mit tollen blauen Augen, langen blonden Haaren, einer Topfigur, einem anspruchsvollen Job...", zählte Conny auf.

„Hm." Kirsten schaute den Luftbläschen in ihrem Sektglas zu. „Vielleicht hätte ich nicht ‚ein paar Pfunde zu viel' anklicken sollen. Da melden sich nur Idioten, die meinen man müsste dankbar sein, dass sie sich überhaupt für einen interessieren."

Conny goss die Pasta ab und schüttelte verständnislos den Kopf.

„Warum hast du das denn angegeben?" Kirsten trug Kleidergröße 36 und Conny wusste nicht, wo Kirsten meinte, ein paar Pfunde zu viel zu haben. Für Conny war es ein Mysterium. Eigentlich hätten Kirsten die Männer nur so zufliegen müssen. Schlank, blond und ein Teint wie Porzellan – sie sah aus wie eine

Elfe. Conny fühlte sich neben ihrer Freundin meistens wie ein Nilpferd.

„Was hätte ich denn sonst angeben sollen? Athletisch fällt ja für mich schon mal aus. Bei meinen Arbeitszeiten habe ich keine Zeit für Sport. An manchen Tagen bin ich froh, wenn ich es zwischendurch zur Toilette schaffe. Es ist für mich Sport genug stundenlang im OP zu stehen und für Professor Behrensdorff Haken zu halten."

„Welche Optionen gab es denn?", wollte Anja wissen.

„Man hatte die Wahl zwischen athletisch, schlank, ein paar Pfunde zu viel, mollig und stark übergewichtig." Kirsten zählte die Antwortmöglichkeiten an ihren Fingern ab.

„Wer das letzte ankreuzt, kann sich das Geld für die Anmeldung sparen." Conny band die Schürze ab und hängte sie an einen Haken neben der Spüle. „So traurig das auch ist. Das Profil schauen die sich gar nicht weiter an. Warum hast du denn nicht ‚schlank' angegeben?"

Steffi füllte die Teller, und sie setzten sich an den Esszimmertisch.

„Ein Gläschen Mosel kann nicht schaden", zitierte Conny aus ihrem Lieblings-Loriot-Sketch, während sie eine Flasche Weißwein entkorkte. Steffi lehnte ab und griff nach der Wasserflasche.

„Ich trinke auf unseren verehrten Gast, die Hausfrau und das, was wir lieben," antwortete Kirsten mit dem passenden Zitat und hob ihr Glas.

„Das möchte ich jetzt aber auch wissen, Kirsten." Steffi nahm den Gesprächsfaden wieder auf. „Warum hast du nicht schlank angegeben?"

„Weil die dann ein dünnes, langes Elend erwarten wie dich, Steffi. Ich bin nun mal keine Size Zero." Kirsten liebte es, Steffi aufzuziehen.

„Was kann ich dafür?" Steffi tat ihr den Gefallen und schaltete prompt in Verteidigungsmodus. Sie war sehr groß und dabei gertenschlank. Dabei achtete sie nicht auf ihre Figur. „Bei mir ist das Natur. Ich esse ständig und nehme eben nicht zu."

„Na prima, reib es nur rein!" Conny lachte. „Dafür bin ich Diät-Expertin. Jede Diät oder Ernährungsphilosophie, die im uns bekannten Teil des Kosmos existiert, habe ich mindestens einmal ausprobiert. Auf Dauer hat keine davon etwas gebracht. Mit mir und den blöden Fettpolstern, das ist wie mit Antiviren-Software und Hackerangriffen. Das Fett ist mir immer einen Schritt voraus. Wenn ich glaube eine neue Waffe gefunden zu haben und das Gewicht tatsächlich nach unten geht, hat sich mein Körper im Nullkommanichts darauf eingestellt. Rien ne va plus. Nichts geht mehr. Ich werde eine dicke Hausfrau bleiben."

„Hat dieser Typ wirklich dicke Hausfrau gesagt?" Anja wickelte Pasta auf ihre Gabel.

Conny nickte. „Außerdem meinte er, dass sich meine Optik nicht verkauft."

„Unverschämt!" Anja ließ die Pasta im Mund verschwinden und fuchtelte mit der Gabel in der Luft herum. „Und überhaupt, du bist nicht dick, höchstens ein bisschen proper."

„Die Zeiten, in denen ich in Größe 38/40 gepasst habe, sind allerdings vorbei. Mit Adrian bin ich über mich hinausgewachsen", entgegnete Conny. „Ich habe neulich meine Motivationsjeans in 38 endlich in die Altkleider gesteckt. Ich muss mich wohl mit 42 arrangieren."

„Also, ich finde es steht dir. Du siehst super aus." Steffi legte Conny eine Hand auf den Unterarm. „Was würde ich nicht für deine Mähne geben! Richtig schön voll und dick. Und diese Wellen. An mir sind ja sogar die Haare dünn! Wenn ich sie wachsen lasse, sehen sie aus wie Teppichfransen. Bei mir geht nur Kurzhaarfrisur. Und dann noch diese Straßenköterfarbe. Außerdem hast du einen tollen Busen. Meinen muss man schon mit der Lupe suchen."

Mit spitzen Fingern zog Steffi ihre Bluse nach vorn.

„Kinder, jetzt hört auf über euer Aussehen zu jammern!" Anja konnte diese Art Gespräche nicht ausstehen. „So werden Frauen klein gehalten. Wenn ihr mich fragt, gibt es deshalb so wenige Frauen in Führungspositionen, weil sich Frauen zu sehr mit ihrem Äußeren beschäftigen und überkritisch mit sich selbst umgehen. Wir lassen uns von Selbstzweifeln zerfressen. Männer verfügen da über ein ganz anderes Selbstbewusstsein – notfalls auch vollkommen unbegründet."

„Ist doch kein Wunder", warf Kirsten ein. „Frauen werden nun mal in erster Linie nach Äußerlichkeiten beurteilt. Intelligenz und Erfolg stehen jedenfalls nicht so hoch im Kurs wie lange Beine und eine gute Figur. Im Gegenteil. Erfolgreiche Frauen machen den Typen Angst. Da spreche ich schließlich aus Erfahrung. Schreib mal als Mann in dein Profil, dass du Gefäßchirurg bist. Da kannst du aber drauf wetten, dass du jede Menge Zuschriften bekommst. Da hast du freie Auswahl. Selbst wenn du ein Foto von King Kong hochlädst und als Hobbys Zahnstochersammeln, Pupsen und Schnarchen angibst. Bei Beruf schreibe ich mittlerweile nur noch ‚arbeitet im Krankenhaus'. Dann halten sie mich zwar zunächst mal für eine Krankenschwester, aber ich bekomme wenigstens die Chance, dass sie mich kennen lernen, bevor sie verschreckt davon laufen Aber ihr habt Recht, ich sollte ‚schlank' ankreuzen."

„Warum du überhaupt so ein Tamtam machst, um einen Kerl zu finden! Wer dich nicht so haben will, wie du bist, ist es nicht wert. Ich bin jedenfalls lieber alleine als mit dem falschen Kerl zusammen." Wie zur Bekräftigung spießte Anja ein Stück Pilz auf ihre Gabel. Mit ihren rotblonden Locken und ihrem forschen Auftreten hatte sie für Conny immer etwas von der „Roten Zora" aus der Fernsehserie.

„Ich bewundere deine Konsequenz." Kirsten hob die Schultern. „Ich habe so viel erreicht. Ich habe einen gut bezahlten Job, eine große Wohnung mit fantastischem Ausblick, bloß niemanden, mit dem ich das teilen kann. Ich kann es eben nicht abstellen, ich sehne mich einfach nach Zweisamkeit. Zum Kuscheln hab ich ja zur Not den Kater, aber ich hab's probiert. Er will einfach keinen Rotwein trinken und tiefsinnige Gespräche führen."

Anja lachte. „Glaub nicht, dass es mir nicht auch so geht. Trotzdem bleibe ich dabei. Ich bin lieber Single, als mich ständig über einen Typ zu ärgern."

„Ich habe schon wieder das Gefühl, ich müsste mich dafür entschuldigen, dass ich die Einzige bin, die hier noch in einer glücklichen Beziehung ist", schmollte Steffi.

„Ach hör auf!" Kirsten winkte ab. „Wir gönnen es dir. Arndt ist ein Goldstück. Ihr passt hervorragend zusammen."

„Ihr seid wirklich ein Traumpaar", bestätigte Conny.

Conny bemerkte Steffis sehnsüchtigen Blick auf die gerahmten Bilder von Adrian und Leni über der Couch.

„Fehlen bloß Kinder." Steffi stocherte in ihrer Pasta. „Aber bei Arndt und mir will es einfach nicht klappen."

„Du kannst meine haben." Conny schob sich eine Gabel Pasta in den Mund. „Adrian hat gerade mal wieder so eine ‚Phase'. Da ist er unerträglich!"

„Das meinst du nicht ernst!" Steffi war sichtlich entsetzt. „So etwas sagt man nicht mal im Scherz! Du weißt ja nicht, was du für ein Glück hast!"

„Entschuldige, Steffi. Du hast Recht." Conny legte Steffi beschwichtigend die Hand auf den Oberarm. „Das war unfair. Ich sollte dankbar sein. Bin ich im Grunde auch. Bloß manchmal rauben die kleinen Racker einem trotzdem den letzten Nerv. Noch jemand Wein?"

Ein zweistimmiges „Ja!" ertönte.

Conny stand auf, holte noch eine Flasche aus dem Kühlschrank und schenkte ein. Dann schlang sie von hinten die Arme um Steffis Schultern.

„Steffimaus, ich wünsche dir und Arndt einen ganzen Stall voll kleiner Nervensägen! Ihr beiden wärt tolle Eltern. Ich kann mir gut vorstellen, wie frustrierend es für dich sein muss."

„Das weiß ich doch." Steffi lächelte. „Wenn dir deine beiden mal zu viel werden, stehe ich gerne zum Babysitten zur Verfügung."

„Darauf werde ich sicher zurückkommen." Conny setzte sich. „Ich werde demnächst eine Menge Zeit zum Schreiben brauchen."

„Ja, genau. Erzähl doch noch einmal. Ich weiß nicht, ob ich das verstanden habe." Kirsten ergriff die Gelegenheit, um das Gespräch auf ein weniger heikles Thema zu bringen. „Also, dieser Pierce Brosnan-Verschnitt ist jetzt du? Beziehungsweise du bist offiziell dieser Typ?"

Conny nickte.

„Ja. Ich bin so etwas wie sein Ghostwriter." „Er nimmt alle öffentlichen Termine wahr und gibt sich als C.L. Elliott aus, und ich schreibe die Bücher dazu."

„ Milli Vanilli!", rief Anja.

„Was?" Conny verstand nicht auf Anhieb.

„Na die beiden Hupfdohlen mit den Rastazöpfchen. Ende der Achtziger, Anfang der Neunziger. Gott, wir sind alt! Die kennt heute bestimmt keiner mehr. Die sind auf der Bühne herumgehüpft, und die Stimme kam vom Band. Du und dieser Typ, ihr seid das literarische Pendant dazu. Er hält seine Visage in die Kamera, und du schreibst ihm die Bücher", erklärte Anja.

Conny lachte.

„So sieht es aus. Er ist das Gesicht und ich die Stimme dahinter. Bitte erzählt es absolut niemandem weiter! Ihr seid meine allerbesten Freundinnen, euch kann ich es anvertrauen. Aber ich habe eine Verschwiegenheitsklausel unterschrieben, die mich in den finanziellen Ruin treiben könnte."

„Warum hast du dich auf so einen Deal überhaupt eingelassen?", wunderte sich Kirsten.

„Ich hatte keine Kraft und Energie, mir noch einmal einen Verlag zu suchen. Ich habe so viele Absagen erhalten. Wer weiß, ob ich überhaupt einen gefunden hätte. Der Markt ist heiß umkämpft, und es gibt genug Menschen, die schreiben. Das Geld kann ich gut gebrauchen. Das zweite Jahr Elternzeit hat einen großen Teil meines Ersparten aufgefressen. Finanziell wäre es eigentlich nicht drin gewesen. Aber ich brauchte nach der Trennung einfach noch etwas Auszeit mit Leni. Bei halber Stelle ohne Verbeamtung komme ich gerade so über die Runden. Unterhalt kalkuliere ich lieber nicht mit ein. Da bin ich doch ständig hinterher." Conny fuhr mit dem Finger über den Rand ihres Weinglases. „Ich weiß auch nicht, ob ich bereit gewesen wäre, öffentlich dazu zu stehen, dass ich Erotik schreibe. Vielleicht ist es gut, dass ich auf die Weise anonym bleibe."

„Gut, das kann ich auch wieder verstehen." Steffi nickte.

„Aber was muss das für ein Mensch sein, der bei so etwas mitmacht? Hat der kein schlechtes Gewissen, weil er sich mit fremden Federn schmückt?"

Conny zuckte mit den Schultern.

„Das weiß ich nicht. Ich kenne ihn nicht, und ehrlich gesagt möchte ich ihn auch nicht kennen lernen. Inzwischen geht mir der Typ nämlich gewaltig auf die Nerven. Ich habe mich damit arrangiert, dass es ist wie es ist. Trotzdem finde ich die öffentliche Darstellung zum Kotzen. Ihr müsstet mal seine sogenannte Autoren-Homepage sehen. Was für eine Selbstbeweihräucherung! Ein schrecklicher Unsymp. Aber gut, solange die Kasse stimmt, will ich mich nicht darüber beklagen."

Kapitel 4

Die Tücken der Technik

„*Heute Abend bei ‚Talk bei Tietze'. Die neue Lust an der Unterwerfung: hat die Frauenbewegung versagt? Als Gäste im Studio: Alice Schwarzer – die Grand Dame der Frauenbewegung, Dschungelmutti und Kiezgröße Olivia Jones, Night-Talker Jürgen Domian, Ex-Porno-Sternchen Michaela Schaffrath und Cecil Elliott, Bestsellerautor der erotischen Romane ‚Lippenbekenntnisse' und ‚Sturmnächte'.*"

Conny schaltete den Fernseher aus und knallte die Fernbedienung auf den Couchtisch. Sie hatte nicht gedacht, dass ihr der Zinnober um ihre Bücher und deren angeblichen Autor derart gegen den Strich gehen würde. Offenbar war das Finanzielle doch nicht so ausschlaggebend und sie war eitler, als sie gedacht hätte. Seltsamerweise hatte es sie weniger gestört, als C.L.Elliott einfach ein anonymer Niemand war. Sie hatte sich schließlich gescheut, mit ihrer Lesereise den Schritt in die Öffentlichkeit zu wagen und den Büchern ihr Gesicht zu geben. Doch jetzt, da dieser Typ in der öffentlich posierte und von aller Welt umschwärmt wurde, nervte es sie gründlich.

Es war ohnehin besser, ihre Zeit nicht vor der Glotze zu verschwenden, sondern sich lieber ihrem nächsten Buch zu widmen. Sie setzte sich an den Schreibtisch, klappte den Laptop auf und öffnete aus Gewohnheit zunächst das Mailprogramm.

Eine E-Mail vom Verlag. Betreff: *Ihr aktuelles Manuskript.* Was Iris wohl zu bekritteln hatte? Seit sie lektorierte Texte bekam, konnte Conny sich wesentlich besser in ihre Schüler hineinversetzen. Doch seit wann siezte Iris sie? Hatte Conny etwa so daneben gegriffen, dass sie ihr das 'du' entzogen hatte?

Von:	lektorat@schwarz+schimmel.de
Betreff:	Ihr aktuelles Manuskript
Datum:	30.08.2013 11:48:36 MESZ
An:	c.mayer@schwarz+schimmel.de

Lieber Herr Mayer,

wie telefonisch besprochen übersende ich Ihnen noch ein paar Überarbeitungsvorschläge, die Sie....

Nanu? Herr Mayer? Conny scrollte herunter und überflog den Text. Es schien um ein Ratgeberbuch zu gehen. Der Arbeitstitel lautete *Malen wie die großen Meister.* Da hatte sie eindeutig jemand verwechselt. Conny war es gewohnt. Bei ihrem Allerweltsnamen waren Verwechslungen schließlich keine Seltenheit. Sicher sollte die Mail an einen Herrn Meier, Maier, Meyer oder Mayr gehen, dessen Vorname zufällig auch mit C begann.

Sie rief die Verlagswebseite auf und war geneigt, das Browserfenster gleich wieder zu schließen, als ihr das selbstgefällige Grinsen von Cecil L. Elliott im Großformat entgegenblitzte. Auf dem Bild trug er ein Piratenhemd mit durchgeschnürter Knopfleiste, das den Blick auf einen Teil seiner Brust freigab. Was für ein Selbstdarsteller! Unerträglich! Sie suchte in der Autorenliste und wurde fündig. Na also. Es gab einen Christian Meyer. Bisher erschienen: *Die Seele baumeln lassen: Meditatives Malen in Acryl*. Das musste er sein. Schade, kein Autorenfoto, um ihre angeborene Neugier zu befriedigen. Bloß eine winzige Schwarz-Weiß-Karikatur, die wohl ein Selbstporträt des Autors darstellte. Darauf sah er aus wie eine etwas windschnittigere Version von Mr. Bean. Aber das musste nichts heißen. Es war schließlich eine Karikatur. Im Sachbuchbereich war es anscheinend nicht so wichtig, ob sich die „Optik verkaufte" oder nicht.

Sie schloss den Browser und klickte im Mailfenster auf „Weiterleiten". Ins Adressfeld tippte sie: c.meyer@schwarz+schimmel.de. Dann bewegte sie den Mauszeiger auf „Senden". Im letzten Augenblick überlegte sie es sich und beschloss, noch einen kurzen, netten Satz über den weitergeleiteten Text zu schreiben.

„*Hallo Christian,*

mit besten Grüßen – so von Mayer zu Meyer. Ist bei mir gelandet (Cornelia Mayer). Da ich leider künstlerisch vollkommen unbegabt bin und mich auch nicht mit den alten Meistern auskenne, dürfte das hier eher in dein Metier fallen.

LG

Conny"

Dann schickte sie die Mail ab, rief das Textverarbeitungsprogramm auf und begann mit der Überarbeitung des zweiten Kapitels, die sie sich für heute vorgenommen hatte. Außerdem musste sie noch ein Arbeitsblatt für die Englisch-Stunde am Montag erstellen. Vielleicht sollte sie Vernunft walten lassen und die Pflicht zuerst erledigen, bevor sie durch die Kinder unterbrochen würde.

Es war, als hätten sie sich abgesprochen. Seit Leni durchschlief, wachte nämlich Adrian nun öfter nachts auf, weil er noch zur Toilette musste, etwas trinken wollte, ein Monster unter seinem Bett war oder sein Teddybär aus selbigem gepurzelt.

Und weil er dann schlecht wieder einschlafen konnte, hatte sie ihm erlaubt, in ihr Bett zu kommen. Warum auch nicht. Da war ja nun Platz genug. So schnell würde wohl kein neuer Mann in ihr Leben treten und Anspruch auf die andere Seite des Doppelbetts erheben.

Ehrlich gesagt war sie sogar froh, wenn sie nachts aufwachte und Adrian neben sich atmen hörte. Sie konnte Kirsten verstehen. Manchmal fühlte man sich furchtbar einsam. Conny hatte ja wenigstens die Kinder. Auch wenn es Momente gab, in denen sie die beiden am liebsten bei Ebay verkauft hätte.

Sie seufzte. Okay. First things first. Also Business English und erst danach die sinnlichen Abenteuer von Annie Nichols und dem zwielichtigen Milliardär Patrick Isaacs.

Conny gähnte und streckte sich. Sie hatte wieder viel zu lange am Rechner gesessen. Zum Glück war morgen – oder besser gesagt heute - erst Sonntag. Zwar war bei Leni und Adrian an Ausschlafen natürlich nicht zu denken, aber Connys Mutter hatte sich bereit erklärt, die beiden vormittags abzuholen und am späten Nachmittag zurückzubringen, damit Conny ein wenig Zeit zum Erholen und Schreiben hatte. Zur Not konnte sie sich also später noch einmal hinlegen.

Bevor sie den Laptop herunterfuhr, rief Conny noch einmal das Mailprogramm auf. Sicher eine neue E-Mail vom Verlag. Oh. Hallo! Nicht vom Verlag. Die Mail kam von c.meyer.

Von:	c.meyer@schwarz+schimmel.de
Betreff:	Vielen Dank!
Datum:	31.08.2013 00:24:38 MESZ
An:	c.mayer@schwarz+schimmel.de

Hallo Conny,

vielen Dank fürs Weiterleiten. Ich hoffe, du verzeihst mir, aber ich habe natürlich gleich im Autorenverzeichnis nachgeschaut. Allerdings finde ich da keine Cornelia Mayer. Das reizt jetzt meine neugierige Ader. Irgendwie stehe ich auf Frauen mit Geheimnissen. Verrätst du mir vielleicht trotzdem, was du schreibst? Nur für den Fall dass sich mal eine Verlags-Mail in mein Postfach verirren sollte natürlich. ;-)

LG
Christian

Conny musste lächeln. Flirtete dieser Typ etwa mit ihr? Jetzt fand sie es doppelt schade, dass von ihm kein Autorenfoto online war. *Frauen mit Geheimnissen*...na, das konnte er haben. Sie konnte ihm ohnehin nicht viel verraten, ohne sich des Vertragsbruchs schuldig zu machen.

Von: c.mayer@schwarz+schimmel.de
Betreff: Nicht ganz jugendfrei
Datum: 31.08.2013 02:07:16 MESZ
An: c.meyer@schwarz+schimmel.de

Lieber Christian,

so einfach soll es dir aber nicht gemacht werden, einer Dame ihre Geheimnisse zu entlocken.

Du findest mich nicht online, weil mein Buch noch nicht veröffentlicht wurde. Es liegt noch bei einem externen Gutachter und soll frühestens nächstes Jahr erscheinen. Ich kann nur so viel verraten, dass es sich um nicht ganz jugendfreie Belletristik handelt. Über die pikanten Details möchte ich allerdings den tugendhaften Mantel des Schweigens breiten. :-P

Ich wünsche angenehme Träume – von schlafloser Mayer zu schlaflosem Meyer.

Conny x

Die kleine Notlüge ging in Ordnung, fand Conny. Sie war schließlich zum Schweigen verpflichtet. Hätte sie gesagt, dass sie unter Pseudonym veröffentlichte, würde er wissen wollen, unter welchem. Früher oder später würde sie sich bloß in Widersprüche verstricken. So war es sicherer. Schon nach zwei Uhr. Höchste Zeit, ins Bett zu verschwinden. Conny fuhr den Laptop herunter, klappte ihn zu und ging ins Badezimmer. Sie konnte sich nur noch zum Zähneputzen und einer schnellen Katzenwäsche aufraffen. Morgen war noch Zeit zu duschen – oder sogar ein ausgiebiges Wannenbad zu nehmen. Dabei kamen ihr oft die besten Ideen für ihre Bücher.

Sie hatte gerade die Lampe auf dem Nachttisch ausgeknipst, als sie vom Flur her patschende Kinderfüße auf dem Laminat hörte. Die Schlafzimmertür öffnete sich leise.

„Mama, da wohnt ein Monster in meiner Wand", wisperte Adrian.

„In deiner Wand?" Conny gähnte.

„Ja. Das klopft immer so. Das will in mein Zimmer kommen."

Adrian klopfte zur Demonstration an die Seitenwand der Kommode.

„Adrian, Schatz, da wohnt niemand in deiner Wand. Das ist die Heizung. Die macht manchmal solche Geräusche. Leg dich wieder in dein Bett, ja?" Conny rieb sich die Augen.

„Nein, ich will aber nicht", quäkte Adrian.

„Soll ich nachsehen, ob da ein Monster ist?", bot Conny an.

„Du kannst aber doch nicht in die Wand gucken." So schnell ließ Adrian sich nicht beruhigen.

„Äh...ich könnte doch in die Steckdose gucken. Wenn da ein Monster wohnt, müsste dort ja Licht brennen. Sonst kann das Monster ja nichts sehen." Eigentlich war Conny zu müde um zu improvisieren.

„Nein, Mama, das ist ein Dunkelmonster. Die brauchen kein Licht." Ihr Sohn blieb beharrlich.

„Also gut." Conny gab sich geschlagen. „Dann leg dich zu mir ins Bett. Aber dann machst du die Augen zu und schläfst!"

Dankbar kroch der Kleine unter die Decke auf der freien Bettseite, kuschelte sich ins Kissen und steckte die kalten Füßchen ins Warme zu seiner Mutter.

Conny rollte sich auf die Seite, zog die Knie an und schloss die Augen. Sie war gerade weggedöst, als Adrian sich ruckartig aufsetzte.

„Mama! Der Bruno!"

„Bitte? Was? Was ist mit Bruno", murmelte Conny schlaftrunken.

„Der ist noch in meinem Bett. Der hat bestimmt ganz dolle Angst!"

„Teddybären haben keine Angst, die sind doch ganz stark", argumentierte Conny.

„Dooooch!" Adrian fing an zu weinen. „Der Bruno hat aber wohl Angst!"

„Herrgott, dann hol den Bruno eben her!" Eigentlich wollte sie nicht mit Adrian schimpfen, wenn er existenzielle Ängste ausstand, aber um kurz vor drei Uhr morgens kam auch ihre mütterliche Geduld an ihre Grenzen.

„Neeeein! Ich kann nicht!", jammerte der Kleine. „Ich hab Angst."

Mit einem tiefen Seufzer schlüpfte Conny aus dem gemütlichen, warmen Bett und tappte in Adrians Zimmer um den armen Bruno aus den Fängen des wandbewohnenden Dunkelmonsters zu retten. Natürlich nicht, ohne dabei barfuß auf einen einsamen Legostein zu treten, der sich dem allabendlichen Aufräumritual entzogen hatte.

Conny unterdrückte einen Schmerzensschrei und hinkte mit Bruno unter dem Arm zurück in den Flur. Jetzt fehlte nur noch, dass Leni aufwachte. Aber zum Glück rührte sich nichts.

Als sie zurück ins Bett schlüpfte, war Adrian längst eingeschlafen, wobei er sich so gedreht hatte, dass er noch einen großen Teil ihrer Bettseite vereinnahmte.

Bedacht darauf, ihn nicht zu wecken, quetschte Conny sich auf das verbleibende Drittel der Matratze und war im Nullkommanichts eingeschlafen.

Kapitel 5

Ein produktiver kinderloser Arbeitstag

Den Morgen überstand Conny nur mit drei Tassen Kaffee und dem vollkommen unpädagogischen Einsatz einer DVD von Thomas und seinen Freunden. Conny drückte das Gewissen, weil sie auf der Webseite der Bundesprüfstelle für jugendgefährdende Medien einmal gelesen hatte, dass Fernsehen bei unter Dreijährigen bleibende Schäden hinterließe.

Conny tröstete sich mit dem Gedanken, dass eine mies gelaunte, unausgeschlafene Mutter, die zu cholerischen Anfällen neigte, im Ernstfall bei Leni noch größere Schäden anrichten könnte. Außerdem wurde Leni in vier Monaten drei, und es war gemütlich so zu dritt auf dem Sofa zu kuscheln und in die Glotze zu gucken. Es war ein Phänomen. Sobald sie die Flimmerkiste anstellte, hatte sie plötzlich die friedlichsten und kuscheligsten Kinder der Welt.

Nach drei Folgen und einer halben Stunde der herrlichsten Ruhe gab Conny ihrem Gewissen nach und schaltete ab, was bei Leni zu einem Tobsuchtsanfall führte. Zum Glück ließ sie sich von ihrem großen Bruder ablenken. Adrian hatte begonnen, die Holzeisenbahn aufzubauen, um *Thomas* zu spielen.

Um elf Uhr klingelte es endlich an der Tür.

„Oma! Oma!" Leni und Adrian sprangen auf und rasten in den Flur. Conny rappelte sich hoch, lief zur Tür und drückte den Summer.

„Hallo Mama!" Sie umarmte ihre Mutter, während Adrian und Leni ihre Beine umklammerten und um die Wette „Omaaaa!" brüllten.

Die beiden freuten sich immer sehr, wenn sie zu Oma durften. Das machte es für Conny natürlich leichter.

„Kommst du noch kurz auf einen Kaffee rein?" Conny machte Anstalten, ihrer Mutter die Jacke abzunehmen. „Ich muss sowieso noch schnell Lenis Wickeltasche packen. Das habe ich ganz vergessen. Ich hoffe, sie wird bald trocken. Aber noch macht sie so gar keine Anstalten."

Sie ging in die Küche, schenkte ihrer Mutter eine Tasse Kaffee ein und brachte sie ihr ins Wohnzimmer, wo Adrian und Leni die Oma bereits in Beschlag genommen hatten und ihr stolz die liebevoll mit Gummitierchen und Holzbäumchen dekorierte Bahnstrecke vorführten.

„Früher wurden die Kinder ja einfach aufs Töpfchen gesetzt. Du warst mit drei längst aus den Windeln raus." Conny hatte keine Lust auf eine Diskussion über Sauberkeitserziehung. Sie ignorierte die Bemerkung, um in Lenis Zimmer schnell noch ein paar Windeln, Feuchttücher und den Schlafsack in die Wickeltasche zu stopfen. Dann stellte sie die Tasche an die Tür und ging zurück ins Wohnzimmer.

Lächelnd betrachtete sie ihre Mutter, die mit den Kindern auf dem Teppich kniete und damit beschäftigt war, einen Tunnel aus Lego-Steinen für die Eisenbahn zu bauen.

„Habt ihr jetzt eigentlich schon etwas in Sachen Urlaub entschieden?" Conny lehnte sich an den Türrahmen.

„Nein, nicht so Oma!" Adrian pflückte die Legosteine wieder auseinander und steckte sie nach seinen Vorstellungen zusammen.

Ihre Mutter nickte und ließ sich von Adrian beim Tunnelbau einweisen. „Aber darüber wollte ich mit dir noch sprechen. Wir haben eine fantastische Toskana-Reise gefunden. Genau das Richtige für uns, und Gisela und Rolf würden mitkommen. Die kennst du doch auch. Familie Gerwing aus der 38? Wir hatten länger schon mal vor, zusammen zu verreisen, weil wir uns doch so gut verstehen. Allerdings läge der Termin genau in den Herbstferien."

„Gucke mal Omi!" Leni war ganz aufgeregt und zupfte an Omas Ärmel. „Die Eisebahn!! Pommt eine Wolke da haus."

„Ja, Schatz, da kommt eine Dampfwolke raus", bestätigte Oma.

„Ja, die Gerwings kenne ich", sagte Conny. „Du, so schlimm ist das mit dem Termin nicht. Die Lütten sind ja tagsüber in der Kita. Obwohl...warte mal. Mist, mir fällt ein, in den Herbstferien ist Buchmesse. Da muss ich hin. Ich habe mir Termine besorgt, um Kontakte zu knüpfen. Schließlich will ich nicht ewig bei diesem Verlag das unsichtbare Mauerblümchen spielen."

„Dann sagen wir den Gerwings ab. Wir können ja ein anderes Mal gemeinsam verreisen." Connys Mutter sah von ihrem Bauprojekt auf. „Weißt du, ich finde es ganz prima, was du machst. Man sollte seine Träume nicht auf die lange Bank schieben. Das Leben ist zu kurz."

„Nein, nein!" Conny wehrte ab. Sie war überrascht, dass ihre Mutter offenbar ihre schriftstellerischen Ambitionen unterstützte. „Du und Papa, ihr habt einen schönen Urlaub verdient. Ihr seid immer für Tobi und mich da. Ich möchte nicht, dass ihr wegen mir diese Reise nicht macht. Ich frage einfach Torsten und Ela. Da findet sich schon was. Die beiden sollten ohnehin mal wieder etwas Zeit mit ihrem Vater verbringen, und es sind ja nur vier Tage."

„Also gut, dann würden wir buchen. Bist du sicher, dass das kein Problem ist?" Ihre Mutter schaute sie prüfend an.

„Nein, absolut nicht, wirklich Mama!", versicherte Conny.

„Möchtest du noch einen Kaffee?"

„Oh, nein danke, Schatz. Ich glaube, wir sollten jetzt mal fahren. Du siehst müde aus. Am besten legst du dich ein bisschen hin. Kommt ihr beiden Mäuse? Wir fahren jetzt zum Opa und dann kochen wir Mittagessen!"

„Au jaaa!" Adrian warf die Legosteine und die Eisenbahn zurück in die Kiste und stürmte zur Tür. Leni kramte noch in ihrer Spielzeugtruhe nach Schlappi. Schlappi war ein unansehnlich vergrautes und abgekautes hundeähnliches Etwas mit Schlappohren, das Leni überall herumschleppte, was natürlich auch der Grund für seinen desolaten Zustand war. Nur hin und wieder gelang es Conny, ihrer Tochter das Stofftier zu entwenden und heimlich in die Waschmaschine zu befördern.

„Ich bringe die Mäuse dann nach dem Abendessen. Dann hast du ein bisschen Zeit für dich." Ihre Mutter lächelte. „Und

Opa und ich freuen uns ja immer, wenn mal wieder etwas Leben im Haus ist."

„Danke Mama!"

Conny umarmte ihre Mutter und gab ihr einen Kuss auf die Wange.

„Tschüss, meine Süßen", sagte sie und küsste die Kinder. „Seid lieb zu Oma und Opa, versprochen?"

„Klar", versicherte Adrian.

„Ach, übrigens." Connys Mutter drehte sich in der Tür noch einmal um. „Du denkst ja an den Brunch nächsten Sonntag? Dein Bruder und Guido kommen auch. Es ist doch immer wieder schön, wenn die ganze Familie zusammen ist."

„Hat Papa sich inzwischen eigentlich an den Gedanken gewöhnt, dass Tobi einen Mann geheiratet hat? Oder glaubt er immer noch, dass es nur eine Phase ist?" Conny grinste. Ihr Vater hatte lange gebraucht, das Coming-Out seines Sohnes zu verdauen. Connys Mutter hatte es besser weggesteckt.

„Oh nein. Seit er weiß, dass sein Schwiegersohn leidenschaftlicher Hobbyfotograf ist, ist er hellauf begeistert. Endlich jemand in der Familie mit dem er fachsimpeln kann. Also kommt ihr Sonntag?" Eigentlich war ihr Erscheinen nicht verhandelbar, das wusste Conny.

„Gerne." Conny nickte. „Ich freu mich drauf."

Als sie die Tür hinter den dreien geschlossen hatte, schlurfte Conny ins Schlafzimmer und stellte sich den Wecker. Eine halbe Stunde Powernapping würde reichen müssen. Schließlich wollte sie noch baden und die restliche Zeit zum Aufräumen und Schreiben nutzen.

Einem ewigen Naturgesetz folgend, klingelte das Telefon, kaum lag Conny in der Wanne. In weiser Voraussicht hatte sie das Gerät zusammen mit einem Handtuch auf einem Hocker neben der Wanne bereitgelegt.

„Mayer?"

„Hallo Süße, ich bin's" Kirstens Stimme tönte aus dem Hörer. „Hast du einen Moment Zeit zum Schnacken oder hast du zu tun?"

„Ich liege gerade in der Wanne", entgegnete Conny, „wollte aber später noch was tun. Ein bisschen Zeit habe ich also."

„Da ich dieses Wochenende keinen Dienst habe, dachte ich, ich rufe mal durch. Wie kommt es dass du in der Wanne liegst? Sind die Kinder bei Torsten?", wunderte sich Kirsten.

„Bei meiner Mutter." Conny wischte sich die Hände trocken. „Sie bringt sie mir erst heute Abend wieder."

„Na, das ist doch super! Dann kannst du dich ja auch mal etwas ausruhen oder hast Zeit zum Schreiben. Bin übrigens gestern beim Zappen bei dieser Talkshow hängengeblieben. Dein Schönling war zu Gast", erzählte Kirsten.

„Ach, ich weiß. Hör mir bloß auf!" Conny blies eine Schaumflocke vom Wannenrand. „Der Typ geht mir inzwischen echt auf den Keks. Was für ein Hype um den veranstaltet wird. Um mich hätten sie nicht halb so viel Tamtam gemacht."

„Tröste dich, dafür kannst du noch unbehelligt über die Straße gehen und wirst auf der Arbeit nicht schräg angeschaut. Außerdem muss ich zugeben, dass der Mann wirklich extrem schnuckelig ist." Kirsten versuchte der Sache etwas Positives abzugewinnen. Das war normalerweise Connys Part. Kirsten neigte für gewöhnlich zum Schwarzsehen.

„Na ja, es geht", murrte Conny. „So toll find ich ihn nicht."

„Aber der müsste doch genau dein Typ sein." Kirsten ließ nicht locker. „Du stehst doch total auf Eric Bana. Ich finde, der sieht ihm nicht ganz unähnlich."

„Hmm...eher ein Pierce Brosnan für Arme." Conny hätte lieber das Thema gewechselt, aber Kirsten plauderte munter weiter.

„Er hat sich aber gar nicht mal so schlecht verkauft, weißt du? Kam sehr charmant rüber."

Conny wusste nicht, was sie dazu sagen sollte.

„Aber das ist wahrscheinlich Masche", fügte Kirsten schnell hinzu, als sie das Schweigen im Hörer bemerkte.

„Du solltest mal seine Facebook-Postings lesen oder seine Autoren-Homepage. Wenn Eigenlob stinkt, könnte er mit dem Geschwätz die Erde für die nächsten zehntausend Jahre unbewohnbar machen. Und dann die Tussis, die das kommentieren! ‚Cecil, du bist der Hammer!' – ‚Wow, was für ein cooles Foto!' – ‚Deutschlands attraktivster Schriftsteller, kein Zweifel!' – ‚Hatte das Buch heute in der Post – werde es in einem durch lesen! Wie alles, was du schreibst'. ‚Ich dachte deine Bücher wären heiß, bis ich dein Foto gesehen habe. Da brennt das Papier!' Bla bla bla."

Conny hatte sich in Rage geredet. Sie atmete tief durch, bevor sie in ruhigerem Ton fortfuhr.

„Wahrscheinlich würde mir der Rummel nur halb so auf den Zwirn gehen, wenn es nicht eigentlich *meine* Bücher wären, für die er über den grünen Klee gelobt wird."

„Das kann ich gut verstehen." Kirsten schien ihre Schwärmerei zu bereuen. „Manchmal möchte man bloß ein bisschen Wertschätzung und Anerkennung für seine Arbeit. Als Lehrerin müsstest du da ja bereits einiges gewohnt sein. Aber ich kenne es auch nicht anders. Man steht stundenlang im OP, schafft es zwischendurch oft nicht mal zu essen oder aufs Klo zu gehen und wird noch angemault. Dabei sind wir einfach unterbesetzt."

„Und dein Chefarzt kriegt hinterher die Blumen und die dicke Kohle." Conny gab Adrians Spielzeugschiffchen einen Schubs. „Da geht es dir wie mir mit meinem Mister Schmierlappen."

„Warum hörst du nicht einfach auf, für diesen Verlag zu schreiben und suchst dir einen anderen?" Kirsten dachte pragmatisch.

„Weil ich ein Schaf bin!" Conny konnte sich nicht genug darüber ärgern, dass sie in rechtlichen Dingen so unbedarft war. „Ich war so froh, einen Verlag gefunden zu haben, der meine Bücher veröffentlicht, dass ich nicht so genau auf das Kleingedruckte geachtet habe. Ich hätte vorher jemanden fragen müssen, der sich damit auskennt. Es sah aus wie ein Standardvertrag. War es im Grunde genommen auch. Bis auf die zusätzliche Klausel. Die räumt Schwarz & Schimmel so etwas wie ein Vorkaufsrecht auf alle von mir verfassten Werke ein. Die nächsten fünf Jahre muss ich also alles zunächst meinem Verlag anbieten. Es ist auch ausgeschlossen, dass ich im selben Genre bei einem anderen Verlag veröffentliche, auch wenn sie den Titel ablehnen. Ich habe mir sagen lassen, dass solche Klauseln nicht unüblich sind. Aber sie entsprechen nicht dem Standardvertrag und wer schlau ist, lässt sie streichen, bevor er unterschreibt."

„Und das hast du nicht", folgerte Kirsten.

„Genau. Erstens habe ich das nicht so genau durchschaut, und zweitens habe ich damals nicht im geringsten geahnt, dass meine Bücher so erfolgreich werden würden." Conny schaufelte mit der Hand Wasser in das Schiffchen und brachte es zum Kentern.

„Und jetzt kommst du aus der Nummer vorerst nicht raus. Schöner Mist", fasste es Kirsten treffend zusammen.

„Ich tröste mich damit, dass so wenigstens Geld in die Kasse kommt. Nach dem Jahr ohne Gehalt und Elterngeld ist es sehr beruhigend zu sehen, wenn der Vorschuss für ein Buch auf dem Konto eingeht. Und dann kommen die Tantiemen. Den Vorschuss habe ich locker eingespielt. Da kommt jetzt noch ordentlich etwas drauf. Die Klausel versuche ich mir schönzureden, indem ich mir sage, dass ich so wenigstens weiß, dass ich einen regelmäßigen Abnehmer für meine Bücher habe."

„Vielleicht könntest du ja auch bei den Tantiemen ein bisschen mehr raushandeln. Schließlich verdient der Verlag ganz gut an dir", schlug Kirsten vor.

Conny graute vor derartigen Verhandlungen. Damit wollte sie sich gedanklich vorerst nicht befassen. Lieber wechselte sie das Thema.

„Und bei dir? Was macht die Männersuche"

„Ich habe in meinem Profil jetzt ‚schlank' angekreuzt und siehe da, ich bekomme wieder ein paar mehr Zuschriften. Das werde ich jetzt ganz pragmatisch angehen." Kirsten klang entschlossen. „Ich habe eine Checkliste mit Kriterien angelegt. Aussehen, Vorlieben, Bildung, Sternzeichen und so weiter. Jedes dienstfreie Wochenende mache ich zwei Dates und schau mir die Typen im Hinblick auf die Kriterien an. Dann sehe ich das ganz locker. Wenn es nicht passt, hatte ich wenigstens einen mehr oder weniger netten Abend, eine warme Mahlzeit und ein paar Drinks gratis. Der Nächste, bitte! Natürlich lasse ich mich einladen. Wer zu geizig ist, fliegt ohnehin direkt raus. Das ist Punkt eins auf der Checkliste."

„Das klingt irgendwie nach..." Conny suchte nach einem passenden Begriff.

„Bürokratie?", ergänzte Kirsten.

„Ja, das vielleicht auch. Ich wollte sagen, das klingt nach Stress." Conny betrachtete ihre verschrumpelten Fingerspitzen.

„Nein", widersprach Kirsten. „Das klingt nach Effizienz. Ich habe es satt, mich anzubieten wie Sauerbier und mich dann noch über die Typen zu ärgern. Auf die Art und Weise erwarte ich nichts und kann auch nicht enttäuscht werden."

„Also, das wäre ja nichts für mich", gab Conny zu.

„Ich hätte mir auch gewünscht, ich begegne meinem Traumprinzen im Nachtzug nach Paris oder etwas in der Art." Kirsten lachte. „Aber darauf kann ich lange warten. Also gehe ich es jetzt proaktiv an. Was tut sich eigentlich bei dir in Sachen Liebesleben?"

Conny prustete. „Was soll sich da schon tun, bei einer Alleinerziehenden mit Teilzeitjob, die in ihrer Freizeit Bücher schreibt? Also, außer einem netten kleinen E-Mail-Flirt mit einem Autorenkollegen. Habe ihm einen Mail-Irrläufer weitergeleitet. Einmal nett hin und her geplänkelt und das war's."

„Besser als nichts", meinte Kirsten. „Wir sollten dir trotzdem was Nettes aufreißen. Wenn du die Kinder bei deiner Mutter oder bei Torsten hast, müssen wir dringend mal wieder zusammen raus. Anja, Steffi, du und ich. Das haben wir viel zu lange nicht mehr gemacht."

„Eine super Idee!" Conny griff nach der Shampoo-Flasche. „Du, aber das Wasser wird langsam kalt. Ich muss mir jetzt mal die Haare waschen und dann raus aus der Wanne. Ich gebe die Hoffnung nicht auf, dass ich heute noch etwas geschrieben bekomme."

„Alles klar, Süße! Und halt mich auf dem Laufenden, was sich in Sachen Vertragsverhandlungen tut und natürlich, ob sich dein E-Mail-Flirt noch einmal meldet", sagte Kirsten.

„Mach ich, Kiki. Und dir viel Spaß beim Powerdating." Conny lachte und legte auf.

Conny nahm sich Zeit, sich zu waschen und zu rasieren. Dann kletterte sie aus der Wanne, trocknete sich ab und gönnte ihrer Haut eine großzügige Portion Bodylotion. Für so gründliche Körperpflege blieb im Alltag oft keine Zeit. Connys Haut fühlte sich glatt an und verströmte einen Kokosduft, der sie an Cocktails, Urlaub und Sonnenmilch denken ließ.

Entspannt, sauber, duftend und in dem neuen Yoga-Dress, den sie kürzlich bei einer bekannten Kaffee-Handelskette erstanden hatte, saß Conny schließlich am Laptop. Eine halbe Stunde brachte sie mit Recherchen über den Handlungsort zu. Sie hatte gerade angefangen die ersten Worte zu schreiben, als es an der Tür klingelte.

Aus Gewohnheit betätigte Conny den Summer und öffnete. Beinahe hätte sie einen erschreckten Satz nach hinten gemacht, denn der Besucher stand bereits direkt vor ihrer Tür.

„Hallo!" Draußen stand ein Mann mit dunkelbraunen Haaren, die an den Schläfen bereits leicht angegraut waren. Er mochte etwa Ende dreißig, Anfang vierzig sein. Auffällig waren vor allem seine blaugrauen Augen, die in dem sonnengebräunten Gesicht förmlich leuchteten. Ein paar Lachfältchen hatten sich um seine Augen eingegraben und machten Conny den Mann spontan sympathisch. „Ich wollte mich nur schnell vorstellen. Ich bin der neue Nachbar. Ich wohne seit gestern unter Ihnen."

Er streckte ihr die Hand entgegen.

„Geertmann, aber Sie können ruhig Barne zu mir sagen."

Conny ergriff die Hand und schüttelte sie. Der Händedruck war fest und angenehm.

„Mayer, Conny. Wir können gerne beim du bleiben." Eigentlich mochte Conny spontanen Besuch nicht. Ihre Wohnung war selten in einem Zustand, der dies ermöglichte. Trotzdem fand sie, dass die allgemeinen Regeln der Höflichkeit danach verlangten, den neuen Nachbarn zumindest kurz hereinzubitten.

„Äh...möchtest du vielleicht auf einen Kaffee reinkommen? Es ist allerdings nicht besonders ordentlich."

„Das wäre sehr nett." Barne lächelte. „Ich habe meine Kaffeemaschine bisher noch nicht gefunden. Sie muss in einem der unteren Kartons sein, außerdem ist die Küche noch nicht aufgebaut."

Conny führte ihren Gast ins Wohnzimmer und bat ihn, auf der Couch Platz zu nehmen. Dann ging sie in die Küche um Kaffee zu kochen. In der Schublade fand sie noch eine Packung Schokokekse und arrangierte sie nett auf einem kleinen Teller. Wenn es bei ihr schon aussah wie bei Hempels unterm Sofa, wollte sie wenigstens etwas anzubieten haben.

Eine Weile später hockte sie neben Barne auf dem Sofa und schaute zu, wie er Zucker in seinen Kaffee rührte.

„Bist du von weit weg hergezogen?" Conny nippte an ihrem Kaffee. Sie hatte lange keinen Mann mehr zu Gast gehabt.

„Nein, nicht wirklich. Ich habe vorher mit meiner Freundin in Bremen gewohnt. Aber ich habe eine Stelle in Hamburg, und die Pendelei wurde mir auf Dauer einfach zu viel", erklärte Barne. „Jetzt brauche ich nur etwas über zwanzig Minuten zur Arbeit."

„Ist deine Freundin denn nicht mit hergezogen?" Conny bereute die Frage gleich wieder. Das klang, als wollte sie seinen Beziehungsstatus abchecken.

„Leider nein. So ohne weiteres kann sie nicht aus Bremen weg. Sie betreibt dort ihr eigenes Fitness-Studio." Conny glaubte, so etwas wie Stolz in seiner Stimme zu hören.

„Aha." Conny zog unwillkürlich die Nase kraus. Der Gedanke an Sport löste bei ihr so etwas wie einen unfehlbaren schlechtes-Gewissen-Reflex aus.

Barne biss herzhaft in einen Schokokeks.

„Carina ist letztes Jahr Zweite beim Miss Fitness-Wettbewerb geworden." Barne zog sein Portemonnaie aus der Gesäßtasche, und kramte darin herum. Kurz später hielt er Conny ein Foto unter die Nase. „Schau mal, sieht sie nicht einfach spitze aus?"

„Äh...öhm. Ja, fantastisch." Das Foto zeigte eine durchtrainierte, braungebrannte Blondine in einem extrem knappen Triangel-Bikini. Conny wollte lieber nicht darüber nachdenken, wie sie in so einem Hauch von Nichts ausgesehen hätte - mit Größe 42/44 und Kaiserschnittnarbe. Die drei winzigen neonpinkfarbenen Stoffdreiecke, die Carina trug, verdeckten gerade mal das Nötigste. Conny widerstand der Versuchung, sich auch einen Keks zu nehmen.

„Es ist mir wirklich schwer gefallen, alleine hier her zu ziehen." Barne seufzte und nahm einen zweiten Keks. „Carina ist einfach die Richtige, das weiß ich. Das ist die Frau, die ich einmal heiraten möchte."

„Das ist ja schön, dass du die Richtige gefunden hast." Conny wusste nicht, wie sie angemessen auf Barnes Schwärmerei antworten sollte.

„Ich sehe, du hast Kinder?" Vielleicht hatte Barne ihren mangelnden Enthusiasmus bemerkt.

„Ja, einen Sohn und eine Tochter. Adrian ist viereinhalb und Leni wird in vier Monaten drei." Conny schob mit dem Fuß einen liegengebliebenen Legostein unter das Sofa.

„Na, dann hast du offenbar auch schon den Richtigen gefunden", folgerte Barne und griff erneut zu.

„Die sind echt lecker!" Er leckte sich einen Schokokrümel von der Lippe. „Dabei sollte ich mich bei so etwas zurückhalten. Zucker ist ja das reinste Gift."

„Äh, ja." Conny war das Thema Gewicht inzwischen fast unangenehmer als ein Gespräch über ihren Ex. Also entschied sie sich, letztere Bemerkung zu übergehen und lieber erstere zu korrigieren. „Der Richtige war es übrigens leider nicht. Wir haben uns vor zwei Jahren getrennt."

„Oh, das tut mir Leid. Ich wollte nicht..." Barne hörte für einen Moment auf zu kauen und sah peinlich berührt aus.

„Schon gut." Conny machte eine wegwerfende Handbewegung. „Es war besser so, und mir geht es prima. Möchtest du noch einen Kaffee?"

„Gerne." Barne strahlte wieder und nahm noch einen giftigen Keks. „So ein Teufelszeug! Echt lecker."

„Entschuldige, dass ich dich in Versuchung gebracht habe." Conny grinste und nahm die leeren Tassen.

„Ach, schon okay", meinte Barne. „Dann muss ich heute eben noch eine extra Runde laufen."

Bei Conny meldete sich gleich wieder das schlechte Gewissen. Sie nahm die Tassen mit in die Küche, um noch einen Kaffee zu machen. Entgegen jeder finanziellen Vernunft hatte sie sich kurz nach der Trennung von Torsten einen Vollautomaten gegönnt. Neben Schokolade gehörte Kaffee definitiv zu den essenziellen Nährstoffen. Das galt besonders, wenn man mit Schlafmangel geschlagen war.

„Nach dem Kaffee muss ich dich leider rausschmeißen", entschuldigte sich Conny. „Meine Mutter hat heute die Kinder und ich wollte in der Zeit noch ein bisschen arbeiten."

„Ach, arbeitest du von zu Hause?" Barne nahm die Tasse und rührte Zucker hinein.

„Wie man es nimmt. Ich arbeite als Lehrerin in Teilzeit an einer berufsbildenden Schule und nebenbei schreibe ich", erklärte Conny.

„Ach, echt? Ich hab es ja nicht so mit dem Lesen." Barne lächelte verschämt. „Aber ich finde es toll, wenn Leute so kreativ sind."

„Was machst du denn beruflich?", wollte Conny wissen.

„Ich bin IT-Heini." Barne lachte. „Habe mir abgewöhnt, die Einzelheiten erklären zu wollen. Die meisten steigen da ohnehin nicht durch."

„Oh, ich ganz bestimmt nicht. Ich bin froh, wenn bei meinem Rechner alles so funktioniert, wie es soll." Sie deutete mit dem Kopf zu ihrem Schreibtisch, auf dem der Laptop lag. „So lange komme ich klar. Aber wenn irgendetwas mal nicht läuft wie gewohnt... Na ja, dann weiß ich ja jetzt, an wen ich mich wenden kann."

„Klar, jeder Zeit!" Barne stellte seine Kaffeetasse zurück auf den Couchtisch. „Ich glaube, ich lasse dich jetzt mal in Ruhe arbeiten und mache mich ans Kisten Auspacken. Danke für den Kaffee und die leckeren Kekse."

„Gern geschehen." Conny begleitete ihn noch zur Tür. „Und willkommen in Seevetal. Ich hoffe, du lebst dich hier schnell ein."

„Ach, ganz bestimmt." Barne lächelte. „Wenn alle hier so nett sind wie du... Bis bald mal wieder."

Conny überlegte, ob sie sich an den Rechner setzen oder lieber etwas gegen das Grummeln in ihrem Magen tun sollte. Denn außer Kaffee hatte der heute noch nichts zum Verdauen bekommen.

Sie entschied sich für letzteres und warf einen Blick in den Gefrierschrank, wo sie noch eine Portion selbstgemachtes Rindergulasch fand. Während das Gulasch langsam auf dem Herd auftaute, rührte Conny einen schnellen Spätzle-Teig zusammen und kramte den Spätzlehobel aus dem Schrank.

Während sie den Teig mit dem Schaber ins Kochwasser strich, feilte sie in Gedanken an ihrem Roman. Sie schöpfte die Spätzle ab, schwenkte sie kurz mit etwas Butter durch und gab sie in eine Schüssel. Inzwischen war auch das Gulasch aufgetaut.

Conny häufte Spätzle und Gulasch auf ihren Teller und setzte sich damit an den Schreibtisch. Sie aß, während sie das letzte Kapitel noch einmal überflog und hier und da Verbesserungen anbrachte.

Beim Essen merkte sie erst, wie hungrig sie gewesen war, und das Gulasch war köstlich. Sie brachte den Teller in die Küche und war in Versuchung, sich noch eine zweite Portion zu nehmen. Doch die Erinnerung an die Vize-Miss-Fitness ließ sie davon Abstand nehmen.

Sie füllte die Reste in eine Plastikschüssel, schloss den Deckel und lief ein Stockwerk tiefer, um bei Barne zu klingeln.

„Nanu?" Barne sah verwundert aus. „Ich hatte nicht erwartet, dass wir uns so schnell schon wiedersehen."

„Ich habe hier noch Spätzle und Rindergulasch übrig. Dabei fiel mir ein, dass deine Küche noch nicht aufgebaut ist. Ich dachte, vielleicht kann ich dir damit eine Freude machen." Conny streckte ihm die Schüssel hin.

„Mensch, super!" Barne war sichtlich erfreut. „Ich komme in der Tat um vor Hunger. Das ist echt lieb von dir. Aber lass Carina das nicht hören. Wir essen nämlich kein rotes Fleisch, weißt du?"

Anscheinend hatte es seinen Preis, Miss Fitness zur Freundin zu haben.

„Ich schweige wie ein Grab! Wenigstens sind die Spätzle aus Dinkelmehl, also immerhin pseudo-gesund." Conny grinste und verabschiedete sich. Schon halb zwei und immer noch nichts

Gescheites zu Papier gebracht. Conny seufzte und weckte den Rechner aus dem Ruhezustand.

Endlich war das Kapitel geschafft. Eigentlich hatte Conny sich vorgenommen, erst zu schreiben und erst ganz zum Schluss zu überarbeiten. Doch im Augenblick hing sie fest. Sie fand keinen guten Einstieg in die nächste Szene. Noch einmal warf sie einen Blick auf ihre Aufzeichnungen und arrangierte die Haftnotizen auf der Tischplatte. Dann legte sie die Finger auf die Tastatur und starrte den weißen Bildschirm an, auf dem außer ihrem Namen und dem Arbeitstitel in der Kopfzeile nur der blinkende Cursor zu sehen war.

Sie tippte einen Satz, befand ihn aber für unoriginell und löschte ihn gleich wieder. Die Gedanken wollten einfach nicht fließen. Vielleicht hatte sie zu schwer gegessen.

Conny stand auf, um sich ein Glas Wasser zu holen. Dann setzte sie sich wieder an ihren Arbeitsplatz und widerstand tapfer der Versuchung, noch ein bisschen mit Streetview-Ansichten ihres aktuellen Handlungsortes herumzuspielen.

Ihr Blick fiel auf die neongelbe Haftnotiz, die sie eigens am Regal über dem Arbeitsplatz befestigt hatte:

WICHTIG!!!
- Strukturierung des Arbeitsverhaltens
- Setzen realistischer Ziele
- Umgang mit Ablenkungsquellen und negativen Gefühlen
- systematische Veränderung der Arbeitsgewohnheiten

Das mit der Strukturierung konnte man schon mal vergessen. Wie sollte man sich an einen Zeitplan oder eine Struktur halten, wenn man nach einer schlaflosen Nacht von Telefonaten, unangekündigtem Besuch und Hungergefühlen sabotiert wurde? Nächster Punkt: realistische Ziele. Täglich mindestens 5.000 Zeichen hatte sie sich vorgenommen. Das war nicht viel. Gerade mal vier oder fünf Seiten – nicht einmal tausend Wörter. Das sollte zu schaffen sein. Eigentlich lag Conny noch im Soll, weil sie gestern etwas mehr geschafft hatte. Ablenkungsquellen. Vielleicht sollte sie die Klingel abstellen und das Telefon ausstecken. Aber was, wenn etwas mit den Kindern war, und ihre Mutter versuchte, anzurufen? Außerdem war die Ablenkungsquelle Nummer eins ohnehin das vermaledeite Internet. Eben mal Mails checken, einen kleinen Blick auf den aktuellen Amazon-Verkaufsrang werfen, mal bei Facebook vorbeischauen...

Vielleicht sollte man sich einen zweiten Rechner nur für die Arbeit einrichten, auf dem außer einem Textverarbeitungsprogramm nichts installiert war. Andererseits war das Internet natürlich zur Recherche unheimlich praktisch. Und manchmal kam ja auch Post vom Verlag. Als ob sie sich beweisen wollte, dass eine Internetverbindung absolut unabdingbar war, öffnete Conny das Mailprogramm.

Von: c.meyer@schwarz+schimmel.de
Betreff: Re: Nicht ganz jugendfrei
Datum: 01.09.2013 11:45:22 MESZ
An: c.mayer@schwarz+schimmel.de

Liebe Conny,

jetzt hast du mich erst Recht neugierig gemacht. Wenn du deine Geheimnisse nicht einfach preisgeben magst, schlage ich ein Spiel vor. Das geht folgendermaßen. Jeder darf dem anderen sieben Fragen stellen, die dieser ehrlich beantworten muss. Ich bin mal so frei und mache den Anfang.

1. Schreibst du hauptberuflich?
2. Womit lenkst du dich ab, wenn du eine Schreibblockade hast?
3. Welche Musik hörst du gerne?
4. Wie und mit wem lebst du? (Wohnung, Haus, WG, gibt es einen Herrn Mayer oder jemanden, der es werden möchte?)
5. Von welcher literarischen Figur würdest du dir wünschen, dass du sie erfunden hättest?
6. Angenommen ich koche für dich. Womit würde ich am schnellsten dein Herz gewinnen?
7. Du kaufst ein neues Auto. Was ist wichtiger: Design oder Funktion?

Ich hoffe, du hast Lust mitzumachen. Du siehst, ich bin von Natur aus neugierig. Ich freue mich auf deine Antwort.

Liebe Grüße,
Christian

Ein Spiel. Damit konnte man Conny jederzeit kriegen. Und neugierig war sie obendrein. Was sollte sie Christian bloß fragen? Sie musste ihre Fragen geschickt stellen, um möglichst viel Interessantes herauszufinden ohne unoriginell zu wirken. Sie rief die Verlagshomepage auf und öffnete Christian Meyers Autorenvita. Warum ihr wertvolles Fragenkontingent auf Dinge verschwenden, die man genauso gut auch hier nachlesen konnte? Geboren 25. Juni 1975. Ein Krebs also. Conny hatte keine Ahnung, was das bedeutete. Aber für Kirsten waren Sternzeichen von immenser Wichtigkeit. Sie wusste immer genau, welche Sternzeichen als Partner denkbar ungeeignet waren. Sie würde Kirsten fragen müssen, wie Krebse eigentlich so tickten, und ob sie zu Skorpionen passten. Viel interessanter war, dass er ungefähr in ihrem Alter war. Zwei Jahre älter. Das war doch nicht schlecht. Weder ein Tattergreis noch ein Grünschnabel. Er hatte Kunstgeschichte, Psychologie und Germanistik studiert. Was zur Hölle konnte man mit einem Magister in diesen Fächern beruflich anfangen – außer Ratgeber und Sachbücher zu verfassen? Aha. Promotion 2004, dann ein Postgraduierten-Studium in Wien in „educating/curating/managing", kurz ecm, was auch immer das sein mochte. Es hörte sich jedenfalls ungemein wichtig und intellektuell an.

Anscheinend hatte Christian als wissenschaftlicher Mitarbeiter in der Hamburger Kunsthalle gearbeitet. Das las sich interessanter als der durchschnittliche Bürojob. Danach waren seine Veröffentlichungen aufgelistet.

Bei Schwarz & Schimmel waren der Ratgeber zur meditativen Acrylmalerei und ein Sachbuch erschienen. *KunstVerständlich: Alles über Epochen, Stilrichtungen, Bildaufbau und Symbolik.*

Eine Ehefrau oder Kinder fanden keine Erwähnung. Das musste natürlich nicht bedeuten, dass es keine gab.

Wer so offensiv per E-Mail mit einer Autorenkollegin flirtete, würde ihr vermutlich auch so nicht unter die Nase binden, dass er verheiratet war. Danach brauchte Conny also auch nicht zu fragen.

Sie wechselte ins Mailprogramm.

Von:	c.mayer@schwarz+schimmel.de
Betreff:	Wer nicht fragt, bleibt dumm...
Datum:	01.09.2013 02:07:16 MESZ
An:	c.meyer@schwarz+schimmel.de

Hallo Christian,

für Spiele bin ich (fast) immer zu haben. Du sollst also deine Antworten bekommen.

1. Nein, vom Schreiben allein kann ich nicht leben und arbeite noch als Lehrerin in Teilzeit.
2. Wie es scheint, lenke ich mich mit dem Verfassen von E-Mails ab. Ansonsten schaue ich mir aber auch gerne Handlungsorte mit Streetview an und verplempere dabei viel Zeit.
3. Mein Musikgeschmack reicht von Klassik bis Goth Rock. Daher ist es einfacher zu schreiben, was ich gar nicht mag. Mit Rülps- und Bombast-Metal, Techno, Deutschrock, R&B, Volksmusik und Schlager kann ich nur sehr bedingt etwas anfangen.
4. Ja, es gibt einen Herrn Mayer. Er heißt Adrian und ist viereinhalb Jahre alt. Er ist aber der einzige Mann im Haus. Von seinem Vater lebe ich getrennt. Adrian, seine Schwester Leni und ich wohnen in einer schönen, großen Mietwohnung nicht allzu weit von Hamburg.
5. Unter finanziellen Aspekten sollte ich mir wünschen, ich hätte Harry Potter erfunden. Ansonsten wäre ich aber gerne die Schöpferin des Vampirs Lestat aus Anne Rices Chronik der Vampire.
6. Wer mich bekocht, hat generell gute Karten. Am liebsten alles, was asiatisch angehaucht ist.
7. Bei der Autofrage muss ich leider langweilig sein und mich für die Funktion entscheiden. Hauptsache, es fährt und ich kriege alles unter.

Hier nun im Gegenzug meine Fragen:

1. Wenn ich deinen besten Freund nach deiner herausragendsten Eigenschaft frage, was sagt er mir?
2. Fluchst du beim Autofahren?
3. Ich bin ein Nasenmensch. Wonach riechst du? (Welche Düfte benutzt du?)
4. Struktur und Ordnung versus kreatives Chaos, wer gewinnt bei dir?
5. Dein peinlichster Moment?
6. Ich lade dich zur Kostümparty ein. Als wer oder was kommst du?
7. Welche Prominente entspricht deinem „Beuteschema"?

Ich freue mich schon auf deine Antworten.

Liebe Grüße
Conny

Herrjeh, jetzt hatte sie sich wieder zum hemmungslosen Prokrastinieren hinreißen lassen. So wurde es natürlich nichts mit dem Schreiben.

Conny begann mit dem nächsten Kapitel. Allerdings konnte sie sich nicht konzentrieren und schaute gefühlte fünfundneunzig Mal in ihren Posteingang, ob Christian schon geantwortet hatte. Dieser Typ fing an, sie wirklich zu interessieren. Es wurmte sie, dass es von ihm kein Foto online gab. Auch die Google-

Bildersuche lieferte keine Ergebnisse. Es gab einfach zu viele Christian Meyers. Vom Radsportler über den Minister bis zum Architekten war alles dabei.

Wütend darüber, dass sie sich hatte ablenken lassen, schloss Conny das Browserfenster und wandte sich ihrem Text zu.

Kapitel 6

Die jungen Wilden und esoterische Energieberatung

Conny stellte ihre Tasche ab und ließ sich matt auf den Stuhl fallen. Sie hatte die Klasse mit schlechtem Gewissen schon fünf Minuten eher in die Pause entlassen. Es hätte nicht viel Sinn gehabt, weiterzuarbeiten. Die Luft war einfach rausgewesen.

„Mann, waren die heute wieder anstrengend!" Sie rieb sich die Schläfen.

„Wirtschaftsgymnasium?" Steffi saß bereits am Tisch und blätterte in einer Zeitschrift.

„Nee, Deutsch in der HöHa." Conny fühlte sich erschöpft. „Zwei von sechsundzwanzig hatten die Hausaufgaben und dementsprechend zäh war die Erarbeitung. Manchmal frage ich mich, warum *ich* mich eigentlich vorbereite."

Steffi lachte.

„Ich glaube, das haben wir uns alle schon gefragt. Weißt du was? Ich geh mir einen Kaffee holen und bringe dir einen mit. Außerdem schaue ich mal, ob sich in meinem Fach noch ein bisschen Nervennahrung findet. Hast du nicht nach der Pause auch eine Freistunde?"

Conny nickte.

„Zum Glück! Eine Freistunde und danach UE-Teamsitzung, Nachbereitung der Methodenfortbildung neulich."

Steffi kramte in ihrem Fach und förderte Tafel Schokolade zu Tage. Mit einem triumphierenden Lächeln legte sie die Schokolade vor Conny auf den Tisch.

„Bedien dich!" Dann machte sich auf den Weg in die Kaffeeküche.

Nach und nach trudelten auch die anderen Kollegen ein und es wurde laut und voll. Heike und Barbara setzten sich gegenüber an den Tisch und plauderten angeregt. Steffi erschien kurz später mit dem Kaffee und ließ sich auf dem freien Platz neben Conny nieder. Die restlichen Plätze an ihrem Tisch wurden von Ralf, Volker und Annette belegt. Alle schnatterten wild durcheinander. Conny freute sich auf ihre Freistunde. Die Pausen im Lehrerzimmer waren meistens lauter als die nervigste Klasse. Conny konnte nur schlecht abschalten. Inzwischen hatte sie die Fähigkeit entwickelt, den Lärm für eine Weile auszublenden. Während Adrians schlimmster Trotzphase hatte sie es in dieser Fähigkeit zur Meisterschaft gebracht.

Conny ließ ein Stück Schokolade auf der Zunge zergehen, zog sich in ihre Gedanken zurück und starrte ins Nichts. Sie registrierte, wie Barbara gegenüber mit den Händen herumfuchtelte, brauchte aber eine Weile, bis sie bemerkte, dass das Winken ihr galt.

„Hallo! Erde an Conny!" Barbara fuchtelte nun direkt vor ihrem Gesicht.

„Äh...ja, was?" Conny tauchte aus dem Nebel.

Barbara lehnte sich über den Tisch um nicht schreien zu müssen.

„Heike und ich haben gerade darüber gesprochen, ob wir nicht dieses Jahr wieder zur Buchmesse fahren sollen. Vielleicht könnten wir gemeinsam mit der Bahn hin fahren. Dann wird die Fahrt nicht so langweilig. Würdest du auch wieder mitfahren? Oder geht es bei dir nicht wegen der Kinder?"

„Das steht bei mir noch in den Sternen." Conny nahm sich noch ein Stück Schokolade. „Ich würde sehr gerne hinfahren, aber wie es aussieht sind meine Eltern zu der Zeit im Urlaub. Ich muss noch meinen Ex fragen, ob er die Kinder nehmen könnte."

„Du musst mit!" Heike piekte mit dem Finger vor Conny auf den Tisch. „Ich finde dein Ex könnte sich ruhig auch mal um die Kinder kümmern. Dieses Jahr ist es echt günstig. Da sind Herbstferien. Es sind ja nur vier Tage."

„Hier, vielleicht ist das ja eine Entscheidungshilfe."

Barbara grinste und schob Conny ein geöffnetes Magazin über den Tisch.

Die jungen Wilden – der neue Dandy-Style las Conny. Sie runzelte die Stirn. Was hatte eine Modestrecke in irgendeinem Hochglanzmagazin mit der Buchmesse zu tun?

„*Der* wird nämlich auch da sein." Barbara und Heike schauten Conny erwartungsvoll an.

„Ich will den unbedingt mal treffen." Heike schaffte es trotz ihrer 48 Jahre auszusehen wie ein verliebter Teenager.

Conny schwante Übles. Sie strich die Magazinseite glatt und las weiter.

Lässig in Samt und Seide: Erfolgsautor Cecil Elliott präsentiert exklusiv für ‚4Men' den angesagten neuen Dandy-Look. Ein perfekt gekleideter

Gentleman, der sich durch stilvolle Eleganz auszeichnet. Lesen Sie dazu auch das Interview auf S. 34: ‚Lippenbekenntnisse eines modernen Dandys: Cecil Elliott über Oscar Wilde, Erotik und die Frauen'.

Conny hatte Mühe, ihre Gesichtszüge zu kontrollieren. War man denn nicht einmal auf der Arbeit vor diesem Kerl sicher? „Ist er nicht einfach super sexy?" Heike klimperte mit den Lidern. Conny blätterte lustlos durch die Fotostrecke. Zugegeben, die wenigsten Männer schafften es in einem Smoking-Jackett mit glänzendem Schalkragen eine gute Figur abzugeben. Wenn sie ganz ehrlich war, hätte er hervorragend zur männlichen Hauptfigur in einem ihrer Romane getaugt. Die Stylisten hatten sich Mühe gegeben. Auf den Bildern wirkte er elegant und selbstsicher. Der Look stand ihm gut, und er sah damit nicht verkleidet aus.

Trotzdem. Es war höchst unsexy, sich als Star feiern zu lassen, ohne dass man dafür irgendeine Leistung erbracht hatte. Das gute Aussehen zählte nicht. Das hatte er schließlich nur den Genen seiner Eltern zu verdanken. Egal wie gut er in einem engen schwarzen Anzug aussehen mochte, Conny konnte Cecil Elliott nicht ausstehen und den Wirbel, der um ihn gemacht wurde, noch viel weniger.

„Äh ja, toll", murmelte Conny. „Ich sehe, was ich tun kann."

Der Ausblick, vermutlich an jeder Ecke auf Cecil Elliott zu stoßen, verhagelte ihr beinahe die Lust auf die Buchmesse. Allerdings war es für sie wichtig, jetzt Kontakte zu knüpfen. Ob sie es woanders in einem anderen Genre noch einmal versuchen oder schon mal etwas in der Hinterhand haben wollte, wenn ihr Vertrag in fünf Jahren auslief. Es war wichtig, dass sie sich ein Netzwerk aufbaute, um nicht wieder so abhängig von einem Verlag zu sein.

„Steffi und Ralf haben zugesagt. Es wäre klasse, wenn du auch mitkommst." Heike zog die Zeitschrift wieder zu ihrem Platz herüber. Conny sah Steffi an, die nickte und die Schultern zuckte. Mit Steffi wäre wenigstens eine Person dabei, die Bescheid wusste und mit der sie über diesen Elliott lästern könnte.

„Wenn ich einen Babysitter finde, bin ich dabei."

„Oh super!" Barbara war sichtlich erfreut. „Je mehr desto besser. Am Samstag ziehen wir dann noch gemeinsam ein bisschen um die Häuser. Das wird klasse!"

Kurz darauf klingelte es, und das Lehrerzimmer begann sich wieder zu leeren.

Steffi und Conny blieben allein am Tisch zurück.

„Dieser Cecil Elliott geht mir mittlerweile ziemlich auf den Keks. Wenn ich das geahnt hätte! Ich hatte gedacht, die drucken ein nettes Foto vorne in den Umschlag, er hält ein paar Lesungen und gut." Conny deutete auf das Magazin, das Heike an ihrem Platz hatte liegenlassen. „Wo man auch hinsieht, begegnet man seiner Visage."

„Zugegeben, einer ziemlich attraktiven Visage", murmelte Steffi. Sie hatte sich das Magazin geschnappt und besah die Fotos. „Vielleicht solltest du es einfach als Erfolg verbuchen, Conny. Immerhin zeigt es, wie beliebt deine Bücher sind. Wenn niemand sie lesen würde, würde sich auch niemand für diesen Elliott interessieren."

An Steffis Argumentation war etwas Wahres dran. Conny zog das Magazin zu sich herüber.

„Aber schau mal. Es geht hier doch in erster Linie um den Typ und sein Aussehen. Die Leute finden den Mann interessanter als das, was er angeblich schreibt."

„Es ist ja auch ein Lifestyle-Magazin für Männer. Frage mich übrigens, wer das hier liegenlassen hat. Ob Ralf so etwas liest? Oder Volker?" Steffi kicherte. „Na ja, ist ja auch egal. Ich denke jedenfalls, dass deine Bücher trotzdem den Löwenanteil an seinem Erfolg ausmachen. Vielleicht solltest du bessere Bedingungen für dich heraushandeln. Immerhin verdient der Verlag gut an deinen Büchern, und du könntest den Nachschub kappen, wenn du wolltest."

„Damit säge ich mir allerdings dann auch den Ast ab, auf dem ich sitze." Conny war nicht überzeugt. „Ich werde trotzdem mal mit Schwarz Junior reden müssen. Mal sehen, was sich da rausholen lässt. Aber genug davon. Wie läuft es denn bei dir? Alles im grünen Bereich?"

„Ach, im Großen und Ganzen schon, aber du weißt ja von unseren Schwierigkeiten". Steffi malte mit den Fingern Anführungszeichen in die Luft.

„Irgendwelche neuen Erkenntnisse?", wollte Conny wissen.

„Nein. Nur, dass es nicht an Arndt liegt, was ich ehrlich gesagt reichlich deprimierend finde. Immerhin bedeutet das, dass es wohl meine Schuld ist."

„Von Schuld kann man da wohl kaum sprechen", widersprach Conny. „Da hast du doch überhaupt keinen Einfluss drauf. Hast du dich denn mal gründlich durchchecken lassen?"

„Bisher nur Routine-Untersuchungen bei der Frauenärztin. Bei der letzten Vorsorge habe ich sie gefragt habe, ob irgendetwas dagegen spräche. Sie meinte auf den ersten Blick sähe alles prima aus. Sie würde mich dann zu einem Kinderwunsch-Spezialisten überweisen." Steffi schwenkte einen Rest Kaffee in ihrer Tasse herum.

„Das muss doch nicht die schlechteste Idee sein", fand Conny. „Vielleicht findet der etwas, was man ganz einfach beheben kann."

„Und wenn nicht? Dann gerät man schneller zwischen die Mühlen der Kinderwunsch-Maschinerie als einem lieb ist. Ich weiß nicht, ob ich dazu bereit bin." Steffi schüttelte den Kopf. „Ich habe das bei so vielen Paaren miterlebt. Bei meiner Bekannten ist darüber die Beziehung zerbrochen. Weißt du, wenn es nicht klappt, vielleicht soll es dann nicht sein."

„So gesehen dürfte man aber auch mit einer Krankheit nicht zum Arzt gehen. Das sind doch auch alles Eingriffe in den natürlichen Verlauf der Dinge." Conny war sich sicher, dass Steffi eine tolle Mutter wäre. Sie hoffte, dass ihre Freundin die Hoffnung nicht so schnell aufgab.

„Ich habe es noch nicht vollkommen ausgeschlossen." Steffi stellte die leere Tasse auf dem Tisch ab. „Man setzt so viel Vertrauen in die Medizin und was damit alles machbar ist, und dann ist die Enttäuschung hinterher nur noch größer als sie es ohnehin schon ist. Ich scheue mich bisher noch davor."

„Kann ich verstehen." Conny nickte. „Ich fände es bloß unheimlich schade, wenn du und Arndt keine Eltern würdet. Ihr wärt bestimmt großartig."

Steffi lächelte. „Danke für die Vorschusslorbeeren. Kirsten hat mir so eine Energieberaterin empfohlen. Die hat eine hartnäckige Blasenentzündung weggekriegt, die Kirsten nicht mal mit Antibiotika in den Griff bekommen hat. Sie hat irgendwelche emotionalen Blockaden bei ihr gelöst und schwupp – die Blasenentzündung war weg und kam nicht wieder. Ich glaube, ich versuche es einfach mal."

„Das kann aber auch Zufall gewesen sein." Conny sah ihre Freundin stirnrunzelnd an. „Es erstaunt mich, dass eine Naturwissenschaftlerin wie Kirsten so einen Esoterikfimmel hat. Aber noch erstaunlicher finde ich, dass du dich von ihr damit anstecken lässt. Du stehst doch sonst mit beiden Beinen auf dem Boden."

„Vielleicht will es ja gerade deswegen nicht klappen." Steffi malte mit dem Finger Kreise auf den Tisch. „Jedenfalls würde ich das gerne ausprobieren, bevor ich über irgendwelche medizinischen Eingriffe nachdenke."

Sie druckste und schaute Conny von der Seite an.

„Na ja, eigentlich hatte ich gehofft, du könntest mit mir zusammen hingehen. Alleine trau ich mich nicht."

„Zu so einer Gesundbeterin?" Conny blieb skeptisch.

„Bitte. Einen Versuch ist es doch wohl wenigstens wert, oder?", bat Steffi.

„Okay. Ich gehe mit. Aber nur als Begleitung! Ich mache nicht bei irgendwelchem Hokuspokus mit." Conny stand auf und nahm die leeren Tassen. „Möchtest du noch einen?"

„Gerne!" Steffi schien erleichtert. „Danke, dass du mitkommen willst. Du hast definitiv einen gut bei mir."

Kapitel 7

Die Nummer mit der Nummer

„Nanu? Ich hatte gar nicht damit gerechnet, dass du zu Hause bist", kam Kirstens Stimme aus dem Hörer. „Eigentlich wollte ich dir nur den Anrufbeantworter vollquatschen, um dir die Säurefass-Daten für mein Date am Freitag zu hinterlassen."
Die „Säurefass-Daten". Das waren die wichtigsten Daten zu einem Blind Date wie Treffpunkt, Zeit des Treffens, sowie alle bekannten Daten über den Mann, zum Beispiel Homepage, Email, Telefonnummer und Adresse. Kirsten und Conny tauschten diese Daten immer aus, wenn sich eine der Freundinnen mit einem Mann traf – nicht dass das bei Conny in der letzten Zeit häufig vorgekommen wäre. Diese Sicherheitsmaßnahme hatten sie sich überlegt, nachdem sie über den sogenannten „Säurefassmörder" gelesen hatten, der seine Opfer gezwungen hatte, Abschiedsbriefe und Postkarten an Verwandte und Freunde zu schreiben, die später aus dem Ausland verschickt wurden. Sie hatten sogar ein geheimes Codewort, das sie einbauen würden, wenn sie jemals jemand zwingen sollte einen falschen Abschiedsbrief zu schreiben. Bei Blind Dates konnte man schließlich nicht vorsichtig genug sein, fanden sie.

„Ich musste heute einen blauen Schein nehmen", seufzte Conny. „Leni ist erkältet und hat Fieber, deswegen konnte sie nicht in die Kita gehen, und meine Mutter hat ausgerechnet heute eine Wurzelbehandlung. Ich hoffe bloß, dass Adrian sich nicht auch noch ansteckt."

„Oh, das ist echt blöd", meinte Kirsten. „Hoffentlich ist sie schnell wieder gesund und steckt dich nicht mit an."

„Ach, mich haut doch so schnell nichts um! Aber schieß mal los mit deinen Daten." Conny schnappte sich Zettel und Stift und notierte, was Kirsten durchgab.

„Passt der denn in deinen Kriterienkatalog?" Conny legte den Zettel in ihre Schreibtischschublade.

„Mach dich nicht lustig über mich." Kirsten klang leicht beleidigt. „Ich möchte das Risiko, enttäuscht zu werden eben von vorn herein so klein wie möglich halten. Er passt erstaunlich gut ins Profil. Ich bin sehr gespannt."

„Ich auch! Du musst mir dann alles erzählen. Aber jetzt muss ich mich erst einmal um Leni kümmern." Conny klemmte das Telefon zwischen Schulter und Wange und benetzte einen Frotteewaschlappen mit kaltem Wasser.

„Alles klar, gute Besserung an die Kleine! Und halt die Ohren steif, Conny!"

„Danke. Du auch und viel Spaß am Freitag, falls wir uns nicht davor noch einmal sprechen."

Conny legte auf, setzte sich wieder zu Leni auf die Couch und betupfte vorsichtig ihre Stirn mit dem kühlen Lappen. Die Kleine war während des kurzen Telefonats eingeschlafen. Conny faltete den Lappen, legte ihn auf die heiße Stirn und setzte sich dann an den Schreibtisch, um den erzwungenermaßen schulfreien Tag wenigstens produktiv zu nutzen.

Von:	c.meyer@schwarz+schimmel.de
Betreff:	Fragen über Fragen
Datum:	04.09.2013 02:07:16 MESZ
An:	c.mayer@schwarz+schimmel.de

Hallo Conny,

erst einmal lass dir sagen, dass du meinen allergrößten Respekt hast. Es als alleinerziehende Mutter von zwei Kindern mit einem Teilzeitjob noch auf die Reihe zu bekommen, Bücher zu schreiben, ist eine Herausforderung. Ich habe auch eine Tochter und erinnere mich noch gut an die Zeit, in der sie so klein war. Natalie lebt allerdings bei ihrer Mutter und steht bereits kurz vor dem Abi. Ich war noch im Studium, als sie geboren wurde. Deshalb habe ich mich (mit viel, viel Unterstützung unserer beider Eltern!) um sie gekümmert. Meine Freundin verdiente derweil das Geld. Ich hoffe, du hast auch Unterstützung von deiner Familie. Die kann man nämlich mit Gold nicht aufwiegen!!

Nun aber zu deinen Fragen...

1. Ich habe tatsächlich meinen besten Freund Pascal gefragt. Seine Antwort erstaunt mich. Er sagte: „uneitel". Pascal ist übrigens derjenige, der mir Mut gemacht, ein Buch rauszubringen.

2. Ich halte Fluchen beim Autofahren für therapeutisch und tue es deswegen leidenschaftlich und ausgiebig.
3. Alltags rieche ich meistens nur nach Duschgel und den handelsüblichen Deodorants für Männer. Wenn ich mich mal ausgehfein mache, benutze ich „Harissa" von Comme des Garçons. Bevor du Schlüsse daraus ziehst: das war ein Geschenk meiner Schwester (womit du eine Info gratis bekommen hättest). Ich mag es.
4. In wichtigen Sachen bin ich sehr strukturiert, ansonsten aber eher chaotisch. Eine Wohnung darf für mich keine Möbelausstellung sein.
5. Auf der Abifahrt musste ich wegen einer verlorenen Wette nackt auf dem Hotelflur stehen. Das Hotelmanagement fand das nicht so komisch. Beinahe wären wir alle rausgeflogen. Die anderen Peinlichkeiten habe ich erfolgreich verdrängt.
6. Auf DEINE Kostümparty komme ich natürlich als der Vampir Lestat aus Anne Rices Chronik der Vampire. ;-)
7. Ich habe gar kein „Beuteschema". Ich möchte kein Abziehbild, sondern eine Persönlichkeit. Attraktiv finde ich zum Beispiel Christina Hendricks und Barbara Schöneberger (Letztere eigentlich mehr wegen ihrer großen Klappe als wegen ihrer groß... – äh – großartigen Persönlichkeit).

Um ein bisschen Thrill und Geschwindigkeit in unser Spiel zu bringen, schlage ich vor, es am Telefon fortzusetzen. Traust du dich? Ich bin in letzter Zeit viel unterwegs, also hier meine Festnetznummer und meine Handynummer.

Ich muss auf niemanden Rücksicht nehmen, du kannst also auch gerne spät anrufen, wenn die Kinder schon schlafen.

Festnetz: 040/4287070
Handy: 0147/337599

Liebe Grüße
Christian

Eine Hamburger Nummer! Connys Herz klopfte schneller. So kribbelig hatte sie sich lange nicht gefühlt. Vielleicht sogar seit der Pubertät nicht mehr.

Leni schlief zwar, aber sie wollte mit dem Anruf noch warten, bis sie wirklich ungestört war. Und auch dann würde sie bestimmt mindestens eine halbe Stunde damit zubringen, das Telefon zu hypnotisieren, bevor sie sich traute, seine Nummer zu wählen.

Warum machte der Typ sie nur so nervös, wo sie doch noch nicht einmal wusste, wie er aussah? Sie sollte ihn nach einem Foto fragen.

Sie rief die Suchmaschine auf und fand sein Parfum. „Unkonventionell und wild". Das las sich vielversprechend. Blutorangen, Chili, Safran, Muskatnuss, Kardamom, Engelwurz und Tomatenblätter.

Wie zur Hölle rochen Tomatenblätter? Klang irgendwie gewagt. Sie würde sich in der Parfümerie ihres Vertrauens mal ein Pröbchen abfüllen lassen. Für Conny war es immens wichtig zu wissen, ob sie jemanden im wahrsten Sinne des Wortes „riechen konnte".

Sie las die Mail noch einmal. Er klang durchweg sympathisch. Vielleicht zu sympathisch, um wahr zu sein. Sie nahm sich vor, alles was er schrieb und sagte, mit Vorsicht genießen. Er wäre nicht der erste Mann, der sich verstellte, um bei Frauen zu punkten.

Dass sein Freund ihn angeblich als „uneitel" bezeichnete, konnte bedeuten, dass er sich nicht viel darum scherte, was andere über ihn dachten. Es konnte natürlich genau so gut Masche sein, um sympathisch zu erscheinen. Kinder schienen für ihn immerhin kein Problem zu sein. Er hatte sogar selber eine Tochter – wenn die auch schon fast erwachsen war.

Außerdem stand er nicht auf Hungerhaken. Das fand Conny äußerst beruhigend.

Sie hörte Lenis tiefe Atemzüge von der Couch und beschloss, noch ein wenig an ihrem Roman zu arbeiten. Sie überflog den letzten Absatz.

Ihre Augen wanderten über seinen Körper. Annie fand es anziehend, dass er auch nackt Selbstsicherheit ausstrahlte. Sie kniete ihm gegenüber auf dem Bett und betrachtete ihn. Das Dämmerlicht der Nachttischlampe schmeichelte ihm und modellierte seinen Körper wie ein griechisches Standbild. Patrick sah überwältigend aus. Muskulöse Schultern, gebräunte Haut, seine blauen Augen, die sie ebenfalls ausgiebig betrachteten. Noch etwas faszinierte Annie. Unter seinen Designeranzügen hätte sie es niemals vermutet. Patricks Haut zierte eine großflächige Tätowierung. Direkt unter seiner linken Schulter befanden sich der schuppige Kopf und die Klauen eines filigran gezeichneten chinesischen Drachen mit grünlich schwarzen Schattierungen. Der Körper des Drachen wand sich über Schulter und Oberarm nach hinten. Größe und Proportion des Kopfes ließen vermuten, dass das Tattoo über den gesamten Rücken lief.

Annie streckte ihre Hand aus, um es zu berühren. Patrick lächelte. Er schien amüsiert darüber, wie zurückhaltend Annie war. Seine Hände umfassten ihre Schultern. Er zog sie an sich und küsste sie. Seine Brust war warm. Sie ließ seine Zunge ihren Mund erkunden. Dabei strichen ihre Hände durch sein Haar und liefen über seinen Rücken. Sie konnte die kräftigen Muskeln unter ihren Fingern spüren. Mit einer raschen Bewegung drückte er sie rückwärts in die Kissen. Patrick kniete vor ihr. Er nahm ihre Beine und platzierte sie zu beiden Seiten seiner Knie.

Leni seufzte im Schlaf auf. Conny hielt inne. In Lenis Gegenwart konnte sie sich einfach nicht auf diese erotische Szene konzentrieren. Außerdem bekam sie Christians Mail nicht aus dem Kopf. In ihrer Fantasie nahm er die Gestalt ihres Protagonisten an. Er hatte braune Haare, hellblaue Augen, Grübchen in den Wangen und quer über seinen muskulösen Oberkörper verlief dieses Wahnsinns-Tattoo. Conny atmete tief durch. Sie sollte dringend ihre Hormone wieder unter Kontrolle bringen. Vielleicht sah Christian auch aus wie Kirstens Ringglatzenmaulwurf. Sie musste ihn heute Abend definitiv um ein Foto bitten!

Leni war inzwischen aufgewacht und blinzelte Conny schläfrig an. Der Waschlappen war auf den Boden gefallen. Conny hob ihn auf. Dann holte sie Lenis Trinkflasche und setzte sich zu ihrer Tochter auf die Couch.

„Hast du gut geschlafen, meine Maus?"

Leni nickte und gähnte. Conny befühlte ihre Stirn.

„Ich glaube, das Fieber ist schon wieder etwas runter gegangen."

„Mama, Nudeln essen. Mit Nesesoße." Wenn Leni schon wieder Appetit auf Pasta Bolognese bekam, war das ein gutes Zeichen.

Conny schaute auf die Uhr. Es war schon fast zwölf. In der Kita gab es um diese Zeit Essen. Leni war heute Morgen noch so schlecht zurecht gewesen, dass sie nicht gefrühstückt hatte.

„Möchtest du mit in die Küche kommen und mir beim Kochen helfen? Oder möchtest du lieber hier auf dem Sofa kuscheln und ein Bilderbuch anschauen?" Conny nahm den Waschlappen und stand auf.

„Bilderbuch anßauen", entschied Leni. „Wose Lappi?"

„Schlappi liegt noch in deinem Bettchen, Schatz. Soll ich ihn dir holen?"

Leni nickte. Conny brachte den Lappen ins Bad und holte auf dem Rückweg Schlappi und das große Buch mit den Wimmelbildern aus Lenis Zimmer.

Nachdem sie es Leni mit ein paar Kissen im Rücken auf dem Sofa bequem gemacht hatte, begann die Kleine mit großem Eifer Schlappi die Bilder zu erklären. Das hatte sie sich bei ihrem großen Bruder abgeschaut. Conny ging in die Küche, setzte Nudelwasser auf und holte eine Portion ihrer Spezial-Bolognesesauce aus dem Eisfach. Sie kochte immer gleich einen großen Topf und fror mehrere kleine Portionen ein. Auf die Weise hatte sie für solche Gelegenheiten ein schnelles Essen bereit, ohne sich ein schlechtes Gewissen zu machen, weil sie ihren Kindern Fertigprodukte vorsetzte.

Während die Sauce in der Mikrowelle auftaute, gab Conny die Nudeln ins kochende Wasser und stellte den Durchschlag in die Spüle, um sie später darin abzugießen. Gerade wollte sie den Tisch decken, da klingelte es an der Tür.

Leni hüpfte vom Sofa und patschte auf bloßen Füßen zur Tür. „Omaaa!" Leni rannte durch den Flur und öffnete die Tür. Dann drehte sie abrupt um und kam weinend zu Conny, die in der Küchentür stand. „Mamaaaa!"

Conny nahm die weinende Leni auf den Arm.

„Leni, du sollst die Tür doch nicht aufmachen, wenn Mama nicht dabei ist."

Sie ging zur Tür um nachzusehen, wer Leni so einen Schreck versetzt hatte.

Vor der Tür stand Barne, der Connys Schüssel in der Hand drehte.

„Tut mir Leid. Ich wollte die Kleine nicht erschrecken." Barne sah geknickt aus. „Ich wollte dir bloß die Schüssel zurückbringen, bevor ich es vergesse. Hat übrigens super geschmeckt und mich vor dem sicheren Hungertod bewahrt."

Leni, die ihr Gesicht in Connys Halsbeuge vergraben hatte, lugte vorsichtig hoch.

„Is das, Mama?"

„Leni, das ist Barne", erklärte Conny. „Er wohnt unter uns."

„Hallo Leni." Barne lächelte. „Ich wollte dich nicht erschrecken."

In der Küche piepste die Mikrowelle.

„Oh, störe ich gerade beim Mittagessen? Dann gehe ich wohl besser wieder." Barne reichte Conny die Schüssel und wandte sich zum Gehen.

„Nein, nein. Keine Sorge. Sag mal, möchtest du vielleicht einen Happen mitessen? Nichts Besonderes. Es gibt Vollkornpenne mit Bolognesesauce. Lenis Leibspeise. Die arme Maus kränkelt etwas. Du bist doch wahrscheinlich noch mit Auspacken beschäftigt." Conny machte einen Schritt zur Seite und bedeutete Barne hereinzukommen.

„Ich möchte euch nichts wegfressen." Barne lächelte verschämt. „Allerdings wäre etwas Warmes jetzt echt klasse. Meine

Küche ist inzwischen aufgebaut, aber der Herd ist noch nicht angeschlossen. Der Elektriker kommt erst morgen."

„Na, komm schon rein. Es ist genug da." Conny lachte.

Conny setzte Leni ab und wollte anfangen, den Tisch zu decken.

„Nein, Mama hoch!" Leni klammerte sich an Connys Beine. Der unerwartete Besuch war ihr anscheinend immer noch nicht ganz geheuer.

„Schatz, ich muss doch jetzt den Tisch decken." Conny versuchte Lenis Klammergriff zu lösen.

„Lass mal, das kann ich doch machen. Wenn du mir sagst, wo alles steht", bot Barne an.

Conny setzte Leni wieder auf die Hüfte und dirigierte Barne zum Geschirrschrank, während sie selber mit einer Hand das Besteck aus der Schublade fischte.

Sie füllte die Teller und setzte Leni neben sich in den Hochstuhl.

„Hast du heute eigentlich deinen freien Tag?", wollte Barne wissen. „Ich hab mich gewundert, dass dein Auto unten steht."

„Nein, eigentlich müsste ich heute arbeiten. Ich habe nur dienstags und freitags frei. Aber Leni hat Fieber und konnte nicht in die Kita, und ausgerechnet heute hat auch meine Mutter keine Zeit." Conny schnitt Lenis Nudeln klein.

„Ist ganz schön stressig, so alleine mit zwei Kindern, oder?" Barne nahm die Wasserflasche und goss ihnen ein.

„Manchmal schon. Aber ich habe viel Unterstützung und hin und wieder sind sie ja auch bei meinem Ex-Mann." Conny rückte

Leni noch etwas näher an den Tisch und drückte ihr die Gabel in die Hand. „Guten Appetit."

„Hm! Schmeckt köstlich. An dir ist eine Köchin verloren gegangen", lobte Barne.

„Gucke mal, Mama. Ein Huchheug!" Leni ließ eine aufgespießte Nudel begleitet von Flugzeuggeräuschen in ihrem Mund verschwinden.

„Na, dir scheint es ja schon wieder besser zu gehen." Conny war erleichtert. Dann würde sie Mittwoch sicher wieder arbeiten gehen können.

Nach dem Essen brachte Conny die Kleine zum Mittagsschlaf in ihr Bettchen. Barne räumte in der Zwischenzeit ab und stellte das schmutzige Geschirr in die Spülmaschine.

„Schläft die Kleine?", flüsterte er, als Conny zurück in die Küche kam.

„Nein, aber das wird nicht lange dauern. Sie ist noch etwas mitgenommen vom Fieber. Ich hoffe, sie schläft eine Weile. Ich muss noch für morgen den Unterricht vorbereiten." Conny öffnete den Kühlschrank und holte eine Packung Milch heraus. „Trinkst du noch einen Kaffee mit?"

„Nein danke. Ich will nicht länger stören", lehnte Barne ab.

„Trotzdem vielen Dank für die spontane Essenseinladung. Es hat wirklich gut geschmeckt."

„Na, da nicht für!" Conny lächelte und holte eine Kaffeetasse aus dem Schrank. „Einen schönen Nachmittag wünsche ich dir. Ich hoffe, du hast nicht mehr allzu viel auszupacken."

„Nein, nein. Nur noch ein paar Kisten. Ich möchte auf jeden Fall fertig sein, wenn Carina am Wochenende kommt. Bis demnächst mal wieder!" Barne winkte und verließ die Wohnung.

Conny machte sich einen Kaffee, wischte den Tisch ab und machte sich dann an die Vorbereitungen. In Anbetracht der Tatsache, dass Leni höchstens zwei Stunden schlafen würde, widerstand sie tapfer dem Drang, Christians Mail noch einmal zu lesen.

Als sie alles erledigt hatte, es aber in Lenis Zimmer noch still blieb, beschloss sie, noch eine kurze Nachricht an ihn zu schreiben. Er sollte sie nicht für feige halten.

Von:	c.mayer@schwarz+schimmel.de
Betreff:	Kein Schwein ruft mich an...
Datum:	04.09.2013 02:37:48 MESZ
An:	c.meyer@schwarz+schimmel.de

Hallo Christian,

leider werde ich mit dem Anruf bis morgen Abend warten müssen. Meine Tochter war heute krank, und Oma konnte nicht aufpassen. Also musste ich zu Hause bleiben. Gleich muss ich noch meinen Sohn aus der Kita holen.

Wenn die beiden im Bett sind, muss ich leider noch einen Test korrigieren. Freitags habe ich frei, so dass ich morgen Abend Zeit zum Telefonieren hätte. Ich hoffe, du bist dann zu Hause.

Liebe Grüße

Conny

PS: Hier übrigens meine Handy-Nummer, vielleicht findest du mich ja im Messenger: 0146/160411.

Sie klappte den Laptop zu und ging Leni wecken. Conny öffnete die Rollläden. Leni zeigte sich unbeeindruckt und kuschelte sich mit einem verschlafenen Grunzen tiefer ins Kissen. Connys Handy vibrierte in der Hosentasche.

„Lenimaus, aufwachen!" Conny versuchte ihrer Tochter ein Lebenszeichen zu entlocken. Dann fischte sie das Handy aus der Tasche. Christian hatte ihr im Messenger eine Anfrage geschickt. Lächelnd bestätigte sie.

Kurz später vibrierte es erneut, und eine neue Nachricht wurde angezeigt.

Alles klar, dann sei schön fleißig! Du hast Glück, morgen bin ich zu Hause. Wochentags ist es aktuell günstiger. Die Wochenenden bin ich gerade oft beruflich unterwegs. Christian xx

Jetzt hatte sie keine Ausrede mehr. Sie musste ihn anrufen. Schon bei dem Gedanken bekam sie ganz schwitzige Hände und Herzklopfen. Sie kam sich vor wie ein verliebter Teenager. So hatte sie sich ewig nicht gefühlt.

Kapitel 8

Ein Haken ist immer dabei

„Na, Süße, was hast du denn Schönes bei der Oma gemacht?" Conny drückte Leni einen Kuss auf und verfrachtete sie in den Kindersitz.

„Backe Kuchen!", sagte Leni.

„Ihr habt einen Kuchen gebacken?", wunderte sich Conny.

„Ja, einen doooßen Sandkuchen." Leni war sichtlich stolz.

„Mama, können wir heute einen echten Kuchen backen?", meldete sich Adrian vom Rücksitz. Conny hatte ihn unterwegs aus der Kita abgeholt.

„Nein, mein Hase. Ich muss noch ein bisschen arbeiten, und es ist schon so spät. Aber am Samstag ist doch kein Kindergarten. Da fahren wir dann einkaufen und danach können wir einen Kuchen backen." Conny wurde bewusst, dass sie außer an Weihnachten noch nie mit den Kindern gebacken hatte.

„Einen echten Kuchen?" Leni war begeistert.

„Ja, einen echten Kuchen", bestätigte Conny.

„Mit Sienen!!", verlangte Leni.

„Meinetwegen auch mit Rosinen." Conny schaute in den Rückspiegel.

„Ich will aber lieber Schokolade!", protestierte Adrian.

„Wir können doch Rosinen und Schokolade reintun." Es war nicht immer so leicht, Kompromisse zu finden. Doch für dieses Mal gab Adrian gab sich zufrieden.

Zuhause holte Conny die Bastelkiste aus dem Schrank und setzte die Kinder an den Küchentisch. Adrian machte sich daran, einen kleinen Karton mit bunten Papierschnipseln zu bekleben. Leni wollte mit Knete spielen. Conny kramte im Schrank nach der Knete und diversem Zubehör.

Sie holte den Einkaufsbeutel mit den Englischheften aus dem Flur und machte sich ans Korrigieren. Solange die beiden mit Basteln beschäftigt waren, würde sie vielleicht noch ein bisschen arbeiten können. Da sie zwischendurch immer wachsame Blicke auf Leni und Adrian werfen musste, kam sie nur langsam voran. Sie hatte gerade drei Hefte geschafft, als das Telefon klingelte.

„Mayer?"

„Hallo Süße, hier ist Anja!", kam es aus dem Hörer.

„Oh, hi Anja. Schon Feierabend?" Conny schraubte ihren Füller zu und legte ihn auf den Schreibtisch.

„Ja, ich habe heute ein bisschen früher Schluss gemacht, ich hatte noch Überstunden abzufeiern", antwortete Anja. „Hast du einen Moment zum Quatschen oder störe ich?"

„Ich wollte gerade ein bisschen korrigieren, aber ich kann mich eh nicht so recht konzentrieren. Leni, nicht die Knete essen!" Conny nahm ihrer Tochter das Stück Knete aus der Hand und legte es zurück auf den Tisch.

„Das sind Nudeln! Schau mal!" Leni wedelte mit einer Kneteschlange.

„Ja, aber du darfst nur so tun, als ob du sie isst, hörst du?", mahnte Conny.

Leni nickte und machte laute Schmatzgeräusche.

„Entschuldige. Was gibt es denn Neues?", fragte Conny in den Hörer.

„Ich wollte dich fragen, wann du mal wieder ein kinderfreies Wochenende hast. Ich wollte euch einladen, um meinen neuen Esstisch einzuweihen. Wir müssten uns ohnehin mal wieder zum Kochen treffen", sagte Anja.

Conny blätterte in ihrem Kalender.

„Dieses Wochenende habe ich die Kinder, danach die Woche sind Torsten und Ela in Urlaub, da könnte ich also auch nicht. Wie wäre es übernächsten Samstag?"

„Klingt gut, ich ruf dann mal Kirsten und Steffi an, ob sie auch Zeit haben. Habe ich dir übrigens schon erzählt, dass ich einen neuen Kollegen habe?", fragte Anja.

Conny horchte auf.

„Nein, hast du nicht. Ist er nett?"

„Scheint so. Er ist eigentlich ganz schnuckelig, heißt Dirk und macht auch Musik. Darüber sind wir ein bisschen ins Gespräch gekommen. Wir waren dann mal zusammen in der Kantine und haben uns echt nett unterhalten. Wir haben so ein bisschen herumgesponnen. Vielleicht gründen wir ja eine Band."

Anja spielte Gitarre und hatte damals im Studium in einer Band gesungen.

„Klingt nett. Vielleicht wäre der ja mal was für dich." Conny wusste, dass Anja in Sachen Beziehungen etwas eigen war, aber sie konnte es einfach nicht lassen.

„Nein. Der ist unter Garantie verheiratet oder sonst wie vergeben, und außerdem ist es selten eine gute Idee, etwas mit einem Kollegen anzufangen. Du weißt doch, man scheißt nicht da, wo man isst." Anja schaltete in Abwehrmodus. „Apropos. Was ist eigentlich mit dem Autorenkollegen, von dem du mir neulich erzählt hast? Hat der sich wieder gemeldet?"

„Ja. Er hat." Allein bei dem Gedanken wurde Conny schon wieder kribbelig. „Wir haben uns sehr nett hin und her gemailt. Die Details erzähle ich dir dann mal in Ruhe. Er möchte, dass ich ihn anrufe. Wenn ich mich traue, mache ich es heute Abend."

In der Zwischenzeit hatte Adrian seine Bastelarbeit beendet und wollte nun auch mit Knete spielen. Leni fing an zu brüllen, als er nach der grünen Knete griff.

„Meiner Spinaaaaaat!! Mamaaaa, Adrian hat den Spinaaat weggenehmt!!!"

„Du, ich glaube, ich muss auflegen, sonst massakrieren sich die beiden gleich." Conny sprintete zum Küchentisch um eine Kneteschlacht zu verhindern.

„Ich hör schon", lachte Anja. „Ich schick dir dann noch mal ne SMS, ob das klappt mit übernächsten Samstag."

Conny legte das Heft auf den Stapel mit den fertigen Arbeiten und rieb sich den Nacken. Die Hälfte war geschafft. Für heute würde sie Schluss machen. Sie warf einen nervösen Blick auf das Telefon. Eine Weile starrte sie auf den bereitliegenden Zettel mit Christians Nummer. Dann atmete sie tief durch, griff nach dem Apparat und wählte. Wenn sie sich noch länger drückte, machte das ihr Herzklopfen auch nicht besser. Im Gegenteil.

„Meyer?" Eine angenehm tiefe, männliche Stimme meldete sich.

„Äh...ja. Hier auch", stammelte Conny.

„Conny?", fragte die Stimme aus dem Hörer. „Mensch, ich freu mich, dass du anrufst."

Conny glaubte zu hören, dass auch seine Stimme ein ganz kleines bisschen zitterte.

„Irgendwie ein bisschen komisch, oder?" Sie zerknüllte den Zettel mit der Nummer in ihrer Faust wie einen Stressball.

„Ja, sehr!" Christian lachte. „Ein Blind Date am Telefon. So etwas habe ich noch nie gemacht. Aber es ist schön, jetzt einmal deine Stimme zu hören."

„Geht mir auch so." Conny strich den Zettel wieder glatt.

„Dann können wir ja unser Spiel fortsetzen", schlug Christian vor. „Wenn ich mich richtig erinnere, bin ich an der Reihe mit dem Fragen. Am Telefon sollten wir uns vielleicht einfach abwechseln."

„Gute Idee." Conny griff nach ihrem Füller und drehte ihn in den Fingern. Sie war froh, dass er erst einmal das Ruder übernahm, bis sich ihr Herzschlag und Atem normalisiert hätten.

„Na, dann mal los. Ich glaube, du hast mir noch gar nicht verraten, wie alt du bist", begann Christian. „Ich weiß, das fragt man eine Dame eigentlich auch nicht. Deshalb verrate ich dir auch mein Alter zuerst. Ich bin dieses Jahr 39 geworden."

„Das weiß ich", gab Conny zu. „Dein Geburtsdatum steht in der Autorenvita. Ich werde im Herbst 37. Ich finde, der Fairness halber hast du noch eine Frage frei."

„Danke. Was unterrichtest du?", fragte Christian.

„Englisch und Deutsch an einer berufsbildenden Schule." Conny war dankbar, dass er so etwas Alltägliches wissen wollte. Die Antwort verlangte ihr keine besondere Originalität ab.

„Jetzt du", forderte Christian sie auf.

„Du hast gesagt, du bist zur Zeit beruflich viel unterwegs. Was machst du denn so?" Etwas Originelleres fiel Conny spontan nicht ein.

„Ach...äh...ich bin leider zur Zeit ohne festen Job." Conny fand, dass Christian irgendwie verunsichert klang.

„Ich mache so dies und das. Volkshochschulkurse, Bildredaktion für diverse kunstgeschichtliche Fachbücher, meine Ratgeber und zur Zeit bewerbe ich mich an verschiedenen Unis und muss daher häufiger mal Bewerbungsvorträge halten. Deswegen bin ich in letzter Zeit viel unterwegs."

„Das klingt spannend", sagte Conny. „Hast du denn etwas Festes in Aussicht?"

„Das wäre jetzt schon die zweite Frage." Christian lachte. „Aber ich will es mal durchgehen lassen. Schließlich hatte ich auch einen Freischuss. Bisher habe ich noch nichts gefunden, aber ich gebe die Hoffnung nicht auf. Jetzt bin ich dran. Die Chronik der Vampire habe ich leider nicht gelesen. Ich kenne nur diesen Film mit Tom Cruise. Ist Lestat da nicht der Bösewicht? Was findest du denn so toll an ihm?"

„Das hat dich ja jetzt echt beschäftigt." Conny lachte.

„Ich frage mich einfach schon lange, warum Frauen anscheinend so auf böse Jungs abfahren." Christian klang amüsiert.

„Es ist gar nicht so der Bösewichtfaktor", erklärte Conny. „Ich glaube, wenn man nur den Film kennt, kann man es auch nicht so nachvollziehen. Lestat finde ich faszinierend, weil er alles hinterfragt und sich nicht an Konventionen hält. Er ist kein echter Schurke. Eigentlich ist er ein Suchender. Er kann überheblich und arrogant sein und bringt sich in Schwierigkeiten, dann wieder ist er ganz zart und sensibel. Ich finde ambivalente Charaktere einfach spannend."

„Das versuche ich mir zu merken", neckte Christian. „Vielleicht kann ich mich ein bisschen ambivalenter geben. Du bist dran."

„Warum gibt es von dir eigentlich kein Autorenfoto online?" Conny bereute die Frage im selben Moment. Jetzt wusste er, dass sie gesucht hatte.

„Ob du es glaubst oder nicht, ich bin einer von diesen schrecklich rückständigen Menschen, die keine Digitalkamera besitzen. Ich fotografiere leidenschaftlich gern, aber ich habe eine stinknormale Spiegelreflexkamera mit Filmrollen. Ich wollte immer mal ein Bild für die Verlagshomepage machen lassen und bin noch nicht dazu gekommen."

„Du würdest dich prima mit meinem Vater und meinem Schwager verstehen", kommentierte Conny. „Die sind auch leidenschaftliche Hobbyfotografen und können stundenlang fachsimpeln."

„Würdest du mir denn ein Bild von *dir* schicken, wenn ich dich ganz lieb bitte?", fragte Christian.

„Quid pro quo, Dr. Lecter", zitierte Conny aus Schweigen der Lämmer. „Eins von mir gegen eins von dir."

„Ich schätze, das ist nur fair. Ich habe irgendwann mal ein paar alte Fotos eingescannt. Da könnte ich dir eins schicken. Ist aber wie gesagt nicht besonders aktuell, und die Qualität lässt auch zu wünschen übrig", entschuldigte sich Christian.

„Nicht so wild, schick es mir trotzdem." Das wäre immer noch besser als nichts, dachte Conny.

„Ich könnte mich auch beschreiben, um deine Neugier zu befriedigen", flachste Christian.

„Na dann mal los." Conny lachte. Bestimmt machte er jetzt so eine Art Superman aus sich.

„Ich denke, ich bin ziemlich durchschnittlich. 1,86m groß, dunkle Haare, blaue Augen, normal gebaut, keine sichtbaren Narben oder sonst irgendwelche auffälligen Merkmale. Und du?"

Conny überlegte für eine Sekunde, ob sie ihre Figur unter den Tisch fallen lassen sollte, entschied sich aber für die Offensive. Wenn ihre Figur für ihn ein Dealbreaker war, dann besser jetzt als später. Je länger sie es aufschob, desto mehr würde es sie verletzten.

„Ich bin so ungefähr 1,70m, habe überschulterlange braune Haare und braune Augen und bin etwas mollig." Conny schluckte. Jetzt würde sich entscheiden, ob ihr wunderbarer Flirt endete, bevor er überhaupt so richtig Fahrt aufgenommen hatte. Eine vollschlanke Figur war schließlich für viele Männer ein Ausschlusskriterium.

„Das klingt sehr gut. Ich mag braune Augen." Conny zögerte. Hatte Christian es überhört, oder war es ihm egal, dass sie mollig war?

„Du weißt doch, nur Hunde fangen an zu sabbern, wenn sie Knochen sehen", sagte Christian in die entstehende Stille. „Ich glaube, damit bin ich wieder dran, oder?"

„Ich habe ehrlich gesagt etwas den Überblick verloren." Conny lachte. Sie war extrem erleichtert.

„Na ja, wir können auch gerne einfach nur so ein bisschen quatschen", schlug Christian vor. „Ich würde ja immer noch gerne wissen, was du so schreibst. Vielleicht darf ich ja mal etwas von dir lesen."

„Mal schauen. Wenn wir uns etwas besser kennen, vielleicht." Conny versuchte vom Thema abzulenken.

„Okay. Das kann ich verstehen. Du hast einen Schwager erwähnt. Du hast also auch Geschwister?", wollte Christian wissen.

„Einen Bruder." Conny hielt den Atem an. Die zweite Klippe. Ein Mann, der nicht damit klar kam, dass ihr Bruder einen Ehemann hatte, kam für Conny nicht in Frage. Dafür standen sie und Tobi sich zu nahe.

Eine kurze Weile war aus dem Hörer nichts zu vernehmen. Dann hörte sie Christian lachen. „Ach so! Mensch, da hab ich jetzt eine Weile gebraucht, um zu schalten. Ich habe zwei Schwestern. Eine jüngere und eine ältere. Ein armes, benachteiligtes Sandwich-Kind, weißt du? Das werde ich jedenfalls als Ausrede benutzen, wenn ich mich daneben benehme."

„Passiert das oft?" Conny wickelte sich eine Haarsträhne um den Finger.

„Dass ich mich daneben benehme? Auch wenn ich dich vielleicht enttäusche", erwiderte Christian, „ich bin im Prinzip grundsolide. Das ist für dich hoffentlich nicht gleichbedeutend mit *langweilig*."

„Nein, nein", beruhigte ihn Conny. „Spontan und impulsiv hatte ich schon. Das hat sich als nicht besonders alltagstauglich erwiesen."

„Der Vater deiner Kinder?", fragte Christian.

„Genau. Er war ein lieber Kerl, und wir haben uns geliebt, aber er war vollkommen chaotisch. Probleme hat er einfach verdrängt, unangenehme Post versteckt und ignoriert. Ich bin dann aus allen Wolken gefallen, als zum Beispiel plötzlich der Gerichtsvollzieher vor der Tür stand. Ich dachte, wenn man jemanden liebt, muss man zu ihm halten, egal was kommt. Doch mit den Kindern wurde es anders. Ständig auf einem Pulverfass zu sitzen, ging nicht mehr. Schließlich hatten wir Verantwortung."

„Kann ich gut nachvollziehen", stimmte Christian zu. „Kinder verändern alles. Als Natalie kam, war Maren gerade mit der Ausbildung fertig und hatte einen richtig guten Job als Bankkauffrau. Es war nur logisch, dass ich zuhause geblieben bin. Ich hatte viel Hilfe von Marens Eltern und von meinen. Sonst hätte ich mein Studium an den Nagel hängen können. Aber wilde Studentenpartys gab es natürlich nicht." Er lachte.

„Dazu wäre ich wohl meistens auch viel zu müde gewesen. Lernen konnte ich ja nur abends. Jetzt steht Natalie kurz vor dem Abi und will vielleicht Medizin studieren. Kaum zu glauben, dass ich schon so alt bin! Aber ich möchte jetzt auch für sie da sein und sie unterstützen können. Schon allein deswegen hoffe ich, bald wieder einen festen Job zu finden."

„Mit deinen Fächern ist das wohl nicht so leicht?" Mit dieser Frage verriet Conny, dass sie seine Autorenvita eingehend studiert hatte. Doch das war ihr mittlerweile egal.

„Nein, die Jobs wachsen nicht gerade auf Bäumen", bestätigte Christian. „Eigentlich hätte ich Kunst studieren wollen. Aber meine Eltern waren strikt dagegen, weil ich es nicht auf Lehramt studieren wollte. Sie meinten, das sei noch brotloser als Kunstgeschichte. Na ja, letzten Endes wäre es wohl egal gewesen, ob ich auf die eine oder die andere Weise keinen Job finde. Ich hoffe, es tut sich bald mal was. Auf die Dauer ist es echt frustrierend, wenn man nicht mal seiner Tochter ein Studium ermöglichen kann."

„Verstehe ich. Ich wünschte, mein Ex hätte deine Einstellung, was Unterhalt angeht." Conny lachte bitter.

„Na ja, im Grunde kann er nichts dafür. Er ist einfach total unstrukturiert und kriegt sein eigenes Leben nicht auf die Reihe. Glücklich kann er damit auch nicht sein. Zum Glück ist seine neue Freundin ziemlich vernünftig. Ohne sie wäre er ganz schön aufgeschmissen, fürchte ich."

„Klingt so, als wärt ihr im Frieden auseinandergegangen. Bei mir und Maren ging es damals auch ohne großes Drama. Das hat die Sache für Natalie hoffentlich etwas einfacher gemacht", sagte Christian.

„Ja, es ist viel wert, wenn man wenigstens als Eltern funktioniert – wenn schon nicht als Paar." Connys Nervosität war vollkommen verflogen. Christian schien ihr bereits so vertraut.

„Eine Zeit lang war es schön, mal keine Verantwortung und Verpflichtungen zu haben. Doch jetzt hätte ich eigentlich gerne wieder etwas Dauerhaftes. Sowohl beruflich als auch privat. Ich weiß gerne, woran ich bin. Das Single-Dasein ist nichts für mich. Ich bin wohl ein Beziehungsmensch." Christian wirkte ebenfalls gelöst. Das Gespräch hatte sehr schnell eine persönliche Wendung genommen. Vielleicht zu schnell?

Conny überlegte, ob es vielleicht Masche war, dass er sich als Beziehungstyp bezeichnete. Sie nahm sich vor, vorsichtig zu sein.

„Es geht mir ähnlich. Aber mit einer neuen Partnerschaft möchte ich mir Zeit lassen. Immerhin geht es ja nicht mehr nur um mich."

„Ich bewundere, wie du das alles unter einen Hut bringst. Kinder, Job, Schreiben. Dafür klingst du echt entspannt. Ich würde wahrscheinlich durchdrehen."

Christian lachte. Er hatte ein schönes, warmes Lachen.

„Es ist manchmal ganz schön stressig", gab Conny zu. „Aber ich habe viel Hilfe von meinen Eltern und eine gute Kita. Meine beiden fühlen sich da so wohl, dass ich nicht die Spur eines schlechten Gewissens habe, wenn ich sie bis nachmittags dort lasse."

„Das ist gut. Du, es macht echt Spaß mit dir zu quatschen, weißt du das? Ich habe das Gefühl, wir könnten stundenlang telefonieren, ohne dass uns die Themen ausgehen", sagte Christian.

„Das glaube ich auch. Aber leider muss ich langsam mal ins Bett. Es war ziemlich anstrengend heute, und ich muss ja wieder früh raus." Conny rieb sich die Schläfen.

„Wir sollten das hier aber dringend wiederholen", schlug Christian vor. „ Eine Frau wie dich habe ich schon lange nicht mehr getroffen."

Conny schluckte. Sie wusste nie, wie man angemessen auf Komplimente antworten sollte.

„Danke. Das kann ich nur zurückgeben. Also, äh...natürlich ohne die *Frau.*"

Christian lachte.

„Schon klar. Übers Wochenende bin ich leider unterwegs und komme erst Montagabend spät zurück. Vielleicht könnten wir Dienstagabend telefonieren?"

„Sicher. Ich kann dann allerdings nicht ewig quatschen. Mittwochs muss ich arbeiten. Dann muss ich abends meistens noch vorbereiten, wenn die Kinder im Bett sind", erklärte Conny.

„Kein Problem. Ich würde mich einfach freuen, noch einmal deine Stimme zu hören", entgegnete Christian.

Conny fühlte ein Kribbeln in der Magengrube. Es war viel zu lange her, dass ihr jemand zuletzt so etwas gesagt hatte.

„Gerne."

Sie war froh, dass Christian nicht sehen konnte, wie ihre Wangen glühten. „Ich rufe dann Dienstagabend an, wenn ich mit dem Vorbereiten fertig bin?"

„Prima. Ich freu mich!", antwortete Christian. „Bis dahin pass auf dich auf. Ich wünsch dir wilde Träume."

Conny lachte.

„Ich dir auch. Es war wirklich schön, mit dir zu sprechen."

„Allerdings. Schlaf gut, Conny."

„Du auch. Bis Dienstag dann."

Mit klopfendem Herzen legte Conny auf. Anscheinend war es wohl doch mehr als ein kleiner harmloser E-Mail-Flirt. Alles, was sie bisher von Christian erfahren hatte, klang fast zu gut, um wahr zu sein. Sie fragte sich, wo wohl der Haken an der Sache war. Einen Haken gab es doch irgendwie immer. Sie nahm sich zumindest vor, darauf vorbereitet zu sein.

Kapitel 9

Teuflischer Kuchen und traumhafte Dates

„Können wir den Kuchen jetzt essen?"

Adrian hatte diese Frage in der letzten Stunde gefühlte zwanzig Mal gestellt, während sie aus Bausteinen, Gummitierchen und Adrians Spielzeugautos eine Stadt gebaut hatten.

„Ja, ich glaube, jetzt müsste er abgekühlt sein." Conny stemmte sich vom Teppich hoch.

„Au jaaaa, Kuchen essen!" Leni sprang auf und stürmte in die Küche. Adrian und Conny folgten.

Der improvisierte Rosinen-Schoko-Kuchen schmeckte köstlich. Dazu gab es frische Milch.

„Hab is den gehührt." Lenis Augen glänzten vor Stolz.

„Ich hab aber auch gerührt", protestierte Adrian.

„Ja, ihr habt mir beide ganz toll geholfen, meine Süßen." Conny verteilte noch ein bisschen Sprühsahne auf die Teller.

„Der Kuchen schmeckt ganz prima."

Sie aßen jeder zwei Stücke – sogar Leni. Anschließend war immer noch der halbe Kuchen übrig. Conny überlegte, ob sie den Kuchen einfrieren sollte. Schließlich waren sie am nächsten Tag bei Connys Eltern zum Sonntags-Brunch eingeladen. Natürlich könnte sie die Reste mitbringen. Aber wie sie ihre Mutter kannte, würde sie wieder so reichlich auftischen, dass auch ohne Kuchen schon die Hosen kneifen würden. Dann fiel ihr die perfekte Lösung ein: Sie würde den Kuchen einfach Barne bringen. Dann hätte sie auch Gelegenheit, einmal einen Blick auf die fabelhafte Carina zu werfen.

„Spielt ihr noch einen Moment mit unserer Stadt, ihr beiden? Ich bringe den restlichen Kuchen eben zu Barne."

Conny schnappte sich Teller und Wonungsschlüssel, lief ein Stockwerk tiefer und drückte den Klingelknopf.

Tatsächlich öffnete Carina die Tür. Sie war genauso blond und braungebrannt wie auf Barnes Foto, trug statt des neonpinken Nichts von einem Bikini allerdings Jeans und T-Shirt.

„Hallo! Du musst Carina sein. Ich habe schon ganz viel von dir gehört. Ich bin Conny, die Nachbarin von oben."

Carina beäugte sie misstrauisch und streckte dann die gepflegt manikürte Hand mit den pinkfarbenen Glitzer-Gelnägeln aus. Conny ergriff sie und schüttelte sie kurz. Währenddessen tauchte Barne hinter Carinas Schulter auf.

„Oh, hi Conny. Was gibt`s?" Er klang verwundert.

„Die Kinder wollten unbedingt einen Kuchen backen, mit Rosinen und Schokotröpfchen. Jetzt haben wir noch die Hälfte übrig, und morgen sind wir zum Brunch eingeladen. Ich dachte, vielleicht möchtet ihr etwas Kuchen essen. Es wäre schade, wenn er trocken wird." Conny streckte Carina den Teller mit dem Kuchen entgegen. Die sah allerdings alles andere als begeistert aus. Sie betrachtete den Kuchen, als handle es sich um ein Insekt.

„Oh, danke. Das...äh...ist wirklich lieb von dir, Conny." Barne gestikulierte verzweifelt hinter Carinas Rücken. „Aber wir essen doch keinen Zucker und kein weißes Mehl. Das habe ich dir doch erzählt."

„Oh...äh, ja, natürlich." Conny reagierte blitzschnell. Sie schlug sich mit der flachen Hand vor die Stirn. „Wie dumm von mir. Das hatte ich total vergessen. Na ja, dann werde ich ihn einfach einfrieren. Ich muss auch schnell wieder rauf, bevor die Kinder irgendetwas anstellen. War aber nett, dich mal kennenzulernen, Carina."

„Ja, sehr nett." Carina lächelte etwas verwirrt.

Conny sprintete die Treppe wieder hoch und schüttelte den Kopf. *Wir essen doch keinen Zucker und kein weißes Mehl.* Von wegen. Barne schien ganz schön unter dem Pantoffel zu stehen – oder besser gesagt: unter dem Joggingschuh. Conny musste lachen. Ein Glück, dass sie keinen Mr. Fitness zu Hause hatte, der ihr das Kuchenessen verbot. Was hatte man denn von einer Spitzenfigur, wenn man sich alles verkneifen musste? Es gab halt immer einen Haken. Bei allem.

Unter Adrians fachkundiger Leitung baute Leni hingebungsvoll an einer Sandburg. Conny machte es sich auf der Bank bequem. Sie zog das Handy aus der Wickeltasche und öffnete den Messenger. Leider noch nichts von Christian, nachdem er sich gestern noch einmal für das wunderbare Telefongespräch bedankt und ihr ein entspanntes Wochenende gewünscht hatte.

Die Kinder spielten weiter friedlich und Conny fand, dass sie diese seltenen Momente ausnutzen musste. Also wühlte sie ihren E-Book-Reader aus der Tasche und überflog noch einmal den letzten Absatz, den sie gestern zu Papier gebracht hatte. Den aktuellen Stand zog sie regelmäßig auf ihren Reader.

Dann fiel ihr ein, dass Kirsten gestern ihr Blind Date gehabt hatte, und sie tippte schnell noch eine Nachricht, um sich nach dem Ausgang zu erkundigen.

Schließlich nahm sie den Reader und begann zu lesen.

„Es freut mich sehr, Sie zu sehen, Mr Isaacs. Ein bisschen später als erwartet, aber für unsere exklusivere Kundschaft machen wir hier bei Thorne & Caine's immer gerne eine Ausnahme." Der Ladenbesitzer machte eine Art Diener, nachdem er Ihnen die Tür geöffnet hatte. „Und Ihrer reizenden Begleitung wünsche ich auch einen wunderschönen Abend."

Annie fühlte sich unbehaglich. Sie war noch nie in einem Geschäft gewesen, das speziell für sie nach Ladenschluss öffnete. Neugierig wanderte ihr Blick über Glasvitrinen, Kleiderständer und Regale.

„Wie kann ich Ihnen behilflich sein?" Der Verkäufer hatte die Tür hinter ihnen geschlossen und sich ihnen zugewandt. „Sicher etwas Schönes für die junge Dame? Vielleicht ein besonderes Schmuckstück?"

„Ich hatte an etwas Spezielles mit symbolischem Wert gedacht, Mr Caine." Patrick lächelte vielsagend und Mr Caine schien sofort zu wissen, was er suchte.

Annie sah sich um. Wie ein Juweliergeschäft sah Thorne & Caine's allerdings nicht aus. Sie erkannte lederne Peitschen, Rohrstöcke, Reitgerten, Handfesseln und andere Gerätschaften, deren Funktion sie vielleicht lieber nicht ergründen wollte. Sie fragte sich, warum Patrick sie hier her gebracht hatte.

„Wenn die Herrschaften mir bitte folgen mögen." Mr Caine näherte sich einer der beleuchteten Vitrinen. Patrick warf einen Blick hinein und sah zufrieden aus.

„*Das kommt meinen Vorstellungen schon sehr nahe.*"

Annie trat näher und blickte verstört auf eine Kollektion von Halsbändern und Ketten – einige davon gespickt mit Nieten und Dornen. Andere wirkten wie exklusive Schmuckstücke, über und über mit Juwelen besetzt. Einzig der vorne angebrachte runde Ring erinnerte Annie an ein Hundehalsband. Fragend sah sie Patrick an, der sich ein Modell ausgeguckt hatte.

„*Ausgezeichnete Wahl, Sir. Gold-Titan-Legierung, schwarzer Onyx und vier-reihige in Gold gefasste Brillantbänder. Ein sehr schönes Stück.*"

Mr Caine nahm ein Schlüsselbund und öffnete die Vitrine. Dann entnahm er das besagte Schmuckstück und legte es zur Präsentation auf ein mit dunklem Samt bezogenes Tablett auf dem beleuchteten Verkaufstresen.

„*Möchten Sie es der jungen Dame vielleicht einmal anlegen?*"

Annie zögerte. Was sollte das hier werden? Schließlich stellte sie sich vor den bodenlangen Spiegel und nahm ihr langes Haar aus dem Nacken.

Patrick trat hinter sie und legte ihr den kühlen Metallring um den Hals.

„*Für dieses Modell gibt es auch einen Schlüssel und sie können natürlich eine persönliche Gravur anbringen lassen.*" *Annie hörte das Klicken der Schließe im Nacken. Patrick beugte sich zu ihr hinunter.*

„*Du weißt, dass du jetzt mir gehörst*"*, flüsterte er ganz nah an ihrem Ohr. Ihre Blicke trafen sich im Spiegel.*

In Connys Tasche brummte es. Sie fingerte das Handy heraus und schaute aufs Display. Eine Nachricht von Kirsten.

Date mit Frank war traumhaft! Treffe ihn heute wieder. Wir gehen zu einem Krimi-Dinner. Details dann später! Kiki xx

Na, wenigstens ihre Freunde und Romanfiguren hatten heiße Dates. Conny hatte Angst davor, Christian zu treffen. Es schien alles perfekt, und sie wollte sich die Illusion noch eine Weile erhalten. Es war schließlich nicht gesagt, dass sie der Realität eines Dates standhalten würde. Sie fürchtete, dass ihre Seifenblase zerplatzen könnte. Anja war der Meinung, dass Christian Conny kein aussagekräftiges Foto geschickt hatte, weil er hässlich wie die Nacht war, oder zumindest älter, als er behauptete. Wenn Conny ehrlich war, hatte sie das auch schon gedacht. Auf dem gescannten Bild war nicht viel zu erkennen. Es war ein Gruppenbild mit Freunden. Daraus ließ sich lediglich schließen, dass er im Vergleich zu seinen Freunden groß war und dunkelhaarig. Das Bild stammte aus seiner Grunge-Phase und er trug ein Ziegenbärtchen. Eine 90er-Modesünde, wie er beteuerte. Der Bart sei mittlerweile ab und die Haare kürzer. Im Gegenzug hatte Conny ihm ein Kinderbild von sich geschickt mit Topfschnitt und Latzhose in rotem Schottenkaromuster. Quid pro quo. Das Foto sagte jedenfalls gar nichts. Es konnte genauso gut sein, dass er mittlerweile aussah wie Gollum. Conny fragte sich, wann sie so zynisch geworden waren, dass sie stets das Schlechteste annahmen. Vermutlich war es unmöglich, länger als 30 Jahre auf diesem Erdball zu verbringen, ohne einen gesunden Pessimismus zu entwickeln.

Connys Handy brummte erneut. Christian.

Hier ist es schrecklich öde. Freue mich schon auf unser Telefonat am Dienstag! Ich hoffe, du hast ein schönes Wochenende! Christian xxo

Conny schöpfte Hoffnung. Vielleicht gab es sie ja doch, die Ausnahmen. Vielleicht konnte es auch wirklich perfekt sein – ohne Haken und doppelten Boden. Die Optimistin in Conny war nicht totzukriegen. Das war wahrscheinlich auch gut so.

„Waaaaaah! Ich bin ein böser Haifisch!" Adrian jagte Tobias kreuz und quer durch den Garten.

„Halt! Puh!" Tobi keuchte und suchte Deckung hinter seiner Schwester auf der Terrasse. „Onkel Tobi braucht eine Auszeit! Spielst du eine Weile mit Guido und Leni Fußball?"

„Nein, ich bin doch ein böser Haifisch und will dich fressen", beharrte Adrian.

„Lass Onkel Tobi mal ein bisschen ausruhen, Adrian. Ihr könnt doch später noch einmal Fangen spielen." Conny kam ihrem Bruder zur Hilfe.

„Na gut." Der Kleine seufzte, zuckte mit den Schultern und lief zu seiner Schwester, die quiekend und lachend Onkel Guido und dem Ball hinterherjagte.

Eine Weile beobachteten sie die Szene still.

„Du sag mal, Conny. Glaubst du ich wäre ein guter Vater?"

„Ist das eine hypothetische Frage?" Conny betrachtete ihren Bruder von der Seite.

„Wäre deine Antwort denn anders, wenn es keine hypothetische Frage wäre?" Tobi sah sie nicht an. Sein Blick war immer noch auf die Kinder und Guido gerichtet.

„Nein, eigentlich nicht. Ich habe mir bloß noch keine Gedanken darüber gemacht." Conny kannte ihren Bruder gut genug, um zu wissen, dass er so eine Frage nicht beiläufig stellte. „Ich glaube du wärst ein super Vater. Adrian und Leni sind doch ganz verrückt nach ihrem Onkel Tobi und ‚Tante' Guido."

Den Spitznamen hatte sich Guido selbst verpasst. Conny mochte ihren Schwager. Er war humorvoll, unkompliziert und sehr ausgeglichen. Damit bildete er einen perfekten Gegenpol zu ihrem quirligen Bruder. In der Tat konnte Conny sich die beiden sehr gut als Eltern vorstellen. Sie waren ein tolles Team.

„Das heißt doch überhaupt nichts. Wir sind höchstens einmal zu Besuch oder haben die Lütten für ein paar Stunden bei uns, wenn du mal mit den Mädels auf den Swutsch gehst. Wenn sie nerven oder krank sind, kann ich sie jeder Zeit wieder zu dir bringen. Das kann man als Vater nicht." Tobias wandte den Blick jetzt Conny zu.

„Stimmt schon irgendwie. Es ist nicht dasselbe." Conny nickte. „Aber warum willst du überhaupt wissen, ob du ein guter Vater wärst?"

„Weißt du, Guido und ich sind jetzt schon so lange zusammen. Wir sind beruflich erfolgreich, haben eine tolle Wohnung, sind seit einem Jahr glücklich verheiratet. Alles läuft perfekt. Wir haben in letzter Zeit angefangen, ernsthaft über Kinder nachzudenken." Tobi schien Connys spontane Reaktion aus ihrem Gesicht lesen zu wollen.

„Ihr wollt aber hoffentlich nicht mit so einem Leihmutter-Kram anfangen." Conny runzelte die Stirn.

„Nein, nein. Wir denken über eine Adoption nach", entgegnete ihr Bruder. „Keine Ahnung, was sich da in den kommenden Jahren in Sachen Adoptionsrecht tut. Aktuell schreckt mich dieses komplizierte Verfahren ab. Außerdem kann nach heutigem Recht nur einer von uns ein Kind adoptieren. Klar, wir sind glücklich und ich bin überzeugt, dass es hält. Aber was, wenn nicht? Was, wenn es uns so geht wie dir und Torsten?"

„Das wird nicht passieren. Du warst bei der Partnerwahl deutlich vernünftiger." Conny lächelte. „Aber wenn ihr euch trennt, hätte in der Tat nur einer von euch das Sorgerecht. Das könnte ein Problem werden."

„Und wenn das Kind gemobbt wird?" Tobi hatte sich offenbar schon länger mit dem Gedanken beschäftigt.

Conny machte eine wegwerfende Handbewegung.

„Gemobbt wirst du auch, wenn du eine Zahnspange hast, dir keine Markenklamotten leisten kannst, deine Nase zu groß oder dein Hintern zu dick ist. Ganz egal ob deine Eltern hetero sind."

Sie sah Tobias vielsagend an. „Es soll auch Kinder geben, die werden gemobbt, weil sich herumspricht, dass ihre Mutter sich bei der Elternversammlung beschwert hat, dass die Kinder angeblich zu wenig Hausaufgaben bekommen."

Tobi grinste. „Da hast du wohl Recht. Bei mir hatte sie ja glücklicherweise dazugelernt und sich solche Bemerkungen verkniffen."

„Sei froh. Das waren die schlimmsten zwei Jahre meiner Schulzeit." Conny lachte. „Vielleicht sollten wir wann anders noch einmal in Ruhe darüber sprechen."

„Gute Idee." Tobi nickte. „Ich wollte dir allerdings einen Vorschlag machen. Solange Mama und Papa in der Toskana sind, passen Guido und ich hier aufs Haus auf. Und da haben wir überlegt, ob wir dann nicht Adrian und Leni für die Woche nehmen sollen. Platz genug ist hier ja. So als eine Art Mini-Testlauf. Dann kannst du in Ruhe schreiben oder dich ausruhen."

„Ehrlich gesagt würde mir das ganz gut passen", sagte Conny. „Vom 9. bis 13. Oktober ist nämlich Buchmesse in Frankfurt. Da würde ich gerne hin. Ich habe schon Torsten und Ela gefragt, ob sie die beiden nehmen könnten, aber Ela konnte es noch nicht genau sagen."

„Oh die Buchmesse! Weißt du, wer dieses Jahr da lesen wird? Dieser Cecil Elliott", schwärmte Tobi. „Den finden Guido und ich sowas von schnuckelig. Schade nur, dass er diesen Heten-Kram schreibt. Aber vielleicht kannst du uns ja ein Autogramm besorgen."

„Falsches Thema, Tobi." Conny gab einen Grunzlaut von sich. „GANZ falsches Thema!!"

„Wieso? Hast du was gegen Erotik-Romane? Du bist doch sonst nicht so prüde. Weißt du, es wird echt Zeit, dass du mal wieder jemand Nettes kennen lernst. Du bist schon viel zu lange ungefickt."

„Wie bitte?" Conny prustete. „Erstens kannst du das doch gar nicht wissen und es geht dich auch nichts an. Zweitens bin ich nicht prüde. Ich kann diesen Schmierlappen einfach nicht ausstehen, und der ganze Hype, der um den Typ veranstaltet wird, ist doch echt krank!"

Für einen kurzen Moment überlegte Conny, ob sie ihren Bruder einweihen sollte. Doch je mehr Leute von ihrem Arrangement wussten, desto größer das Risiko. Sie vertraute Tobi, aber er hatte sich schon als Kind ständig verplappert. Es reichte, dass ihre Mutter und ihre besten Freundinnen Bescheid wussten.

„Er sieht aber heiß aus, das musst du doch zugeben." Tobi grinste.

„Na ja, hässlich ist er nicht. Aber so toll, dass man einen solchen Wirbel um den Typ veranstalten muss, ist er auch nicht. Und überhaupt. Wenn Wörter wie ‚ungefickt' zu deinem alltäglichen Vokabular gehören, solltest du dir die Sache mit den Kindern vielleicht noch einmal überlegen."

Tobias hob eine Hand wie zum Schwur. „Ich verspreche, ich zügle mich, wenn Adrian und Leni bei uns sind. Und zur Not kannst du mir ja den Mund mit Seife auswaschen."

In diesem Moment steckte Connys Mutter den Kopf durch die Terrassentür.

„Kommt ihr rein? Das Rührei wird kalt."

„Klar, ich fange nur eben Guido und die Kinder ein!", rief Tobias.

„*Die ich rief, die Geister, werd ich nun nicht los*", zitierte Conny im Geiste. Dieser Typ war einfach überall. Wie gerne hätte sie den Leuten gesagt, dass dieser Cecil gar nichts Besonderes tat, außer seine blöde Visage in sämtliche Kameras zu halten. Dass eigentlich sie diese Bücher geschrieben hatte, über die plötzlich alle sprachen. Es wäre ein fantastisches Gefühl. Nur ob es die saftige Vertragsstrafe wert war? Conny ärgerte sich. Eigentlich hätte sie doch wissen müssen, dass sie sich auf einen Handel mit dem Teufel einließ. So etwas ging immer nach hinten los.

Kirsten hatte bereits im Scherz vorgeschlagen, dass sie ihre Story gewinnbringend an ein Boulevardblatt verkaufen sollte. Doch erstens widerstrebte Conny so etwas zutiefst, und zweitens würde sie sich nur zum Edward Snowden der Branche machen. Welcher Verlag würde sie noch unter Vertrag nehmen wollen, wenn sie Schwarz und Schimmel derart öffentlich vorführte?

Kapitel 10

Rotwein und glorreicher Sex mit Wassermännern

Als Conny die Kinder aus der Kita abholte, schien die Sonne. Daher beschloss sie, noch ein Stündchen mit den beiden auf den Spielplatz zu gehen.

Es dauerte eine Weile, bis sie ihre Siebensachen zusammen hatten, doch schließlich stapften sie mit Sandspielzeug beladen die Treppe hinunter und liefen zum nahegelegenen Kinderspielplatz.

Leni zuckelte sofort mit Eimer und Schaufel in Richtung Sandkasten. Adrian entdeckte ein paar befreundete Nachbarskinder auf dem Klettergerüst und stürmte darauf los.

Conny suchte sich ein Sonnenplätzchen, legte den Kopf in den Nacken und schloss für einen Augenblick die Augen.

Etwas später hörte sie schnelle Schritte auf dem Kiesweg knirschen, und ein Schatten legte sich auf ihr Gesicht.

„Hallo Nachbarin!" Conny öffnete die Augen und fuhr herum.

Barne trippelte im Joggingdress vor der Bank herum.

„Ich wollte mich wegen der Sache mit dem Kuchen entschuldigen. Ich habe dich ganz schön auflaufen lassen. Danke, dass du so super reagiert hast! Das nenne ich Geistesgegenwart."

Conny lachte. „Na, da nicht für. Ich will schließlich nicht, dass bei euch der Haussegen schief hängt. Carina führt ein strenges Regiment, wie?"

Barne lachte und joggte weiter auf der Stelle. „Sie achtet eben auf meine Gesundheit. Seit ich sie kenne, habe ich zehn Kilo abgenommen und fühle mich um Jahre jünger."

„Tja, hat wohl alles seinen Preis."

Conny zuckte mit den Schultern. „Ich halte nichts auf Dauer durch, wenn mir nicht wenigstens ab und zu kleine Sünden erlaubt sind."

„Du, ich muss weiter, sonst komm ich aus dem Rhythmus." Barne warf einen Blick auf die Pulsuhr an seinem Handgelenk. „Danke jedenfalls. Das war sehr nett von dir."

Conny sah ihrem Nachbarn hinterher, wie er davontrabte und versuchte, sich ihn mit zehn Kilo mehr vorzustellen. Ob sich dafür eiserne Disziplin und Verzicht lohnten? Sicher hätte er auch mit ein paar Pölsterchen gut ausgesehen.

Die Kinder waren noch beschäftigt. Conny nutzte die Zeit um auf dem Handy eine Rundmail zu tippen. So langsam musste sie klären, wer mit ihr zur Buchmesse fahren würde, und für wie viele Personen sie Messekarten, Hotel und Zugfahrt buchen sollte. Immerhin hatte sich das Babysitterproblem inzwischen gelöst. Tobi und Guido freuten sich bereits auf die Woche mit Leni und Adrian.

Leni hatte mittlerweile genug vom Buddeln und verlangte, dass Conny sie auf der großen Reifenschaukel anschubste. Conny klaubte ihre Tasche auf und lief zu ihr.

Die Kinder schliefen, die Vorbereitungen für Mittwoch waren erledigt. Conny ließ sich matt auf die Couch fallen. Jetzt war ihr nach Berieselung. Sie holte sich die Fernbedienung und die Fernsehzeitschrift. Hervorragend! Es gab alte Folgen von Inspektor Barnaby.

Conny setzte Teewasser auf und ging ins Schlafzimmer, um sich warme Socken und ihren kuscheligen Nicki-Anzug anzuziehen. Der Vorspann lief schon, als sie mit einer Kanne Ingwertee ins Wohnzimmer kam.

Sie hatte es sich gerade mit zwei Kissen im Rücken auf dem Sofa bequem gemacht, als es an der Tür klopfte. Verwundert stand Conny auf, legte die Kette vor und spähte durch den Türspalt in den Flur. Draußen stand Barne, eine Flasche Rotwein in der Hand.

„Ich wollte mich noch einmal für Samstag entschuldigen. Ich dachte, vielleicht trinken wir zusammen ein Gläschen? Wenn ich mich richtig erinnere hast du dienstags frei, oder?"

„Äh...klar. Komm rein!"

Conny schloss die Tür, löste die Kette und ließ Barne eintreten. „Ich hatte es mir gerade vor der Glotze bequem gemacht. Alte Folgen von Inspektor Barnaby."

„Oh...ach so. Ich wollte nicht stören. Soll ich lieber ein anderes Mal vorbeikommen?" Barne legte die Hand auf die Türklinke.

„Ach was, du störst nicht." Conny winkte ab. „Komm rein. Ich mach nur schnell den Fernseher aus."

„Aber nicht extra wegen mir!", protestierte Barne. „Ist das schon lange dran?"

„Nein, erst etwa fünf Minuten. Es gab bisher noch nicht einmal eine Leiche. Setz dich." Conny holte zwei Weingläser und einen Korkenzieher aus der Küche.

„Du kannst mir dann ja erklären, was ich wissen muss. Ich mag Krimis." Barne nahm den Korkenzieher, öffnete die Flasche und goss Wein in die Gläser.

„Klar, warum eigentlich nicht? Wir machen einfach einen gemütlichen Fernsehabend. Ist nett, zur Abwechslung mal erwachsene Gesellschaft zu haben." Conny zauberte noch eine kleine Tüte Tortilla-Chips aus dem Schrank und gab die Hälfte in eine Schüssel. Eigentlich war das gegen ihre guten Vorsätze, aber sie wollte keine schlechte Gastgeberin sein.

Conny musste grinsen. Was Carina wohl dazu gesagt hätte, dass Barne auf ihrer Couch hockte, Chips futterte und Rotwein schlürfte. Alkohol war sicher auch des Teufels. Bei den Chips hielt sie sich tapfer zurück und knabberte nur eine Handvoll. Barne allerdings hatte bald die Schüssel geleert.

In der Werbepause holte Conny den Rest aus der Küche. Sie stellte die Schüssel auf den Tisch und setzte sich. Barne war gerade dabei nachzuschenken.

„Sag mal, was schreibst du eigentlich so?" Barne steckte den Korken wieder auf die Flasche und stellte sie auf den Tisch.

„Erotische Literatur für Frauen." Es erschien Conny nicht besonders riskant, Barne das zu verraten. Schließlich hatte er sich als Nichtleser geoutet.

„Ich finde, das passt zu dir." Barne betrachtete sie über den Rand seines Weinglases. „Du bist so eine sinnliche Frau. Dein Mann muss ein Vollidiot sein, dass er eine Frau wie dich verlassen hat."

„Wir waren nicht verheiratet", verbesserte Conny. „Und *ich* habe mich von *ihm* getrennt."

„Oh, ach so. Entschuldige." Barne sah verlegen aus.

„Schon okay." Conny nippte an ihrem Wein. „Die meisten nehmen an, dass es anders herum war. Vielleicht ist es statistisch gesehen häufiger, dass der Mann die Familie verlässt. Wie dem auch sei. Es funktionierte einfach nicht."

„Und es gibt gar keinen neuen Verehrer? Kann ich überhaupt nicht verstehen. Du bist doch so eine Hübsche. Weißt du, wie du aussiehst? Genau wie Charlotte von Sex and the City. Bloß ein bisschen kräftiger."

Barne sah Conny an. Die wusste nicht, wie sie reagieren sollte. Sie beeilte sich, etwas zu sagen, um keine peinliche Stille entstehen zu lassen.

„Na ja, mit zwei Kindern lernt man eben nicht so schnell jemanden kennen."

Conny versuchte, das Unbehagen wegzulächeln und war froh, als die Werbepause vorbei war und der Film wieder anfing. Trotzdem fragte sie sich, ob das gerade eine Art Annäherungsversuch gewesen war. Barne war ein netter Kerl und nicht unattraktiv, aber er hatte eine Freundin. Vergebene Männer waren für Conny schon immer tabu gewesen. Außerdem war Barne ihr insgesamt zu oberflächlich. Sie konnte sich nicht vorstellen mit jemandem zusammen zu sein, der von sich behauptete nicht zu lesen.

Als der Film zu Ende war, machte Barne keine Anstalten länger zu bleiben.

„Danke für den gemütlichen Abend." Er stand auf und half Conny die Gläser und die Schüssel in die Küche zu bringen. „Die Serie ist bisher an mir vorbeigegangen. Aber ich fand sie sehr unterhaltsam. Vielleicht lag es auch an der netten Gesellschaft." Barne zwinkerte und Conny beeilte sich, das Gespräch wieder in harmlosere Gefilde zu steuern.

„Ich habe eine DVD-Box irgendwo, die suche ich dir bei Gelegenheit mal raus. Vielleicht wäre das auch was für Carina. Ich denke, ich krabble jetzt besser in mein Bettchen. Ist schon spät."

„Sollten wir aber unbedingt wiederholen." Barne lächelte und nahm Conny in den Arm. Er drückte sie vielleicht eine Spur zu lang, als es für einen Mann in festen Händen angemessen gewesen wäre.

„Schlaf gut und träum was Schönes."

„Du auch." Conny begleitete ihn zur Tür.

„Wünsche dir einen schönen freien Tag morgen. Bis die Tage mal." Barne und verschwand die Treppe hinunter. Conny schloss die Tür und schüttelte den Kopf. Wenn sie nicht gewusst hätte, dass er auf Miss XXS Neon-Triangelbikini stand, hätte sie glatt annehmen können, dass Barne auf sie stand.

Bevor sie ins Bett ging, checkte Conny noch einmal ihre E-Mails und schaute auf ihre Facebook-Seite. Dabei bemerkte sie, dass Kirsten vor wenigen Minuten noch etwas gepostet hatte. Das hieß, dass sie noch wach war. Sie beschloss, die Gelegenheit zu nutzen und sich den Detailbericht über Kirstens Traumdate mit diesem Frank abzuholen.

„Ich bin mit den Nerven total am Ende", jammerte Kirsten.

„Aber wieso das denn? Ich dachte, das Date am Freitag war toll. Ist am Samstag irgendetwas passiert?" Conny goss sich etwas Tee ein, der inzwischen kalt geworden war.

„Nein, überhaupt nicht. Es war perfekt. ER ist perfekt." Kirsten klang allerdings alles andere als glücklich.

„Und warum hörst du dich an, als sei gerade dein Kater überfahren worden?" Conny nahm einen Schluck kalten Tee und schüttelte sich. Der Rotwein hatte ihr deutlich besser geschmeckt.

„Er passt fast in allen Punkten hundertprozentig auf meine Checkliste, Conny. Bloß jetzt mache ich mir permanent Gedanken, was da nicht stimmt", klagte Kirsten. „Ich frage mich seit Samstag ununterbrochen, was ich übersehen habe und wo der Haken ist."

„Süße, warum entspannst du dich nicht einfach und genießt es? Vielleicht gibt es einfach keinen Haken." Ganz überzeugt war Conny davon allerdings selber nicht, wenn sie ehrlich war. Schließlich hatte Kirsten Recht. Einen Haken gab es immer.

„Hm, ja. Vielleicht", machte Kirsten. „Aber du weißt doch: je höher der Flug, desto tiefer der Fall. Ich möchte mir nicht zu große Hoffnungen machen."

„Kann ich verstehen. Geht mir ihm Grunde bei Christian genauso. Aber nun erzähl erst einmal. Wie ist Frank denn so? Wie sieht er aus? Ich will alles wissen!", forderte Conny.

„Er hat dunkelbraune Haare und wunderschöne rehbraune Augen. Genau mein Typ. Groß, sehr schlank, und er hat extrem schöne Hände. Du weißt ja, ich stehe auf schöne Hände. Er könnte Pianist sein."

„Ist er Pianist?", fragte Conny dazwischen.

„Nein, er ist Chirurg. Stell dir vor, Conny. Ein Kollege. Und er will anscheinend keine OP-Schwester. Das ist so unwahrscheinlich wie ein Lottogewinn. Er erfüllt alle wichtigen Punkte meiner Liste. Sogar das Loriot-Zitat hat er sofort erkannt und mit dem passenden Zitat geantwortet. Er mag Skandinavien, Rotwein und wäre auch einer Kreuzfahrt nicht abgeneigt. Außerdem ist er Wassermann. Aszendent Krebs."

„Aha." Mit der letzten Information konnte Conny nicht viel anfangen. „Und das passt?"

„Absolut. Über die Kombination Löwe-Frau mit Wassermann-Mann sagt mein Partnerhoroskop: Gegensätze ziehen sich an! Wenn beide Partner ihre Unterschiede akzeptieren, können sie sich gegenseitig die wahre Liebe lehren. Und...pass auf: Der Sex ist rebellisch und glorreich!", zitierte Kirsten aus ihrer Astrologie-Zeitschrift.

„Ist er das denn?" Conny kicherte.

„Also ehrlich, Conny! Du solltest mich besser kennen. Niemals Sex vor dem dritten Date. Lieber noch später. Sonst denkt er, ich bin leicht zu haben und ich lande in der Warteschlange. Zu lange sollte man ihn natürlich nicht zappeln lassen. Sonst verliert er auch das Interesse. Man muss ihm das Gefühl vermitteln, dass er erfolgreich gejagt und die Frau erobert hat."

Conny zog durch die Zähne Luft ein, als habe sie Schmerzen.

„Weißt du, Kirsten, es gibt da so etwas, das heißt Frauenbewegung..."

„Papperlapapp. Feminismus, Gleichberechtigung, alles schön und gut, wenn es um Beruf und Politik geht. Aber bei der Partnerwahl gelten archaische Gesetze. Seit der Steinzeit hat sich da nicht viel getan. Männer haben eben in Evolution nicht aufgepasst. Die sind beim Kapitel *Jäger und Sammler* stehengeblieben", erklärte Kirsten.

Conny lachte.

„Da könnte sogar was dran sein. Wie war denn überhaupt euer Krimi-Dinner?"

„Spitze. Wir hatten sehr viel Spaß, das Essen war köstlich und Frank hat den Mörder voll durchschaut. Er sagt, das liegt daran, dass er gerne altmodische Krimis im Stil von Agatha Christie liest. Noch ein Haken auf der Checkliste. Es war beinahe unheimlich. Er kocht, er trinkt Alkohol, aber nur in Maßen, er raucht nicht, macht Sport – ist aber keiner von diesen fanatischen Marathontypen, geschieden, aber keine Kinder, ist in deinem Alter, also zwei Jahre jünger als ich. Das ist wie bei diesen Suchbildern. Ich stehe davor, schaue und schaue und finde den Fehler einfach nicht."

„Dann hat er vielleicht keinen", schloss Conny.

„Ich werde morgen mal Erika anrufen und sie bitten, in die Karten zu gucken." Kirsten klang nach wie vor skeptisch.

„Ist das diese Energie-Tussi?" Conny trank noch einen Schluck kalten Tee. Mit der Zeit gewöhnte man sich daran.

„Energieberaterin," verbesserte Kirsten. „Erika ist echt spitze. Sie hat meine hartnäckige Blasenentzündung mit Reiki und Chakrenreinigung wegbekommen. Sie hat auch einen Esoterik-Buchladen und macht Tarot-Beratungen."

„Davon hat Steffi mir bereits erzählt. Dass du als Medizinerin an so einen Hokuspokus glaubst! Meinst du nicht, die Blasenentzündung wäre auch so irgendwann weggegangen?" Conny glaubte nicht an Wunderheilungen. Sie hatte keine Ahnung, was Chakrenreinigung sein sollte, fragte aber lieber nicht nach.

„Gerade als Medizinerin!", widersprach Kirsten. „Wenn die Schulmedizin ausgereizt ist, helfen nicht selten alternative Heilmethoden. Die Selbstheilungskräfte des Körpers werden stets unterschätzt."

„Ich kann mich bald persönlich von deiner Energie-Tussi überzeugen. Steffi hat mich gebeten, mit ihr hinzugehen", sagte Conny.

„Dann lass dir mal von ihr die Karten legen. Du wirst staunen!" Kirsten klang begeistert.

„Mal sehen, vielleicht mache ich das spaßeshalber mal. Und damit du Ruhe gibst." Conny lachte. „Und wie geht es mit dir und Frank jetzt weiter?"

„Wir sehen uns am Freitag wieder. Er hat mich zu sich eingeladen. Er möchte für mich kochen", antwortete Kirsten.

„Dann musst du mir noch die Adresse geben, und du textest mir, wenn du wieder zu Hause bist. Wenn du dich bis acht Uhr am nächsten Morgen nicht per SMS gemeldet hast, komme ich und trete die Tür ein." Conny war in dieser Hinsicht immer schon übervorsichtig gewesen. Schließlich konnte man den Menschen nur vor den Kopf gucken.

Kirsten lachte.

„Okay, Süße. Dann schreibe ich mir besser einen Termin ins Handy, damit ich auf keinen Fall vergesse dir zu texten. Ich meine, für den Fall, dass alles so gut läuft wie bisher."

„Alles klar. Du, ich muss jetzt langsam ins Bett. Wir sprechen uns dann. Ich wünsch dir eine ruhige Woche und ein Super-Date am Freitag!" Conny gähnte.

„Danke. Schlaf gut, Conny. Du bist die Beste", verabschiedete sich Kirsten.

Kapitel 11

Sandkastenfee und schnauzbärtige Spinne

„Schön, deine Stimme zu hören." Christian klang fröhlich.

„Geht mir auch so." Conny malte Herzchen auf ihre Schreibtischunterlage wie eine verliebte Sechstklässlerin. „Warst du erfolgreich?"

„Das erfahre ich leider erst in zwei Wochen", entgegnete Christian. „Aber danke der Nachfrage. Wie war denn dein Wochenende?"

„Nichts Spektakuläres. Samstag habe ich mit den Kindern Kuchen gebacken und im Wohnzimmer eine große Stadt gebaut und Sonntag waren wir bei meinen Eltern zum Familien-Brunch. Das war sehr nett. Mein Bruder und sein Mann wohnen in Hamburg, da sehen wir uns auch nur ab und zu mal am Wochenende." Conny hoffte, dass Christian sie nicht langweilig fand.

„Wo wohnen die beiden denn?", erkundigte er sich. „Vielleicht sind wir ja Nachbarn."

„In St. Georg", erwiderte Conny.

„Nicht gerade ein günstiges Pflaster. Da kann ich nicht mithalten. Ich wohne in Billstedt. Aber nicht die ganz wüste Ecke. Mehr auf Oststeinbek zu."

Christian lachte. „Nur für den Fall, dass du mich irgendwann mal besuchen möchtest."

„Na ja, dafür sollten wir uns aber erst einmal besser kennen lernen." Conny konnte ihren eigenen Herzschlag hören. Sie war ziemlich flirt-entwöhnt und fühlte sich kribbelig.

„Klar, das sollten wir", stimmte Christian zu. „Auch wenn ich jetzt schon das Gefühl habe, als ob wir uns ewig kennen."

„Ich auch. Dieses Mal war ich auch gar nicht mehr nervös, bevor ich dich angerufen habe", flunkerte Conny.

„Du warst letztes Mal nervös? Das hat man dir überhaupt nicht angehört", staunte Christian.

„Berufsbedingt", erklärte Conny. „Jahrelanges Training. Mit Schülern ist das ein bisschen wie mit Hunden. Die können Angst riechen. Jedes Jahr nach den Sommerferien ist es dasselbe. Die Nacht bevor es wieder losgeht, schlafe ich kaum und bin total aufgekratzt. Schließlich weiß man in einem neuen Schuljahr mit neuen Klassen nie so recht, was auf einen zukommt. Aber das darf man um Himmels Willen niemals zeigen, sonst hat man für den Rest des Jahres verloren. Ich bin ohnehin schon immer zu weich und zu nachgiebig."

„Du bist halt nett", räumte Christian ein.

„Nett ist die kleine Schwester von scheiße", erinnerte ihn Conny.

„So meinte ich das nicht. Du bist ein Menschenfreund und hast Verständnis für alle möglichen Bekloppten. Wie mich zum Beispiel", scherzte Christian. „Aber ich bin sicher, was dir an Autorität fehlt, machst du mit Charme wett. Deine Schüler haben dich bestimmt alle gern."

„Nicht alle", widersprach Conny. „Aber ich glaube, es gibt wenige, die mich richtig ätzend finden."

„Das kann ich mir auch nicht vorstellen Ich wäre jedenfalls gern dein Schüler." Christian hatte diesen frechen Unterton in der Stimme, der Conny ganz wuschig machte.

„Danke. Allerdings erinnert mich das daran, dass ich noch ein Arbeitsblatt für die Fachschule fertigstellen muss. Ich konnte mich vorhin nicht mehr aufraffen." Conny seufzte.

„Okay, dann mal husch, husch! Hast du Freitagabend Zeit zu telefonieren?", wollte Christian wissen. „Da bin ich nämlich ausnahmsweise zu Hause. Am besten rufst du an. Ich will nicht stören, wenn die Kinder schon im Bett sind."

„Ja, das wäre am praktischsten. Normalerweise hören die beiden das Telefon nicht, wenn sie richtig fest schlafen. Aber in letzter Zeit hat der Große einen ziemlich leichten Schlaf." Conny hatte die Herzchen noch mit Krönchen und Blumenranken verziert und legte jetzt den Kugelschreiber beiseite. „Ich ruf dich an, sobald die kleinen Quälgeister schlafen."

„Deine Kinder können doch überhaupt keine Quälgeister sein", protestierte Christian scherzhaft. „Die sind bestimmt die reinsten Engelchen."

„Von wegen!" Conny lachte. „Die können auch anders. Aber ich will mich nicht beschweren. Eigentlich sind sie tatsächlich ganz lieb. Das ist alles im Rahmen des Erträglichen. Verhaltensoriginelle habe ich schon auf der Arbeit genug."

„Und dann hast du noch mich. Da ist es schon gut, dass du leidgeprüft bist", alberte Christian. „Dann will ich dich mal nicht länger von der Arbeit abhalten. Ich freu mich schon auf Freitag. Und schlaf später schön."

„Du auch!" Conny wollte gerade auflegen, da fiel ihr noch etwas ein. „Ach, Moment. Ich wollte dich eigentlich noch gefragt haben, ob du auch zur Buchmesse in Frankfurt fährst. Hätte ich fast vergessen."

„Nein, höchstwahrscheinlich nicht", antwortete Christian. „Ich schiebe schon recht lange einen Verwandtenbesuch in Süddeutschland vor mir her. Ich überlege, ob ich vielleicht im Oktober hinfahre und es mit einem kleinen Urlaub verbinde."

„Schade. Sonst hätten wir uns gesehen. Na ja, bis Freitag dann. Gute Nacht." Conny legte auf. Vielleicht war es besser so. Schließlich fuhr sie nicht zum reinen Vergnügen auf die Messe. Wenn Christian dort wäre, musste sie ernsthaft um ihren professionellen Eindruck fürchten. Conny schmunzelte, riss das oberste Blatt von ihrer Schreibtischunterlage ab, zerknüllte es und warf es in den Papierkorb.

„Du denkst an unsere Verabredung heute Nachmittag?" Steffi holte sich eine Tasse aus dem Regal und griff nach der Kaffeekanne.

„Die Energietussi? Wie könnte ich die vergessen." Conny grinste und nahm sich ebenfalls eine Tasse. „Alles geregelt. Ela hat heute frei und holt die Kinder aus der Kita ab. Sie bleiben dann über Nacht bei ihr und Torsten. Ich hole sie erst morgen Nachmittag wieder ab. Passt mir auch ganz gut. Ich muss heute

Abend noch korrigieren. Wenn ich nach deiner Voodoo-Sitzung dazu überhaupt noch in der Lage bin."

„Ach, jetzt hör doch mal auf, immer so negativ zu sein und dich darüber lustig zu machen. Manchmal wünsche ich mir ein bisschen mehr Unterstützung von dir." Steffi wirkte beleidigt. „Warum sollte nicht wirklich etwas dran sein? Bei Kirsten hat es schließlich auch funktioniert."

„Entschuldige, Steffi. Du kennst mich doch. Was so etwas angeht, bin ich eben skeptisch. Ich versuche ja aufgeschlossen zu sein, aber ich glaube nun mal nicht an Handauflegen, Wahrsagen und so einen Kram. Wenn du allerdings unbedingt möchtest, dass ich im Dienste deiner Fruchtbarkeit mit dir das afrikanische Ameisenbären-Ritual tanze, dann tu ich das", feixte Conny.

„Du kannst es auch echt nicht lassen!"

Steffi rollte mit den Augen.

„Bitte tu mir den Gefallen und verkneife dir solche Sprüche, wenn wir bei Erika sind. Langsam frage ich mich, ob ich nicht besser Kirsten gebeten hätte, mich zu begleiten. Aber bei ihrem Dienstplan ist es einfacher, eine Mount-Everest-Expedition zu planen als unter der Woche einen Termin mit ihr."

„Sorry, Steffi. Ich bin heute Morgen ein Stinkstiefel. Englisch bei meiner absoluten Horrorklasse. Und das, nachdem ich gestern ewig gebraucht habe, um Leni ins Bett zu kriegen. Ich habe mir den Mund fusselig erzählt. Letztlich hat die Sandkastenfee sie aber doch erfolgreich eingeschläfert. Ich verspreche, ich werde mich heute Nachmittag vorbildlich benehmen. Für dich werde ich sogar versuchen, an den Hokuspokus zu glauben. Ehrenwort", gelobte Conny.

„Danke, Conny." Steffi lächelte und drückte sie. „Wer oder was ist eigentlich die Sandkastenfee?"

Conny lachte. Sie nahmen ihre Tassen mit und suchten sich ein freies Plätzchen im Lehrerzimmer.

„Ach, das sind diese kleinen Geschichten, die ich mir für Leni aus den Fingern sauge. Sie ist Prinzessin Leni und lebt mit ihrem treuen Hund Schlappi in einer quietschgrünen Sandburg im Traumland. Die Sandkastenfee kann zaubern und erfüllt Prinzessin Leni Wünsche. Dann erleben sie zusammen immer irgendwelche total abstrusen Abenteuer. Was mir eben so spontan einfällt. Alles ziemlich abgedreht und bescheuert."

„Wenn es das als Bilderbuch gäbe, würde ich es aber gerne mal lesen." Steffi nippte an ihrem Kaffee. „Vielleicht solltest du die schönsten Geschichten aufschreiben. Schon allein für Leni. So etwas vergisst man doch später. Das wäre für sie sicher eine schöne Erinnerung."

„Da hast du Recht." Conny nickte. „Manchmal kommen dabei wirklich ganz brauchbare Geschichten raus, je nach Tagesform."

„Dann mach doch ein Buch draus!", schlug Steffi vor. „Ich meine das ernst. Es fehlen doch nur noch ein paar nette Bilder. Wenn du es schreibst, ist es garantiert hundertmal kreativer als dieser scheußliche rosa Glitzer-Kram."

„Aber ich kann doch überhaupt nicht zeichnen." Conny konnte sich nicht vorstellen, ein Bilderbuch zu entwerfen.

„Kennst du denn niemanden, der für dich die Illustrationen machen könnte?", fragte Steffi.

„Ich wüsste nicht, dass irgendjemand in meinem Freundes- oder Bekanntenkreis künstlerisch begabt..." Conny unterbrach sich. „Das heißt. Ich kenne da schon jemanden. Christian zeichnet und malt. Aber den kann ich nicht fragen."

„Wieso das denn nicht?", hielt Steffi dagegen.

„Was soll er denn von mir denken, wenn ich ihm irgendwelche durchgeknallten Geschichten von der Sandkastenfee erzähle?"

Conny schüttelte den Kopf.

„Du magst ihn wohl." Steffi grinste. „Sonst würdest du dir nicht so einen Kopf darum machen. Er wird einfach denken, dass du eine gute Mutter und ein kreatives Köpfchen bist, das sich verrückte Geschichten für Kinder einfallen lässt. Ich finde die Idee spitze. Du solltest ihn fragen, ob er Lust hat, dein Buch zu illustrieren."

„Wenn du meinst..." Conny kaute nachdenklich auf der Unterlippe. „Vielleicht hast du Recht. Fragen kostet ja nichts. Ich werde es ihm mal vorschlagen, wenn wir das nächste Mal telefonieren."

„Prima.", freute sich Steffi. „Und wenn ich irgendwann wirklich einmal Mama werden sollte, kaufe ich natürlich sofort dein Bilderbuch."

„Sagt das eigentlich etwas über mich aus, dass ich statt ‚Esoterik' grundsätzlich ‚Erotik' lese?" Conny betrachtete die Auslage im Schaufenster von Erikas Esoterik-Buchladen *Shangri-La*.

„Ich schätze, das ist berufsbedingt. Also nebenberufsbedingt natürlich." Steffi lachte.

Das Klimpern eines Windspiels kündigte ihren Besuch an und ein Duftnebel aus diversem Räucherwerk und Aromaölen hüllte sie ein. Steffi trat auf die junge Frau mit den leuchtend rot gefärbten Dreadlocks am Verkaufstresen zu.

„Hallo!" Die Verkäuferin sah von einem Magazin auf, in dem sie geblättert hatte, und lächelte. „Was kann ich für euch tun?"

„Äh...hallo. Steffi Kruse. Ich hatte einen Termin bei Erika."

„Siehst du die Tür da hinter dem Buchständer?" Die junge Frau wies in den hinteren Teil des Ladens. „Einfach anklopfen. Erika ist schon da."

Steffi bedankte sich und steuerte auf die Tür zu. Conny folgte. Zaghaft klopfte Steffi an.

Die Tür wurde von einer Dame geöffnet, die – so stellte Conny überrascht fest – erstaunlich normal und spießig aussah. Sie trug dunkle Jeans und ein fast bieder wirkendes beigefarbenes Twinset. Um ihren Hals trug sie eine Silberkette mit einem hübschen Bernsteinanhänger.

„Hallo!" Erika lächelte und ergriff Steffis Hand. „Du musst Steffi sein. Ich bin Erika. Hast du dir seelische Unterstützung mitgebracht?"

Sie wies mit dem Kinn über Steffis Schulter.

„Ich hoffe, das ist in Ordnung. Ich bin Conny. Ich wollte mir einfach mal anschauen, wie so eine Beratung abläuft." Conny schüttelte Erika ebenfalls die Hand.

„Kein Problem. Wenn es Steffi nicht ablenkt, soll mir das recht sein."

Steffi schüttelte den Kopf.

Sie traten in ein gemütlich eingerichtetes Hinterzimmer, in dem es eine Couch, einen Schreibtisch mit zwei Besucherstühlen und eine Massageliege gab. In einer beleuchteten Vitrine lagen diverse Kristalle und Halbedelsteine und den Schreibtisch zierte eine große Amethystdruse. Eine Salzlampe verbreitete ein diffuses, gelbliches Licht und es roch nach Räucherwerk. Erika bedeutete Conny, auf der Couch Platz zu nehmen und bat Steffi sich auf einen der Besucherstühle zu setzen.

Erika umrundete ihren Schreibtisch und kramte ein Notizbuch hervor.

„Steffi. Sehr schön, dass du den Weg hierher gefunden hast. Ich hoffe, ich kann dir helfen. Ich sehe, Kirsten hat mich empfohlen, vielleicht hat sie dir schon ein bisschen darüber berichtet, wie ich arbeite?" Erikas Stimme war sanft und hatte etwas Beruhigendes.

„Ansatzweise, ja." Steffi nickte.

„Gut. Ich habe mir notiert, dass es dir hauptsächlich darum geht, zu schauen, ob es irgendwelche Energieblockaden gibt, die dich in irgendeiner Form beeinträchtigen, richtig?" Erika sah von ihren Notizen auf.

Steffi nickte erneut.

„Ich würde vorschlagen, dass ich mir zunächst einmal deine Aura anschaue. Dadurch kann ich feststellen, wo die Blockaden sitzen und wir würden dann mit einer geführten Meditation und Reiki die Blockade aufspüren und versuchen zu lösen. Bist du damit soweit einverstanden?" Erika lächelte.

„Hört sich gut an", fand Steffi.

Erika bat Steffi, sich auf die Massageliege zu legen und ließ ihre Hände einige Zentimeter über Steffis Körper schweben. Wie eine Art Scanner bewegte sie die Hände über Steffis Körper. Dabei hielt sie die Augen geschlossen und atmete hörbar.

„Hm. Die Aurafarben sind ein wenig schmutzig und trüb. Das deutet auf negative Erwartungen oder negative Emotionen hin. Unterdrückte Wut oder Ängste. Sehr viel Rot und Gelb. Wille und Intellekt dominieren stark. Dein Sexualchakra sieht mir ziemlich blockiert aus. Da fließt die Energie nicht richtig."

„Ahso", murmelte Steffi ins Lederpolster der Liege. „Und was mache ich dagegen?"

„Wenn du einverstanden bist, machen wir eine geführte Meditation und versuchen uns deiner Blockade zu nähern. Ich werde dir dabei Reiki geben", erklärte Erika.

„Tut das weh?" Steffi klang verunsichert.

„Nein, überhaupt nicht. Ich lasse Energie in deinen Körper fließen und bringe Körper und Geist ins Gleichgewicht. So löse ich Blockaden und gleiche deine inneren Kraftzentren aus. Das ist sehr angenehm und entspannend, du wirst sehen", beruhigte sie Erika. „Außerdem möchte ich mit dir deine Blockaden visualisieren. Das erleichtert es dir, sie selbst zu lösen."

Conny hatte sich in ihrer Unterlippe verbissen, um nicht loszulachen. Für ihren Geschmack klang Erikas Gerede von Aurafarben, Chakren und Kraftzentren einfach zu abgedreht. Aber bitte, wenn es Steffi und Arndt dabei half, endlich das ersehnte Kind zu bekommen, wollte sie nichts gesagt haben.

Erika begann mit ruhiger Stimme die Meditation. Eins musste man ihr lassen. Allein vom Zuhören wirkte sie sehr entspannend. Conny unterdrückte ein Gähnen. Sie musste aufpassen, auf dem bequemen Sofa nicht wegzudösen.

„Jetzt lass vor deinem inneren Auge dein Sexualchakra als orangefarbene Kugel aus deinem Körper heraustreten.

Vergrößere sie, bis sie so groß ist wie eine Wassermelone.

Schau sie dir genau an. Ist die Farbe klar? Kannst du Staub, Flecken oder Schmutz erkennen?

Säubere sie. Wasche oder bürste sie ab. Die Farbe sollte klar, die Form rund und glatt sein.

Lasse jetzt das Chakra wieder schrumpfen und an seinen Platz im Körper zurückgleiten."

Conny musste sich Mühe geben, nicht loszuprusten. Sie stellte sich Steffi in einem Dienstmädchenkostüm mit weißer Schürze, Häubchen und einem altmodischen Federstaubwedel vor, wie sie eine leuchtende orangefarbene Kugel abstaubte und wienerte.

„Schau dir jetzt genau an, wie die Kugel sich bewegt. Kann sie sich frei drehen oder gibt es irgendetwas, das sie an der Bewegung hindert?", fragte Erika.

Conny erschrak fast ein bisschen, als sich Steffi mit schläfriger Stimme zu Wort meldete, so sehr hatte sie Erikas sanfte Stimme während der Meditation eingelullt.

„Da ist etwas. Ich kann es nicht genau erkennen", murmelte Steffi.

„Sieh genau hin. Ist es groß, klein, ist es etwas Starres oder bewegt es sich? Ist es vielleicht lebendig?", wollte Erika wissen.

„Lebendig", hauchte Steffi. „Eine riesige schwarze Spinne sitzt da. Sie trägt eine fürchterliche gelb-blau gestreifte Krawatte, hat einen Schnauzbart und so eine fiese Überkämmerfrisur wie Donald Trump. Sie grinst mich ganz hämisch an."

Conny gelang es nur mit knapper Not, ein Lachen zu unterdrücken. Dabei entfuhr ihr ein seltsamer Grunzlaut und sie fing sich einen bösen Blick und ein Kopfschütteln von Erika ein.

Doch die Spinne, die Steffi beschrieb erinnerte Conny stark an Herrn Horn, den stellvertretenden Schulleiter. Herr Horn konnte Steffi aus unerfindlichen Gründen nicht leiden und ständig schikanierte sie, wo er nur konnte.

„Versuche die Spinne von der Kugel herunterzupusten", forderte Erika. Conny wunderte sich, wie Erika bei dieser Leuchtkugel-Spinnenaustreibung ernst bleiben konnte.

„Geht nicht." Steffi klang, als würde sie im Schlaf sprechen. „Sie hat so Saugnäpfe an den Füßen. Wie Klopümpel."

Conny biss sich auf die Innenseite der Wange. Es tat verflucht weh, aber jetzt war ihr wenigstens nicht mehr nach Lachen zumute.

„Stell dir vor, du löst die einzelnen Saugnäpfe mit den Fingern ab und pustest dann noch einmal kräftig über die Kugel."

Eine Weile war Stille, dann meldete sich Steffi wieder. „Jetzt ist sie voll weggeflogen."

„Sehr gut", lobte Erika. „Schau dir nun noch einmal die Kugel an. Bewegt sie sich frei und dreht sich langsam und gleichmäßig?"

„Ja", bestätigte Steffi.

„Prima. Das hast du sehr gut gemacht. Jetzt bewege langsam deine Zehen und deine Hände. Strecke dich, atme bewusst ein und aus und dann öffne die Augen und komm ganz langsam zurück zu uns in den Raum. Lass dir Zeit. Mach alles ganz in Ruhe." Erika umrundete die Liege und stellte sich ans Fußende.

Eine Weile später schlug Steffi die Augen auf, blinzelte ein paar Mal, reckte und streckte sich und setzte sich langsam auf. Prüfend bewegte sie die einzelnen Gliedmaßen.

„Wie fühlst du dich?" Erika lächelte.

„Locker, leicht und irgendwie...erfrischt." Steffi schüttelte die Schultern aus.

„Wunderbar." Erika klang zufrieden.

„Wenn du noch mehr Kraft brauchst, empfehle ich dir den Engels-Kristall Nr. 27 und das Malachit-Power-Armband. Der Malachit hilft bei Menstruationsbeschwerden, sexuellen Schwierigkeiten und Unfruchtbarkeit und ist ein hervorragender Schutzstein gegen Erdstrahlen, Depressionen und Blockaden. Bekommst du alles nebenan bei Esther im Laden. Außerdem gebe ich dir noch eine Anleitung mit. Das ist ein ganz leichtes Ritual zur Chakren-Reinigung, das du selbst zu Hause durchführen kannst."

Erika und Steffi strahlten um die Wette, während Conny vor Anstrengung einen ganz heißen, roten Kopf hatte. Es hatte sie Kraft gekostet, während der Nummer mit der Spinne ernst zu bleiben.

Steffi hopste beschwingt von der Liege und lächelte in Connys Richtung.

„Conny wollte sich noch die Karten legen lassen." Conny wusste nicht recht, wie sie Steffis Enthusiasmus bremsen sollte.

„Ich lege dir natürlich gern die Karten." Erika bat Conny an den Schreibtisch.

„Ach, warum nicht?"

Conny setzte sich, während Erika die Karten aus der Schublade zog, gründlich mischte und mit einer eleganten Handbewegung zu einem großen Fächer auf dem Tisch ausbreitete.

„Zieh bitte dreizehn Karten und leg sie hier vor mich. In der Reihenfolge, in der du sie gezogen hast." Erika deutete auf den Kartenfächer.

Als Conny fertig war, nahm Erika den Stapel und legte die Karten zu einem Muster auf dem Tisch aus. Die letzten drei breitete sie in einer Reihe darunter aus.

„Ich sehe, dass du dich in einer Zeit des Umbruchs und der Veränderungen befindest. Die Zehn Schwerter deuten auf die bewusste Entscheidung hin, einen radikalen Schlussstrich unter etwas zu ziehen. Eine Kündigung, eine Trennung, etwas in der

Richtung." Erika tippte auf einer Karte, die Conny bei näherer Betrachtung ziemlich gruselig fand. Eine Person lag mit dem Gesicht nach unten auf dem Boden. In ihrem Rücken steckten zehn Schwerter.

Conny nickte stumm und Erika zeigte auf die nächsten zwei Karten.

„Fünf Münzen und fünf Kelche zeigen mir, dass dich diese Entscheidung in eine emotional und finanziell schwierige Lage gebracht hat. Die Dinge sind nicht so gelaufen, wie du es dir gewünscht hättest. Deswegen brauchtest du Zeit, Ruhe und Abstand um nachzudenken. Das zeigt die Vier der Schwerter. Jetzt bist du emotional bereit, dich wieder zu öffnen. Die zwei Kelche zeigen, dass du Kontakt suchst und gefühlsmäßig mit einer bereichernden Begegnung beschäftigt bist. In der näheren Zukunft habe ich hier die Liebenden. Es könnte sein, dass da eine neue Beziehung auf dich zukommt. Jemand, für den du dich aus vollem Herzen entscheidest. Aber die Liebenden liegen verkehrt herum. Das sagt mir, dass es Dinge zu klären gibt, bevor du dich auf diese Beziehung einlassen kannst. Macht das soweit für dich Sinn?" Erika ließ den Finger auf der Karte mit den Liebenden liegen. Sie zeigte Adam und Eva im Paradies mit einer strahlenden Sonne und einem Engel darüber. Diese Karte war Conny schon wesentlich sympathischer.

„Oh, ja, absolut!" Conny stellte erstaunt fest, dass Erikas Ausführungen bisher erstaunlich gut passten. Nach der Scheidung von Torsten fühlte sie sich zum ersten mal wieder bereit für eine ernsthafte Beziehung. Ob Erika Recht hatte, und sich mit Christian tatsächlich etwas Festes entwickeln könnte?

„Aktuell liegst du hier sehr stabil. Du hast dich eingerichtet in deinem Leben, und auch finanziell sieht es besser aus. Die vier der Münzen zeigt, dass du vernünftig und besonnen vorgehst und sehr auf Sicherheit bedacht bist. Doch du solltest aufpassen, dass du dir aus deinem Sicherheitsbedürfnis kein Gefängnis baust. Ich greife hier einmal vor. Die Karte hier zeigt das mögliche Ergebnis der gegenwärtigen Entwicklung." Erika deutete auf eine Karte, die eine gefesselte Frau zwischen acht in den Boden gerammten Schwertern zeigte. „Das ist die Acht der Schwerter. Hemmungen, Verbote und Verzicht sind das Thema. Es gibt etwas, das du nicht zeigen oder nicht ausleben kannst. Diese Hemmnisse stehen offenbar in direktem Zusammenhang zu deinem Bedürfnis nach Stabilität und materieller Sicherheit."

„Oh?" Conny musste an ihren Vertrag denken.

„Ich muss in erster Linie an die Kinder denken", überlegte sie laut.

„Ich sage nicht, dass es falsch ist, was du tust." Erika lächelte. „Nichts liegt mir ferner. Ich weise dich lediglich darauf hin, dass es für dich an dieser Stelle problematisch werden könnte. Die Karten raten dir, ein Auge darauf zu haben, wie es dir damit geht."

Conny nickte.

„Was bedeutet denn die Karte hier?" Sie wies auf das Bild eines brennenden Turms, der vom Blitz getroffen worden war.

Zwei Menschen stürzten daraus herab. „Die sieht aber unfreundlich aus!"

„Interessant." Erika wandte sich wieder den Karten zu. „Eigentlich ist keine Karte grundsätzlich gut oder schlecht. Dass der Turm dir auf den ersten Blick unsympathisch ist, sagt mir, dass du dich sehr an Verlässliches klammerst und spontane Veränderungen dich schnell aus der Bahn werfen können. In dieser Position stellt er dein Umfeld dar. Es könnte sein, dass das Bild, das du dir von einer Person gemacht hast, ins Wanken gerät. Eine schockierende Entdeckung oder eine Nachricht aus dem Freundes- oder Familienkreis. Oder eine Erkenntnis über jemanden, die dich verunsichert und erschüttert."

Conny runzelte die Stirn. Das klang nicht gut. Zwar glaubte sie nicht an Kartenlegen, aber was Erika bisher gesagt hatte, war erstaunlich nah an der Realität.

„Keine Sorge." Erika sah wieder auf und lächelte. „Das muss nicht bedeuten, dass gleich eine Katastrophe über dich hereinbricht. Dinge sind einfach oft nicht so, wie sie auf den ersten Blick scheinen. Eine Mauer, die wir zu unserem Schutz bauen, kann schnell zur Gefängnismauer werden. Starre Vorstellung und Schubladendenken können einengen. Der Turm deutet auf eine verstörende Erfahrung. Doch letzten Endes steht er für Befreiung und die Loslösung von Zwängen."

Conny starrte auf den brennenden Turm vor dem düsteren Nachthimmel und fragte sich, welche schockierende Entdeckung er ihr bringen würde. Sie ermahnte sich, dass sie an diesen Kartenhokuspokus doch überhaupt nicht glaubte. Was Erika bisher gesagt hatte, traf sicher auf eine Reihe Menschen zu.

„Dein großes Sicherheitsbedürfnis zieht sich für mich hier wie ein roter Faden durch die Legung", fuhr Erika fort. „Die Neun der Stäbe auf der Position der Hoffnungen und Wünsche zeigt, dass du sehr auf der Hut bist und immer in Verteidigungsposition. Die Erfahrungen der Vergangenheit haben dich vorsichtig gemacht, und du versuchst immer auf Nummer sicher zu gehen. Doch es könnte sich lohnen, Risiken einzugehen."

Erika deutete auf die drei Karten unter dem ausgelegten Muster.

„Wenn du dich auf die Veränderungen einlässt, die dir ins Haus stehen, sieht die Zukunft sehr positiv aus. Das Schicksalsrad, As der Münzen und der Stern versprechen eine langfristig günstige Entwicklung, wenn du dich nicht gegen Veränderungen sperrst, und den Lauf der Dinge akzeptierst. Du hast die Chance, dir etwas Lohnenswertes aufzubauen, Projekte ins Rollen zu bringen und großes Glück zu finden. Gib dem Leben und seinen seltsamen Wendungen eine Chance. Am Ende wirst du das Gefühl haben, wirklich bei dir angekommen zu sein."

Nachdem Steffi vorsichtshalber das Malachit-Power-Armband für kostengünstige 21,90 € gekauft hatte, verließen die beiden Freundinnen das Ladengeschäft.

„Und? Was meinst du?"

Steffi strahlte Conny an. Ihre Augen glänzten. Conny brachte es nicht übers Herz, den Optimismus ihrer Freundin mit einer sarkastischen Bemerkung zu zerstören.

„Ach, wer weiß", sagte sie stattdessen. „Vielleicht hat es wirklich etwas gebracht. Ich würde es dir jedenfalls wünschen."

„Was sie bei dir alles in den Karten gesehen hat!" Steffi war hellauf begeistert. „Phänomenal! Was glaubst du, was sie mit der schockierenden Nachricht aus dem Freundeskreis gemeint hat?"

„Keine Ahnung." Conny zuckte mit den Schultern. „Vielleicht will Anja heiraten."

Sie grinste, und Steffi boxte ihr auf den Oberarm.

„Ach du wieder! Es war ja klar, dass du das nicht ernstnehmen kannst."

„Entschuldige. Aber Herr Horn blockiert dein Sexualchakra?!" Da sie es nun ausgesprochen hatte, konnte Conny nicht mehr an sich halten. Sie prustete los. „So gesehen – wenn man es sich recht überlegt - wessen Sexualchakra würde der Typ *nicht* blockieren? Ich muss nur an ihn denken und schon ist bei mir alles, was auch nur im entferntesten mit Sex zu tun hat, sowas von blockiert!"

Jetzt konnte auch Steffi nicht mehr ernst bleiben. Sie gackerten wie pubertierende Teenager.

„Das ist gar nicht lustig! Ich habe dieses Bild deutlich vor meinem inneren Auge gesehen!" Steffi gluckste und wischte sich die Tränen aus den Augen. „Eine dicke, fiese, schwarze Spinne mit einem Schnäuzer und Schiebedach-Frisur! Und dann diese scheußliche Krawatte!"

„Weißt du was?", kicherte Conny. „Wenn dir Mister H. in Zukunft krumm kommt, dann stellst du ihn dir ganz genau so vor!"

„Oh Gott!", wieherte Steffi. „Hör auf! Jetzt werde ich ihm doch nie wieder ins Gesicht schauen können, ohne loszulachen."

„Allein dafür hat sich diese Sitzung dann doch gelohnt. Ich wette mit dir, du wirst ihm jetzt selbstbewusster gegenübertreten." Conny rieb sich die vom Lachen schmerzende Seite.

Kapitel 12

„Poff!"

Conny saß am Schreibtisch und schrieb an einem Konzept für die Sandkastenfee-Bilderbücher. Die Idee gefiel ihr immer besser. Schwarz & Schimmel verlegte keine Kinderbücher, und wenn sie schnell etwas Brauchbares zu Papier brachte, könnte sie mit etwas Glück noch ein paar Termine für die Messe ergattern. Dort könnte sie anderen Verlagen die Sandkastenfee-Bücher anbieten. Außerdem gefiel ihr die Vorstellung, Christian als Zeichner zu gewinnen und mit ihm zusammen zu arbeiten.

Adrian kam ins Wohnzimmer gelaufen und kramte in der Spielzeugkiste herum. Die Kita hatte heute geschlossen, weil die Erzieherinnen ihren Teamtag hatten. Conny war wild entschlossen, trotzdem noch ein bisschen mit der Arbeit voranzukommen und hatte Adrian für das Leni-Unterhaltungsprogramm abkommandiert. Zum Glück liebte er seine kleine Schwester abgöttisch, und die beiden spielten überwiegend friedlich miteinander. Conny mochte sich nicht ausmalen, wie der Alltag aussähe, wenn die Kleinen Streithähne wären, die man ständig auseinanderdividieren musste.

„Mama, wir machen keinen Unsinn!", verkündete Adrian stolz. Conny sah kurz vom Laptop auf und brummte zustimmend. Dann verschwand Adrian wieder im Flur. Leni krähte vergnügt aus dem Badezimmer.

Conny skizzierte den Aufbau der Geschichten, überlegte sich ein paar mögliche Serientitel und schrieb einen kurzen Absatz über den pädagogischen Wert des Ganzen. Schließlich hatte sie Übung im Beschreiben von Lernzielen und Kompetenzen. Zu irgendetwas musste das Referendariat doch gut gewesen sein.

Zufrieden lehnte sie sich zurück und überflog das Geschriebene noch einmal, als Adrian wieder ins Wohnzimmer kam.

„Wirklich, Mama, wir machen keinen Unsinn!" Er zog Lenis weiße Kuscheldecke vom Sofa und flitzte, die Decke hinter sich her schleifend, wieder davon. Conny zog eine Augenbraue in die Höhe. In ihrem Inneren meldete sich das Mütter-Katastrophen-Vorwarnsystem. Es war in der Tat die letzte halbe Stunde verdächtig still gewesen. Das bedeutete in aller Regel nichts Gutes.

Conny sprang auf und lief ins Badezimmer.

„Mami ssau mal, is bin ein Penst!", krähte Leni begeistert.

„Huh! Huh!"

Adrian stand daneben und betrachtete mit einigem Stolz sein Werk.

Lenis Gesicht und Haare waren dick mit weißer Creme eingeschmiert und sie hatte sich in ihre weiße Kuscheldecke eingewickelt.

Conny versuchte sich ihr Entsetzen nicht anmerken zu lassen. „Prima, Schatz. Du bist ein Gespenst!"

Dann wandte sie sich ihrem Sohn zu.

„Was hast du ihr denn da ins Gesicht und in die Haare geschmiert?"

Adrian deutete auf die blau-goldene Dose auf dem Badezimmerteppich. „Die Popocreme!"

„Ach du liebes bisschen!" Conny schlug die Hände über dem Kopf zusammen. Auch wenn es vielleicht nicht pädagogisch wertvoll war, die Kreativität ihres Sohnes auf diese Art und Weise zu beschneiden. Das ging nun doch zu weit. „Adrian! Das Zeug klebt wie die Pest und lässt sich total schlecht mit Wasser abwaschen. Wie soll ich das denn jetzt wieder aus den Haaren kriegen?"

Adrian zuckte mit den Schultern und sah sichtlich geknickt aus. Er verstand nicht, warum sich Conny nicht für sein geniales Gespensterkostüm begeistern konnte.

Leni krähte weiter vergnügt und breitete die Arme mit der Decke darüber aus.

„Huh! Huh!"

Conny musste lachen. Sie kniete sich zu Adrian auf den Badezimmerteppich.

„Leni sieht wirklich wie ein ganz gruseliges Gespenst aus, Schatz." Sie strich ihm über die Haare. „Aber bevor du sie mit irgendetwas einschmierst, fragst du mich nächstes Mal, okay?"

„Okay", machte der Kleine.

„Versprochen?", vergewisserte sich Conny. „Hand drauf!"

Adrian reichte ihr seine kleine, cremeverschmierte Hand.

„Weißt du was?" Conny rappelte sich wieder hoch. „Jetzt versuchen wir erst einmal, Leni wieder sauber zu kriegen und dann suche ich im Schrank, ob ich noch die alten weißen Kissenbezüge von Oma habe. Dann können wir euch zwei prima Gespensterkostüme basteln. Einverstanden?"

„Au jaaa!" Damit war Adrian wieder versöhnt und Leni klatschte begeistert in die weißen Popocreme-Händchen.

Nach einigen fruchtlosen Versuchen, die fettige Creme aus Lenis Haaren zu waschen, entdeckte Conny auf der Dose die Nummer der Kunden-Service-Hotline.

Sie holte das Telefon und tippte die Nummer ein. Am anderen Ende meldete sich eine freundliche Frauenstimme und erkundigte sich, wie sie Conny behilflich sein könne.

„Äh, ja", murmelte Conny in den Hörer und kam sich ziemlich bescheuert vor. „Sie hätten da nicht zufällig eine brillante Idee, wie man Ihre Wundschutzcreme aus den Haaren entfernt?"

„Öl." Die Antwort kam wie aus der Pistole geschossen. Conny schien nicht die erste zu sein, die diese Frage stellte. Irgendwie war das beruhigend. „Nehmen Sie einfach etwas Öl, massieren es in die Haare ein und waschen dann noch einmal. Die Creme ist fettlöslich."

„Einfach irgendein Öl?", fragte Conny.

„Na ja", lachte die Frau am anderen Ende. „Ich empfehle natürlich unser Baby-Pflegeöl, aber prinzipiell können Sie auch Speiseöl verwenden."

„Sie haben mir sehr weitergeholfen", bedankte sich Conny.

„Jederzeit. Keine Ursache", entgegnete die Dame von der Hotline.

Conny legte auf.

Eine Weile später hatte sie Leni endlich von den Resten des Crememassakers befreit und umgezogen, als das Telefon klingelte.

„Mayer?"

„Hallo Conny. Ich bin es, Steffi."

„Erinnere mich", seufzte Conny in die Sprechmuschel. „Warum genau wollen du und Arndt noch einmal Kinder haben?"

„Oje, klingt nach Ärger. Ist was passiert? Soll ich vielleicht später noch mal anrufen?"

„Frag nicht. Aber für den Fall, dass es bei euch klappt und dein Nachwuchs meint, sich unbedingt Fettcreme in die Haare schmieren zu müssen. Die Kunden-Service-Hotline kann ich empfehlen."

„Nicht nötig. Du weißt doch. Ich bin blockiert." Steffi klang traurig. „Wer weiß, ob ich jemals schwanger werde."

„Mensch, Steffi. Bestimmt klappt es noch. Du weißt, ich bin bei so etwas skeptisch, aber vielleicht hat dein Spinnenexorzismus vorgestern ja doch etwas gebracht." Conny versuchte Steffi Mut zu machen.

„Lieb von dir, dass du mich aufmunterst", sagte Steffi. „Es ist nicht leicht, die Hoffnung nicht zu verlieren. Gestern war ich noch ganz optimistisch. Immerhin haben sich meine Kreuzschmerzen verflüchtigt. Wer weiß. Vielleicht hilft die Blockadenlösung doch. Was macht denn dein Künstler? Hast du ihm schon von deiner Buchidee erzählt?"

„Nein, noch nicht. Ich rufe ihn heute Abend an", erwiderte Conny.

„Ich bin gespannt. Aber ich will dich nicht lange stören. Eigentlich wollte ich nur fragen, ob du weißt, wann noch mal der pädagogische Tag ist. Ich muss noch eine Klassenarbeit schreiben."

Conny schaute auf ihren Kalender. „Das ist erst nach den Herbstferien. Keine Panik. Du hast freie Bahn mit den Terminen."

„Prima, danke Conny. Das hilft mir weiter. Es wird sowieso schon eng. Dann überlasse ich dich jetzt mal wieder deinen Kindern, bevor sie noch mehr Unfug anstellen." Steffi lachte.

„Mach's gut! Bis spätestens Montag in der Schule." Conny legte auf.

Sie schaute aus dem Fenster. Es sah noch trocken und sonnig aus. Vielleicht sollten sich die Kinder noch ein bisschen austoben.

„Adrian, Leni! Wollen wir noch ein bisschen auf den Spielplatz gehen?"

Die beiden waren gerade damit beschäftigt aus den Sofakissen eine „Gespensterburg" zu bauen. Trotzdem erntete Conny spontane Begeisterung.

„Ausnahmsweise könnt ihr die Sofakissen so liegen lassen. Wir räumen sie nachher weg. Nicht dass es nachher noch regnet."

Noch konnte man die Kinder jederzeit dazu überreden, an die frische Luft zu gehen. Conny fürchtete, das würde sich ändern, wenn sie erst einmal Computer für sich entdeckt hätten.

Sie klemmte sich Lenis zusammengefalteten Buggy unter den Arm, drückte Adrian das Sandspielzeug in die Hand und marschierte, Leni an der Hand, die Treppe herunter, als ihr Barne und Carina im Joggingdress entgegen kamen.

Sie grüßte freundlich. Carina, die sie dieses Mal weit weniger misstrauisch begutachtete, ließ sich sogar zu ein bisschen Small Talk über das herrliche Wetter hinreißen.

„Wir haben vorhin draußen ein paar Runden gedreht, es ist richtig angenehm."

„Prima. Wir wollten auch noch ein bisschen Sonne und Frischluft tanken." Conny wandte sich Barne zu. „Ach, mir fällt gerade ein, dass ich die Inspektor Barnaby DVD-Box wiedergefunden habe. Hatte ich dir doch neulich Abend versprochen. Ich bringe sie euch später runter, dann könnt ihr euch einen gemütlichen Krimiabend machen, wenn ihr Lust habt. Aber wir müssen schnell los. Sonst ist noch die Sonne weg, bevor wir am Spielplatz ankommen. Euch noch einen schönen Nachmittag. Bis später dann."

„Bis später." Carina griff nach Barnes Arm. Sie lächelte Conny an. Dann zog sie Barne mit sich die Treppe hinauf.

Conny rieb sich die Augen. Sie schloss Adrians Zimmertür hinter sich, ging in die Küche und goss sich ein kleines Glas Wein ein. Einzig der Gedanke an das Telefonat mit Christian hielt sie noch wach. Sie nahm das Telefon, machte es sich auf der Couch bequem und wählte seine Nummer.

„Meyer?"

„Dito." Conny nippte an ihrem Wein.

„Hey! Conny! Mensch, ich hab dich schon richtig vermisst", freute sich Christian. „Dabei waren es doch nur zwei Tage, die wir nicht telefoniert haben. Was gibt es denn Neues bei dir?"

„Nicht viel", entgegnete Conny. „Ich hatte heute frei, aber die Kita hatte geschlossen. Also habe ich den Tag mit den Kindern verbracht. Und bei dir?"

„Nichts Weltbewegendes. Ich habe an ein paar Projekten gearbeitet. Die Jobsuche läuft weiter schleppend." Christian klang ebenfalls müde.

„Das ist frustrierend. Ich erinnere mich noch. Nach dem Referendariat habe ich auch eine ganze Weile gesucht und mich mit Vertretungsstellen herumgeschlagen. Ich hatte übrigens einen kleinen Anschlag auf dich vor." Vielleicht würde ihn Connys Idee mit dem Buchprojekt ein wenig aufheitern.

„Anschlag?", wunderte sich Christian.

„Eine Freundin hat mich auf die Idee gebracht, die Gutenachtgeschichten, die ich meiner Tochter erzähle, aufzuschreiben und als Bilderbuchserie herauszubringen. Wie du weißt, bin ich aber künstlerisch total unbegabt. Ich suche noch jemanden, der zeichnen kann und Lust hätte, die Illustrationen zu machen."

Conny hoffte, er würde den Hinweis verstehen.

„Aha. Und worum geht es in den Geschichten?" Christian schien neugierig geworden zu sein.

„Es geht um die kleine Prinzessin Leni, die mit ihrem ramponierten Hund Schlappi in einer grünen Sandburg im Traumland wohnt. Immer, wenn sie sich etwas wünscht, macht es *Poff!* und die Sandkastenfee erscheint."

„Es macht *Poff?*" Christian lachte.

„Ich weiß, wenn man es so erzählt, klingt es total bescheuert..." Conny musste auch lachen.

„Nein, nein, erzähl weiter. Ich kann mir vorstellen, dass deine Tochter die Geschichten liebt", meinte Christian.

„Okay. Also, es macht *Poff!*, die Sandkastenfee erscheint, wedelt mit ihrem Zauberstab und erfüllt Leni ihren Wunsch. Natürlich geht dabei immer irgendetwas schief, oder Leni stellt zum Beispiel fest, dass es doch nicht so toll ist, erwachsen zu sein und die ganze Nacht aufbleiben zu dürfen."

„Ah, okay", machte Christian. „Ich kann mir in etwa vorstellen, wie die Geschichten aussehen. Erzähl noch mal ein bisschen mehr."

„Leni wünscht sich nicht nur so rosa Tussi-Kram. Einmal wollte sie unbedingt ein Bauarbeiter sein und auf einer großen Baustelle den Bagger und den Kran bedienen dürfen. Da hat die Sandkastenfee sie verwandelt und sie war plötzlich ganz groß, trug blaue Latzhosen, ein kariertes Hemd und hatte einen Bart."

Christian lachte.

„Eine Weile war das Baggern auch ganz lustig. Doch dann musste sie feststellen, dass Arbeiten auf dem Bau ganz schön anstrengend ist, und Spielen eigentlich viel lustiger, zumal der Polier ihr kein Eis kaufen wollte. Ein anderes Mal wollte sie wissen, wo die Ameisen hin krabbeln, die immer zwischen den Steinplatten beim Spielplatz verschwinden. Die Sandkastenfee hat sie beide ganz klein gezaubert und sie haben die Ameisenkönigin und ihr Volk in ihrem Bau besucht. Die beiden wurden ganz wirr im Kopf von dem ganzen Gewusel, dem Geschleppe und der komplizierten Organisation. Leni fand es echt doof, dass Ameisenkinder nie spielen. Sie wollte dann unbedingt nach Hause und lief der Sandkastenfee weg. Das Dienstmädchen Emma war gerade dabei Staub zu saugen und Leni geriet in den Staubsauger. Als sie rausgekrabbelt war, war sie ganz grau und staubig, und als die Sandkastenfee sie wieder groß gezaubert hatte, steckte Königin Conny sie erst einmal in die Badewanne. So in der Art jedenfalls. Nicht besonders intelligent, aber Leni liebt die Geschichten und ich glaube, man könnte daraus etwas machen, wenn man sie etwas überarbeitet."

„Das klingt super!" Christian hörte sich begeistert an. „Ich habe auch schon ein paar gute Ideen im Kopf. Ich mache morgen früh mal ein paar Zeichnungen und schicke sie dir per Mail, okay?"

„Das wäre klasse!" Conny freute sich. „Ich bin schon total gespannt." Sie gähnte.

„War ein langer Tag heute, was?", lachte Christian.

„Das kannst du laut sagen", stöhnte Conny. „Leni hat schon um halb sechs beschlossen, dass die Nacht vorbei ist. Und Adrian hat sie heute mit Windelcreme eingeschmiert. Ich habe ewig gebraucht, bis ich das Zeug aus ihren Haaren gewaschen hatte. Ich habe sogar die Kunden-Service-Hotline angerufen."

„Das geht ganz einfach mit Babyöl raus", informierte sie Christian. „Du hättest einfach mich fragen sollen."

„Hat Natalie das etwa auch gemacht?" Conny staunte nicht schlecht.

„Sie hat Schuhe putzen gespielt, und das Zeug mit der Zahnbürste auf ihre Pantoffeln geschmiert. Fettflecken an der Tapete kann man übrigens mit Löschpapier und Bügeleisen bearbeiten und anschließend mit Tafelkreide kaschieren."

„Natalie war wohl auch sehr erfindungsreich, was die Innenraumdekoration anging?" Conny kicherte.

„Das kannst du laut sagen. Ich glaube, das gehört einfach dazu. Das ist das ewige Dilemma aller Eltern. Es gibt drei Faktoren: ordentliches, sauberes Zuhause, Kinder und geistige Gesundheit – man kann immer nur zwei dieser drei Eckpunkte realisieren. Es ist menschenunmöglich alle drei gleichermaßen zu entwickeln", philosophierte Christian. „Du kannst demnach geistig gesund sein, hast ein sauberes Zuhause und keine Kinder. Oder du hast Kinder, bist geistig gesund und dein Zuhause ist chaotisch. Wenn du Kinder hast, und es bei dir zuhause trotzdem aussieht wie geleckt, wirst du höchstwahrscheinlich wahnsinnig. Außer natürlich, du hast Personal."

„Da ist was dran", fand Conny. „Es ist immer wieder beruhigend zu hören, dass es nicht nur mir so geht."

„Dann will ich dich jetzt aber mal ins Bettchen entlassen. Du brauchst deinen Schlaf", sagte Christian. „Ich schicke dir morgen im Laufe des Vormittags eine Mail mit ein paar Skizzen."

„Großartig! Ich freue mich." Conny war sehr gespannt auf Christians Zeichnungen.

„Schickst du mir eine Nachricht oder rufst kurz durch und sagst mir, wie sie dir gefallen haben?", fragte Christian.

„Klar, mache ich!", versprach Conny. „Schlaf gut. Bis morgen dann!"

„Bis morgen und süße Träume!"

Kapitel 13

Prinzen, Drohbriefe und inhaftierte Kaninchen

Nach dem Frühstück hatte sich Conny erweichen lassen und den Kindern erlaubt, eine Folge *Thomas und seine Freunde* zu schauen. Sie legte die DVD ein, holte sich noch einen Kaffee aus der Küche und setzte sich an den Rechner. Zu ihrer großen Freude fand sie bereits eine Mail von Christian.

Als sie den Anhang öffnete, vergaß Conny für einen Augenblick zu atmen. Die Zeichnung war brillant! Genauso hatte sie sich die Illustrationen vorgestellt.

Vor dem Hintergrund einer bunten Fantasielandschaft mit einer quietschgrünen Sandburg hockte ein Mädchen mit einem Krönchen auf dem Kopf. Vor der Prinzessin schwebte eine pummelige kleine Fee mit einem Sandförmchen als Hut und einer gelben Plastikschippe als Zauberstab. Daneben war eine Geräuschblase zu sehen, in der *Poff!!!* zu lesen war. Conny schmunzelte und öffnete die nächste Datei.

Im gleichen Zeichenstil war ein dunkelhaariger Mann mit blauen Augen, Krone und Prinzengewand abgebildet. Darüber schwebte eine Sprechblase.

„Prinz Christian findet, wir sollten uns persönlich treffen, um das Projekt zu besprechen. Wie wäre es nächste Woche, am

Sonntag den 22. September um 19 Uhr im *Sai Gon* in Eppendorf?"

Connys Herz flatterte. Sie scheute ein Treffen. Was, wenn sie ihm nicht gefiel? Oder - das konnte schließlich auch sein - *er ihr?*

Allerdings hatte er recht. Wenn sie zusammenarbeiten wollten, wäre ein Treffen von Angesicht zu Angesicht notwendig. Was nützte es Conny, das Unvermeidliche hinauszuschieben? Wenn etwas aus diesem Flirt werden sollte, *musste* sie ihn irgendwann treffen. Höchstwahrscheinlich war es besser, es schnell sich zu bringen. Conny schaute in ihren Kalender. Für Samstag war das gemeinsame Kochen bei Anja geplant. Leni und Adrian würden am besagten Wochenende bei ihrem Vater sein.

Conny klickte auf Antworten.

Hoheit! Eure Zeichnungen sind exquisit. Mit großer Freude nehme ich Eure liebenswürdige Einladung an.
Unterwürfigst, Herzogin Conny.

Bevor sie es sich anders überlegen konnte, klickte sie auf Senden. Gleich im Anschluss machte sie für den kommenden Freitagnachmittag einen Friseurtermin. Es war schlimm genug, dass sie bis zum nächsten Sonntag nicht spontan um zwei Kleidergrößen schrumpfen konnte. Da sollte wenigstens in die Frisur wieder ein bisschen Form gebracht werden. Vielleicht konnte sie ihre braunen Haare auch mit ein paar dezenten Highlights aufpeppen lassen.

Um elf erschien Oma, um die Kinder abzuholen. Conny beschloss nach einem ernüchternden Blick in ihren Kleiderschrank, in die Stadt zu fahren, um sich noch etwas Schickes zum Anziehen zu kaufen. Der Großteil ihrer Garderobe war inzwischen praktisch, bequem und pflegeleicht. Ideal um auf dem Teppich herumzurutschen und im Sand zu knien. Gerade noch tauglich um vor einer Schulklasse zu stehen, aber sicher nicht geeignet, einem Mann den Kopf zu verdrehen.

Sie runzelte die Stirn, als sie sich ihrem Auto näherte. Da klemmte ein Zettel unter dem Scheibenwischer. Sicher einer dieser nervigen Werbeflyer. Sie zog das Blatt unter dem Wischer hervor und warf einen Blick darauf. Es war ein einfaches weißes Blatt Papier. Darauf war eine Botschaft aus einzelnen Buchstaben geklebt, die offenbar aus einer Zeitschrift ausgeschnitten worden waren.

PASS AUF!! SCHLAMPEN WIE DU LEBEN GEFÄHRLICH!

Nervös blickte Conny über die Schulter. Auf der Straße war niemand zu sehen. Wer konnte ihr bloß solche Nachrichten schreiben? Und vor allem, warum? Sie hatte niemandem etwas getan. Ein Gedanke drängte sich ihr plötzlich unwiderstehlich auf, und sie fühlte Übelkeit aufsteigen. Konnte die seltsame Nachricht etwas mit Christian zu tun haben? Was wusste sie denn schon über ihn außer dem, was er ihr erzählt hatte?

Was, wenn er ein durchgeknallter Stalker war? Man las doch immer wieder Geschichten über Stalker oder Killer, die ihre Opfer im Internet kennen lernten.

Conny brauchte die Selbsthilfegruppe! Sofort! Allerdings war Kirsten heute mit Frank zum Brunch verabredet, und Steffi besuchte mit Arndt übers Wochenende ihre Schwiegermutter. Sie fingerte mit klammen Händen das Telefon aus der Tasche und wählte Anjas Nummer. Zuhause erreichte sie niemanden, also versuchte sie es auf dem Handy. Nach dem dritten Klingeln meldete sich Anja. Conny war erleichtert. Sie brauchte jetzt dringend Unterstützung.

„Süße, ich bin es, Conny. Hast du Zeit dich mit mir zu treffen? Ich brauche dich dringend, sonst drehe ich am Rad!"

„Ist was passiert? Du klingst total aufgewühlt", fragte Anja.

„Ich wollte gerade in die Stadt fahren und da klemmte ein Drohbrief unter meinem Scheibenwischer. Wie in einem schlechten Film. Aus einzelnen Buchstaben aufgeklebt." Conny war den Tränen nahe. „Pass auf! Schlampen wie du leben gefährlich!"

„Wie bitte?" Anja klang pikiert.

„Das stand auf dem Zettel", erklärte Conny. „Wer schreibt mir denn so etwas?"

„Jetzt atme erst einmal durch", beruhigte sie Anja. „Bestimmt erlaubt sich da einer einfach einen dummen Scherz."

„Wenn das ein Scherz sein soll, finde ich ihn aber reichlich geschmacklos", ereiferte sich Conny. „Was soll ich denn jetzt machen? Ich bin ja schon froh, dass die Kinder bei meiner Mutter sind."

„Ehrlich, Conny. Ich kann mir beim besten Willen nicht vorstellen, wer dir einen Drohbrief schreiben sollte. Ich wette, es ist alles ganz harmlos und nur ein dummer Jungenstreich." Anja klang nicht besonders beunruhigt. Conny fand das tröstlich. Das war ein bisschen so, wie wenn man im Flugzeug das Kabinenpersonal im Auge behielt. Anja war wesentlich gelassener als Conny. Wenn etwas Anja in Panik versetzte, war die Lage ernst.

„Pass auf, ich bin gerade unterwegs, aber wir könnten uns in der Stadt auf einen Kaffee treffen. Du erzählst mir alles in Ruhe, zeigst mir den Brief und dann überlegen wir weiter, okay?", schlug Anja vor.

„Okay." Conny fühlte sich schon etwas besser. Es würde sie beruhigen, wenn Anja einen Blick auf den Brief warf.

Anja rückte ihre Brille zurecht und betrachtete den Brief. Sie drehte ihn hin und her, hielt ihn gegen das Licht und legte ihn wieder vor sich auf den Tisch.

„Das könnte jeder gemacht haben. Normales Druckerpapier und die Buchstaben könnten auch aus jeder Zeitschrift stammen. Wenn du mich fragst, waren das irgendwelche Jugendlichen. Bei euch in der Ecke wohnen doch jede Menge Familien. Als Teenager haben wir auch oft Unsinn gemacht. Klingelstreich, Scherzanrufe, Stinkbomben unter die Fußmatte, so ein Zeug eben."

„Meinst du?" Conny war noch nicht überzeugt.

„Wer sollte dir denn drohen wollen? Du hast doch niemandem etwas getan. Oder hast du in der letzten Zeit schlechte Noten verteilt?" Anja grinste.

„Nein, eigentlich nicht. Jedenfalls nicht mehr als sonst. Es hat sich auch niemand beschwert, dass er sich ungerecht behandelt fühlt. Außerdem klingt das überhaupt nicht nach einem Schüler, der mit seiner Note nicht zufrieden ist." Conny löffelte ein wenig Milchschaum von ihrem Cappucino.

„Das stimmt. Aber wer sollte es sonst gewesen sein? Dir ist doch auch nichts Ungewöhnliches aufgefallen, oder?", fragte Anja. „Ich bleibe dabei, es war bestimmt ein ganz blöder Scherz."

„Und was, wenn es Christian war?" Conny fand den Gedanken ziemlich absurd – aber nichtsdestoweniger beunruhigend.

„Dein Autorenkollege?" Anja schüttelte ihre roten Locken. „Warum sollte der denn so etwas machen?"

„Keine Ahnung. Allerdings kenne ich ihn doch so gut wie gar nicht. Ich weiß nicht einmal, wie er aussieht. Er könnte genauso gut ein völlig durchgeknallter Irrer sein." Conny zog den Brief zu sich herüber.

„Wenn du ganz sicher gehen willst, kannst du natürlich zur Polizei gehen. Ich fürchte bloß, die machen auch erst mal nicht viel. Schließlich ist sonst nichts passiert." Anja kratzte sich am Kopf. „Ich kann mir nicht vorstellen, dass dieser Christian etwas damit zu tun hat. Er macht doch einen ganz normalen Eindruck. Außerdem kennt er deine Adresse nicht, oder?"

„Von wem kann man sich so etwas schon vorstellen?" Conny zuckte mit den Schultern. „Ausschließen kann ich es jedenfalls nicht. Er weiß, dass ich in Seevetal wohne und wie ich heiße. Der Rest lässt sich herausfinden. Unmöglich ist es nicht. Nächsten Sonntag möchte er mich treffen."

„Er möchte dich treffen?", fragte Anja. „Davon hast du mir ja gar nichts erzählt."

„Das hat er auch erst gestern vorgeschlagen." Conny rührte in ihrer Tasse herum. „Und einen Tag später erhalte ich diesen merkwürdigen Brief. Nenn mich paranoid, aber irgendwie ist mir das nicht ganz geheuer."

„Das ist schon seltsam, aber es kann reiner Zufall sein", wandte Anja ein. „Wo wollt ihr euch denn treffen? Doch wohl nicht bei ihm!"

„Nein, nein." Conny schüttelte den Kopf. „Natürlich nicht. Für wie leichtsinnig hältst du mich? Wir treffen uns in einem Restaurant in Eppendorf."

„Da kann ja eigentlich nichts passieren." Anja zuckte mit den Schultern. „Solange du nicht alleine mit ihm irgendwohin gehst und aufpasst, dass er dir nicht irgendwas in den Drink kippt."

„Oje, an so etwas hatte ich noch überhaupt nicht gedacht!" Conny fuhr sich nervös durch die Haare.

„Ich wollte dich auch nicht verrückt machen. Was ich sagen will ist, dass es sicher ist, wenn ihr euch an einem öffentlichen Ort trefft und du ein bisschen aufmerksam bist", beruhigte sie Anja. „Es ist bestimmt alles ganz harmlos, und der Zettel einfach nur ein idiotischer Kinderstreich. Es ist gut, wenn du vorsichtig bist. Mach dir nicht so einen Kopf."

„Vermutlich hast du Recht." Conny kam sich plötzlich ein bisschen albern vor. „Wahrscheinlich mache ich aus einer Mücke einen Elefanten, und es waren bloß ein paar pubertierende Jungs."

„Sei einfach ein bisschen vorsichtig. Halt die Augen offen und wenn dir irgendetwas Ungewöhnliches auffällt, meldest du dich sofort." Anja legte Conny die Hand auf den Unterarm.

„Versprochen?"

„Versprochen. Danke, dass du sofort gekommen bist." Conny lächelte. „Und dass du mich nicht für vollkommen hysterisch hältst."

„Nein, natürlich nicht. So ein Brief würde jeden beunruhigen", entgegnete Anja. „Aber solange es bei diesem einen bleibt und sonst nichts passiert, solltest du dich nicht verrückt machen."

„Du hast Recht." Conny steckte den Brief zurück in ihre Handtasche. „Vielleicht hat mich einfach jemand verwechselt."

Anja lachte. „Das ist auch eine Möglichkeit. Wie dem auch sei. Ich wette, es ist alles ganz harmlos."

Die Woche verging ohne weitere Zwischenfälle. Conny hatte immer noch ein mulmiges Gefühl, wenn sie an den Drohbrief dachte. Doch sie kam mehr und mehr zu der Überzeugung, dass er tatsächlich nur ein geschmackloser Scherz gewesen war.

Am Freitagnachmittag erschien Torsten, um die Kinder abzuholen.

„Na? Wie war euer Urlaub?", begrüßte ihn Conny.

„Erholsam." Torsten umarmte sie flüchtig. „Das Wetter war sogar noch richtig schön und wir sind viel spazieren gegangen."

„Papaaaa!" Adrian kam an Conny vorbeigestürmt. Torsten ging in die Hocke und fing seinen Sohn mit ausgebreiteten Armen auf.

„Hi, kleiner Kumpel. Na? Hast du mich vermisst?" Er drückte Adrian einen Kuss auf die Wange. „Habt ihr meine Karte bekommen?"

„Ja!", rief Adrian. „Mama hat sie vorgelesen und an den Kühlschrank gemacht."

„Wo ist denn die kleine Piratenbraut?" Torsten schaute sich nach Leni um.

„Leni kann sich nicht entscheiden, welches Stofftier sie außer Schlappi noch mitnehmen möchte." Conny lachte. „Wenn es nach ihr ginge, würde sie alle mitnehmen."

„Das ist natürlich auch eine schwierige Entscheidung." Torsten grinste.

„Möchtest du vielleicht noch kurz auf einen Kaffee reinkommen?", bot Conny an.

„Klar, wieso nicht?" Torsten folgte Conny in die Küche. Inzwischen hatte Leni anscheinend eine Auswahl getroffen und kam in die Küche gehopst, Schlappi und eine kleine lila Plüschgiraffe unter den Arm geklemmt.

„Ssau mal, Papa! Eine Raffe!"

„Die ist aber hübsch, Maus. Ist die neu?", fragte Torsten und nahm den Kaffeebecher von Conny entgegen.

Leni nickte stolz.

„Wir waren vor ein paar Wochen im Zoo und da hat sie so herzerweichend gequengelt, dass ich ihr das Viech gekauft habe."

Conny stellte ihre Tasse unter den Kaffeeauslass und drückte den Knopf.

„Dann bin ich ja froh, dass du auch mal inkonsequent bist." Torsten grinste. Conny lachte und schlug mit einem Küchenhandtuch nach ihm.

„Wie läuft es denn bei dir so?", wollte Torsten wissen.

„Eigentlich alles beim Alten." Conny setzte sich zu ihm an den Küchentisch. „Ich freue mich schon auf die Herbstferien. Da fahre ich mit ein paar Kollegen aus der Schule zur Buchmesse."

„Stimmt, ich erinnere mich. Du hattest gefragt, ob wir die Kinder nehmen können. Ist das noch aktuell?" Torsten nahm einen Schluck Kaffee.

„Nein, hat sich erledigt. Tobi und Guido passen auf die beiden auf. Sie sind zum Housesitten bei meinen Eltern." Conny pustete in ihre Tasse.

„Klasse. Das ist mir ehrlich gesagt auch ganz recht so. Ich fange nächste Woche einen neuen Job an und will mich da richtig reinhängen. Nach langer Zeit läuft bei mir jetzt endlich auch mal alles rund", sagte Torsten. „Ich glaube, dieses Mal krieg ich echt die Kurve."

„Das freut mich." Conny nahm ihre Tasse in beide Hände. „Ehrlich. Auch wenn es natürlich ein bisschen bitter ist, dass du das für uns nicht geschafft hast."

Torsten wich ihrem Blick aus und starrte in die Kaffeetasse.

„Ich schätze, ich brauchte einfach den Schock, um endlich mal den Arsch hochzukriegen." Er klang geknickt.

„Papa, Arsch sagt man nicht!", informierte ihn Adrian, der auf dem Küchenboden saß und mit seinem Feuerwehrauto spielte.

„Da hast du Recht, Kumpel. Papa sollte wirklich nicht so hässliche Wörter sagen. Aber ich habe ja dich, und du passt auf, dass ich so etwas nicht sage, okay?" Torsten hielt Adrian die Hand für eine High Five hin.

„Okay." Adrian patschte auf Torstens Hand.

Torsten wandte sich wieder zu Conny. „Ich hab es einmal versaut, ich will nicht auch noch Ela verlieren."

„Wow. Ich hätte nicht gedacht, dass ich den Tag noch erlebe, an dem du solide wirst." Conny war geplättet.

„Warte ab. Ich schaffe es bestimmt noch, wieder alles zu versieben." Torsten zog die Schultern hoch.

„Ach komm, hör auf!", sagte Conny streng. „So darfst du gar nicht erst denken. Ich drück dir die Daumen. Mich würde es freuen, wenn du wieder richtig auf die Beine kommst."

„Ehrlich? Weißt du...eigentlich wollte ich euch das noch nicht sagen, aber...ach, was soll's!" Torsten kratzte sich hinter dem Ohr. „Wenn alles gut läuft und ich eine Festanstellung bekomme, wollen Michaela und ich heiraten."

„Was ist heiraten?", piepste Leni auf seinem Schoß.

„Das ist, wenn zwei Menschen beschließen ihr Leben zusammen zu verbringen, Maus", klärte sie Torsten auf.

Conny ließ die Tasse sinken und schaute Torsten an.

„Freut mich für euch."

In diesem Moment wurde ihr klar, dass sie endgültig über Torsten hinweg war. Noch vor einem Jahr hätte sie die Nachricht aus der Bahn geworfen. Doch mittlerweile berührte es sie nicht mehr. Zwischen ihr und Torsten war es gut so, wie es war. „Ehrlich", setzte sie hinzu.

„Ist Ela dann auch unsere Mama?", fragte Adrian in die Stille.

„Na ja", sagte Conny. „Sie ist dann eure Stiefmama."

„Wie im Märchen?" Adrian runzelte besorgt die Stirn.

„Nein, nicht wie im Märchen. Da sind die Stiefmütter immer böse. Ela wird eine liebe Stiefmutter." Conny stand auf und wuschelte Adrian durch die Haare. Torsten lächelte. Er sah erleichtert aus.

Nachdem Torsten und die Kinder aus dem Haus waren, machte Conny sich ausgehfertig. Sie holte die Tupperschüssel mit dem Rest Kürbissuppe vom Mittagessen aus ihrem Kühlschrank und lief dann die Treppe hinunter, um bei Barne zu klingeln.

Barne kam zur Tür.

„Hi!", grüßte Conny. „Ich habe noch Kürbissuppe von heute Mittag übrig. Rein vegetarisch. Nur Gemüsebrühe, Ingwer, Zwiebel, etwas Zitronengras, Salz und ein Hauch Knoblauch. Allerdings ist ein Löffel Crème Fraîche drin. Ich bin heute Abend zum Essen eingeladen. Vielleicht mögt ihr sie. Für zwei reicht sie bestimmt noch. Ihr braucht sie heute Abend nur aufzuwärmen."

„Oh. Vielen Dank, das ist lieb!" Barne nahm die Schüssel entgegen. „Hast du ein Date?"

„Nein." Conny schüttelte den Kopf. „Ich treffe mich mit Freundinnen zum Kochen."

Barne lächelte. „Dann wünsche ich dir viel Spaß heute Abend. Hast du dieses Wochenende kinderfrei?"

Conny nickte.

„Die Kinder sind bei ihrem Papa. Deswegen gönne ich mir auch gleich einen Friseurbesuch."

„Prima!" Barne lachte. „Genieß ihn! Vielen Dank für die Suppe, Conny."

„Hallo Connylein! Komm rein in die gute Stube." Anja öffnete gut gelaunt die Tür. „Irgendwas ist da auf deinem Kopf passiert. Warst du bei Edgar?"

„Ja, ich wollte bei meinem Date morgen nicht aussehen wie ein wildgewordener Handfeger. Also habe ich mich heute Nachmittag mal ein bisschen aufhübschen lassen. Ein bisschen Volumen und Schnitt in die Zotteln gebracht, ein paar hellere Reflexe ins Haar, Augenbrauen zupfen und Wimpern färben. You like?" Conny drehte sich einmal um sich selbst und klimperte Anja mit ihren frisch gefärbten Wimpern an.

„Absolut. Sieht toll aus." Anja reckte beide Daumen hoch. „Soll ich dir vielleicht erst einmal die Jacke abnehmen?"

Conny pellte sich aus der Jacke und betrat dann das Wohn-Esszimmer.

„Macht sich wirklich gut, der neue Esstisch."

Den Geräuschen nach zu urteilen waren Kirsten und Steffi bereits in der Küche zugange.

„Endlich passen wir auch mal alle vier bequem an den Tisch ohne zu quetschen und die Schüsseln in der Küche parken zu müssen. Findest du, dass er zu viel Platz wegnimmt?" Anja hatte Connys Jacke auf einen Bügel in der Garderobe gehängt und war ihr gefolgt.

„Nein, überhaupt nicht. Ich hatte ihn mir nach deiner Beschreibung wuchtiger vorgestellt", fand Conny. „Kann ich noch irgendwas helfen?"

„Ich glaube, Kirsten kann Verstärkung beim Gemüseschnippeln gebrauchen", erwiderte Anja.

„Was gibt es denn überhaupt Leckeres?", wollte Conny wissen.

„Wokgemüse süß-sauer mit Reis und anschließend Grüntee-Eis. Ich habe mir eine Eismaschine gegönnt, weil sich Ben & Jerry sonst an mir noch eine zweite goldene Nase verdienen." Anja grinste.

„Hallo Conny!" Kirsten drehte sich zu Conny um und winkte mit einem ziemlich gefährlich aussehenden Küchenmesser. „Ich habe dich schon sehnlich erwartet."

„Fuchteln Sie mal nicht so mit dem Messer herum, Frau Doktor!" Conny lachte. „Im Übrigen hoffe ich, dass du dich nicht nur nach mir gesehnt hast, weil du Hilfe beim Gemüseschnippeln brauchst."

„Nein. Ich muss auch dringend das neueste Frank-Update loswerden." Kirsten lächelte vielsagend.

„Dann warte, bis Anja die Getränke geholt hat." Steffi schob ihren Ärmel hoch und rückte einer Paprikaschote zu Leibe. „Die will das garantiert nicht verpassen. Hallo Conny."

Anja öffnete eine Flasche Crémant und füllte die Gläser. „Du kannst mir ruhig auch etwas eingießen." Steffi rieb sich mit dem Handrücken über die Nasenspitze. „So schnell werde ich bestimmt nicht schwanger. Und selbst wenn. Ein Gläschen zum Anstoßen wird nicht schaden."

Anja reichte die Gläser an die Freundinnen. „Prima. Dann trinken wir doch mal auf deine erfolgreiche Fertilisation!"

„Da sieht man mal, wie weit es mit uns gekommen ist." Kirsten lachte. „Worauf wir jetzt schon so alles trinken..."

„Na ja, immerhin gehen uns die guten Gründe fürs Trinken nicht aus", kicherte Conny. „In diesem Sinne: Prost, Mädels!"

„Prost!"

„Jetzt schieß aber mal los, Kirsten." Steffi war immer besonders neugierig auf die Geschichten ihrer Single-Freundinnen. „Was gibt es Neues vom fantastischen Frank?"

„Das möchte ich jetzt aber auch wissen", stimmte Conny zu. „Deine SMS heute Morgen war ja ziemlich kryptisch."

„Ja, ich weiß. Ich musste dir ja schnell Bescheid sagen, dass alles okay ist, bevor du kommst und die Tür eintrittst. Den Rest wollte ich euch ganz in Ruhe erzählen." Kirsten, verfrachtete das kleingeschnittene Gemüse in den Wok. „Am Freitag hatte er mich zu sich zum Abendessen eingeladen. Es war einfach alles perfekt. Er kocht ganz wunderbar, seine Wohnung ist total geschmackvoll eingerichtet, es war beinahe zu perfekt. Da bekomme ich gleich wieder Panik. Es sah überhaupt nicht nach Junggesellenbude aus, versteht ihr?"

„Meinst du, er ist nicht wirklich Single?" Steffi hörte gespannt zu.

„Das ist ja das Merkwürdige. Ich habe natürlich sofort im Bad in alle Schränke geguckt. Keine zweite Zahnbürste, keine Binden, keine Tampons, kein Damenparfum, nicht einmal eine Feuchtigkeitscreme." Kirsten sah auf.

„Sehr gut", lobte Anja. „Das hätte ich auch gemacht. Bei einem Ex habe ich bei der Gelegenheit mal Gleitgel gefunden."

„Das hätte er aber auch allein benutzen können." Steffi schaute den Perlen in ihrem Glas beim Aufsteigen zu. Gespräche wie dieses brachten sie leicht in Verlegenheit.

„Mit Geschmack?" Anja grinste.

Conny prustete. „Eher nicht."

„Überhaupt. Es gehört sich ja auch nicht, in den Schränken anderer Leute herumzuschnüffeln", versuchte Steffi vom Thema abzulenken.

„Ach was. Der Badezimmer-Check erspart dir bloß im Vorfeld eine Menge Ärger. Das ist absolut erlaubt." Anja nahm einen Schluck aus ihrem Glas.

„Kinder, nun lasst Kirsten doch mal weitererzählen", forderte Conny.

„Also", fuhr Kirsten fort. „Alles war genau so, wie ich es mir wünschen würde. Das Essen zum Niederknien, der Wein ein Gedicht, Komplimente zum Dahinschmelzen und Gespräche über Gott und die Welt. Eins führte relativ schnell zum anderen.

Und selbst das war absoluter Wahnsinn. Ich kann mich nicht daran erinnern, wann ich das letzte Mal so guten Sex hatte. Bloß jetzt kann ich nicht aufhören, darüber nachzudenken, wo der Haken an der Sache ist. Ich wüsste ja gerne, wann genau ich so zynisch geworden bin."

Anja tauchte ein Probierlöffelchen in die Sauce. „Das ist nicht zynisch, das ist realistisch."

„Jetzt mach uns keine Angst. Es sind doch nicht alle Männer Psychos." Steffi rührte im Wok.

„Nein, Steffi." Conny legte ihr eine Hand auf die Schulter. „Dein Arndt ist eine der wenigen rühmlichen Ausnahmen. Davon gibt es leider so wenige, dass sie immer gleich vergriffen sind."

„Das ist zynisch", fand Steffi. „Liebe ist doch kein Schlussverkauf!"

„Siehst du Conny?" Kirsten nahm einen Schluck Crémant. „Wir sind zynisch und merken es noch nicht einmal. Wir enden noch als ein Haufen alter, verbitterter Blaustrümpfe."

„Lass die Frauenbewegung bitte da raus", protestierte Anja. „Nur weil man eine selbstbestimmte, emanzipierte Frau ist, muss man noch lange nicht verbittert und frustriert sein."

„Schon gut", beschwichtigte Kirsten. „Du weißt doch, wie ich das meine."

„Es ist doch nicht das Schlimmste, was einer Frau passieren kann, dass sie keinen Kerl abkriegt." Anja probierte das Gemüse. „Warum sollen wir unseren Wert danach bemessen, wie erfolgreich wir in der Dating-Lotterie waren? Bin ich etwa nur ein halber Mensch, weil ich überzeugter Single bin und nicht um jeden Preis einen Kerl abgreifen möchte?"

„Ach quatsch!" Kirsten wehrte ab. „Im Grunde bewundere ich doch deine Einstellung, Anja. Ich wünschte, es würde mir nicht so schwer fallen, mein Leben auch ohne Partner zu genießen und mich dabei wohl zu fühlen. Ich fürchte bloß, ich brauche jemanden, mit dem ich es teilen kann. Ich würde mir sehr wünschen, dass Frank derjenige ist, mit dem ich das kann."

„Dafür drücke ich dir kräftig die Daumen." Anja stellte den Herd ab. „Ich glaube, so langsam können wir. Conny, reichst du mir mal die Schüsseln aus dem Schrank über dir?"

„Im Übrigen bedeutet Single zu sein nicht, dass man überhaupt kein Liebesleben mehr hat." Anja grinste vielsagend und begann, die Schüsseln mit Reis und Gemüse zu füllen.

„Möchtest du uns damit etwas Bestimmtes sagen?" Conny horchte auf.

„Ja, aber das erzähle ich euch, wenn wir am Tisch sitzen. Ich habe nämlich einen Bärenhunger und brauche jetzt ganz dringend was zwischen die Zähne, sonst falle ich um."

Anja wollte es offenbar spannend machen.

Als sie schließlich alle um den neuen Esstisch saßen und sich mit großem Appetit über Reis und Gemüse hermachten, rückte Anja endlich mit der Sprache raus.

„Wir hatten neulich doch diese Betriebsfeier. Weil es einen Sektempfang geben sollte und ich gerne ein Glas Wein zum Essen trinken wollte, bin ich mit der Bahn hingefahren. Auf der

Feier habe ich mich ziemlich gut mit meinem neuen Kollegen Dirk unterhalten. Später haben wir festgestellt, dass wir ungefähr in dieselbe Richtung müssen und haben uns ein Taxi geteilt. Auf der Fahrt haben wir uns sehr angeregt unterhalten, und es war noch so nett. Also habe ich ihm angeboten, kurz mit rein zu kommen. Und, na ja, was soll ich sagen? Daraus wurde dann eine Einladung zum Frühstück. Im Bett."

„Du hattest Sex mit deinem Kollegen?" Kirsten staunte. „Predigst du uns nicht immer, dass man nicht da scheißen soll, wo man isst?"

„Du wirst es nicht glauben, Kiki, aber auch ich werde gelegentlich schwach und meinen Prinzipien untreu." Anja spießte ein Stück Bambus auf die Gabel und knabberte daran herum.

„Hat es sich wenigstens gelohnt, dass du deine goldenen Regeln gebrochen hast?", wollte Steffi wissen.

„Und wie!" Anja schloss für einen Moment die Augen. „Wir waren wie zwei hormonbehandelte Kaninchen nach zwanzig Jahren Einzelhaft. Ich glaube, das letzte Mal, als ich so oft in einer Nacht Sex hatte, hatte mein Alter noch eine eins vorne – oder höchstens eine zwei."

„TMI!" Conny lachte. „Too much information!"

„Okay, er hat also Ausdauer, dein Kollege. Wunderbar. Aber wie geht das jetzt mit euch weiter?" Steffi schob eine Morchel an den Tellerrand.

„Na, überhaupt nicht", erwiderte Anja. „Das war ein einmaliger Ausrutscher. Dirk ist ein toller Kollege und sehr nett. Aber er ist so ein Beziehungstyp. Das passt nicht. Außerdem hat er Kinder. Die leben zwar bei der Mutter, aber trotzdem."

„Vielleicht solltest du der Sache wenigstens eine Chance geben, bevor du sie von vorn herein abhakst." Conny war in diesen Dingen ähnlich gestrickt wie ihre Freundin Steffi. Sie konnte Anjas Probleme mit engen Bindungen nicht ganz nachvollziehen.

„Nein, das würde nicht gutgehen. Ich brauche meine Freiheiten, und er hätte dafür garantiert kein Verständnis. Er ist eindeutig ein Bindungstyp." Anja schüttelte den Kopf.

„Wenn du meinst..." Steffi zuckte mit den Schultern.

„Reden wir doch lieber über Conny und ihr bevorstehendes Date mit dem geheimnisvollen Herrn Meyer." Anja hatte offenbar keine Lust auf eine erneute Diskussion mit Steffi und Conny über ihre Bindungsangst und wechselte das Thema. „Glaubst du immer noch, dieser Brief könnte von ihm gewesen sein?"

Conny schüttelte den Kopf. „Ich habe seither keine merkwürdigen Briefe, Anrufe oder sonst irgendetwas erhalten, und mir ist auch nichts Ungewöhnliches aufgefallen. Bestimmt hast du Recht. Es war nur ein dummer Kinderstreich."

„Also triffst du dich morgen mit ihm, nehme ich an. Ich bin ja tierisch gespannt, wie dein Internet-Lover aussieht", sagte Anja.

„Ich schätze, das zählt jetzt wieder als zynisch, aber wenn du mich fragst, hat er bestimmt einen guten Grund, warum er dir so ein uraltes Foto schickt." Kirsten tupfte sich den Mund mit ihrer Serviette ab. „Wahrscheinlich ist er Quasimodos hässlicher Cousin."

„Genau das habe ich auch schon gesagt", kicherte Anja. „Mensch, jetzt denkt doch mal ein kleines bisschen positiv." Steffi warf beiden böse Blicke zu. „Hör nicht auf die beiden Unken, Conny. Er sieht bestimmt gut aus."

„So schlimm wird es schon nicht werden." Conny griff nach der Wasserflasche. „Außerdem kommt es ja nicht nur aufs Aussehen an. So wie ich ihn bisher kennen gelernt habe, ist er jedenfalls sehr nett und unterhaltsam. Allerdings ist das ja immer so eine Sache mit Online-Bekanntschaften. Man lernt nur die Seite von jemandem kennen, die er nach außen zeigt. Ich werde also vorsichtig sein."

Kapitel 14
Marktschreier und unvorhergesehene Notfälle

„Mayer?"

„Cornelia! Schön, dass ich dich zuhause antreffe. Hier ist René. Eigentlich wollte ich dich ja nicht am Sonntag stören, aber es gibt gute Neuigkeiten." Die euphorische Stimme von René Schwarz tönte aus dem Hörer.

„Ach ja?" Conny blieb skeptisch. Was René gute Laune verursachte, musste bei ihr nicht zwangsläufig denselben Effekt haben.

„Wir haben die Lizenzverhandlungen für die Verfilmung von *Lippenbekenntnisse* erfolgreich abgeschlossen", verkündete René stolz. „Das dürfte dich wohl auch freuen."

„Heißt das, mein Roman wird verfilmt?", fragte Conny etwas ungläubig.

„Zumindest haben wir die Option verkauft, und ich bin relativ sicher, dass das Projekt auch realisiert wird. Wir haben die Sache am Freitag noch unter Dach und Fach gebracht. Ich wollte dich unbedingt am Wochenende noch erreichen, um dir die frohe Kunde zu überbringen." René klang höchst zufrieden.

„Äh...achso, da fällt mir etwas ein. Dazu hatte ich sowieso noch eine Frage, René. Einen Augenblick." Conny lief zum Schreibtisch, zog den Vertragsordner aus dem Regal und blätterte darin, bis sie gefunden hatte, was sie suchte. „Es geht um die Vergütung für die Verwertung buchferner Nebenrechte. Also für *Lippenbekenntnisse* entspricht alles dem Standardvertrag, aber für *Sturmnächte* ist der Autorenanteil am Nettoerlös um 15% niedriger. Wieso bekomme ich da plötzlich so viel weniger?"

„Wir haben mit *Black Ink* und Cecil Elliott als Marke ein neuartiges und sehr aufwändiges Marketingkonzept auf den Weg gebracht. So intensives Marketing ist teuer. Und ein nicht zu vernachlässigender Anteil davon geht an Herrn Elliott, der schließlich in großem Umfang für uns tätig ist", erläuterte René. „Bei vergleichsweise hohen Investitionskosten sind wir mit der Reihe große Risiken eingegangen. Und das muss sich für uns schließlich auch rentieren."

„Was?! Das heißt, wenn *Sturmnächte* verfilmt wird, bekommt dieser Sack 15% von meinem Geld?" Conny war außer sich.

„Nicht ganz, Cornelia. Ich habe doch gerade dargestellt, wie..." Weiter kam René nicht, weil Conny wütend dazwischen fuhr.

„Wie viel es nun tatsächlich ist, spielt doch überhaupt keine Rolle. Fakt ist, dass dieser Typ sich mit meinen Büchern eine goldene Nase verdient, indem er einfach seine Visage in jede verfügbare Kamera hält."

„Cornelia, Herr Elliott ist mehr als nur ein Gesicht. Vergiss nicht, dass er Interviews gibt, Lesungen und Signierstunden hält und noch viel mehr. Dafür muss er auch angemessen bezahlt werden", betonte René.

„Muss er denn ausgerechnet von meinem Autorenanteil bezahlt werden?" Conny schlug mit der flachen Hand auf den Ordner.

René lachte. „Bitte vergiss nicht, dass es hier nur um die Einkünfte aus den buchfernen Nebenrechten geht. Damit sind die Unkosten von Herrn Elliott nicht mal annähernd gedeckt. Der Verlag schießt noch genug zu. Das kannst du mir glauben. Du wirst verstehen, dass wir auch noch einen angemessenen Profit machen möchten."

„Ist das verhandelbar?" Conny setzte sich auf ihren Schreibtischstuhl.

„Auf keinen Fall.", lehnte René vehement ab. „Sieh mal, Cornelia, wenn du Geld brauchst, dann können wir über den Vorschuss für dein nächstes Buch noch einmal reden."

„Es geht mir nicht ums Geld, René!" Conny verlor langsam die Geduld. René wollte einfach nicht begreifen. „Es geht ums Prinzip. Was mich maßlos aufregt ist, dass dieser Kerl dafür Geld bekommt, dass er ein bisschen Theater spielt, und ich mache die ganze Arbeit."

„Die Bücher verkaufen sich wie geschnitten Brot und das ist nicht zuletzt Cecil Elliott geschuldet", beharrte René. „Wir haben daraus eine bekannte Marke gemacht."

„Meine Geschichten haben aus Cecil Elliott eine bekannte Marke gemacht." Conny schlug noch einmal auf den Ordner, der prompt zu Boden fiel. Sie fluchte.

„Es mag sein, dass deine Geschichten zum Erfolg beigetragen haben. Ja. Aber heute verkaufen wir eben nicht mehr das Buch allein. Ich wiederhole mich gern. Der Buchmarkt ist hart umkämpft, gerade in Zeiten von E-Books und Self-Publishing. Es geht nicht um die Selbstverwirklichungstrips irgendwelcher Autoren, es geht um Wirtschaftlichkeit. Um Marktanteile, geschicktes Branding, Kundenbindung. Ohne Cecil Elliott wären deine Bücher sicher nicht halb so erfolgreich geworden." René war ganz in seinem Element. „Es ist also nur fair, dass Herr Elliott auch entsprechend bezahlt wird."

„Und wenn ich einfach aufhöre, Manuskripte zu liefern?", forderte Conny ihn heraus.

„Dann wäre ich darüber sehr traurig, aber wir würden sicherlich Ersatz finden. Cornelia, du weißt, ich bin für Offenheit. Deine Bücher sind gut. Du kannst schreiben, und du hast damit einen Nerv getroffen. Aber es gibt auch andere talentierte Autoren da draußen. Denk bitte daran, dass du dich zur Verschwiegenheit verpflichtet hast und du innerhalb der Vertragslaufzeit alle neuen Manuskripte zunächst uns anbieten musst." René ließ sich nicht so schnell beeindrucken. „Danach können wir neu verhandeln, oder du kannst es auf eigene Faust versuchen. Aber glaub mir, es ist schwer, sich auf diesem unübersichtlichen Markt geschickt zu platzieren. Ohne ein professionelles Marketing und einen Verlag im Rücken gelingt das nur den wenigsten."

„Willst du damit sagen, ich wäre nicht gut genug, um allein Erfolg zu haben?" Conny hatte den Ordner wieder aufgehoben und knallte ihn auf den Tisch. Sie war immer noch wütend. Doch allmählich bohrten sich auch Zweifel in ihr Selbstbewusstsein. Was, wenn René Recht hatte?

„Nein, Cornelia. Das will ich nicht sagen. Die Frage ist leider nicht mehr bloß, ob jemand Talent zum Schreiben und gute Ideen hat. Allein in Deutschland erscheinen jährlich um die hunderttausend neue Titel. Verlage erhalten je nach Größe jährlich zwischen drei- und fünftausend unverlangte Manuskripteinsendungen. Wenn du Marktschreier auf einem Markt mit hunderttausend anderen Verkäufern bist, musst du dir schon die Seele aus dem Leib brüllen oder sehr viel Glück haben, wenn du gehört werden willst." René wirkte völlig gelassen. Conny wusste nicht, ob er pokerte, oder ob es ihn wirklich so wenig kratzte, dass sie aufhören könnte, Manuskripte zu liefern. „Es ist eben ein hartes Geschäft und hat inzwischen viel mehr mit Wirtschaft und Marketing zu tun als mit reinem Talent. Selbst mit geschicktem Marketing muss man zusätzlich noch eine gute Portion Glück haben, dass man genau den Nerv der Zeit und den aktuellen Geschmack trifft. So ist das leider."

„Mag sein." Conny war zerknirscht. Sie kam sich klein und unbedeutend vor. Trotzdem – oder gerade deswegen - hatte sie eine Stinkwut auf Cecil Elliott. Der hatte es leicht. Er musste nur die Hand aufhalten und alle Welt lag ihm zu Füßen.

„Aber jetzt freu dich doch erst einmal, Cornelia", versuchte René sie aufzumuntern. „Schließlich wird dein Roman verfilmt. Das hat man doch auch nicht alle Tage, oder?"

„Auch wahr." Conny gab sich geschlagen. Eigentlich hatte René Recht. Der Verkauf der Filmoption war ein freudiger Anlass. Trotzdem würde jemand anderes an ihrer Stelle auf dem roten Teppich stehen, wenn der Film in die Kinos kam. Das war ein seltsames Gefühl. Sie wäre so gerne stolz auf ihr Werk gewesen und hätte es allen erzählt. Aber das ging ja nun mal nicht.

Conny stieg aus dem Bus und machte sich zu Fuß auf den Weg zum Restaurant. Vom Eppendorfer Marktplatz waren es rund fünf Minuten zu laufen. Sie hatte beschlossen, sich für die Nacht bei Tobi und Guido in deren geräumiger Altbauwohnung im Hamburger Stadtteil St. Georg einzuquartieren. Auf die Art und Weise bekam sie ihren Bruder und ihren Schwager zu sehen und musste nicht mit dem Auto fahren. Sie würde sich also ein Gläschen zum Essen gönnen dürfen. Um die Nervosität ein bisschen zu mildern, hatte es allerdings zum Vorglühen bei Guido und Tobi bereits ein bisschen Sekt gegeben.

Conny hatte tatsächlich ein kleines Schwarzes gefunden, das ihre kurvige Figur vorteilhaft betonte und an den entscheidenden Stellen kaschierte. Sicherheitshalber hatte sie sich trotzdem noch in Formbody und Po-Strumpfhose gezwängt. Schon allein, weil sie so ziemlich sicher war, dass sie nicht auf die dumme Idee kommen würde, später mit Christian nach Hause zu fahren.

Über dem Kleid trug sie einen kurzen, roten Mantel und an den Füßen schwarze Slingpumps mit gerade so viel Absatz wie sie sich unfallfrei zutraute. Der neue Look, den Edgar ihren langen, dunkelbraunen Haaren gestern verpasst hatte, rundete das Ganze ab. Conny fand, dass sie lange schon nicht mehr so hübsch ausgesehen hatte. Allerdings erinnerte sie sich auch nicht mehr daran, wann sie zum letzten Mal ein Kleid getragen hatte.

Als sie um die Ecke bog, konnte sie schon von Weitem das Restaurant sehen. Ein kleiner Außenbereich vor der Tür war mit Bambus in Kübeln vom Gehweg abgetrennt, und es saßen tatsächlich noch ein paar Sonnenanbeter draußen und genossen bei den letzten Strahlen der Septembersonne ihre Getränke. Ein efeuberankter Bogen und je eine Laterne zu beiden Seiten markierten den Eingang. Conny blieb kurz bei dem Schaukasten stehen, in dem die Speisekarte ausgehängt war, um einen Blick darauf zu werfen. Sie war ohnehin noch reichlich früh dran.

Eine Weile studierte sie die exotischen Köstlichkeiten auf der Karte, als sie hinter sich zwei aufgeregt tuschelnde junge Frauen bemerkte.

„Sei nicht albern! Das kann er nicht sein!", kicherte die eine.

„Guck doch hin, natürlich ist er das! Warum auch nicht? Ich habe neulich noch gelesen, er soll in Hamburg leben", gackerte die andere.

„Aber er sitzt ganz alleine da. Keine Frau oder Freundin, der Arme!" Das Bedauern klang nicht besonders echt.

„Umso besser, dann lass uns hingehen!", zischte die zweite. „Sonst ist er nachher weg. Oh Mann, der sieht ja in echt noch viel besser aus!" Die Frau zog ihre Freundin mit sich durch den grün berankten Bogen in den Sommergarten des Restaurants.

Jetzt war Conny auch neugierig, welchen Promi die beiden gesichtet hatten. Sie lugte vorsichtig um die Ecke zu dem Tisch, auf den die beiden giggelnden Frauen zusteuerten.

Das durfte doch wohl nicht wahr sein! Was machte *der* hier?! Nicht genug, dass er sich eine dicke Portion ihres Autorenhonorars einstrich. Nein, er musste auch noch hier auftauchen! Ausgerechnet hier und heute und Conny ihr erstes Date seit einem gefühlten halben Jahrhundert versauen. Cecil Elliott! Dieser eingebildete, selbstverliebte Schauspieler! Dieser Hochstapler!

Conny sah rot. Ohne lange nachzudenken tat sie, was sie immer schon mal hatte tun wollen. Sie stürmte los, drängelte die beiden völlig perplexen Fans zur Seite, schnappte sich das Wasserglas von Cecil Elliotts Tisch und goss ihm den Inhalt mit Schwung ins Gesicht.

Cecil Elliott saß völlig verdattert und prustend da und rieb sich mit den Händen die Augen trocken, während seine treuen Fans zeterten, an Conny zerrten, und ihre Oberarme und den Rücken mit Fäusten bearbeiteten.

„Wer sind Sie überhaupt und was fällt Ihnen ein?", kreischte die eine.

„Das interessiert doch ohnehin niemanden!" Conny wollte gerade zu einer längeren Schimpftirade ansetzen, als zwei herbeigeeilte Kellner mit Hilfe eines großen und sehr kräftigen Herrn, der an einem Tisch in der Nähe gesessen hatte, sie reichlich unsanft hinauskomplimentierten.

„Ich muss da aber wieder rein!", keifte Conny auf dem Bürgersteig. „Ich habe eine Verabredung."

„Das ist sehr schön für Sie", sagte der Gast, „aber nach dem Auftritt sollten Sie wohl besser gehen. Ich schlage vor, Sie gehen nach Hause, machen sich eine schöne Tasse Tee und beruhigen sich. Oder sollen wir die Polizei rufen?"

Die beiden Kellner nickten eifrig.

„Nein, das nun auch nicht. Ich geh ja schon."

Conny entzog dem Hünen ihren Arm und stöckelte zurück zur Bushaltestelle.

Inzwischen kam ihr der Auftritt ziemlich kindisch vor, aber es hatte verdammt gut getan! Sie konnte nur hoffen, dass Christian noch nicht da gewesen war. Und wenn doch, hatte er hoffentlich drinnen gesessen. Verflucht! Christian! Den hätte sie ja beinahe vergessen.

Sie fischte ihr Handy aus der Tasche und tippte zwei SMS.

Hallo Christian! Es tut mir wahnsinnig Leid! Ich kann leider nicht kommen. Akuter familiärer Notfall. Mein Bruder ist gestürzt und hat sich die Schulter ausgekugelt. Sorry, dass ich mich erst jetzt melde, es war so hektisch hier in der Klinik. Ist aber alles soweit okay. Melde mich bald wieder. Sei nicht böse. Conny xxx

Hi Tobi! Stellt schon mal was zu trinken kalt. Werde ich gleich brauchen!! Bin unterwegs zu euch. Bussis Conny

„Entschuldigung, wer sind Sie und was haben Sie mit meiner Schwester gemacht?" Tobi konnte überhaupt nicht mehr aufhören zu lachen, als Conny in groben Zügen erklärt hatte, was passiert war. „Also nochmal, damit ich sicher gehe, dass ich es auch wirklich verstanden habe. Da war dieser Cecil Elliott und du bist hingestürmt und hast ihm Wasser ins Gesicht gekippt, weil er dich so unsäglich nervt?!"

„Wenn ich jedem, der mich nervt, einen Drink ins Gesicht kippen wollte, wäre ich aber ein vielbeschäftigter Mann", feixte Guido.

„Na ja, da gibt es noch etwas, das ich euch nicht erzählt habe. Aber ihr müsst versprechen absolutes Stillschweigen über die Sache zu bewahren." Conny kam letzten Endes wohl nicht umhin, ihren Bruder und Guido einzuweihen.

„*Du* schreibst die Bücher für diesen Cecil Elliott?" Guido sah Conny staunend an, als sie die beiden in ihr Geheimnis eingeweiht hatte.

„Dann ist er ja vielleicht doch keine Hete." Tobi warf seinem Mann ein triumphierendes Lächeln zu. „Hab ich doch immer gesagt."

„Tobi kannst du bitte mal für einen Moment aufhören zu sabbern und ein bisschen Solidarität mit deiner Schwester üben? Dieser Typ ist der Teufel!" Conny war äußerst ungehalten.

„Er sieht teuflisch gut aus, ja." Dafür fing sich Tobi gleich einen doppelten Rippenstoß – einen von Conny und einen von Guido. „So gut nun auch wieder nicht", schmollte Guido. „Hier Connylein, trink noch einen Schluck auf den Schock." Guido füllte das Weinglas, dessen Inhalt Conny bei ihrer Ankunft hinuntergestürzt hatte, wieder auf.

„Okay, okay, ich hör ja schon auf!" Tobi lachte trotzdem weiter. „Aber du musst zugeben, Schwesterherz, das hat alles durchaus auch seine komische Seite."

„Hm, die scheint mir im Augenblick vollkommen abzugehen." Conny grummelte und nippte an ihrem Wein.

„Na komm schon. Die engagieren extra so einen Vogel – der höchstwahrscheinlich auch noch schwul ist – weil das die weibliche Leserschaft mehr anspricht. Da sitzen die Muttis zuhause und kriegen beim Lesen feuchte Schlüpper. Dabei hat in Wirklichkeit meine große Schwester die Bücher geschrieben", fasste Tobi zusammen. „Wenn das nicht wenigstens ein bisschen witzig ist, dann weiß ich es nicht."

Conny musste tatsächlich lachen. „Wenn du es so ausdrückst schon – ein bisschen jedenfalls. Aber wenn du die nüchternen Fakten und vor allem die Finanzen betrachtest, ist es extrem ärgerlich. Sonst hätte ich mich auch nicht zu diesem dramatischen Auftritt hinreißen lassen – und auch noch mein Date versaut!"

„Ab dem Zeitpunkt, wo du diesen Kerl gesehen hast, wäre es doch ohnehin versaut gewesen." Damit hatte Guido nun auch wieder Recht. „Du machst jetzt einfach ein neues Date mit deinem Christian. Und dann kannst du es richtig genießen, ganz ohne irgendwelche Hochstapler."

„Ach ja, eh ich es vergesse." Conny sah Tobi an. „Wenn dich irgendwer fragen sollte. Du bist auf der Treppe gestürzt und ich habe dich in die Klinik in St. Georg gebracht, weil du dir die Schulter ausgekugelt hattest. Was das Date mit Christian angeht, das wird warten müssen. Ich habe ehrlich gesagt Angst, er war schon dort. Wenn er mich gesehen hat! Das wäre mir ziemlich peinlich. Ich werde also lieber etwas Gras über die Sache wachsen lassen. Wenn ich mich dann etwas anders anziehe und einen Zopf mache, dann wird er mich vielleicht nicht erkennen. Am besten wäre natürlich, wenn er noch nicht da war."

„Bestimmt nicht", tröstete sie Guido. „Oder er saß drinnen. Aber deinen Ärger versteh ich. Dass dieser Elliott-Typ noch morgens in den Spiegel gucken kann, wenn er sich so frech mit fremden Federn schmückt!"

„Scheint ja eine lukrative Angelegenheit zu sein." Tobi sah die Sache offenbar nüchtern. „Wenn Geld winkt, leidet doch bei den meisten Menschen die Moral. Vielleicht ist er ja gar nicht so schlimm, wie du denkst. Vielleicht ist er ja bloß jung und brauchte das Geld. Triff dich doch mal mit ihm."

„Auf keinen Fall!", protestierte Conny. „Damit ich ihm noch einmal einen Drink ins Gesicht kippe? Nein, der Typ ist für mich total unten durch. Spätestens seit ich weiß, dass er sich fünfzehn Prozent - Tobi *fünf-zehn*!!! – von meinem Honorar einstreichen wird, wenn der Verlag die Filmrechte für *Sturmnächte* und *Drachenküsse* verkauft."

„Das ist bitter", gab Tobi zu. „Aber du dürftest trotzdem ganz gut an den Büchern verdienen, oder?"

„Inzwischen könnte ich gut von den Einkünften leben – ich schätze, das ist schon mehr als die meisten Autoren von sich behaupten können." Conny nahm noch einen Schluck Wein. „Wisst ihr, wenn ich so darüber nachdenke, ist es vermutlich etwas ganz anderes, das mich an der Sache ärgert."

„Was denn?", wollte Guido wissen.

„Seit dem Anruf meines Verlegers am Sonntag will mir der Gedanke nicht aus dem Kopf gehen, dass meine Bücher ohne diesen Typ als Gallionsfigur gar nicht so einen Erfolg gehabt hätten." Conny drehte das Weinglas in ihren Händen. „Vielleicht hätte jeder andere sie schreiben können, und die Leute würden genauso drauf fliegen, nur weil das Foto von diesem Typ im Umschlag abgedruckt ist."

„Das wirst du im Nachhinein nicht mehr herausfinden können", sagte Tobi. „Aber ich kann verstehen, dass es dich anfrisst. Ich weiß nur, dass du schreiben kannst. Das konntest du früher schon. Und wenn ich es gerade richtig verstanden habe, war dein erstes Buch auch ohne die Sahneschnitte vom Verlag erfolgreich, oder?"

„Schon, aber es gab lange nicht so einen Hype. Erst die beiden nächsten Bücher sind so richtig abgehoben." Conny seufzte. „Am Ende hat mein Verleger Recht und ich bin austauschbar. Und daran wird mich die Visage von diesem verfluchten Elliott immer und überall erinnern. Ich kann und will ihn nicht kennen lernen. Verstehst du das?"

„Absolut." Tobi nickte.

Kapitel 15

Krankfeiern und Käsekuchen

Nachdem sie noch eine Apotheke angesteuert und eine Packung Kopfschmerztabletten für später erstanden hatte, stieg Conny mit einem mächtig schlechten Gewissen in die S-Bahn Richtung Harburg. Eigentlich hatte sie vorgehabt, früh aufzustehen und mit dem Metronom zu fahren, um rechtzeitig in der Schule zu sein. Aber dann hatte sie sich mit unerträglichen Kopfschmerzen krank melden müssen. Es waren wohl doch ein paar Gläser zu viel geworden. Sie hatte zwei Aspirin und einen starken Kaffee gefrühstückt und sich noch einmal hingelegt, bis die Kopfschmerzen schließlich nachließen. Zum Glück wollte Torsten die Kinder erst am Abend bringen. So etwas passierte Conny sonst nie. Wer saufen kann, kann auch arbeiten – war ihre

Devise. Deswegen trank sie nie, wenn sie am nächsten Morgen raus musste. Heute war einfach eine Ausnahmesituation. Auch Christian gegenüber hatte sie ein extrem schlechtes Gewissen. Als sie sich auf den Sitz fallen ließ, holte sie das Handy aus der Tasche, um noch einmal seine Nachricht von gestern Abend zu lesen.

Alles klar, kein Problem. Ich war sowieso etwas spät dran und bin dann gleich zu einem Freund weitergefahren. Hoffentlich geht es deinem Bruder besser, und es ist nichts Schlimmeres passiert. Ganz liebe Grüße Christian xxx

Als Conny in ihre Straße einbog, sah sie gleich von Weitem etwas Buntes am Scheibenwischer ihres Autos flattern. Sie beschleunigte ihre Schritte. Tatsächlich! Ein weiterer Drohbrief. Er musste schon länger hinter dem Wischer geklemmt haben. Denn das Papier war schon etwas wellig. Mit zittrigen Fingern schnappte sie nach dem Bogen mit den aufgeklebten Buchstaben.

ICH WEISS GENAU, WAS SCHLAMPEN WIE DU WOLLEN! SIEH DICH VOR!! ICH WEISS WO DU WOHNST!

Nervös blickte Conny sich um. Wer konnte ihr bloß solche Nachrichten schreiben und vor allem – warum? Sie hatte doch niemandem etwas getan, oder? Und warum nannte der Briefschreiber sie eine Schlampe? Schließlich hatte sie nicht einmal annähernd so etwas wie ein nennenswertes Liebesleben. Ein paar flirtive E-Mails und Telefonate machten einen doch lange nicht zur Schlampe.

Entweder war es wirklich ein reichlich geschmackloser Streich oder die Zettel stammten von einem Irren. Anders konnte sich Conny diese Nachrichten nicht erklären. Es sei denn...
Daran wollte sie gar nicht erst denken. Ein weiterer Brief – direkt nach ihrem geplatzten Date. Und wenn er doch ein Stalker war? Wenn er sie beobachtete? Aber er klang doch ganz normal. Allerdings war das genau das, was die Nachbarn von brutalen Serienkillern später immer im Fernsehen sagten: er war total normal und höflich.

Was sollte sie bloß jetzt mit sich anfangen? Steffi war in der Schule und Anja war sicherlich arbeiten. Kirsten hatte ein dienstfreies Wochenende gehabt, also war sie heute garantiert auch in der Klinik. Conny nahm den Brief mit. Falls sie beschloss, zur Polizei zu gehen, war es sicherlich nicht verkehrt, ihn aufzuheben.
Zuhause ließ sie sich ein heißes Bad ein. Es gab bei ihr nur wenige Zustände, die ein heißes Wannenbad mit duftendem Schaum nicht lindern konnte. Während das Wasser in die Wanne lief, öffnete Conny ihren Laptop um ihre E-Mails zu checken. Im Posteingang wartete eine E-Mail von Christian.

Von:	c.meyer@schwarz+schimmel.de
Betreff:	Aufgeschoben ist nicht aufgehoben...

Datum: 23.09.2013 08:33:45 MESZ
An: c.mayer@schwarz+schimmel.de

Hallo Conny,

echt schade dass es mit unserem Treffen am Sonntag nicht geklappt hat. Ich hoffe, deinem Bruder geht es wieder besser. Ein Sonntag in der Notaufnahme ist nicht unbedingt der angenehmste Zeitvertreib. Aber aufgeschoben ist bekanntlich nicht aufgehoben. Vielleicht klappt es sogar noch dieses Wochenende? Das würde mich sehr freuen, denn danach bin ich vom 03.10. bis zum 14.10. unterwegs. Ich will Verwandte in Süddeutschland besuchen und bei der Gelegenheit gleich ein bisschen Urlaub machen. Das heißt, wir könnten uns erst danach wieder treffen. Sag mir doch einfach Bescheid, ob es bei dir an diesem Wochenende passen würde.

Ganz liebe Grüße,
Christian
xx

PS: Weißt du, was mir aufgefallen ist? Wir hatten überhaupt kein Erkennungszeichen ausgemacht. Nach den vielen Mails und Gesprächen hatte ich das Gefühl, dass ich dich sofort erkennen müsste. Deswegen habe ich gar nicht daran gedacht, etwas zu verabreden. Zum Glück hatte ich die Zeichnungen dabei. Dann hätte ich im Ernstfall damit wedeln können. Ich glaube immer noch, dass ich dich auf Anhieb erkennen würde. Sicherheitshalber werde ich beim nächsten Treffen trotzdem die Zeichnungen auf den Tisch legen.

Conny lächelte. Nein, von Christian konnten diese schrecklichen Drohbriefe doch wirklich nicht sein. Oder?

Nach dem Wannenbad fühlte sich Conny deutlich besser. Es wollte ihr partout kein Grund einfallen, warum jemand ihr Drohbriefe schreiben sollte. Sie hatte in letzter Zeit nicht einmal besonders schlechte Noten verteilt. Es musste sich einfach um eine dumme Verwechslung oder einen Streich von Jugendlichen handeln. Daran, dass Christian der ominöse Briefschreiber sein könnte, konnte und wollte Conny einfach nicht glauben.

Es war schließlich auch sonst nichts passiert. Es kam ihr albern vor, wegen dieser zwei Briefe gleich zur Polizei zu gehen. Wenn sie die Sache später mit ihren Freundinnen besprach, würde sie sich bestimmt sicherer fühlen.

Auf gut Glück wählte sie Anjas Nummer. Zu ihrer Überraschung meldete sich ihre Freundin tatsächlich.

„Hi Anja, hier ist Conny. Ich dachte eigentlich gar nicht, dass du zu Hause bist."

„Doch doch, ich habe nur einen halben Tag gemacht. Musste noch Überstunden abfeiern und außerdem versuche ich, Dirk aus dem Weg zu gehen", entgegnete Anja.

„Wegen eures One Night Stands neulich bei der Betriebsfeier?", wunderte sich Conny.

„Ja...nein...schon. Äh. Am Sonntag hat er mich spontan angerufen und zum Essen eingeladen. Ich dachte, ich könnte standhaft bleiben. Aber dann sind wir doch wieder in der Kiste gelandet", erklärte Anja verlegen.

„Vielleicht könnte ja doch etwas mehr draus werden." Conny hätte diese Entwicklung als durchweg positiv eingeschätzt. Allerdings war sie sich bewusst, dass sie in dieser Hinsicht einfach anders tickte als Anja. „Klingt doch so, als würdet ihr euch ganz fantastisch verstehen, meine ich. Vielleicht ist es gar nicht so dramatisch, wie du glaubst."

„Nee, echt nicht, Conny. Du kennst mich. Mit jemandem wie Dirk würde es mir zu eng. Ich brauche Luft zum Atmen.", wehrte Anja ab. „Er ist mir doch jetzt schon fast zu anhänglich."

„Wie du meinst", gab Conny zurück. „Ich gebe mir Mühe, das nachzuvollziehen, aber ich bin einfach ganz anders gestrickt. Du wirst schon wissen, wovon du sprichst."

„Er wäre perfekt – aber ich fürchte es wird trotzdem nicht funktionieren. Vielleicht bin ich komisch. Aber so ist es nun mal. Und bei dir? Wie war dein Date mit diesem Christian?" Anja hielt sich selten lange mit Beziehungsdiskussionen auf, allerdings hatte Conny das unbestimmte Gefühl, dass sie einen wunden Punkt getroffen hatte. Sie entschied sich, den Themenwechsel nicht weiter zu kommentieren. Wenn Anja über Dirk sprechen wollte, würde sie das Thema schon von selbst wieder anschneiden.

„Frag lieber nicht!"

„Oh. Sah er wirklich so schlimm aus? Oder habt ihr euch in echt nicht verstanden?", wollte Anja wissen.

„Nein. Ich war ja überhaupt nicht erst da. Das heißt, war ich schon, aber mir ist da etwas dazwischen gekommen." Conny erzählte Anja von ihrer Begegnung mit Cecil Elliott und dem verhinderten Date.

„Ist ja der Hammer!" Anja lachte. „So kenne ich dich ja gar nicht. Der Typ muss dir ja wirklich gehörig auf die Nerven gehen."

„Ach, nach diesem Telefonat mit René – also meinem Verleger – war ich einfach sauer. Ich hatte einen mächtigen Hals auf den Kerl. Außerdem wollte ich das immer schon mal machen." Conny kicherte. „Das Gesicht von dem Typ hättest du sehen müssen! Und seine Groupies erst. Ein Glück, dass ich aus dem Restaurant geschmissen wurde, sonst hätten die mich bestimmt gelyncht. Das war es schon fast wieder wert. Im Nachhinein ist es mir natürlich peinlich. Zum Glück war Christian noch nicht da. Er hat meine SMS noch rechtzeitig bekommen und ist dann gleich zu einem Freund weitergefahren."

„Dann war es letzten Endes doch nicht so schlimm. Immerhin konntest du deinen Aggressionen mal so richtig Luft machen." In Anjas Stimme schwang so etwas wie Anerkennung mit. Ihr schien die Vorstellung zu gefallen, dass Conny einem Temperamentsausbruch erlegen war.

„Stimmt. Es hat gut getan, wenn ich ehrlich bin." Conny lachte. „Mir macht allerdings etwas ganz anderes Sorgen. Deswegen habe ich dich eigentlich angerufen."

„Schieß los", forderte Anja.

„Ich habe heute noch so einen komischen Drohbrief bekommen. Er klemmte hinter meinem Scheibenwischer, als ich zurückkam." Conny kam es immer noch völlig irreal vor, dass ihr jemand solche Briefe schrieb.

„Was? Noch so ein Schrieb? Was stand denn diesmal drauf?" Anja klang längst nicht mehr so gelassen wie beim ersten Mal. Das wiederum beunruhigte Conny zutiefst.

„Da stand so etwas wie: *Ich weiß, was Schlampen wie du wollen.* Ich soll aufpassen und dann stand da noch: *Ich weiß, wo du wohnst.* Du glaubst doch auch, dass es ein dummer Jungenstreich ist, oder?" Conny hoffte, Anja würde ihre Zweifel zerstreuen.

„Ich weiß nicht." Anja zögerte. Sie klang nachdenklich. „Das klingt schon ziemlich abgedreht. Vielleicht solltest du doch drüber nachdenken, zur Polizei zu gehen."

„Das habe ich auch schon überlegt. Die würden die Sache doch sicher nicht ernst nehmen. Ich käme mir so albern vor." Conny hatte das Gefühl, es würde sie noch mehr verunsichern, wenn sie zur Polizei ging. Damit gab sie schließlich vor sich selbst zu, dass sie die Briefe nicht länger nur für einen Scherz hielt.

„Vielleicht ist es harmlos. Vielleicht aber auch nicht. Ich möchte dich sicher nicht verrückt machen, aber seltsam ist es doch. Stalking ist seit einigen Jahren ein Straftatbestand. Ich denke schon, dass die Polizei die Sache ernst nehmen würde." Was Anja sagte, klang durchweg vernünftig. Trotzdem scheute Conny den Gang zur Polizei.

„Ich halte die Augen offen. Wenn noch irgendetwas Seltsames passiert oder ich noch so einen Schrieb bekomme, bin ich sofort bei der Polizei. Das verspreche ich. Würdest du dann mitkommen? Damit ich mir nicht ganz so hysterisch und blöd vorkomme?"

„Klar", versprach Anja. „Wenn dir irgendetwas auffällt, gibst du mir sofort Bescheid, versprochen? Egal wann. Du kannst ruhig mitten in der Nacht anrufen."

„Okay. Danke, Süße!" Conny war erleichtert. „Ich fühle mich schon viel besser. Ich bin sicher, es ist ganz harmlos. Aber ich verspreche, aufzupassen."

Um ihr schlechtes Gewissen wegen der Krankmeldung klein zu halten, machte sich Conny an die Vorbereitungen für den nächsten Schultag und arbeitete anschließend am Konzept für die Sandkastenfee. Sie wollte schließlich etwas vorzuweisen haben, wenn sie auf die Messe fuhr.

Danach telefonierte sie eine Weile herum, um Termine für die Messe zu machen. Iris war so lieb gewesen, ihr Kontakte zu vermitteln. Die meisten waren ehemalige Lektorats-Kolleginnen von Iris, die inzwischen bei anderen Verlagen untergekommen und im Kinderbuchbereich tätig waren. Da Schwarz & Schimmel keine Kinderbücher verlegte, konnte Conny ohne schlechtes Gewissen von ihrem Projekt erzählen. Bei Iris – selbst Mama von einem dreijährigen Jungen – war sie auf Begeisterung für ihre Idee gestoßen.

Nach getaner Arbeit lehnte Conny sich zufrieden zurück. Wenigstens war sie produktiv gewesen. Sie hatte Unterricht für Mittwoch vorbereitet, Konzept und Exposé für die Sandkastenfee fertiggestellt und drei Termine für die Buchmesse ergattert.

Eigentlich wäre es jetzt Essenszeit gewesen, aber Conny hatte keinen Appetit und keine Lust zu kochen. Stattdessen machte sie sich einen Kaffee und machte es sich mit ihrem E-Book-Reader auf der Couch bequem.

Sie hatte gerade ein Kapitel gelesen, als es an der Tür klingelte. Sicher die Post. Conny wollte trotzdem auf Nummer sicher gehen und betätigte die Gegensprechanlage.

„Hallo? Wer ist da?"

Keine Antwort. Sie drückte erneut den Knopf.

„Hallo?"

„Ich bin es, Barne. Ich steh direkt vor deiner Tür." Barnes gedämpfte Stimme drang durch ihre Wohnungstür.

Conny öffnete.

„Ach so! Na, da kann ich ja lange warten, dass mir unten einer antwortet. Was gibt es denn, Barne?"

Barne sah verlegen aus.

„Ich hoffe, ich störe nicht gerade beim Essen?"

„Nein, ich hatte keinen Hunger. Ich genieße es, dass ich heute mal nicht kochen muss. Dieses Wochenende habe ich kinderfrei. Habe es mir gerade mit einem Buch gemütlich gemacht."

Conny fragte sich, was der Grund für Barnes Besuch sein könnte.

„Ich will auch nicht lange stören. Ich dachte bloß, ich revanchier mich mal. Du hast mich immer so gut versorgt. Möchtest du später auf einen Kaffee und etwas Kuchen vorbeikommen? Leider nicht selbst gebacken – ich bin backtechnisch eine echte Niete. Aber der Bäcker hier an der Ecke macht echt anständigen Kuchen." Barne lächelte.

„Klar. Gerne. So um drei Uhr?" Conny war verwundert über die plötzliche Einladung.

„Prima. Ich...äh...", druckste Barne. „Ich bräuchte da nämlich deinen weiblichen Rat in einer Angelegenheit."

„Aha? Na, das hört sich ja spannend an. Hoffentlich bin ich als Ratgeberin überhaupt kompetent." Conny war neugierig, wollte es Barne aber nicht zeigen. Deswegen verzichtete sie darauf, nachzubohren, um was es ging.

„Sicher bist du das!", entgegnete Barne. „Drei Uhr ist super. Ich freu mich. Bis später dann! Viel Spaß beim Lesen."

„Danke, Barne. Bis später!"

Conny schloss die Haustür und widmete sich wieder ihrem Buch. Seltsam. Wofür Barne wohl ihren Rat brauchte? Vielleicht wollte er ein Geburtstagsgeschenk für Carina aussuchen oder so etwas. Conny fürchtete allerdings, dass sie da keine große Hilfe wäre. Zwischen ihrem und Carinas Geschmack lagen augenscheinlich Welten. Jedenfalls hätte Conny nie im Leben auch nur im Entferntesten in Erwägung gezogen, einen neonpinkfarbenen Triangelbikini zu kaufen. Vermutlich nicht einmal, wenn sie die Figur dafür gehabt hätte.

Conny las noch ein Kapitel, dann machte sie sich daran, in der Wohnung ein wenig klar Schiff zu machen. Auch wenn es keinen halben Tag dauern würde, bis ihre beiden kleinen Racker alles wieder komplett verwüstet hatten. Schließlich zog sie sich eine Strickjacke über, schnappte Handy und Schlüssel und lief ein Stockwerk tiefer zu Barne.

„Conny! Wie schön, komm rein!" Barne lud sie ein, ihm zu folgen.

Dem Wohnzimmer war Carinas weibliche Hand deutlich anzumerken. Conny hatte bisher nur einen Blick in den Flur geworfen. Auf dem Boden lag ein graumelierter Flausch-Teppich. Ein schlichtes, weißes Sideboard, ein ebenso geradliniger weißer Vitrinenschrank, dazu eine sandfarbene Couch mit Kissen, die das Grau und Weiß der Möbel und des Teppichs wieder aufgriffen und ein Glastisch, unter dem sich Zeitschriften stapelten. Daneben eine freischwingende schwarze Polsterliege in Veloursoptik. Moderner Clean Chic, aber durchaus nicht ungemütlich. Über dem Sideboard prangte eine Low-Key-Schwarz-Weiß-Aufnahme einer sportlich durchgestylten weiblichen Rückansicht – vermutlich Carinas.

„Ist schön geworden bei dir," kommentierte Conny, während sie sich im Wohnzimmer umsah. „Sehr gemütlich."

„Ja, finde ich auch. Das ist Carina. Toll, oder?", bemerkte Barne, als Conny vor dem Schwarz-Weiß-Aktbild stehenblieb.

„Oh. Ja, sieht klasse aus."

Für ein Aktbild war die Schwarz-Weiß-Aufnahme tatsächlich sehr ästhetisch und geschmackvoll. Allerdings stellte Conny es sich merkwürdig vor, neben einer völlig bekleideten Version der Gastgeberin auf der Wohnzimmercouch zu sitzen, während einen von der Wand ihr nackter Po im Großformat anstrahlte. Gut, jedem das Seine.

„Setz dich doch!" Barne wies auf die Couch. „Ich hole uns mal Kaffee und etwas Kuchen."

„Soll ich dir vielleicht noch irgendetwas helfen?", fragte Conny.

„Nein, nein. Ich komme zurecht." Barne wuselte Richtung Küche. „Mach es dir einfach schon mal bequem."

Conny ließ sich in die Sofakissen fallen. Sie versank darin so, dass es ihr sicher später schwer fallen würde, wieder aufzustehen. Durchaus behaglich.

Gleich darauf kam auch Barne mit einem Tablett aus der Küche. Nachdem sie sich beide mit Kaffee versorgt hatten, kam Barne ohne Umschweife zum eigentlichen Grund seiner Einladung.

„Du hast mich immer so lieb versorgt, da muss ich mich doch wenigstens mal ein bisschen revanchieren." Er reichte Conny den Teller mit einem wirklich sehr saftig aussehenden Stück Käsekuchen an. „Außerdem habe ich ja schon angedeutet, dass ich mal deinen weiblichen Rat in einer Sache brauche."

„Klar, wenn ich denn helfen kann." Conny nahm den Teller entgegen.

„Es geht um Carina. Also, um mich und Carina", begann Barne. „Es ist ein bisschen kompliziert."

„Ich bin ganz Ohr." Conny stach mit der Gabel ein Stück Kuchen ab.

„Also, Carina ist meine absolute Traumfrau! Ich meine - ein Typ wie ich kann froh sein, wenn er so eine tolle Frau abkriegt, oder?" Barne wies mit beiden Händen auf sich.

„Wieso denn nicht? Du bist doch kein übler Kerl." Conny hatte nicht die geringste Ahnung, worauf dieses Gespräch hinauslaufen sollte.

„Na ja, aber eine wie Carina – die könnte doch jeden haben", fand Barne. „Ich glaube jedenfalls, dass ich ein ziemlicher Glückspilz bin. Und jetzt will ich – also - ich habe überlegt - ich möchte Carina nächste Woche einen Antrag machen."

„Einen Heiratsantrag?" Conny stellte ihre Tasse zurück auf den Tisch.

„Das ist doch prima! Ich bin sicher, sie wird sich freuen. Aber wie kann ich da helfen? Brauchst du noch Ideen für einen romantischen Antrag?"

„Ja. Nein. Ach, ich weiß nicht." Barne fuhr sich nervös durch die Haare. „Ich habe ein wenig Angst, dass es der falsche Schritt sein könnte. Conny, findest du, dass wir zusammen passen? Also Carina und ich, meine ich."

„Äh..." Conny fühlte sich etwas überrumpelt. „Ich kenne euch doch so gut wie gar nicht. Warum solltet ihr denn nicht zusammen passen?"

„Nun ja. Es ist eigentlich alles toll. Carina ist wahnsinnig hübsch und sie ist nett und im Bett ist auch alles einfach perfekt."

So viel Information hätte Conny überhaupt nicht gebraucht. Verlegen schaute sie zur Seite, wobei ihr Blick allerdings nur auf die nackte Rückseite von Carina fiel, was ihr noch mehr Verlegenheit bereitete.

„Okay, es ist alles toll", fasste sie kurz zusammen. „Wo ist dann das Problem? Warum zweifelst du dann?"

„Äh, naja...manchmal...", druckste Barne. „Carina ist immer so verdammt diszipliniert. Sie erlaubt sich nicht die kleinste Schwäche. Und ich glaube, dasselbe erwartet sie auch von mir. Nur manchmal..."

Conny sah Barne mitleidig an. Sie konnte sich vorstellen, dass ein Leben unter Carinas strengem Regiment ganz schön anstrengend sein konnte.

„...also manchmal", fuhr Barne fort, „da würde ich mir wünschen, Carina wäre irgendwie weniger...und ein bisschen mehr..."

„Ja?" Conny runzelte die Stirn.

Barne setzte sich aufrecht hin und straffte die Schultern. „Also, manchmal wünschte ich, Carina wäre ein kleines bisschen mehr wie du."

Conny schluckte. Das Gespräch driftete jetzt eindeutig in eine Richtung, die ihr überhaupt nicht gefiel.

„Aber du liebst doch Carina." Sie rückte, so unauffällig es die weichen Kissen zuließen, von Barne ab.

„Schon, aber manchmal wünschte ich einfach, sie wäre nicht immer so verdammt eisern und ein bisschen..." Barne suchte nach Worten.

„Mütterlicher?" Conny erschien das in diesem Zusammenhang noch das harmloseste Adjektiv.

„Sinnlicher." Barne schaute Conny an. „Bei dir fühle ich mich immer so wohl. Da kann ich mich einfach fallen lassen und ganz ich selbst sein. Du strahlst Wärme und Herzlichkeit aus – und eine sinnliche Erotik."

Conny hätte der sandfarbenen Couch beinahe einen Sprühregen aus Kaffeeflecken beschert. Sie räusperte sich.

„Barne, ich weiß nicht, ob ich..."

„Mist, Conny. Das kam jetzt alles irgendwie total blöd rüber. Ich will dich nicht dumm anmachen oder so", stotterte Barne. „Ich wollte nur deine Meinung zu der ganzen Sache, bevor ich nachher einen schrecklichen Fehler begehe."

Barne beugte sich vor, um seine Kaffeetasse abzustellen. Dabei stieß er die Milchkanne um.

„Verflucht!" Er sprang auf. „Ich hole schnell einen Lappen."

Conny fischte ein Tempotuch aus der Tasche und versuchte, den größten Schaden einzudämmen. Doch die Milch tropfte über den Rand des Glastischs auf die Zwischenablage, auf der einige Zeitschriften gestapelt waren.

Sie griff sich den Stapel und brachte ihn auf dem Teppich in Sicherheit. Dabei rutschten die Zeitschriften auseinander. Conny versuchte sie wieder zusammenzuschieben. Eine Ausgabe der *Fit*

For Fun blätterte auf. Conny starrte entgeistert auf die Seite, aus der einzelne Buchstaben ausgeschnitten worden waren. Ihre Gedanken überschlugen sich. Panik stieg in ihr auf. Was sollte sie denn jetzt nur tun?

Blitzschnell sprang sie auf die Füße und hechtete zur Wohnungstür, vorbei an einem verdattert dreinblickenden Barne, der mit einem Spüllappen in der Hand zurück ins Wohnzimmer gekommen war.

„Conny, was...?", hörte sie noch, bevor die Haustür ins Schloss fiel. Connys Herz raste, während sie kopflos die Treppe nach unten und zu ihrem Auto lief. Barne war also der Irre, der ihr die Briefe an die Windschutzscheibe geklemmt hatte. Aber wieso? Conny verstand das alles nicht. Stand er jetzt doch heimlich auf sie und gab ihr die Schuld dafür? Oder war er einfach nur total durchgeknallt?

Conny schloss die Fahrertür auf und stieg ein. Oben im Haus wurde ein Fenster geöffnet.

„Conny! Was ist denn plötzlich los? Jetzt warte doch! So war das doch überhaupt nicht gemeint!"

Schnell schlug Conny die Tür zu, steckte den Zündschlüssel ins Schloss und gab Gas.

Kapitel 16
Eifersucht und Ex-Frauen

„Dieses Schwein!", schimpfte Anja, als Conny ihr alles erzählt hatte. Conny saß immer noch reichlich verwirrt und blass auf Anjas Couch und nippte an einer Tasse Melissentee. „Und jetzt ist es schon fünf Uhr!", jammerte Conny. „In einer Stunde bringt Torsten die Kinder. Was soll ich denn bloß machen? Ich kann mich doch jetzt nicht ewig hier bei dir verstecken. Ob wir zur Polizei gehen sollen?"
„Das tun wir später. Das würde jetzt viel zu lange dauern. Du musst zuhause sein, um die Kinder in Empfang zu nehmen. Ich fahre jetzt erst einmal mit dir zusammen rüber, und dann stellen wir diesen Irren zur Rede. Wenn er weiß, dass du nicht allein bist

und dass wir die Polizei einschalten, wird er dich und die Kinder fürs Erste in Ruhe lassen." Anja war es gewohnt, Krisen-PR zu machen. Sie behielt für gewöhnlich einen kühlen Kopf und handelte besonnen. Conny war froh, dass ihre Freundin bei ihr war. „Du fährst mit deinem Wagen, und ich fahre hinterher. Dann brauche ich später nicht den Bus zu nehmen."

Kurze Zeit später standen Conny und Anja vor Barnes Tür. Anja hatte sich wie ein menschlicher Schutzschild vor Conny aufgebaut und ihren tödlichsten Blick aufgesetzt. Dann drückte sie den Klingelknopf. Es dauerte nicht lange, bis Barne die Tür öffnete.

„Conny! Du hättest dir doch nicht extra Verstärkung mitbringen müssen. Wirklich. Es war überhaupt nicht so gemeint, wie du glaubst. Mann, du warst eben so schnell weg! Du hast mir gar keine Zeit gelassen, es zu erklären. Ich weiß, was ich gesagt habe, kam vielleicht ein bisschen schräg rüber. Ich wollte nicht sagen, dass ich wünschte, Carina wäre du, ich meinte doch nur, ich wünschte manchmal sie wäre ein bisschen mehr *wie* du!"

„Spar dir das Geseier, du perverses Stück Dreck!", spie Anja ihm entgegen. „Es geht hier nicht um dein blödes Gequatsche, sondern um deine feigen Drohbriefe."

Unverständnis stand Barne ins Gesicht geschrieben. „Drohbriefe? Was für Drohbriefe?"

„Kein Zweck es zu leugnen", meldete sich Conny aus dem Hintergrund. „Ich habe die *Fit For Fun* gesehen, aus der du die Buchstaben für deine Briefchen ausgeschnitten hast!"

„*Fit For Fun?* Buchstaben?", wiederholte Barne verdattert. Ein Stockwerk tiefer wurde eine Tür geöffnet.

„Aber vielleicht sollten wir das lieber drinnen besprechen?"

„Das würde dir so passen, du armseliger kleiner Stalker!" Anja konnte regelrecht furchteinflößend sein. Barne zuckte zusammen. Er schien immer noch nicht zu begreifen, worum es gerade ging.

„Lass mal gut sein, Anja." Conny hatte das Gefühl, Barne wusste wirklich nicht, worum es ging. „Wir sind ja zu zweit. Ich fände es auch besser, wenn wir reingehen würden. Das Treppenhaus hier hat Ohren."

„Umso besser!", murrte Anja. „Aber wenn du meinst..." Dann wandte sie sich an Barne. „Aber lass dir ja nicht einfallen irgendwelche Sperenzchen zu machen. Connys Mann kommt gleich, und wenn wir dann nicht oben sind, wird er die Polizei rufen."

„Äh...ja, super!", stammelte Barne.

Sie folgten Barne ins Wohnzimmer, wo er sich auf der Kante der schwarzen Polsterliege niederließ und Conny und Anja bat, auf dem Sofa Platz zu nehmen.

„Du bist also Anja. So viel habe ich jetzt mitbekommen. Connys Freundin nehme ich an. Ihr müsst mir glauben. Ich begreife das alles nicht. Dann bist du gar nicht abgehauen, weil du dachtest, dass ich dich irgendwie blöd anmachen wollte? Ich wollte doch wirklich nur deinen Rat. Was sind denn das für Drohbriefe, von denen ihr geredet habt?"

„Jetzt tu nicht so unschuldig!", fuhr Anja ihn an. „Du weißt genau, wovon wir sprechen. Diese Zettel, die du Conny hinter den Scheibenwischer geklemmt hast. *Schlampen wie du leben gefährlich! Ich weiß, was Schlampen wie du wollen!* Dieses Zeug."

Barne runzelte die Stirn. „Ich verstehe das immer noch nicht."

Conny deutete auf den Zeitschriftenstapel, der mittlerweile wieder auf seinem Platz unter dem Couchtisch lag.

„Ich habe die Zeitschrift gefunden, aus der die Buchstaben ausgeschnitten waren. Da, die *Fit For Fun*!"

„Das sind Carinas Zeitschriften." Barnes Gesicht nahm einen erschrockenen Ausdruck an. „Meint ihr...könnte vielleicht Carina? Aber warum sollte sie?"

Er fischte die Zeitschrift aus dem Stapel und besah sich die zerschnittenen Seiten.

„Tatsächlich!"

„Du willst also behaupten, du hast überhaupt nichts von diesen Briefen gewusst?", fragte Anja scharf.

„Nein, wenn ich es doch sage!" Barne starrte entgeistert auf die ausgeschnittenen Buchstaben. „Ich kann mir überhaupt nicht erklären wie...und vor allem warum..."

„Gut, nehmen wir mal für einen kurzen Augenblick an, dass du tatsächlich nichts mit den Briefen zu tun hattest", räumte Anja ein. „Welchen Grund sollte denn Carina haben, Conny Drohbriefe zu schreiben?"

„Keine Ahnung. Was stand denn genau drin?", wollte Barne wissen.

„Im ersten stand: *Pass auf! Schlampen wie du leben gefährlich!* Und im zweiten stand: *Ich weiß genau, was Schlampen wie du wollen!* Und: *Ich weiß, wo du wohnst!*", zitierte Conny. „Warum sollte Carina so etwas schreiben?"

„Keine Ahnung." Barne zuckte mit den Schultern. „Es sei denn..."

„Es sei denn was?", hakte Anja nach.

„Naja, ich habe es nicht so ernst genommen, aber hin und wieder hat sie so komische Bemerkungen über Conny gemacht. Also, dass wir ganz schön viel Zeit miteinander verbringen zum Beispiel."

„Du meinst, Carina ist eifersüchtig auf mich?", fragte Conny ungläubig.

„Warum denn nicht?", entgegnete Anja. „Das ist die erste logische Erklärung für diesen ganzen Mist, die ich heute höre."

„Conny, könnte ich dich bitten, vorerst nicht zur Polizei zu gehen?" Barne seufzte. „Carina ist diese Woche auf so einem Lehrgang. Ich möchte das mit ihr ungern am Telefon besprechen. Aber sobald sie am Freitag hier aufschlägt, werde ich sie zur Rede stellen. Könntest du so lange warten, bevor du irgendetwas unternimmst? Ich kann mir nicht vorstellen, dass Carina dir irgendetwas getan hätte. Ich Trottel habe überhaupt nicht gemerkt, dass da etwas nicht stimmt. Jetzt im Nachhinein scheint es mir so klar. Sie war reichlich misstrauisch, als du neulich die DVD-Box vorbeigebracht hast und hat mich ausgefragt, ob ich öfter abends mit dir Fernsehen gucke und so."

„Ach du scheiße!", entfuhr es Conny. „Warum hast du denn nichts gesagt? Das war doch sehr offensichtlich. Männer sind aber auch manchmal..."

„Ja, ja, ich weiß. Uns muss man Dinge eben manchmal mit dem Holzhammer beibringen. Jetzt wird mir auch klar, was da los war", gab Barne zerknirscht zu.

Conny warf einen Blick auf die Uhr. „Du, mein Ex kommt gleich mit den Kindern. Wir sollten gehen. Und du sprichst am Freitag mit Carina?"

„Sofort, wenn sie hier ankommt, Conny. Versprochen. Himmel, das tut mir alles echt so leid! Du musst dich ja tierisch erschreckt haben", entschuldigte sich Barne. „Wenn ich bloß mal die Augen aufgemacht hätte!"

„Schon okay, Barne. Es ist ja nicht deine Schuld. Aber bitte sag Carina, dass es überhaupt keinen Grund zur Eifersucht gibt, ja?", forderte Conny.

„Den gibt es doch nicht, oder?", hakte Anja nach.

„Nein, nein, gibt es nicht." Barne schüttelte den Kopf. „Ehrlich nicht. Ich liebe Carina. Obwohl...ich schätze, jetzt muss ich wohl darüber noch einmal nachdenken. Dass sie so etwas macht! Ich fasse es ja überhaupt nicht."

„Mach dir keinen Kopf", beschwichtigte Conny. „Es ist ja nichts passiert. Ich bin sicher, ihr könnt das klären."

„Ich weiß nicht." Barne seufzte. „Tut mir wirklich leid, Conny. Ich hatte echt keine Ahnung. Das musst du mir glauben."

„Schon okay." Conny lächelte. „Wir gehen dann mal wieder. Trotzdem noch einen schönen Abend, Barne."

Anja und Conny verließen seine Wohnung.

„Auf den Schreck brauche ich jetzt einen schönen heißen Kakao", meinte Anja. „Als Mama hast du so etwas doch bestimmt im Haus. Wenn ich nicht fahren müsste, dürfte es auch ruhig ein Schnaps sein."

„Klar. Ich koch uns einen. Ich hoffe, du hast nichts dagegen, wenn ich deinen Vorschlag aufgreife und mir einen kleinen Schuss Cognac in meinen kippe." Conny lachte. „Was für ein Wahnsinn!"

Kurz später saßen Conny und Anja bei heißem Kakao – für Conny mit, für Anja ohne Schuss - in Connys Küche und warteten auf Torsten und die Kinder.

„Auf Carina wäre ich nicht gekommen!" Conny nahm einen Schluck Kakao. „Dabei war es eigentlich recht naheliegend – so im Nachhinein betrachtet. Aber ich habe die ganze Zeit gedacht, die Briefe kämen von einem Mann."

„Das habe ich auch gedacht. *Ich weiß, was Schlampen wie du wollen* klang so nach einem Mann. Aber so im Nachhinein versteht man es ganz anders. Sie muss echt gedacht haben, du willst ihr den Kerl ausspannen." Anja rührte in ihrer Tasse.

„Wie kommt sie denn bloß auf so einen Unsinn?" Conny schüttelte den Kopf. „Er ist doch total verschossen in sie und erzählt mir dauernd wie toll und wie schön sie ist."

„Schon, aber er hing in letzter Zeit auch verdächtig oft bei dir rum." Anja grinste. „Vielleicht ist es gar nicht so abwegig, dass Carina eifersüchtig auf dich ist."

„Ach Quatsch! Mit Miss Fitness kann ich doch nicht mithalten." Conny winkte ab. „Allerdings glaube ich, dass Carina ziemlich streng mit sich selbst und dem armen Barne ist. Sie gönnt sich nicht die kleinste Sünde, ist ständig damit beschäftigt sich fit zu halten und versucht Barne damit zu missionieren. Ich glaube, er hat sich bei mir einfach wohl gefühlt, weil er sich mal nicht zusammenreißen musste."

„Tja, Männer erwarten, dass wir die perfekte Figur haben. Aber selbst wollen sie nichts dafür tun. Wenn Frauen genauso kritisch wären, und Männer sich mal selbst dem Figurdiktat unterwerfen müssten, gäbe es bald keine Magermodels mehr." Anja nahm einen Schluck Kakao. „Ich bin mir ja auch sicher, wenn Männer die Kinder kriegen würden, wäre die vollkommen schmerzfreie Geburt schon längst erfunden."

„Wenn Männer Brüste hätten, gäbe es auch eine angenehmere Alternative zur Mammografie", lachte Conny. „Aber ich bin froh, dass das Rätsel mit den Drohbriefen eine verhältnismäßig harmlose Lösung gefunden hat. Carina ist sicher nicht gefährlich. Sie wollte mir bestimmt nur Angst einjagen. Ich bin unglaublich erleichtert, dass es doch keinen irren Stalker gibt. Und dass die Briefe nicht von Christian waren. Ich hatte schon die wildesten Befürchtungen. Dabei fällt mir ein, dass ich Christian noch überhaupt nicht auf seine Mail geantwortet habe. Das muss ich morgen dringend machen."

„Ich glaube, ich mache mich jetzt mal vom Acker. Deine Kids werden ja jeden Augenblick hier sein. Halt mich auf dem

Laufenden, ob sich das mit Carina geklärt hat, okay?" Anja trank ihren Kakao aus und stellte die Tasse in die Spüle.

„Alles klar. Vielen Dank noch einmal für deine Hilfe. Ich wüsste nicht, was ich allein gemacht hätte." Conny begleitete Anja zur Tür.

Für ihren freien Tag hatte Conny sich vorgenommen, einiges im Haushalt zu erledigen und noch ein wenig an ihrem aktuellen Manuskript zu arbeiten. Nachdem sie die Kinder in der Kita abgeliefert und die nötigen Einkäufe getätigt hatte, setzte sie sich zunächst einmal an den Rechner, um Christians Mail zu beantworten.

Von:	c.mayer@schwarz+schimmel.de
Betreff:	Re: Aufgeschoben ist nicht aufgehoben…
Datum:	24.09.2013 10:12:37 MESZ
An:	c.meyer@schwarz+schimmel.de

Hallo Christian,

es tut mir leid, dass ich dir heute erst antworte. Gestern war hier die Hölle los, da bin ich zu nichts gekommen. Das ist eine lange Geschichte. Am besten ich erzähle dir das alles mal am Telefon.

Ich fand es auch sehr schade, dass es mit unserem Treffen nicht geklappt hat. Zum Glück geht es meinem Bruder schon wieder besser. Am Wochenende habe ich leider die Kinder und keinen Babysitter. Da wird es nicht klappen. Wir müssten uns also nach deinem Urlaub treffen. Ich hoffe, das ist okay. Dann denken wir auch an ein Erkennungszeichen. Die Sandkastenfee-Zeichnungen sind eine prima Idee.

Im Anhang findest du das Konzept, das ich für unsere Sandkastenfee-Geschichten erstellt habe. Wenn ich darf, würde ich gerne ein paar Beispielzeichnungen ergänzen, damit ich das Ganze dann auf der Buchmesse den Lektoren präsentieren kann. Wärst du damit einverstanden und könntest du mir noch ein paar Skizzen schicken?

Es ist ein bisschen blöd, dass wir das jetzt nicht persönlich besprechen konnten. Per Mail ist es viel umständlicher. Wenn du magst, können wir Donnerstagabend telefonieren. Ich habe freitags frei. Da können wir dann in Ruhe quatschen.

Alles Liebe und bis (hoffentlich) bald
Conny xxx

Danach machte sich Conny an den längst fälligen Wohnungsputz und an die Reduktion der Wäscheberge. Als sie gerade eine Trommel Schmutzwäsche in die Maschine verfrachtet und Eimer und Feudel aus dem Kabuff gekramt hatte, klingelte das Telefon.

„Mayer?"

„Hallo Conny." Das war Kirsten. „Du hast heute deinen freien Tag, oder? Könnte ich bei dir vorbeischauen oder hast du etwas vor?"

„Ich muss dringend putzen. Sonst habe ich nichts vor."
Conny stellte den Eimer in die Spüle und ließ Wasser einlaufen.

„Wieso? Was gibt es denn?"

„Ich helfe dir einfach", versprach Kirsten. „Hier zuhause fällt mir die Decke auf den Kopf. Ich brauche dringend jemanden zum Quatschen. Der Kater ist da leider nicht zu gebrauchen."

„Oje. Wenn du mir freiwillig beim Putzen helfen willst, muss es schlimm sein. Was ist denn passiert? Ärger auf der Arbeit? Oder ist was mit Frank?" Conny schraubte den Deckel von der Reinigerflasche und gab einen Schuss ins Wasser.

„Frank. Auf der Arbeit ist alles bestens." Kirsten klang niedergeschlagen. „Das heißt, nicht mehr Stress als üblich."

„Was ist denn passiert?", fragte Conny.

„Das ist jetzt zu kompliziert. Ich bin in zwanzig Minuten bei dir. Dann erzähle ich dir alles. Okay?", erwiderte Kirsten.

„Okay." Conny hievte den Eimer aus der Spüle und stellte ihn auf den Küchenboden. „Dann feudel ich in der Zwischenzeit schnell durch."

Conny war noch nicht ganz fertig, als Kirsten vor der Tür stand.

„Komm rein, Süße!" Conny schnaufte und wischte sich mit dem Unterarm über die Stirn. Ihre Hände steckten in gelben Gummihandschuhen. „Ich bin noch nicht ganz durch. Aber du kannst dich schon mal in die Küche setzen. Dann mache ich uns gleich einen Kaffee. Putzen ersetzt echt das Fitness-Studio."

„Jetzt weißt du, warum ich mir einmal die Woche eine Putzfrau gönne." Kirsten grinste. „Ich will dich nicht stressen. Feudel du mal in aller Ruhe zu Ende. Den Kaffee kann ich doch schon mal machen. Ich weiß ja, wo alles ist."

„Prima. Ich bin auch gleich fertig. Ich muss nur noch das Treppenhaus machen. Ich bin diese Woche dran." Conny schleppte Eimer und Wischer hinaus auf den Treppenabsatz.

Nach getaner Arbeit setzte sich Conny zu Kirsten an den Küchentisch. Sie goss Milch in ihren Kaffee.

„Entschuldige, aber ich muss das heute echt erledigen, sonst komm ich mit der Arbeit nicht hinterher." Conny rührte in ihrer Tasse. „Aber schieß los. Was ist passiert? Ich dachte, es wäre alles so perfekt mit Frank."

„Das dachte ich bis gerade eben auch." Kirsten nahm einen Schluck Kaffee und rieb sich die Schläfen. „Wir waren zum Frühstück verabredet. Er hatte vorher großartig angekündigt, dass unsere Beziehung jetzt an einem Punkt wäre, an dem er mir etwas ganz Wichtiges sagen wolle."

„Hm...klingt, als wollte er dir einen Antrag machen", fand Conny.

„Genau das dachte ich auch. Deswegen war ich auch ziemlich nervös. Alles lief perfekt, und Frank war toll, aber ich war mir überhaupt nicht sicher, was ich sagen sollte, wenn er tatsächlich um meine Hand anhielte. Schließlich kannten wir uns ja erst ein paar Wochen." Kirsten legte die Hände um ihre Tasse.

„Klar, verstehe ich. Da wüsste ich auch nicht, was ich machen sollte. Und? Hat er dir denn einen Antrag gemacht?" Conny sah ihre Freundin gespannt an.

Kirsten schnaubte. „Wenn es das mal gewesen wäre! Ich habe mir extra einen Tag Urlaub genommen und bin zu diesem Bistro gefahren. Die ganze Zeit habe ich mir einen Kopf gemacht, was ich denn nun sagen soll, wenn er mich fragt, ob ich ihn heiraten will. Und jetzt pass auf, du wirst es nicht glauben. Als ich ankam, saß er da mit einer anderen Frau."

Conny hätte beinahe ihren Kaffee quer über den Tisch gespuckt. „Wie bitte? Sag mir bitte, das war seine Schwester oder Cousine oder so."

„Nichts dergleichen. Und es wird noch viel besser." Kirsten schaute von ihrer Tasse auf. „Er strahlte mich an wie ein Honigkuchenpferd, als sei es das normalste von der Welt, bei einem Date mit einer anderen Frau am Tisch zu sitzen. Ich war ehrlich gesagt zu perplex, um einfach wieder rauszuspazieren. Ich setze mich also, und er verkündet, wie froh er sei, dass wir jetzt so weit seien, dass er mir Sabine vorstellen könne."

„Sabine?" Conny sah Kirsten ungläubig an.

„Sabine. Seine Ex-Frau." Kirsten spuckte die Worte aus, als habe sie etwas besonders Ekliges gegessen. „Frank erklärt in aller Seelenruhe, Sabine sei immer noch ein ganz wichtiger Teil seines Lebens. An allen wichtigen Lebensentscheidungen habe sie immer noch teil. Sie sei seine allerbeste Freundin und Vertraute."

Conny schüttelte den Kopf. „Also war das jetzt so eine Art Casting? Mit seiner Ex als Jury?"

„Keine Ahnung, was er sich dabei denkt. Aber ich glaube, so in der Richtung sollte es laufen." Kirsten nickte. „Mir fällt natürlich alles aus dem Gesicht, aber er lässt sich gar nicht beeindrucken. Er faselt, wie wichtig es ihm sei, dass ich Sabine kennen lerne, bevor wir unsere Beziehung weiter festigen. Ich bin natürlich völlig baff und so überrumpelt, dass ich auch noch mitspiele anstatt einfach zu gehen."

„Ach du Schande!", rief Conny. „Was für eine völlig bizarre Situation! Und was ist dann passiert?"

„Diese Sabine hat mich total ausgequetscht und mir alle möglichen und unmöglichen Fragen gestellt. Ich kam mir vor wie bei einem Vorstellungsgespräch. Ich war wie unter Schock und habe zunächst auch noch alles brav beantwortet. Ich bin dann zur Toilette gegangen, um nachzudenken und durchzuatmen." Kirsten nahm noch einen Schluck Kaffee. „Die ganze Situation war so surreal! Wie sollte ich aus der Nummer rauskommen, ohne eine öffentliche Szene zu machen?"

„Bist du durch die Hintertür geflüchtet?", vermutete Conny.

„Nicht ganz. Ich wollte mich einfach höflich und entschieden verabschieden und sagen, dass ich nicht glaube, dass Frank und ich zusammen passen." Kirsten schüttelte den Kopf. „Ich weiß selbst nicht, warum ich das nicht durchgezogen habe. Ich bin also wieder rein. Die beiden strahlen mich an. Frank ist total happy, dass Sabine und ich uns so gut verstehen. Offenbar habe ich den Test bestanden. Sie findet mit perfekt für ihren Frank. Das hat sie wörtlich so gesagt – *perfekt für meinen Frank!* Das hat mich vollkommen aus dem Konzept gebracht."

„Verständlich", nickte Conny. „Und dann?"

„Ich bin sitzen geblieben. Frank ist vollkommen aus dem Häuschen, weil ich offenbar nicht so bin wie all die völlig gestörten Damen, die mit Sabine nicht klarkämen. Er empört sich, dass meine Vorgängerinnen wohl kein Verständnis für diese besondere Freundschaft hatten. Sie hätten nicht respektieren wollen, dass Sabine immer noch ein Fixpunkt in seinem Leben sei. Sabine ereifert sich, dass Franks letzte Freundin krankhaft eifersüchtig gewesen sei. Man müsse sich mal vorstellen. Sie habe doch tatsächlich etwas dagegen gehabt, dass Frank und sie gemeinsam in den Urlaub fahren. Dabei machen sie das aus alter Tradition jedes Jahr für eine Woche."

Dieses Mal gelang es Conny nicht, den Kaffee ordnungsgemäß hinunterzuschlucken. Sie verschluckte sich heftig und bekam einen Hustenanfall. Kirsten klopfte ihr auf den Rücken.

„Geht's wieder? So ungefähr habe ich mich auch gefühlt."

„Und was hast du gemacht?" Conny keuchte und räusperte sich noch einmal kräftig.

„Ich bin einfach aufgestanden. Ich habe gesagt, er soll mich bitte nie wieder anrufen, habe meine Sachen geschnappt und bin gegangen." antwortete Kirsten.

„Bravo!" Conny klopfte Kirsten auf die Schulter. „Das war das einzig Richtige."

„Ich weiß." In Kirstens blauen Augen schimmerten Tränen. „Ich fürchte, ich stehe immer noch unter Schock. Ich hätte mit allem gerechnet. Aber das war ein Touch zu viel. Das Schlimme ist, er wirkte so normal. Verstehst du? Jetzt wird es noch schwieriger für mich, jemanden kennen zu lernen. Ich kann nicht einmal meinem eigenen Menschenverstand trauen."

„Mensch, Kiki. Das tut mir alles so leid." Conny drückte ihre Freundin. „Aber es stimmt nicht, dass du deinem Instinkt nicht trauen kannst. Du warst von Anfang an misstrauisch. Du hast gesagt, es schien alles ein bisschen zu perfekt."

„Findest du das nicht traurig?" Kirsten atmete tief aus. „Wenn es gut läuft und ein Mann keine allzu offensichtlichen Macken oder Fehler hat, fragen wir uns zwangsläufig, wo der Haken an der Sache ist. Im Nachhinein erklärt sich auch, warum Franks Wohnung so wenig nach Junggeselle aussah. Die Einrichtung hat garantiert Sabine mit ihm ausgesucht."

„Da kannst du Gift drauf nehmen." Conny schüttelte den Kopf. „Es ist in der Tat traurig, dass man bei neuen Bekanntschaften immer auf alle möglichen Katastrophen gefasst ist. Man muss eine Menge Frösche küssen, bis tatsächlich mal ein Prinz dabei ist. Mir geht es wie dir. Ich habe auch schon das Schlimmste von Christian angenommen. Ich traue mich noch nicht, zu glauben, dass es mit ihm tatsächlich mehr als nur ein E-Mail-Flirt werden könnte."

„Meinst du, es gibt überhaupt Prinzen? Was, wenn es in Wirklichkeit nur Frösche gibt – mal mehr und mal weniger froschig, aber immer Frosch. Glaubst du, wir werden irgendwann als verrückte alte Damen mit zwanzig Katzen enden, Conny?" Kirsten strich eine blonde Haarsträhne hinters Ohr. „Der Anfang ist bei mir schließlich schon gemacht."

„Ganz bestimmt nicht, Süße! Ein Kater zählt noch nicht." Conny lächelte. „Gib die Hoffnung nicht auf. Wir finden ganz bestimmt unsere Traumprinzen. Schau dir Steffi an. An Arndt habe ich in all den Jahren nichts annähernd Froschiges feststellen können. Das lässt doch hoffen."

„Dein Wort in Gottes Gehörgang!" Kirsten musste lachen. „Vielleicht gibt es tatsächlich Ausnahmen. Ich fürchte bloß, die sind alle längst vergeben."

Nachdem sie ihren Kaffee ausgetrunken hatten, machten sich Conny und Kirsten ans Wäschefalten und Conny erzählte von ihrem gestrigen Abenteuer mit Barne.

„Unglaublich!" Kirsten legte einen von Lenis winzigen Pullovern zusammen. „Kein Wunder, dass du dachtest, die Briefe kämen von Christian. Die klangen eher nach männlichem Stalker. Außerdem hast du ihn ja immer noch nicht live zu Gesicht bekommen."

„Das lag allerdings bloß an mir und meinem glorreichen Auftritt." Conny lachte. „Christian wollte das Treffen direkt an diesem Wochenende wiederholen, aber da habe ich die Kinder, und ich möchte sie nicht schon wieder abschieben. Ich habe ohnehin so wenig Zeit für die Mäuse. Jetzt werden wir uns erst nach seinem Urlaub sehen. Er ist bis zum 14. Oktober unterwegs. Irgendwo in Süddeutschland."

„Das ist blöd." Kirsten legte ein T-Shirt von Adrian auf den Wäschestapel.

„Vor den Herbstferien ist immer viel zu tun, weil Quartalsnoten und Teambesprechungen anstehen und in den Ferien fahre ich zur Buchmesse. Vermutlich hätte ich ohnehin keine Zeit für Dates." Conny versuchte, die Sache positiv zu sehen. „Wenn wir uns Mitte Oktober treffen, dann in aller Ruhe. Vielleicht habe ich bis dahin positive Rückmeldungen, was unser Kinderbuch-Projekt angeht."

„Kann nicht schaden, wenn du dir Zeit lässt, ihn richtig kennenzulernen. Sonst erlebst du auch noch eine böse Überraschung erlebst." Kirsten seufzte.

„Christian hat keine Sabine. Er hat eine Maren. So viel weiß ich schon mal." Conny zupfte Flusen von einem Pulli. „Und zu der hat er zwar noch regelmäßig Kontakt wegen ihrer gemeinsamen Tochter, aber sie plant weder seine Inneneinrichtung noch sucht sie seine Freundinnen für ihn aus. Und sie machen auch keine gemeinsamen Nostalgie-Urlaube."

Kirsten lachte. „Inzwischen finde ich es schon fast wieder lustig. Danke, dass ich vorbeikommen durfte, Süße. Allein zuhause wäre ich durchgedreht. Wie konnte ich mich so verschätzen?"

„Hör auf, dich selbst fertig zu machen!", wehrte Conny ab. „Wer hätte denn so etwas ahnen sollen? Im Übrigen finde ich es gut, dass du trotz aller schlechten Erfahrungen, die wir gesammelt haben, noch nicht vollkommen verbittert und zynisch geworden bist. Es wäre doch furchtbar, wenn wir überhaupt nicht mehr an die Liebe glauben könnten."

„Du hast Recht." Kirsten wurde ernst. „Ich werde vorerst den Glauben daran noch nicht ganz aufgeben. Aber ich bin ganz ehrlich. Viel fehlt nicht mehr, bis ich eine verbitterte alte Schrulle werde."

„Ach, so ein Blödsinn, Süße!" Conny nahm Kirsten in den Arm. „Du bist toll! Und von alt noch weit entfernt. Aber von Typen mit allzu geschmackvoller Inneneinrichtung solltest du dich in Zukunft fernhalten."

Kapitel 17

Traumprinzen und Tränenströme

Von:	c.meyer@schwarz+schimmel.de
Betreff:	Schade!
Datum:	24.09.2013 16:33:07 MESZ
An:	c.mayer@schwarz+schimmel.de

Liebe Conny!

Schade, dass es vor meinem Urlaub mit einem Treffen nicht mehr klappt. Aber das holen wir nach, oder?

Ich habe ein paar Zeichnungen angehängt und hoffe, sie gefallen dir – und vor allem auch den Lektoren. Dein Konzept finde ich jedenfalls gut. Es liest sich sehr überzeugend. Ich freue mich jetzt schon auf die Zusammenarbeit mit dir. Ein Kinderbuch zu illustrieren, ist aufregend. Allein wäre ich nie auf die Idee gekommen. Jetzt können wir nur hoffen, dass du einen Verlag von der Idee überzeugen kannst. Aber mit deinem Charme wickelst du die Lektoren spielend um den kleinen Finger!

Ich würde mich freuen, wenn du übermorgen anrufst. Sonst wird es vor meinem Urlaub eher knapp. Am Wochenende habe ich viel zu tun und weiß nicht, ob ich zum Telefonieren komme. Alles Weitere dann am Telefon.

Ganz liebe Grüße
Christian xxx

Conny lächelte und schloss das Mailprogramm. Auf diese Weise hatte der Putz- und Wäschetag doch noch einen angenehmen Ausklang. Die Kinder waren im Bett, die Arbeit erledigt, und sie musste sich keine Gedanken mehr über verrückte Stalker machen. Das verlangte nach einem Glas Rotwein, einer kuscheligen Decke und einer Folge ihrer aktuellen Lieblingsserie. Schließlich waren solche Inseln der Entspannung selten. Natürlich wäre es noch schöner gewesen, wenn man sie hätte teilen können.

Conny musste an das Gespräch mit Kirsten denken. Was wäre, wenn sie tatsächlich alleine blieben? War das so unwahrscheinlich? Statistisch gab es ohnehin einen leichten Frauenüberschuss. Außerdem wurde man nicht jünger – oder attraktiver. Und wenn man den Bekanntschaftsanzeigen in Zeitungen glaubte, suchten Männer immer eine schlanke, attraktive Frau, die mindestens fünf Jahre jünger war als sie selbst. Die Erfahrung hatte Kirsten auch auf ihren Dating-Portalen gemacht. Hinzu kam, dass die besten und am wenigsten bindungsscheuen Exemplare abgefischt wurden. Mit zunehmendem Alter gab es daher immer weniger brauchbare Single-Männer. Nüchtern betrachtet war es also gar nicht so abwegig, zu glauben, man könnte für den Rest seines Lebens Single bleiben. Wenn schon eine Frau wie Kirsten – beruflich erfolgreich, intelligent, kultiviert, schlank, blond und blauäugig – Schwierigkeiten hatte, einen Lebenspartner zu finden, wie sahen dann erst die Chancen für sie selbst aus? Zweifache Mutter mit Teilzeitjob, brünett und mollig. Auch als erfolgreiche Autorin würden ihre Chancen sicher nicht besser stehen. Jedenfalls, wenn man es rein statistisch betrachtete.

Trotzdem weigerte Conny sich, die Hoffnung aufzugeben und daran zu glauben, dass Kirsten, Anja und sie keine Chance mehr hätten, die Liebe ihres Lebens zu finden. Vielleicht würde die Liebe *sie* finden, wenn sie gar nicht danach suchten. Oder hatte Conny unrealistische Erwartungen, weil sie zu viele Romane gelesen und zu viele Liebesfilme gesehen hatte? War es an der Zeit, realistisch zu werden und den harten, statistischen Fakten ins Auge zu blicken?

Und was dann? Würde es bedeuten, dass man im Alter allein und unglücklich war? Wie würde es aussehen – so ein Leben ohne Partner? Conny hatte die Kinder. Doch die würden auch irgendwann flügge werden und ihre Abende lieber in Clubs, auf Partys und mit Freunden verbringen als mit Mama.

Conny schüttelte den Kopf. Sie beschloss, dass sie noch zu jung war für solche Gedanken. Sie war doch noch keine vierzig! Irgendwo da draußen wartete für sie und für ihre Freundinnen noch der persönliche Traumprinz. Vielleicht war es sogar Christian?

Und wenn es hart auf hart kam, hatten die vier immer noch einander. Conny war Freundschaft heilig. Auch wenn der Alltag oft hektisch war, es gelang ihnen, regelmäßige Treffen zu organisieren. Vor allem auf Anja war Verlass. Sie verfügte über fantastisches Zeitmanagement, Organisationstalent und Durchblick.

Conny, die auch ohne Kinder eher von einem Chaos ins nächste gestolpert war, konnte diesen Grad der geistigen Ordnung nur bewundern. Es war sehr hilfreich, jemanden wie Anja im Freundeskreis zu haben. So schafften sie es, sich mindestens einmal im Monat alle zu sehen. Gemeinsam waren sie doch auch so etwas wie eine große Familie. Das war ein tröstlicher Gedanke. Solange man gute Freundinnen in der Nähe hatte, war man niemals allein.

Am Donnerstagabend rief Conny Christian an.

„Na? Wie war deine Woche?"

„Wenig spektakulär. Ich hatte noch Arbeit auf dem Schreibtisch. Ein kunstgeschichtliches Fachbuch, an dem ich mitgearbeitet habe. Die Deadline rückte schon gefährlich nahe, also habe ich mal Gas gegeben, bevor ich nächste Woche in den Urlaub fahre", antwortete Christian. „Und was gab es bei dir?"

„Ach, das Übliche. Putzen, Wäsche waschen und ein paar Drohbriefe", zählte Conny auf.

„Wie bitte? Drohbriefe?" Christian war perplex.

Conny erzählte, was passiert war.

„Und du dachtest ehrlich, die Briefe könnten von mir kommen? So etwas hättest du mir zugetraut?" Christian klang gekränkt.

„Nicht direkt. Ich *wollte* es dir nicht zutrauen. Aber man hört immer wieder die unglaublichsten Geschichten. Bist du mir deswegen böse?" Vielleicht wäre es besser gewesen, Christian nichts von ihrem Verdacht zu erzählen.

„Nein, böse bin ich nicht. Schließlich kennen wir uns noch nicht persönlich und auch erst kurze Zeit. Klar, dass du unsicher bist, ob du mir vertrauen kannst. Ich finde, es ist ein gutes Zeichen, dass du mir davon erzählt hast. So weit traust du mir dann doch." Christian klang bereits versöhnlicher. „Wir sollten uns nach meinem Urlaub möglichst bald treffen. Wenn wir uns endlich persönlich kennen, wird vieles einfacher."

„Machen wir. So bald wie möglich", versprach Conny.

„Wenn ich von der Messe komme und du aus dem Urlaub zurück bist, holen wir unser Treffen nach so schnell es geht."

„Prima." Christian war hörbar erleichtert. „Wenn ich Zeit finde, rufe ich zwischendrin an. Sonst texte ich einfach. Zwei Wochen ohne dich sind eine Strafe!"

Conny war froh, dass er nicht sehen konnte, wie sie rot anlief. „Ich würde dich auch vermissen. Drück mir die Daumen für die Messe. Hoffentlich kann ich einen Verlag für unser Buchprojekt begeistern."

„Das wäre fantastisch!" Christian klang optimistisch. Das machte Conny Mut. „Ich fände es total spannend, an einem Kinderbuch mitzuwirken. Für mich wäre es eine ganz neue Erfahrung. Außerdem freue ich mich darauf, mit dir zu arbeiten."

„Danke. Ich würde mich auch schrecklich freuen."

Als Conny auflegte, war es bereits nach Mitternacht. Sie gähnte und hoffte inständig, dass ihre kleinen Nachtgespenster bis zum Morgen in ihren Betten bleiben würden.

Adrian weckte Conny bereits um kurz vor sechs. Kurze Zeit später kam auch Leni zu ihr ins Bett gekrabbelt. Sie konnte die beiden noch zu einer halben Stunde Kuscheln in Mamas Bett überreden, wobei die Kinder allerdings mehr kicherten und auf Conny herumhopsten, als sich noch einmal gemütlich an sie zu schmiegen. Schließlich wurde es Conny zu bunt. Sie schleppte sich ins Badezimmer, während die Kinder in Lenis Spielküche Frühstück für ihre Stofftiere machten. Dann kommandierte sie Adrian zum Anziehen und Zähneputzen ab. Das konnte er inzwischen schon ganz gut alleine.

Als alle schließlich Jacken und Schuhe anhatten und abmarschbereit an der Haustür standen, war es schon viertel vor acht. Das war Luxus. An Schultagen musste sie das alles in Rekordzeit erledigen, denn sie mussten eine Stunde früher los. Die Kita machte um sieben auf. Frühstück gab es für die Kinder dort.

Als sie Leni und Adrian abgeliefert hatte, plante Conny in Gedanken ihren freien Tag. Sie würde es langsam angehen lassen und sich noch einmal ein schönes, heißes Wannenbad gönnen. So erholt und duftend ließ es sich wesentlich besser kreativ sein

Conny stieg gerade aus der Wanne, als es an der Tür klingelte. Sie drehte die Haare zu einem Turban auf und rubbelte sich notdürftig trocken. Sicher war es der Postbote. Sie erwartete ein Paket von einem Versandhandel. Conny schlüpfte in ihre Hausschuhe und warf den Bademantel über, den sie auf dem Weg zur Tür zuband. Dann betätigte sie die Gegensprechanlage. Niemand meldete sich. Typisch! Wenn man nicht innerhalb von drei Nanosekunden am Türdrücker war, machte sich der Postbote gleich wieder davon. Conny wollte zurück ins Badezimmer gehen, als es erneut klingelte. Sie lugte durch den Türspion ins Treppenhaus.

Vor ihrer Tür stand - Carina. Conny überlegte einen Moment, ob sie so tun sollte, als sei sie nicht da. Doch das war albern. Ihr Auto stand vor der Tür, und Carina und Barne konnten ein Stockwerk tiefer genau hören, dass sie zuhause war. Außerdem sah Carina mit mascaraverschmierten Waschbäraugen erbarmungswürdig genug aus, dass Conny für einen Augenblick die Drohbriefe vergaß und die Tür öffnete.

„Carina! Was machst du denn hier?"

„Ich hoffe, du bist stolz auf dich!" Carina schniefte und verschmierte die verlaufene Mascara mit dem Handrücken noch ein bisschen mehr. „Jetzt hast du erreicht, was du die ganze Zeit wolltest. Barne hat gerade mit mir Schluss gemacht."

„Was? Aber...vielleicht solltest du kurz reinkommen." Es gab eindeutig Dinge, die man besser nicht im Bademantel auf dem Hausflur diskutierte. „Ich mach uns einen Kaffee und dann können wir reden."

Carina zögerte einen Augenblick. Dann ließ sie sich aber von Conny ins Wohnzimmer führen, wo sie wie ein Häufchen Elend auf die Couch sank. Conny stellte wortlos die Taschentuch-Box auf den Couchtisch. Carina zupfte mit ihren pinkfarbenen Glitzernägeln ein paar Tücher aus dem Karton, trompetete hinein und tupfte die schwarzverschmierten Augen trocken.

„Ich mach uns einen Kaffee und ziehe mir etwas über." Conny kam sich reichlich blöd vor in ihrem verwaschenen Frottee-Bademantel und ihren Häschen-Pantoffeln. „Bin gleich wieder da."

Sie war froh, dass sie den geordneten Rückzug antreten konnte. Das gab ihr Zeit um zu überlegen, was sie der verheulten Vize-Miss-Fitness auf ihrem Sofa sagen sollte. Conny füllte den Wassertank des Kaffeeautomaten, stöpselte den Schlauch an, stellte die Milch bereit und schaltete sie die Maschine ein. Während das Wasser aufheizte, ging Conny ins Schlafzimmer, um sich etwas anzuziehen.

Als sie schließlich mit zwei dampfenden Tassen Milchkaffee mit extra viel Schaum und einem Teller Erdnusskekse ins Wohnzimmer zurückkehrte, war ihr allerdings immer noch nichts Brillantes eingefallen, das sie hätte sagen oder tun können.

Sie stellte das Tablett auf dem Couchtisch ab und sah mit Erstaunen zu, wie Carina sich einen Erdnusskeks schnappte und herzhaft hineinbiss.

Conny setzte sich, nahm ihre Tasse in beide Hände und nippte. Sie brauchte dringend den Koffein-Kick.

„Carina, hör zu. Es tut mir wirklich leid, dass es so gekommen ist. Ich will nichts von Barne. Das wollte ich auch nie. Du musst mir glauben."

„Ich weiß doch, wie so etwas läuft." Carina schluchzte. „Ihr bekocht und bemuttert die Männer und verführt sie mit süßem und fettigem Zeugs. Und wenn ihr sie habt, sorgt ihr dafür, dass sie zu verfetteten Couch Potatoes werden. Dann sind sie für andere Frauen nicht mehr attraktiv, und ihr habt sie sicher!"

Eigentlich hätte sie beleidigt sein müssen, aber Carinas Vorwürfe waren einfach so abstrus, dass Conny lachen musste. „Entschuldige. Aber was?"

„Ihr macht auf verständnisvoll und betüddelt die Männer. Und unsereins rackert sich ab und verkneift sich alles, und was hat man davon? Wie steh ich denn da? Ich bin der Drache, der ihm alles verbietet und ihm das Leben zur Hö-hölle mahaaaacht."

Carina brach wieder in heftiges Weinen aus. In hilfloser Verzweiflung legte Conny vorsichtig den Arm um sie. Carina warf sich schluchzend an ihre Schulter.

„Wa-wa-weißt du, wie viel A-a-arbeit und Dis-zi-hi-hi-plin es kostet, so au-au-auszusehen?" Carina heulte und wurde von heftigen Schluchzern geschüttelt.

„Äh, ich kann es mir vorstellen." Conny wusste nicht recht, wie sie Carina trösten sollte. „Jetzt beruhig dich doch erst einmal, Carina. Ich schwöre dir, ich bin nicht an Barne interessiert."

„Aber du hast doch keinen Freund, oder?", schniefte Carina.

„Nein, habe ich nicht. Das heißt...es gibt da jemanden. Das könnte eine Beziehung werden, aber bisher kennen wir uns noch nicht persönlich. Unsere Mails wurden verwechselt und ich habe ihm geschrieben und...es ist kompliziert. Jedenfalls gibt es da jemanden", faselte Conny. Warum erzählte sie Carina das? Es ging sie doch überhaupt nichts an. Allerdings fiel Conny dabei auf, wie blöd es sich anhörte, wenn sie von ihrer Online-Beziehung sprach. Wenn man es überhaupt Beziehung nennen konnte.

„Ehrlich?" Carina wimmerte und zupfte erneut eine Ladung Tücher aus der Taschentuch-Box.

„Ehrlich. Ich will nichts von Barne. Und ich glaube auch nicht, dass er sich für mich interessiert." Conny tätschelte der schluchzenden Carina unbeholfen den Rücken. „Er ist doch total verschossen in dich. Er hat mir ständig von dir vorgeschwärmt. Eigentlich sollte ich das sicher nicht verraten, aber – er hat sogar darüber nachgedacht, dir einen Heiratsantrag zu machen."

Carina setzte sich ruckartig auf. „Was? Er wollte mich heiraten?"

Ein flüchtiges Lächeln huschte über ihr Gesicht, dann fing sie noch herzzerreißender an zu weinen als zuvor.

„Und mit den verdammten Bri-hi-hiiiefen ha-ha-hab ich es versa-sa-hauuuut!"

Conny strich Carina über die Haare und machte Geräusche, als ob sie Adrian oder Leni tröstete. Die ganze Situation erschien ihr reichlich bizarr.

„Carina, ich bin sicher, ihr könnt das wieder einrenken. Wenn du Barne klarmachst, dass du die Briefe nur geschrieben hast, weil du Angst hattest, ihn zu verlieren, wird er sich schon wieder beruhigen. Er ist doch ganz verrückt nach dir."

„Meinst du?" Carina zupfte noch einmal Papiertücher aus der Box und schnäuzte sich. Dann trank sie einen großen Schluck Milchkaffee. „Woher weißt du überhaupt, dass Barne mir einen Antrag machen wollte?"

„Er...äh...er wollte meine Meinung dazu. Er hat mich gefragt, ob ich glaube, dass ihr zusammen glücklich wärt." Conny hoffte, dass Carina nicht erneut einen Weinkrampf – oder schlimmer noch einen Tobsuchtsanfall – bekommen würde.

Wider Erwarten sah Carina Conny nur mit ernster Miene an. „Und was hast du geantwortet?"

„Ich habe gesagt, dass ich es überhaupt nicht beurteilen kann, weil ich euch nicht gut genug kenne. Aber da er immer betont hat, wie toll alles ist..." Conny löste sich vorsichtig aus Carinas Umklammerung.

„Würdest du mich heiraten?" Carina sah Conny an wie ein Hundewelpe, den man in der Kälte ausgesetzt hatte.

Conny musste spontan husten. „Was?"

„Wenn du Barne wärst, würdest du mich heiraten?", fragte Carina noch einmal.

„Äh...nun ja, ich kenne dich ja nicht und ich bin kein Mann, also weiß ich nicht, ob...", stammelte Conny.

„Siehst du? Du würdest nicht", jammerte Carina und wieder füllten sich ihre Augen mit Tränen. „Nicht mal du würdest mich heiraten!"

„Das habe ich doch gar nicht gesagt. Ich meinte doch nur, dass ich dich besser kennen müsste, um zu beurteilen, ob..."

Conny kam sich völlig hilflos vor. Gleichzeitig hätte sie am liebsten losgelacht. Das hier war einfach zu skurril.

„Wenn du erst lange überlegen musst, ist das doch so gut wie ein Nein!" Carina schluchzte und tupfte sich mit den zerknüllten Taschentüchern über die Augen.

„Ich bin ja auch bloß die doofe Spaßbremse, bei der es immer nur Salat gibt, und die ständig herummeckert!"

Conny schwieg.

„Willst du meine ehrliche Einschätzung?", fragte sie schließlich. Carina nickte.

„Es steht mir nicht zu, dich zu kritisieren. Doch ich habe den Eindruck, du bist zu streng mit dir selbst. Du gönnst dir nicht den kleinsten Fehler und gibst nie deinem inneren Schweinehund nach. So, wie ich Barne einschätze, macht ihm das Angst. Selber ist er nicht so diszipliniert. Ich glaube, es würde ihm gefallen, wenn du auch mal fünfe gerade sein lassen könntest." Conny räusperte sich. Sie hasste solche Gespräche. Als Lehrerin hatte sie zwar Routine darin, aber es war ihr unangenehm, Leute zu kritisieren.

„Aber das kann ich mir nicht erlauben." Carina wehrte ab. „Meinst du, wenn ich mich von Schokolade und Fast Food ernähren und immer nur gemütlich auf der Couch sitzen würde, würde ich noch lange so aussehen? Dann will Barne mich auch nicht mehr! Männer wollen doch keine Frauen, die sich gehen lassen."

„Ehrlich gesagt, Carina, habe ich nicht die geringste Ahnung, was Männer wollen. Ich fürchte, das wissen sie selber nicht so genau", sagte Conny. „Einerseits wollen sie eine Frau mit einer perfekten Figur, andererseits wollen sie im Restaurant keiner Frau gegenübersitzen, die nur Salat mümmelt und sich das Dessert verkneift. Denn dann könnten sie selbst nicht mit gutem Gewissen das T-Bone-Steak mit Pommes essen. Weißt du, vielleicht sollten wir uns weniger darum scheren, was die Kerle von uns erwarten, und einfach mehr wir selbst sein. Man kann es ihnen doch ohnehin nicht recht machen."

„Aber ich kann es mir nicht erlauben, weniger auf meine Figur zu achten. Fitness ist mein Geschäft. Ich lebe davon." Trotzdem nahm Carina noch einen Keks.

„Das weiß ich. Aber glaubst du, dein Fitness-Studio läuft schlechter, wenn du mal ein oder zwei Kilo zulegst? Du bist bestimmt eine super Trainerin. Und deine Kunden sind sicher längst nicht alle perfekt. Außerdem glaube ich nicht, dass du gleich so gewaltig zulegen würdest, wenn du dir ab und zu mal etwas gönnst. Du machst so viel Sport, und du hast gute Gene."

Conny löffelte den Rest Milchschaum aus ihrer Tasse. „Meine Erfahrung ist, dass einzig die Veranlagung darüber bestimmt, ob du eine Gazelle oder ein Wasserbüffel wirst. Leider ist es so, dass man daran nur sehr schwer rütteln kann. Ich hab schon alles versucht. Jede Menge Diäten, Ernährungsprogramme und Sport. Es geht mal ein paar Kilo runter, aber auch genauso schnell wieder rauf. Du bist ein schlanker Typ. Du wirst dir schon Mühe geben müssen, um richtig zuzunehmen."

„Meinst du?" Carina seufzte. Ihr Gesichtsausdruck verriet ihr schlechtes Gewissen, als sie den angebissenen Keks in ihrer Hand betrachtete. „Ich habe bloß Angst, dass ich völlig aus dem Leim gehe, wenn ich nachlasse."

„Das glaube ich nicht. Ehrlich." Conny schüttelte den Kopf. „Du kannst es ja ausprobieren. Solange du es nicht übertreibst, glaube ich nicht, dass es so wahnsinnig viel ausmacht. Du trainierst schließlich täglich und ernährst dich allgemein gesund. Ich bin sicher, da wird dich die eine oder andere kleine Sünde nicht umhauen. Glaubst du denn, dass Barne dich mit ein paar extra Kilos nicht mehr mögen würde?"

Carina zuckte mit den Schultern. „Keine Ahnung."

„Wenn er tatsächlich so oberflächlich ist, hat er dich nicht verdient", fand Conny. „Ihr solltet auf jeden Fall noch einmal in Ruhe über alles sprechen. Dann kriegt ihr das wieder hin."

„Wirklich?" Carina lächelte und verteilte die letzten Reste der Wimperntusche in ihrem Gesicht.

„Wirklich." Conny nickte. „Pass auf. Du gehst ins Bad und machst dich ein bisschen frisch, ich mache uns noch einen Kaffee und danach gehst du zu Barne und sprichst mit ihm. Sag ihm auch, dass ich dir nicht böse bin wegen der Briefe."

„Mache ich." Carina sah erleichtert aus. „Danke, Conny."

„Komm mit, ich zeig dir das Bad und gebe dir ein Handtuch." Carina folgte Conny in den Flur und ließ sich das Badezimmer zeigen. In der Tür drehte sie sich noch einmal um.

„Das mit den Briefen tut mir leid. Das war nicht okay. Ich hatte bloß so eine Panik, Barne zu verlieren."

„Schon gut." Conny lächelte. „Ich hole dir noch schnell ein Handtuch."

Kapitel 18

Planänderungen und Beziehungsalarm

Conny hatte befürchtet, noch tiefer in das Beziehungsdrama zwischen Barne und Carina gezogen zu werden. Doch das Wochenende blieb ruhig. Von den Nachbarn war nichts zu hören. Trotzdem trieb Conny Adrian und Leni im Treppenhaus zur Eile an, als sie am Samstagnachmittag zum Spielplatz gingen. Sie war ganz froh, dass sie am Sonntag zum Familienbrunch mit Tobi und Guido bei ihren Eltern eingeladen waren. Meistens verbrachte sie bei solchen Gelegenheiten den ganzen Sonntag dort. Tobi und Guido rissen sich darum, die Kinder zu bespaßen. Das bescherte Conny erholsame Lesestunden auf der Couch, Zeit für tiefschürfende Erwachsenengespräche mit ihren Eltern, oder lange Spaziergänge an der frischen Luft. Eine weitere unheimliche Begegnung der dritten Art mit Carina oder Barne – oder beiden zusammen – wollte Conny wenn möglich vermeiden. Immerhin hatte die ganze Geschichte auch ihre gute Seite. Conny war nun vollkommen beruhigt, was Christian anging. Sie war sehr erleichtert, dass er kein geistesgestörter Stalker war. Zumindest bestand aktuell kein konkreter Anlass mehr, das zu glauben. Sie sah einem Treffen mit ihm nun etwas gelassener entgegen. Leider würde das bis nach seinem Urlaub warten müssen.

Auf dem Weg zum Spielplatz stellte Conny fest, dass Carinas Sport-Cabriolet noch vor dem Haus parkte. Sie fragte sich, ob das nun ein gutes oder ein schlechtes Zeichen war.

Leni ließ sich nach dem Toben an der frischen Luft zu einem Mittagsschlaf überreden, und Adrian wollte unbedingt ein Bild für Oma und Opa malen. Während ihr Sohn am Küchentisch saß, eine Hörspiel-CD anhörte und eifrig mit Wachsmalern herumfuhrwerkte, gönnte sich Conny eine feuchtigkeitsspendende Gesichtsmaske, eine Tasse Kaffee und ein entspanntes Stündchen auf der Couch mit einem guten Buch. Zur Arbeit an ihrem aktuellen Manuskript fehlte ihr seit dem Gespräch mit René die

Motivation. Außerdem war es schwer, sich aufs Schreiben zu konzentrieren, während in der Küche *Bob der Baumeister* lief.

Ungewöhnlich ausgeruht erschien Conny am Montag in der Schule. Nach nur zwei Stunden Deutsch in der Unterstufe der Höheren Handelsschule war der Erholungseffekt allerdings wieder verflogen und Conny war froh, als es zur großen Pause klingelte. Sie hatte noch eine Weile gebraucht um die Hausaufgaben an die Tafel zu schreiben, ins Klassenbuch einzutragen und ein Schülergespräch zu führen. Daher war sie eine der letzten im Lehrerzimmer. Es war voll und laut und Conny fand an ihrem üblichen Tisch keinen Sitzplatz mehr. Der einzige freie Platz befand sich am Tisch der Kollegen Waldraff und Kraaz. Doch ein ungeschriebenes Gesetz des Lehrerzimmers verbot es Conny, sich einfach in diesen erlauchten Kreis einzuschmuggeln. Die jüngeren Kollegen zogen es vor, zu stehen oder sich auf die Fensterbank zu setzen. Kraaz und Waldraff gehörten zu einer Riege älterer Kollegen, die jeden, der nach ihnen eingestellt worden war, mit überlegener Skepsis betrachteten. Begegnete man ihnen am Kopierer oder bei der Pausenaufsicht, erkundigten sie sich meistens mit einem mitleidigen Blick, wie es denn so mit Klasse XYZ laufe. Als blutige Anfängerin hatte Conny das für den höflichen Versuch angesehen, Konversation zu betreiben. Sie hatte ehrlich geantwortet. Ein fataler Fehler. Für Herrn Waldraff und Frau Kraaz stand mittlerweile felsenfest, dass Conny eine Versagerin war, für die man nur ein müdes Lächeln übrig hatte. Anfangs hatte Conny das belastet. Sie hatte sich selbst unfähig gefühlt. Dann hatte sie sich Steffi anvertraut und festgestellt, dass es ihr nicht anders erging.

Es war beruhigend zu wissen, dass Steffi und sie keineswegs die einzigen waren, die dem kritischen Urteil der beiden nicht standhielten. Es gab auch Kollegen, die es geschafft hatten. Das erkannte man daran, dass diese Kollegen mit Waldraff und Kraaz per du waren. Sie wurden auch nicht mit skeptischen Blicken bedacht, wenn sie sich der Bannmeile um den Tisch der grauen Eminenzen näherten.

Was genau man tun oder sagen musste, um sich die Anerkennung dieser Großmoguln der Wissensvermittlung würdig zu erweisen, hatte Conny noch nicht ausmachen können. Connys persönliche Statistik ließ darauf schließen, dass es bei Herrn Waldraff half, wenn man männlich und älter als vierzig war. Blonde Haare, tadellose Kleidung und eine sportliche Figur schienen dafür ein fehlendes Y-Chromosom ausgleichen zu können.

Conny holte sich einen Kaffee und setzte sich auf die Fensterbank in der Nähe ihres Stammplatzes. Etwas später gesellte sich Steffi zu ihr.

„Na? Keine Lust auf einen Plausch mit Waldraff und Kraaz?" Steffi hatte den freien Platz ebenfalls bemerkt und verschmäht.

„Danke nein, ich konnte mich gerade noch zurückhalten." Conny lachte. „Scheint so als sei Frau Templin heute nicht da. Willst du dich nicht dazu setzen?"

„Nee, lass mal", raunte Steffi. „Meine Laune ist auch so schon völlig im Eimer."

Conny schaute Steffi fragend an.

„Die Russen sind da", flüsterte Steffi und zuckte mit den Schultern. Conny schaute sie verständnislos an.

„Roter Besuch", wisperte Steffi noch eine Spur leiser.

Conny brauchte einen Augenblick, um die Information zu entschlüsseln. Es war typisch Steffi, dass sie die Dinge nicht beim Namen nannte, sondern diese altmodischen Umschreibungen wie etwa „Besuch von Tante Rosa" oder „Erdbeerwochen" verwendete.

„Ach Mensch, das tut mir leid." Conny suchte nach etwas Aufmunterndem, das sie sagen könnte. Aber alles, was ihr einfiel, klang nach Plattitüde oder Allgemeinplatz. „Ihr versucht es doch weiter, oder?"

„Ich weiß nicht." Steffi seufzte schwer. „Langsam glaube ich einfach, es soll nicht sein. Es ist so zermürbend. Weißt du, Conny, das Verrückte ist, dass ich heimlich ganz fest daran geglaubt habe, dass diese Energiegeschichte etwas gebracht hat. Ich habe mich so gut gefühlt. Und du weißt, wie skeptisch ich bei so etwas bin."

„Vielleicht braucht dein Sexualdingsbums einfach ein bisschen länger, um auf die Behandlung anzuspringen", versuchte Conny etwas Optimismus zu verbreiten. „Es kann ja sein, dass so etwas nicht von heute auf morgen geht."

Steffi senkte die Stimme und beugte sich zu ihr. „Wenn es tatsächlich an Herrn Horn liegt, der mein Sexualchakra blockiert, dann gute Nacht!"

Bei der Vorstellung musste Conny lachen. „Entschuldige, Steffi, ich weiß, dir ist nicht zum Lachen. Bloß wenn man beim Sex ständig an seinen Chef denkt, macht das garantiert auf Dauer unfruchtbar."

Steffi prustete los. „Hör auf, jetzt hab ich Bilder im Kopf! Vielleicht hast du Recht. Ich sollte die Hoffnung nicht ganz aufgeben. Allerdings ist es verdammt schwer, optimistisch zu bleiben, wenn man es schon so lange versucht."

„Versteh ich doch." Conny nickte. „Weißt du was? Ich hoffe einfach für dich weiter, okay?"

„Danke." Steffi lächelte. „Wenigstens heißt das, dass ich mich mit dir in Frankfurt hemmungslos betrinken kann."

„Das sind ja ganz ungewohnte Töne von dir", wunderte sich Conny.

„Ich muss mir diese ganze frustrierende Kinderwunsch-Geschichte dringend mal schönsaufen." Steffi fuhr sich mit der Hand durch ihre streichholzkurzen blonden Haare.

„Aber erst am Samstag!", protestierte Conny. „Ich will vorher noch ein Kinderbuchkonzept an den Mann bringen und muss souverän und professionell wirken."

„Alles klar." Steffi nickte. „Aber am Samstag ziehen wir um die Häuser. Schließlich sind Ferien, und ich habe eine Menge Frust angesammelt."

„Ich werde mir Mühe geben, wach zu bleiben, aber ich kann nichts versprechen", gelobte Conny. „Langsam werde ich für wilde Partys zu alt."

„Wer ist alt?" Barbara tauchte neben den beiden Freundinnen auf.

„Ich. Bis zu den Herbstferien bin ich bestimmt gefühlte achtzig." Conny lachte.

„Ach, hör auf! Du bist doch noch ein ganz junger Hüpfer", wehrte Barbara ab. „Aber wo du die Herbstferien erwähnst. Ich muss euch für die Buchmesse leider absagen. Meine Mutter ist gestürzt und hat sich eine Rippe angeknackst. Da kann ich sie jetzt nicht allein lassen."

„Ach du Schreck!", machte Conny. „Ist sie denn sonst okay?"

„Ja, es geht ihr den Umständen entsprechend gut. Sie ist nur vor der Haustür ausgerutscht und ganz blöd gefallen", erklärte Barbara. „Tut mir wirklich leid, dass ich so kurzfristig absage."

„Ach was", winkte Conny ab. „Ist doch klar, dass du da nicht fahren kannst."

„Danke, Conny. Es wäre toll, wenn du noch jemanden auftreiben könntest, der mein Bahnticket und mein Hotelzimmer haben möchte. Wenn nicht, werde ich natürlich die Stornokosten übernehmen."

„Keine Angst, da wird sich schon noch jemand finden." Conny war zuversichtlich.

„Du könntest Kirsten fragen", schlug Steffi vor. „Die klang neulich am Telefon als könnte sie einen Tapetenwechsel vertragen. Was meinst du?"

„Prima Idee!", fand Conny. „Ich ruf sie heute Abend gleich mal an und frag sie."

Kirsten war schnell überredet. Nach dem Frank-Debakel kam ihr jede Gelegenheit recht, ein wenig Abstand zum Alltag zu bekommen, zumal sie im vergangenen Monat mal wieder viel zu viele Dienste gemacht hatte und vollkommen überarbeitet war. Gerade als Conny den Hörer aufgelegt hatte, piepste das Telefon erneut. Vermutlich Kirsten, die noch irgendetwas vergessen hatte.

„Mayer?"

„Hi Conny. Anja hier. Sorry, dass ich so spät anrufe. Ich hoffe, ich habe keinen geweckt."

„Nee, keine Angst", beruhigte sie Conny. „Was gibt es denn? Du klingst bedrückt."

„Bin ich auch", bestätigte Anja. „Es ist wegen Dirk. Ich dachte, ich hätte die Sache voll unter Kontrolle, aber irgendwie ist mir das ein bisschen über den Kopf gewachsen."

„Wieso, was ist denn passiert?", wollte Conny wissen.

„Noch nichts", entgegnete Anja. „Ich hoffe, das habe ich zu verhindern gewusst. Aber dann müsste ich mich doch jetzt besser fühlen."

„Ich glaube, ich kann gerade nicht ganz folgen." Conny war verwirrt. „Also, meinem aktuellen Wissensstand nach wart ihr neulich essen und seid wieder in der Kiste gelandet. Allerdings möchtest du keine Beziehung mit ihm, weil er dir zu anhänglich ist. Richtig?"

„Haargenau. Aber ich habe es einfach nicht geschafft, konsequent zu sein und jetzt habe ich das Problem", erwiderte Anja.

„Was für ein Problem? Du meinst, er will mehr, und du bist nicht bereit dafür?", fragte Conny.

„Nein. Ja. Ach, ich weiß nicht", jammerte Anja. „Es ist alles so vertrackt. Er ist so perfekt. Und dann eben wieder nicht. Conny, ich weiß doch, wie so etwas läuft. Er sagt von sich, er sei ein Familienmensch. Seine Kinder sind ihm enorm wichtig. Er sagt, er möchte wissen, wo er hingehört. Das ist genau der Typ Mann, der mich früher oder später in die Flucht schlägt. Irgendwann wird er zusammenziehen wollen oder sogar heiraten."

Bei den meisten anderen Frauen hätte Conny vermutlich gefragt, wo denn bitteschön das Problem liege. Aber sie kannte Anja lang genug. Die Vorstellung, ihre Wohnung könnte dauerhaft von einem Kerl belagert werden, war Anja ein Gräuel. Sie liebte ihre Unabhängigkeit und brauchte einen Partner, der ihre Freiräume respektierte und sich genug eigene schaffte, um ihr nicht auf den Geist zu gehen. Das bedeutete keineswegs, dass sie eine offene Beziehung ohne Treue und Verpflichtungen anstrebte. Doch sie brauchte eine Beziehung, in der sich beide Partner größtmögliche Freiheit und Eigenständigkeit bewahren konnten.

„Du weißt, dass ich allergische Reaktionen zeige, wenn ich nur ein Brautmodengeschäft von Weitem sehe", fuhr Anja fort. „Wie kann ich da mit einem Mann zusammen sein, der schon einmal verheiratet war und darüber hinaus noch zwei Blagen im Gepäck hat?"

„Die Kinder leben bei der Mutter, wenn ich das richtig verstanden habe." Conny hatte das Gefühl, dass Anja dabei war, eine gute Sache von Anfang an zu sabotieren.

„Ja, aber er hält regelmäßigen Kontakt, und sie verbringen jedes zweite Wochenende bei ihm. Conny, du weißt, dass ich deine Kinder gut leiden kann. Aber ich bin ehrlich. Ich gebe zu, dass es für mich entspannter ist, wenn sie bei deiner Mutter oder bei Torsten sind, wenn ich zu Besuch komme. Vielleicht fehlt mir das entsprechende Hormon. Ich habe einfach überhaupt keinen Mutterinstinkt und ich kann nicht die Ersatz-Mutti für Dirks Kinder spielen."

„Vielleicht wollen die Kinder auch gar keine Ersatz-Mutti", vermutete Conny. „Sie haben doch schon eine Mutter."

„Ja, aber sie wollen Zeit mit Dirk verbringen, und das will ich auch." Anja klang verzweifelt. „Zwangsläufig bedeutet das, dass wir auch Zeit gemeinsam verbringen müssen. Ich bin wie Captain Picard von der Enterprise – keine Kinder auf meiner Brücke. Ich kann mit Kindern einfach nicht umgehen."

„Du musst aber kein Raumschiff befehlen, sondern eine Beziehung führen. Dirk wird von dir nicht erwarten, dass du die Mutti spielst", wandte Conny ein.

„Trotzdem, das ist nichts für mich, das weiß ich einfach." Anja war in Abwehrmodus. „Ich wollte aussteigen, bevor es zu spät ist und es mir das Herz bricht – oder ihm...oder uns beiden. Das habe ich ihm am Wochenende gesagt."

„Wenigstens bist du konsequent." Conny gab sich Mühe, die Sache mit Anjas Augen zu sehen. „Wenn du dir wirklich sicher bist, dass du es nicht auf einen Versuch ankommen lassen möchtest..."

„Bin ich." Anja klang entschlossen.

„Dann ist es in der Tat besser, du kappst es jetzt. Bevor ihr beide mitten drin steckt in der Gefühlskacke."

Conny fand es schade, dass Anja es nicht versuchen wollte. Aber sie wusste, dass es keinen Sinn hatte, Anja vom Gegenteil überzeugen zu wollen. Wenn sie sich in der Beziehung mit Dirk eingeengt fühlte, hatte es keinen Zweck.

„Dann denkst du auch, es war richtig?" Anja schien sich versichern zu wollen. Vielleicht war sie doch nicht so entschlossen.

„Anja, das kann ich dir beim besten Willen nicht sagen." Conny wies die Verantwortung entschieden von sich. „Du weißt, dass ich in diesen Dingen anders denke als du. Wenn du das Gefühl hast, es war nötig, dann war es das vermutlich."

„Hm...", machte Anja. „Das ist es ja gerade. Ich bin fest überzeugt, dass es richtig war, die Sache kurz und schmerzlos zu beenden. Aber sollte ich mich dann nicht wenigstens erleichtert fühlen?"

„Vielleicht braucht es einfach seine Zeit", vermutete Conny. „Wenn du mich fragst, solltest du Dirk eine Chance geben. Aber in Beziehungsfragen bin ich nicht maßgeblich, wie du weißt. Ich bin nun mal Team Aidan und du Team Big."

Bei *Sex and the City* konnten sich Conny und Anja nie einig werden, welcher Mann besser für Carrie war. Conny war der

Meinung, der warmherzige, bodenständige Aidan wäre der bessere Kandidat für Carrie gewesen, während Anja den bindungsscheuen Freigeist John – genannt Mr. Big – bevorzugte.

„Da hast du wohl recht", stimmte Anja zu. „Wahrscheinlich glaubst du, ich bin verrückt, weil ich Angst vor einer Beziehung mit einem Mann wie Dirk habe."

„Nein, Süße. Das denke ich nicht", widersprach Conny. „Ich denke bloß, dass wir in solchen Fragen vollkommen gegensätzlich sind. Ich würde Dirk nehmen, wenn ich du wäre. Aber ich würde ihn auch heiraten und wahrscheinlich zusätzlich zu seinen zwei Kindern aus erster Ehe noch mindestens ein bis zwei eigene ausbrüten. Und für dich wäre das eine absolute Horrorvorstellung."

„Oh Gott, hör auf!" Anja lachte. „Ich bekomme schon Schweißausbrüche, wenn ich daran denke, dass ich als Teilzeit-Mom jedes zweite Wochenende die Kinder zu bespaßen hätte."

„Siehst du?", schloss Conny. „Ich bin da als Ratgeber denkbar ungeeignet. Ich glaube, wenn dir die bloße Vorstellung Angst macht, könntest du dich in einer Beziehung mit ihm nicht entspannen. Insofern fährst du vermutlich besser damit, es jetzt zu beenden."

„Ich habe mir zwei Tage spontan frei genommen", erklärte Anja. „Ich hatte ohnehin noch jede Menge Überstunden abzubummeln und ein bisschen Abstand könnte die Sache erleichtern."

„Das ist ganz bestimmt nicht verkehrt." Conny fand die Idee gut. „Das gibt dir auch Zeit, dir alles noch einmal gründlich durch den Kopf gehen zu lassen. Vielleicht fühlst du dich am Ende doch besser mit deiner Entscheidung."

„Wahrscheinlich", sagte Anja. „Entschuldige, dass ich dich damit volljammere."

„Quatsch, dafür musst du dich überhaupt nicht entschuldigen!", winkte Conny ab. „Ich habe dich auch lange genug mit meinen Torsten-Geschichten genervt. Außerdem sind Freundinnen doch dazu da, sich den Quark anzuhören, den man anderen nicht erzählen kann."

Anja lachte. „Auch wahr! Aber wo wir gerade bei Team Aidan und Team Big sind. Wir sollten mal wieder einen Mädels-*Sex and the City*-Videoabend machen."

„Super Idee. Du, ich habe ab Donnerstag Herbstferien. Dann könntest du Mittwochabend zu mir kommen. Die Woche danach bin ich bei der Buchmesse. Da können wir uns nicht treffen. Aber Mittwoch ist super. Wenn die Kinder im Bett sind, machen wir es uns gemütlich. Du bleibst einfach über Nacht und fährst morgens von mir aus zur Arbeit. Ich muss ohnehin früh raus wegen der Kinder. Wir können dann noch gemütlich zusammen frühstücken. Was meinst du?"

„Klingt gut. Machen wir!", freute ich Anja. „Und wenn die Kinder nerven, bestärkt mich das ja vielleicht in meiner Entscheidung."

Kapitel 19

Partydilemma mit Wanderpalme

Die Herbstferien begannen für Conny mit einem *Sex and the City*-Marathon - der den Namen eigentlich nicht verdiente, weil Conny schon um Mitternacht vor Müdigkeit die Segel streichen musste – und einem ausgiebigen Frühstück mit Anja. Conny hatte die Kinder zur Kita gebracht und auf dem Rückweg Brötchen geholt. Dann deckte sie den Frühstückstisch, machte Kaffee und weckte Anja – nicht ganz ohne Neid. Manchmal wünschte sie sich schon, mal wieder ausschlafen zu können oder einfach spontan etwas zu unternehmen, ohne vorher einen Babysitter suchen zu müssen.

Nichtsdestoweniger - hergeben würde sie ihre Kinder um keinen Preis der Welt. Conny nannte es das *Mama-Paradoxon*. Kinderfreie Zeit war schön und man sehnte sie herbei. Doch wenn die Kinder ein Wochenende bei Torsten verbrachten, ertappte sich Conny spätestens am Sonntagmorgen beim Frühstück dabei, dass sie die beiden und ihr Geplapper vermisste.

Trotzdem tat Anjas Besuch gut. Mit einer erwachsenen Frau zu sprechen ohne dass es dabei um Kinderkrankheiten, Bastelideen für Halloween oder Kochrezepte ging, war erholsam.

Am Freitagvormittag hatte sich Conny vorgenommen, produktiv zu sein. Sie hatte den Laptop eingepackt und hielt auf dem Rückweg von der Kita bei ihrem Lieblingscafé. Sie gönnte sich eine schöne Tasse Milchkaffee, während sie am Laptop dem Konzept für die *Sandkastenfee* den letzten Feinschliff verlieh und sich dann an die Arbeit an ihrem aktuellen Roman machte. Nach dem Wochenende konnte sie sich auf eine herrliche schulfreie Woche mit kinderfreien Vormittagen freuen.

Conny fiel es nach wie vor schwer, ihre schriftstellerische Tätigkeit wirklich als Arbeit zu begreifen. Daher plagte sie in solchen Momenten immer ein schlechtes Gewissen, dass sie die Kinder während der Schulferien trotzdem morgens in den Kindergarten brachte. Schon allein deshalb war sie fest entschlossen, die Zeit sinnvoll zu nutzen. Um dem mütterlichen Gewissen entgegenzukommen, würde sie die Kinder diese Woche eine Stunde früher abholen als gewöhnlich, um noch ein bisschen Zeit mit ihnen verbringen zu können, bevor sie Adrian und Leni in die Obhut von Tobi und Guido geben und zur Buchmesse fahren würde.

Conny leckte sich den Milchschaum von den Lippen, während sie noch einmal durch den Text scrollte. Sie war höchst zufrieden mit ihrem Konzept. Christians Zeichnungen waren einfach perfekt. Genau so hatte sie sich die Illustrationen für das Buch vorgestellt. Jetzt musste sie das Projekt auf der Messe nur noch erfolgreich an den Mann bringen. Leider konnte sie ihren großen Erfolg als Autorin für Erwachsene nicht in die Waagschale werfen, denn offiziell war ja Cecil Elliott der Autor. Andererseits hätte ihr ein Ruf als Erotik-Autorin für ein Kinderbuchprojekt vielleicht auch eher geschadet als genutzt.

Als Conny gerade ihr Roman-Manuskript geöffnet hatte, klingelte ihr Handy.

„Mayer?"

„Cornelia, hier ist René", tönte es aus dem Hörer.

„Hallo René. Was verschafft mir die Ehre?", wollte Conny wissen.

„Ich rufe wegen der Messe an. Wir von Schwarz & Schimmel veranstalten am Freitagabend eine kleine interne Feier anlässlich der Neugründung von *Black Ink*, und ich würde mich freuen, wenn du auch kommen könntest. Immerhin gehörst du auch zu unseren Autoren. Das solltest du natürlich nicht raushängen lassen. Schließlich gibt es nur einen kleinen Kreis Eingeweihter im Verlag", verkündete René.

„Ach ja. Und was soll ich sagen? Dass ich die Putzfrau bin oder wie?", entgegnete Conny gereizt.

„Nun geh doch nicht gleich in die Luft, Cornelia. Ich kann gut verstehen, dass das für dich eine blöde Situation ist. Ich fand einfach, dass du zum Team gehörst, und ich würde dich sehr gerne dabei haben. Wenn einer fragt, sag einfach, du machst externe Gutachten für das Lektorat", schlug René vor.

„Wird *er* auch da sein?" Conny war alles andere als begeistert.

„Wenn du damit unseren Cecil Elliott meinst: er ist auch eingeladen und hat zugesagt. Übrigens ist das ein echt netter und umgänglicher Typ. Würde dir denn wirklich ein Zacken aus der Krone fallen, wenn du ihn mal kennen lernst?", frotzelte René.

„Ja!" Conny dachte nach. Vielleicht war es an der Zeit, es hinter sich zu bringen und diesen Typ endlich kennen zu lernen. Doch dann fiel ihr die Sache mit dem Wasserglas ein. Was, wenn er sie erkannte? Die Blöße wollte sie sich auf keinen Fall geben. Schon gar nicht auf einer Party und vor Publikum. Das würde sie lieber irgendwann einmal unter vier Augen klären.

„Außerdem bin ich mit Kollegen und Freunden auf der Messe", schob Conny hinterher. Sie wollte nicht kindisch und stur wirken.

„Die kannst du doch mitbringen. Sag bescheid, mit wie vielen Gästen du kommen möchtest, und wir setzen sie auf die Liste." Jetzt hatte René sie mit dem Rücken an die Wand manövriert. Sich zu weigern, an der Veranstaltung teilzunehmen, sah höchst unprofessionell aus und warf ein schlechtes Licht auf sie. Nur wie sollte sie es anstellen, Cecil Elliott aus dem Weg zu gehen? Sie würde mit Steffi und Kirsten Kriegsrat halten. Sicher hatten die beiden eine Idee zu ihrem Dilemma.

„Ich überlege es mir."

„Sind die Getränke kostenlos?" Kirsten grinste. Das Messe-Planungskomitee - bestehend aus Conny, Steffi und Kirsten - hatte sich in Connys Küche getroffen. Leni und Adrian durften in Connys Bett schlafen.

„Soweit ich weiß ja", entgegnete Conny.

„Dann ist die Antwort doch klar wie Kloßbrühe", fand Kirsten mit einem Zwinkern. „Wir gehen hin! Ich brauche im Moment allen Gratis-Alkohol, den ich kriegen kann, um diese Frank-Geschichte aus meinem Gehirn zu löschen. Und du könntest nach der Geschichte mit deinem Nachbarn und seiner Fitness-Trulla sicher auch ein paar Gläschen Sekt vertragen. Außerdem gibt es da vielleicht ein paar nette Männer, die nichts mit Medizin zu tun haben."

„Ich trinke zwar nicht, weil ich die Hoffnung nicht aufgeben will, dass es in diesem Zyklus mal klappen könnte, aber ich finde auch, wir sollten hingehen", meldete sich Steffi zu Wort. „Ich denke, es wäre gut für dich, diesen Elliott persönlich kennenzulernen. Vielleicht ist er nett. Dann wurmt es dich weniger, dass er statt deiner in der Öffentlichkeit steht."

Conny schüttelte den Kopf. „Steffi, Steffi. Unverbesserlich. Immer glaubst du an das Gute im Menschen. Ich glaube nicht, dass ich meine Meinung über den Kerl in diesem Leben noch einmal ändere. Trotzdem könntest du Recht haben. Es könnte mir helfen, wenn ich ihm wenigstens mal meine Meinung sagen kann. Wenn da nicht diese unangenehme Geschichte mit der Mineralwasser-Attacke wäre..."

„Glaubst du denn, er würde dich wiedererkennen?", fragte Kirsten. „Er hat dich schließlich nur kurz gesehen und hatte Mineralwasser im Gesicht."

„Das stimmt." Steffi nickte zustimmend. „Vermutlich hat er dich nicht lang genug gesehen, um dich im Zweifelsfall wiederzuerkennen. Erzähl doch noch einmal, wie das Ganze genau abgelaufen ist."

„Hm, also. Es ging alles so schnell. Es fällt mir schwer, mich an Details zu erinnern. Aber da waren diese zwei Tussis", begann Conny. „Die haben ihn entdeckt und waren gleich voll aus dem Häuschen. Sie sind zu seinem Tisch gelaufen, haben ihn zugesülzt und wollten Autogramme. Ich bin hinter ihnen her, habe sie zur Seite gedrängt, mir das Glas geschnappt und ihm ins Gesicht gekippt. Er saß da, hat geprustet und sich das Wasser aus dem Gesicht gewischt. Die beiden Fan-Ziegen haben herumgekreischt, an mir gezerrt und auf mich eingedroschen wie die Wahnsinnigen. Ich habe mich weggeduckt. Dann kamen zwei Kellner. Gleichzeitig ist dieser bullige Typ am Nebentisch aufgestanden und hat mich auf die Straße befördert."

„Hm, ich glaube, viel hat er von dir dann in der Tat nicht gesehen." Steffi legte den Zeigefinger an die Schläfe. „Erst haben dich die Tussis verdeckt. Dann hatte er auch schon das Wasser im Gesicht, und du bist nach der ersten Schrecksekunde ziemlich schnell entfernt worden. Wahrscheinlich würde er dich wirklich nicht wiedererkennen."

„Du könntest doch auch die Brille aufsetzen, die du nur zum Autofahren trägst. Und dann machst du dir einen Zopf oder steckst die Haare hoch." Kirsten zwirbelte ihre blonde Mähne im Nacken hoch und hielt sie mit einer Hand fest.

„Ich weiß nicht", überlegte Conny. „Und was mache ich, wenn er mich doch erkennt?"

„Dann streitest du einfach alles ab und fragst, wie er denn auf die Idee kommt. Ich kann mir kaum vorstellen, dass er darauf bestehen wird, dass du es warst. So genau kann er dich einfach nicht gesehen haben. Wir können die Szene gerne nachstellen, wenn dir das weiterhilft."

Kirsten grinste und griff nach ihrem Wasserglas.

„Nein danke, ich habe schon geduscht." Conny hielt lachend ihre Hand fest. „Also gut. Ich schicke René eine Mail und sage, dass ich mit zwei Gästen zur Party komme. Zufrieden?"

Conny ging ins Wohnzimmer und kehrte mit dem Laptop unterm Arm zurück. Sie klappte das Gerät auf und startete ihr Mailprogramm.

„Kinder, die Diskussion hätten wir uns sparen können." Conny klickte sich durch ihren Posteingang. „René hat mir eine Mail geschrieben. Elliott hat anscheinend abgesagt."

„Prima!", freute sich Kirsten. „Dann ist es beschlossene Sache. Wir saufen uns auf Kosten deines Verlags durch, und ich werde mich nach schnuckligen Autoren und Lektoren umsehen."

„Ich fürchte im Lektorat arbeiten überwiegend Frauen", gab Conny zu bedenken.

„Weißt du, inzwischen ist mir das fast schon egal." Kirsten seufzte. „Hauptsache es ist nett zu mir."

„Ach komm schon, Süße. So schlimm kann es gar nicht sein!" Conny lachte.

„Na ja, manchmal habe ich einfach Angst, dass mir die Zeit davonläuft. Und die Zeit, in der ich noch einigermaßen attraktiv bin, verschwende ich auch noch an Idioten wie Frank!", klagte Kirsten. „Ich sehe doch jeden Tag in der Klinik, was für ein Trauerspiel das ist, wenn du alt und krank bist und keinen Partner oder Familie hast. Und ich habe nicht einmal Geschwister."

Steffi machte ein ernstes Gesicht. „Jetzt hör aber mal auf, Kirsten. Du wirst vierzig, nicht siebzig. Ganz bestimmt findest du noch jemanden. Vom Altersheim bist du noch Jahrzehnte entfernt."

„Bloß, dass Männer in meinem Alter Frauen wollen, die ungefähr halb so alt sind wie ich und deutlich schlechter ausgebildet. Unser Chefarzt hat sich auch gerade erst eine OP-Schwester angelacht, die seine Tochter sein könnte." Kirsten klang verzweifelt. So kannte Conny ihre Freundin gar nicht. Für gewöhnlich nahm sie alles locker, war witzig und aufgedreht. Diese Vorstellung, unbedingt vor ihrem vierzigsten Geburtstag noch den

Mann fürs Leben finden zu müssen, hatte sich mittlerweile zu einer fixen Idee ausgewachsen.

„Es gibt doch immer mehr Frauen mit jüngeren Partnern." Steffi hob eine Hand und zähle an den Fingern ab. „Madonna, Iris Berben, Demi Moore..."

„Ashton Kutcher hat Demi Moore mit einer 22-jährigen Blondine betrogen", unterbrach Kirsten die Aufzählung.

„Du bist immer so negativ!" Steffi verschränkte beleidigt die Arme vor der Brust. „Erika sagt, negative Gedanken ziehen negative Erlebnisse an. Wenn du nicht daran glaubst, dass du noch einmal einen Mann kennen lernst und immer alles Hoffnungsvolle abschmetterst, ist es doch kein Wunder, dass es nicht klappt."

„Ach, jetzt bin ich auch noch selbst schuld, dass ich keinen passenden Mann finde?" Eine steile Zornesfalte bildete sich zwischen Kirstens Augenbrauen. „Und was ist mit dir? Du bist ja anscheinend immer total positiv. Deswegen klappt es auch so super mit der Schwangerschaft."

„Jetzt hört aber auf, euch so anzuzicken!", fuhr Conny dazwischen. „Wir sitzen doch alle im selben Boot. Kirsten hat Recht. Es ist nicht so leicht, an das Gute zu glauben, wenn man sieht, wie die Dinge im Allgemeinen laufen. Aber ich stimme Erika und Steffi zu. Man sollte die Hoffnung nicht aufgeben. Sonst kann man sich doch gleich einen Strick nehmen. Erstens gibt es noch andere Dinge im Leben als Männer oder Kinder – Freunde zum Beispiel – und zweitens wird Kirsten noch ihren Traumprinzen kennen lernen und Steffi, du bekommst einen ganzen Stall voller Kinder."

„Entschuldige, Steffi." Kirsten war ehrlich zerknirscht. „Das war ziemlich unter der Gürtellinie. Ich bin einfach so schrecklich frustriert und diese Frank-Geschichte hat noch ihr Übriges dazu getan. Ich habe doch alles probiert, aber die Männer sind entweder vergeben oder vollkommen inakzeptabel."

„Vielleicht solltest du mal richtig abschalten." Conny streckte ihre flache Hand über dem Tisch aus. „In Frankfurt sprechen wir nicht über Männer, Ovulation oder Schule. Wir machen uns einfach eine schöne Zeit – nur wir Mädels."

„Das ist doch mal ein Wort." Steffi legte ihre Hand auf Connys.

„Da bin ich dabei!" Kirsten streckte den Arm aus und legte ihre Hand auf Steffis.

Conny ging noch einmal ihre Checkliste durch. Unterwäsche, Socken, lässige Klamotten im Lagenlook für die Besuchertage, ein seriöser Hosenanzug und Pumps mit Minimalabsatz für ihre Termine, bequeme Laufschuhe, zwei Partyoutfits für das Wochenende, Blasenpflaster, ein Rucksack, Filofax, Visitenkarten, Fotoapparat, Notizbuch, Make-Up, Kulturbeutel, Pyjama, ihre Mappe mit den Entwürfen, Notproviant in Form von Müsliriegeln – alles, was sie für die Messe brauchen würde. Die Taschen der Kinder hatte sie schon fertig gepackt. Morgen früh musste sie die Kinder nur noch bei ihrem Bruder und Guido abliefern, die Wohnung wieder in einen bewohnbaren Zustand zurückführen, und dann konnte es losgehen. Zufrieden klappte Conny den Koffer zu, hievte ihn vom Bett und schlüpfte unter die Decke.

„Mama, Leni tretet mich!"

„Uäääääääääh! Is will aber Ssokeladenpaste!"

„Adrian, hör auf deine Schwester zu ärgern, dann tritt sie dich auch nicht. Leni, Schatz, wir haben aber keine Schokoladenpaste mehr. Die ist leer. Ich kann dir Marmelade aufs Brot machen." Conny raste zwischen Küche und Kinderzimmern hin und her um noch in letzter Minute ein paar vergessene Dinge einzupacken und die Kinder mit Frühstück zu versorgen, ohne dass sie sich dabei gegenseitig massakrierten. Eilig schlüpfte sie noch einmal in Lenis Zimmer, um Schlappi und Greta – wie die kleine lila Stoffgiraffe inzwischen hieß – in die Tasche zu verfrachten. Conny mochte sich die Wutanfälle und Heulkrämpfe ihrer Tochter nicht vorstellen, wenn sie die beiden vergessen hätte.

Schließlich waren die Taschen vollständig gepackt, die Kinder satt und mit Jacke und Schuhen abmarschbereit an der Haustür. Dafür war die Küche verwüstet. Conny hatte die Taschen bereits ins Auto verfrachtet und schnappte sich schnell noch Regenjacken und Buddelhosen von der Garderobe.

Eine Stunde später saß Conny erleichtert im Auto auf dem Rückweg in ihre Wohnung. Die Kinder hatten sich so auf Onkel Tobi und Guido gefreut, dass sie kaum Notiz davon genommen hatten, dass Conny sich verabschiedet hatte. Conny war beruhigt. Sie hatte sich den Abschied schwieriger vorgestellt.

Jetzt war Mamazeit. Und morgen würde sie frisch und ausgeruht nach Frankfurt aufbrechen.

***

„Ihr Konzept gefällt mir ausgesprochen gut, Frau Mayer. Ich hatte hohe Erwartungen, nachdem Iris so geschwärmt hat. Und lassen Sie mich sagen – ich wurde nicht enttäuscht. Ich werde ihr Buch in der Konferenz vorschlagen. Sie haben noch nie ein Bilderbuch geschrieben, oder?" Frau Jankowiak legte Connys Kopien in einen Sammelordner, kritzelte ein paar kurze Notizen auf ein Post-It und pappte es auf die Blätter.

„Ist das etwa so offensichtlich?", fragte Conny verunsichert.

Frau Jankowiak lächelte. „Na ja, es ist ein landläufiger Irrtum, dass man für ein Bilderbuch den Text mit Illustrationen abliefern muss. Für gewöhnlich beschränken sich die Autoren tatsächlich nur auf die Texte. Womit wir auch schon beim Haken an der Geschichte wären. Wir sind um einen einheitlichen Stil bei unseren Publikationen bemüht und arbeiten daher mit einer überschaubaren Menge eigener Illustratoren zusammen. Ich glaube daher nicht, dass wir für die Zeichnungen Verwendung haben."

„Komplett mit Illustrationen oder gar nicht", platzte Conny heraus. Sie schluckte.

„Sind Sie sicher?" Die Lektorin runzelte die Stirn.

War sie das? Conny schluckte. Doch hier ging es nicht nur um die Chance etwas zu veröffentlichen. Es ging um Prinzipien. Einerseits war ihr diese Veröffentlichung extrem wichtig. Schließlich wäre es endlich einmal ein Buch, das unter ihrem eigenen Namen erscheinen würde. Andererseits fühlte sie sich Christian gegenüber verpflichtet. Seine Zeichnungen waren zauberhaft, und er hatte sich große Mühe gegeben, obwohl er doch gerade so wenig Zeit hatte. Außerdem konnte sie sich ihre Sandkastenfee ehrlich gesagt überhaupt nicht mehr anders vorstellen als genau so, wie Christian sie gezeichnet hatte.

„Ja, absolut sicher. Mit den Illustrationen, oder wir kommen nicht zusammen", sagte Conny bestimmt.

„Verstehe." Frau Jankowiak nickte und kritzelte noch etwas auf ihr Post-It. „Ich finde die Illustrationen ehrlich gesagt auch entzückend, und sie passen vom Stil her hervorragend zu Ihren Textproben. Aber ich kann Ihnen nichts versprechen, Frau Mayer. Ich habe das nicht allein zu entscheiden."

„Das ist mir klar", entgegnete Conny. „Aber es freut mich, dass sie Ihnen auch gefallen."

„Es wird eine Weile dauern, bis ich Ihnen eine Rückmeldung geben kann", erklärte die Lektorin.

„Ich weiß." Conny lächelte. „Damit habe ich gerechnet. Können Sie mir einen ungefähren Zeitrahmen nennen?"

Frau Jankowiak verzog schmerzhaft das Gesicht.

„Ich möchte mich ungern festlegen. Für gewöhnlich sollten Sie aber innerhalb von drei Monaten Bescheid bekommen."

Nach ihrem Termin hatte Conny noch etwas Zeit bis zum vereinbarten Treffen mit Steffi, Kirsten und den anderen. Sie ließ sich von der Menge treiben, beeilte sich nicht, schaute in die

Gesichter der Entgegenkommenden. Viele sahen gehetzt und gestresst aus. Andere schlenderten und bummelten ähnlich wie Conny. Sie genoss es, einmal wieder etwas nur für sich zu tun. Natürlich hatte sie häufiger Zeit ohne die Kinder. Doch die nutzte sie meistens zum Arbeiten, Aufräumen oder Putzen – oder um versäumten Schlaf nachzuholen. Auch wenn sie ein paar Arbeitstermine hatte, im Großen und Ganzen war diese Messe für sie eine Freizeitveranstaltung, die sie trotz des üblichen Gedränges genießen wollte – vom Kampf um ein paar Gratis-Lesezeichen bis hin zu obskuren Promi-Sichtungen. Das gehörte dazu. Steffi hatte bereits Boris Becker gesehen und war prompt in die entgegengesetzte Richtung geflohen.

„Nein, alles in bester Ordnung, du musst dir keine Sorgen machen, Schwesterherz", tönte Tobis Stimme aus dem Handy. „Hier läuft alles wie am Schnürchen. Die beiden Racker bekommen gleich Abendbrot, danach geht es in die Badewanne, dann gucken wir noch eine Folge Shaun das Schaf und es geht ab in die Falle."

Conny hörte Leni und Adrian im Hintergrund krakeelen. „Wollt ihr der Mami noch schnell gute Nacht sagen?" Es knackte und raschelte im Hörer und dann hörte sie Adrian. „Mama, Onkel Guido macht Pizza-Brötchen!"

„Oh, das klingt aber lecker, Schatz. Seid ihr denn auch immer lieb und hört auf Onkel Tobi und Guido?" Conny merkte, wie ihre Augen ein bisschen feucht wurden. Das Mama-Paradoxon.

„Klar!", sagte Adrian. Im Hintergrund quietschte Leni. „Leni auch Mama Nacht sagen!" Wieder knackte und raschelte es. Dann hörte sie Lenis Stimme. „Naaacht, Mami! MMmmma!" Leni schmatzte einen Kuss in den Hörer.

„Gute Nacht, meine Mäuse. Schlaft schön. Ich bin bald wieder bei euch. Hab euch lieb." Conny wischte sich verstohlen eine Träne aus dem Augenwinkel.

„Viel Spaß noch auf der Messe." Nun war Tobi wieder am Apparat. „Und ganz liebe Grüße von Guido."

„Danke. Ich rufe dann morgen wieder an."

Als Conny aufgelegt hatte, begann sie, ihre Party-Outfits aus dem Koffer zu wühlen, um sich für die *Black-Ink*-Party fertig zu machen. Sie wusste nicht, wann sie sich das letzte Mal so viel Zeit für Makeup genommen hatte – einmal von ihrem verunglückten Date mit Christian abgesehen. Da Kirsten Barbaras Platz übernommen hatte, war sie nicht im selben Hotel abgestiegen wie Steffi und Conny. Kirsten bewohnte ein Einzelzimmer in einem anderen Hotel, in dem auch die übrigen Kollegen aus der Schule untergebracht waren. Conny und Steffi hatten sich ein Zimmer im Maritim-Hotel gegönnt, das zwar alles andere als billig, dafür aber direkt am Messe-Gelände gelegen war. Auch wenn das Zimmer nur von Conny und Steffi bewohnt wurde, lagen überall Handtücher, Kleidungsstücke und Styling-Utensilien herum. Es fühlte sich fast so an, als wären sie noch einmal Mitte zwanzig und machten sich bereit für eine lange wilde Nacht. Mit dem entscheidenden Unterschied, dass Conny ganz sicher nicht bis in die frühen Morgenstunden durchhalten würde. Kirsten hatte zwar vorgeschlagen, nach der Party noch mit dem Taxi in einen Club weiterzudüsen, aber zwei Partynächte hintereinander schaffte Conny heutzutage nicht mehr. Clubhopping war bereits für Samstag geplant.

Conny entschied sich sicherheitshalber für eine Hochsteckfrisur und verstaute das Brillenetui in der Handtasche. René war alles zuzutrauen. Vielleicht hatte er behauptet, Elliott habe keine Zeit, um Conny zur Teilnahme zu bewegen.

„Bist du so weit, Steffi?" Conny legte noch etwas Lippenstift nach und angelte mit dem Fuß nach ihren Pumps. „Kirsten wartet bestimmt schon in der Lobby."

Für die Party hatte *Black Ink* einen Saal in einem der Messehotels gemietet, das nicht allzu weit entfernt lag. So machten sie sich zu Fuß auf den Weg. Auf der Party angekommen, wollten die drei Freundinnen gerade die Bar ansteuern, als René Schwarz auf die Gruppe zuhielt.

„Cornelia!" René schien aufrichtig erfreut, Conny zu sehen. „Wie schön, dass du kommen konntest. Ich hätte dich beinahe nicht erkannt mit den hochgesteckten Haaren. Steht dir aber sehr gut. Und die bezaubernden Damen sind deine Gäste, nehme ich an?"

„Ja, das sind meine Freundinnen Steffi und Kirsten", stellte Conny die beiden vor. „Beide nicht vom Fach. Steffi ist eine Kollegin aus der Schule. Sie unterrichtet Deutsch und Mathe und Kirsten ist Chirurgin."

„Das bringt doch ein bisschen Abwechslung und frischen Wind in die Party. Nett euch beide kennenzulernen. Ich darf doch *du* sagen?" René zeigte ein entwaffnendes Lächeln. Kirsten und Steffi nickten. Wie sollte man da widersprechen? „Ich bin René."

„Darf ich den Damen vielleicht etwas zu trinken bringen?" René machte eine einladende Geste zu einem freien Stehtisch hinter ihnen.

„Gerne." Kirsten warf einen Blick über Renés Schulter zur Bar. „Ist der Sekt trocken?"

Renés Gesicht zeigte gespielte Entrüstung. „Ich darf doch bitten, Kirsten. Ich weiß ja nicht, was Conny dir über unseren Verlag erzählt hat, aber wir danken unseren wertvollen Mitarbeitern und Autoren ihren unermüdlichen Einsatz gewiss nicht, indem wir sie mit billigem Asti abspeisen."

Kirsten lachte. „Wunderbar, dann nehme ich gerne ein Glas Sekt."

„Für mich ein Wasser bitte", meldete sich Steffi.

„Und für dich, Cornelia? Oder darf ich Conny sagen?"

„Meinetwegen", murrte Conny. „Ist *er* da?"

„Wer? Cecil?" René runzelte die Stirn. „Nein, er hat abgesagt. Zu viel um die Ohren während der Messe. Ich dachte, das hätte ich dir gemailt."

„Oh...ach so ja, stimmt", murmelte Conny. „Äh. Ich hätte dann auch gern ein Glas Sekt."

„Zwei Sekt, ein Wasser", wiederholte René. „Kommt sofort, die Damen."

„Der ist doch eigentlich ganz nett", befand Steffi.

„Hm", machte Conny. „Wie man es nimmt."

„Du hast mir gar nicht gesagt, dass er so gut aussieht." Kirsten schaute René hinterher, der sich gerade seinen Weg zur Bar bahnte.

„Was soll das hier werden? Wir-fallen-Conny-in-den-Rücken-Tag?" Conny verzog missmutig den Mund. „Da schleimt er ein bisschen rum, bringt euch einen Drink und schon gründet ihr einen Fanclub? Muss ich euch daran erinnern, dass die ganze C.L. Elliott-Sache auf seinem Mist gewachsen ist? Außerdem hat er mich eine *dicke Hausfrau* genannt, schon vergessen?"

„Du hast Recht, das war nicht besonders nett", räumte Steffi ein.

„Aber er sieht trotzdem verdammt gut aus", seufzte Kirsten.

„Also - für ein Arschloch."

„Das ist ein eiskalter Fisch", zischte Conny. „Der hat nur Verkaufszahlen im Kopf. Alles andere ist ihm egal."

Sie senkte ihre Stimme, da René bereits mit einem Tablett auf dem Rückweg zu ihrem Tisch war.

„Bitte sehr, zwei Sekt, ein Wasser und für mich einen Gin & Tonic. Ich bringe nur schnell das Tablett zurück und dann stoßen wir an", flötete René und verschwand in der Menge, um kurze Zeit später wieder an ihrer Seite zu erscheinen.

„Auf Conny und ihren überaus wertvollen Beitrag zum Erfolg von *Black Ink*!" René erhob sein Glas und zwinkerte. Dann setzte er leise hinzu: „Man weiß ja nie, wer so mithört."

„Auf Conny!", stimmten Steffi und Kirsten ein.

Conny grunzte leise, hob aber dann auch ihr Glas und prostete René zu.

„Wie gefällt euch denn die Messe bisher?", wollte René wissen.

„Großartig", antwortete Kirsten. „Es ist ja mein erstes Mal. Ich bin von den vielen Eindrücken komplett überwältigt."

„Ich stelle bloß jedes Mal fest, dass meine Lebenszeit niemals ausreichen wird, all die vielen interessanten Bücher zu lesen", lachte Steffi.

„Das stimmt", nickte René. „Allein die Flut der Neuerscheinungen ist manchmal wirklich erschreckend. Es ist gar nicht so einfach, sich da geschickt zu platzieren."

Er warf einen Seitenblick auf Conny, die teilnahmslos an ihrem Sekt nippte.

„Entschuldigt einen Augenblick. Dürfte ich euch Conny kurz einmal entführen?" René fasste Conny sanft am Ellenbogen. „Ich würde gerne einmal unter vier Augen mit dir sprechen."

„Wenn es sein muss..." Conny schnappte sich ihr Glas vom Tisch und folgte René in eine ruhige Ecke vor dem WC, die mit künstlichen Palmen in Kübeln vom restlichen Raum ein wenig abgetrennt war.

„Ich weiß, du bist nicht besonders gut auf mich zu sprechen wegen dieser Elliott-Geschichte", begann René. „Trotzdem wird es dich freuen, dass wir einen verdammt guten Preis für die Filmrechte ausgehandelt haben. Vielleicht kann dich das ein bisschen aufmuntern."

„Ich denke, es hilft", gab Conny zu.

„Schau mal, die Sache war ein Experiment – und wir hatten damit großen Erfolg. Die Bücher sind wie eine Bombe eingeschlagen. Das Konzept mag ungewöhnlich sein, aber es ist aufgegangen", erklärte René.

„Prima. Du hast gewonnen", schnappte Conny. „Kann ich mich jetzt wieder amüsieren gehen?"

„Halt, nun warte doch mal." René hielt Conny am Ärmel fest. „Neulich am Telefon kam ich vermutlich etwas zu hart rüber. Conny, deine Bücher sind gut. Sie sind sogar verdammt gut. Du kannst wirklich schreiben. Aber du siehst doch auch, wie hart das Geschäft ist. Wie viele tolle Neuerscheinungen es jedes Jahr gibt. Klar ist auch viel Mist dabei, aber eben auch eine Menge verdammt guter Autoren. Es ist wichtig, dass man auffällt."

„Das sagtest du bereits", stellte Conny fest.

„Du bist eine verflucht gute und sehr produktive Autorin, Conny. Und ich möchte, dass du uns erhalten bleibst – auch wenn dir unser Experiment nicht behagt. Deswegen wollte ich dir auch vorschlagen, ob du es vielleicht einmal wagen möchtest, etwas in Richtung Krimi, Thriller oder Romantic Thrill zu schreiben. Unter deinem eigenen Namen – ganz offiziell. Was meinst du?" René schaute Conny über den Rand seines Glases abwartend an.

Conny war baff. Das hatte sie jetzt nicht erwartet. „Ich könnte es zumindest versuchen. Keine Ahnung, ob ich zur Krimiautorin tauge."

„Probier es aus. Ich würde mich freuen. Weißt du, ehrlich gesagt verstehe ich nicht recht, warum du so wütend bist", sagte

René. „Du wolltest doch ohnehin unter Pseudonym veröffentlichen. Was macht es da für einen Unterschied, dass wir dem Pseudonym ein Gesicht gegeben haben?"

„Hast du schon einmal etwas geschrieben, René?", wollte Conny wissen.

„Außer ein paar blöden Schulaufsätzen – nein. Ich bin in dieser Hinsicht nicht sonderlich kreativ", gab René zu.

„Schreiben ist etwas sehr Persönliches, fast Intimes", erklärte Conny. „Das habe ich gemerkt, als ich zum ersten Mal einen eigenen Text vor anderen Menschen vorgetragen habe." Sie lächelte. „Ich spreche täglich vor Menschen und bin es auch gewohnt Texte vor größeren Gruppen vorzutragen. Ich habe in der Uni Theater gespielt und auf der Bühne gestanden. Es macht mir nicht viel aus. Aber an dem Abend – als ich meinen eigenen Text lesen sollte, und mich alle erwartungsvoll angeschaut haben – da war ich plötzlich so nervös, als müsste ich meine Examensprüfung ablegen." Conny nippte an ihrem Sekt. „Man entblößt sich jedes Mal ein Stück, wenn man einen eigenen Text öffentlich macht. Und jetzt habe ich den Seelen-Striptease gemacht, aber ein anderer bekommt das Lob. Sicher, ich hätte unter Pseudonym geschrieben. Vielleicht hätten die Leute gerätselt, wer sich hinter dem Pseudonym verbirgt. Doch sie hätten nicht einfach jemand anderes mit Lob überschüttet."

„Dafür bekommt er aber auch alle Kritik ab", grinste René. „Vielleicht tröstet dich der Gedanke. Er hat sich ganz schön den Hass der Feministinnen zugezogen."

Conny lachte. „Siehst du? Auch das würde ich gerne selber abbekommen. Wenn auch nur indirekt - unter meinem Pseudonym. Da siehst du doch, dass es den Text und seine Bedeutung ändert, wenn ihn plötzlich jemand anderes geschrieben haben soll. Wenn eine Frau über die Lust an der Unterwerfung schreibt, ist das eine andere Sache, als wenn es ein Mann tut."

„Hm, so habe ich das noch nicht gesehen", räumte René ein. „Aber du musst zugeben, trotz aller Kontroverse, gehen die Bücher weg wie geschnitten Brot, und das ist doch letztlich auch in deinem Interesse."

„Schon irgendwie." Conny seufzte. „Ich glaube, wir haben einfach unterschiedliche Ansichten."

„Du solltest Cecil vielleicht wirklich persönlich kennenlernen", lächelte René. „Er ist ein wirklich netter Typ. Ein ehemaliger Studienkommilitone meines Bruders Pascal. Echt schade, dass er heute nicht kommen konnte."

„Vielleicht ein anderes Mal, René." Vielleicht war dieser Elliott wirklich kein so übler Kerl, dachte Conny. Wenn bloß nicht diese blöde Sache mit dem Wasserglas gewesen wäre. Sie würde auf jeden Fall noch ein bisschen Zeit ins Land gehen lassen, bevor sie es wagen konnte, Cecil kennen zu lernen.

„Lass uns wieder zu den anderen gehen", schlug Conny vor. „Die vermissen uns bestimmt schon."

„Heißt das, wir schließen Frieden?" René lächelte und streckte Conny seine Hand hin.

„Frieden." Conny ergriff Renés Hand und schüttelte sie kurz.

René holte noch einmal eine Runde Getränke und verabschiedete sich dann, weil er noch ein paar wichtige Leute treffen musste. Die drei Freundinnen beschlossen, dem Buffet einen Besuch abzustatten. Kirsten bot sich an, als letzte zu gehen und derweil ihre Getränke im Auge zu behalten.

Conny und Steffi schnappten sich Teller und Besteck und stellten sich in die Schlange.

„Wow, die haben sich aber nicht lumpen lassen", stellte Steffi fest. „Das sieht alles wirklich köstlich aus. Ich kann mich gar nicht entscheiden."

Es gab fantastisch dekorierte Vorspeisen-Gläschen in allen erdenklichen Farben, Mini-Wraps, Garnelen auf Ratatouille, verschiedene Salate, Suppen und Brote sowie warme Gerichte aus dem Wok und verführerisch aussehende Desserts auf Häppchenlöffeln angerichtet. Conny und Steffi suchten sich ein paar Köstlichkeiten aus und wollten sich gerade auf den Weg zurück zu ihrem Tisch machen, als eine schlanke Blondine mit Pferdeschwanz und einer rotgeränderten Brille auf sie zusteuerte.

„Cornelia?", fragte die blonde Frau vorsichtig.

„Äh...ja", bestätigte Conny verwundert.

„Iris. Iris Krämer", stellte sich die Blonde vor. „Endlich sieht man sich auch mal live und in Farbe. Ich war mir nicht ganz sicher, ob du es bist. René sagte, du bist hier und hat dich beschrieben."

„Oh, hallo! Nett dich einmal persönlich zu treffen", entgegnete Conny. „Das ist meine Freundin Steffi. Steffi, das ist Iris, meine Lektorin."

„Wie ist denn dein Termin gelaufen?", wollte Iris wissen.

„Ich hoffe, die waren genauso begeistert von deiner Idee wie ich."

„Wie man es nimmt", antwortete Conny. „Die Geschichten und das Konzept haben Frau Jankowiak schon gut gefallen, aber sie war sich nicht sicher, ob sie auch die Illustrationen dazu haben möchten."

„Oh", machte Iris. „Ich wusste gar nicht, dass du das Buch selbst illustrieren möchtest."

„Nicht ich persönlich. Ein Bekannter", verbesserte Conny.

„Für gewöhnlich haben die Verlage ihre eigenen Illustratoren", erklärte Iris.

„Ich weiß, das hat Frau Jankowiak auch gesagt", lachte Conny.

„Wäre es denn so schlimm, wenn sie nur deinen Text wollen?", fragte Iris.

„Schon irgendwie", antwortete Conny. „Ich habe ihr gesagt, dass ich den Text nur in Kombination mit den entsprechenden Illustrationen anbiete."

„Ui." Iris atmete hörbar aus. „Da hast du aber hoch gepokert. Ich drück dir die Daumen, dass sie sich darauf einlassen."

„Ich mir auch", grinste Conny. „Ich mir auch, Iris. Aber wir sollten jetzt mal langsam zu unserem Tisch zurück. Meine Freundin Kirsten wartet sehnsüchtig darauf, dass sie auch zum Buffet kann. Wir stehen da hinten. Vielleicht sehen wir uns ja noch später."

„Prima. Dann mal los. Nicht dass ich noch daran schuld bin, wenn deine Freundin verhungert", lachte Iris. „Ich werde euch schon finden, aber jetzt muss ich auch erst einmal über das Buffet herfallen. Ich hatte den ganzen Tag keine Zeit, etwas Richtiges zu essen und das Essen auf der Messe ist ja ohnehin nicht so der Burner."

„Bis später dann", verabschiedeten sich Conny und Steffi.

„Wo wart ihr denn so lange?", schimpfte Kirsten, als sie wieder zum Tisch kamen. „Ich war schon kurz davor, die Blumendeko aufzuessen."

„Entschuldige. Wir haben noch Connys Lektorin getroffen", erklärte Steffi.

„Dann geh ich jetzt mal schnell, bevor ich noch anfange Leute anzufallen. Ich hab so einen Kohldampf!" Kirsten verschwand Richtung Buffet.

Das Essen war fantastisch. Conny konnte es sich nicht verkneifen, noch einmal einen Nachschlag zu holen, obwohl sie seit der Carina-Sache ihre guten Vorsätze in punkto gesunde Ernährung mal wieder hervorgekramt hatte. Bald stieß auch Iris zu ihnen und mit steigendem Getränkekonsum nahm die Party langsam Fahrt auf. Conny ließ sich von Kirsten sogar überreden, das Tanzbein zu schwingen. Nach drei durchgetanzten Liedern war sie allerdings schon ziemlich außer Atem, was sie dazu veranlasste, auch die guten Vorsätze in Sachen regelmäßige sportliche Betätigung zu reaktivieren. Mit glühenden Wangen steuerte Conny den Tisch an, an dem sich Steffi und Iris gerade angeregt über Literatur im Unterricht unterhielten.

„Puh! Ich bin ziemlich k.o.", stöhnte Conny. „Ich muss dringend mal wieder Sport machen. Seit Lenis Geburt habe ich kaum mehr was gemacht."

„Dann komm mit in mein Fitness-Studio", schlug Steffi vor. „Habe mich da gerade angemeldet. Ich bin doch auch die totale Sport-Niete, aber ich muss dringend was für meinen Rücken tun. Die haben zu den Kurszeiten sogar eine Kinderbetreuung."

„In so einen Kurs traue ich mich aber nicht. Ich stolpere bestimmt nur hilflos durch die Gegend, und dann hängen da sicher auch noch riesige Spiegel", gab Conny zu bedenken.

„Nein, kein einziger Spiegel. Darüber bin ich auch froh", lachte Steffi. „Wenn ich sehen könnte, wie albern ich beim Yoga aussehe, würde ich bestimmt nie wieder hingehen. Ich bin doch totale Grobmotorikerin."

„Das kenne ich." Iris kicherte. „Ich gehe immer zum Zumba und habe ziemliche Schwierigkeiten, bei den Choreos mitzuhalten ohne einen Knoten in Arme und Beine zu machen. Aber mit etwas Übung ging es dann. Ich kam mir schon völlig elegant vor. Neulich waren wir dann in einem anderen Kursraum, wo es Spiegel an der Wand gibt. Also, elegant ist anders."

„Ich gehe mal eben für kleine Autorinnen", entschuldigte sich Conny und steuerte das WC an.

Beim Händewaschen betrachtete sie sich im Spiegel. Mit Brille und Hochsteckfrisur sah sie zwar aus wie das Klischeebild einer Bibliothekarin aus einem Herrenmagazin, aber durchaus nicht unattraktiv. Conny kramte in der Handtasche und tupfte noch etwas Lippenstift auf. Eigentlich hatte sie sich doch gar nicht so schlecht gehalten – von der Figur einmal abgesehen. Aber wie hieß es doch immer so schön: echte Männer stehen auf Kurven, nur Hunde spielen mit Knochen. Blieb nur zu hoffen, dass sich Christian tatsächlich als ganzer Kerl entpuppte – immerhin waren seine prominenten Traumfrauen auch eher kurvig.

Conny steckte den Lippenstift wieder in die Handtasche und verließ das WC. Als der Tisch in ihr Blickfeld kam, blieb sie wie angewurzelt stehen. Das konnte doch nicht wahr sein! Schnell duckte sich Conny hinter eine der künstlichen Palmen und linste zwischen den Blättern hervor.

Sie konnte ihn nur im Profil sehen, aber an ihrem Tisch stand - in eine lebhafte Unterhaltung mit einer sehr angetan wirkenden Kirsten vertieft – Cecil Elliott. Was machte der denn hier? Hatte René doch nicht die Wahrheit erzählt? Conny strengte sich an, um über den Partylärm vielleicht ein paar Gesprächsfetzen aufzuschnappen.

„...dass du doch noch kommen konntest...hätte ich nicht mehr gerechnet...", meinte sie Iris sagen zu hören. Anscheinend war er überraschend aufgetaucht. Conny spähte durch das künstliche Blattwerk. Attraktiv war er wirklich, das musste man ihm lassen, und bei Kirsten zeigte sein gutes Aussehen auch deutliche Auswirkungen. Sie hing förmlich an seinen Lippen.

Was sollte Conny nur tun? Sollte sie es wagen und einfach zum Tisch zurückgehen? Aber was, wenn er sie erkannte? Das wäre ihr ungemein peinlich. Sie könnte die Party einfach unauffällig verlassen. Aber wie sollte sie zum Ausgang gelangen, ohne gesehen zu werden? Cecil Elliott hatte ihr fast den Rücken zugewandt. Wenn sie einfach losrannte...aber wenn Steffi oder Kirsten sie sahen, würden sie sicher rufen und dann war das Ganze noch peinlicher. Conny dachte nach. Klar, sie würde Steffi einfach eine SMS schicken. Steffi hatte ihr Handy eigentlich immer in der Hosentasche. Conny zückte ihr Handy und tippte eine Nachricht an Steffi. Sie wartete. Nichts. Steffi reagierte nicht. Sie diskutierte lebhaft mit Iris und Cecil Elliott. Conny probierte es mit Kirstens Nummer. Auch keine Reaktion. Seufzend stützte sie sich auf den Rand des Kübels. Erschreckenderweise gab er nach. Die Palme bewegte sich ein Stück nach vorn. Conny schaute verdutzt nach unten. Die Kübel standen auf hölzernen Möbelrollern. Ob sie einfach...?

Conny schob den Kübel Zentimeter für Zentimeter vorwärts. Wenn sie es geschickt anstellte, würde es am Tisch niemand bemerken.

Conny spähte zwischen den Blättern hindurch. Immer dann, wenn gerade niemand in ihre Richtung sah, schob sie sich mitsamt des künstlichen Bewuchses ein Stückchen näher Richtung Ausgang, während sie hinter den dichten Palmwedeln in Deckung blieb. Endlich war sie so nah an die rettende Ausgangstür herangerollt, dass sie den Spurt über die letzten Meter wagen konnte. Conny holte tief Luft und verließ die Deckung. Dabei wandte sie sich im Laufen noch einmal zum Tisch um und stellte zu ihrer großen Erleichterung fest, dass gerade niemand zu ihr herüber sah.

Leider hatte sie ihre Rechnung ohne den schweren metallenen Türstopper gemacht, gegen den ihr Zeh mit voller Wucht prallte. Conny unterdrückte einen Fluch, ruderte nach Halt suchend mit den Armen und bekam etwas Stoff zu fassen. Während sie bäuchlings nach vorne segelte, verabschiedete sich ihre Brille und schlidderte über das Laminat in den Korridor. Conny ließ das Stoffstück los und riss die Arme nach vorne, um ihren Sturz abzufangen. Unsanft landete sie auf dem Bauch. Dann fühlte sie etwas Schweres, Weiches, dessen Sturz von ihrem wohlgerundeten Hinterteil abgefedert wurde.

Hektisch versuchte sie sich hochzurappeln, verhedderte sich dabei aber erneut in etwas Textilem. Anscheinend hatte sie im Flug einen übervollen Garderobenständer mitgerissen, der sie nun halb unter sich begraben hatte.

Conny spürte, wie sich das Gewicht von ihren Beinen hob.

„Hier, lassen Sie mich Ihnen helfen", hörte sie eine männliche Stimme.

„Oh Gott, lass es bitte nicht ausgerechnet *ihn* sein", dachte Conny, wobei sie sich aus dem Berg heruntergefallener Jacken wühlte und umdrehte. Doch sie ahnte es bereits. Ihr Stoßgebet war nicht erhört worden.

„Warten Sie, ich helfe Ihnen auf." Über Conny stand Cecil Elliott und streckte ihr seine Hand entgegen. Ihr blieb nichts anderes übrig, als sie zu ergreifen und sich auf die Füße ziehen zu lassen.

„Schrecklich ungeschickt", murmelte Conny und versuchte krampfhaft, ihrem Gegenüber nicht direkt ins Gesicht zu blicken. Stattdessen fixierte sie den Boden.

„Ach was, überhaupt nicht. So etwas passiert eben. Sie suchen sicher die hier." Elliott umrundete den Jackenhaufen und bückte sich nach Connys Brille, die einige Meter hinter ihr zu liegen gekommen war. „Scheint heil geblieben zu sein. Da haben Sie aber Glück gehabt. Haben Sie sich verletzt?"

„Vielen Dank", nuschelte Conny und setzte die Brille schnell wieder auf die Nase. „Nein, ich bin völlig in Ordnung." Dann begann sie hastig die Jacken aufzuheben und auf den wieder aufgerichteten Garderobenständer zu türmen.

„Ich äh...hab es leider total eilig, ich glaube, ich habe mein Auto nicht abgeschlossen", flunkerte Conny. „Ich sollte wohl besser schnell nachsehen. Danke für Ihre Hilfe."

Sie sah für einen kurzen Moment auf. Elliott hatte den Kopf schief gelegt und die Brauen über seinen stahlblauen Augen zusammengezogen.

„Sagen Sie, kennen wir uns nicht? Sie kommen mir irgendwie bekannt vor. Ich kann bloß gerade nicht einordnen, woher. Vielleicht sind wir uns schon mal im Verlag über den Weg gelaufen?"

Conny schluckte. Auf die Schnelle wollte ihr einfach keine passende Ausrede einfallen. Außerdem irritierte sie die Feststellung, dass Elliott aus der Nähe betrachtet tatsächlich noch attraktiver war.

„Ich bin leider nicht so gut mit Gesichtern und Namen. Helfen Sie mir auf die Sprünge?" Ein entwaffnendes Lächeln breitete sich über sein Gesicht aus. Fasziniert betrachtete Conny die kleinen Lachfältchen, die sich um seine wirklich sehr blauen Augen bildeten.

„Äh...nein, ich glaube nicht, dass wir uns schon einmal begegnet sind. Carina Matysek. Ich bin externe Gutachterin für das Lektorat", fand Conny schließlich ihre Stimme wieder. Sie wusste nicht, warum ihr spontan ausgerechnet Carinas Name einfiel.

Ihr Gegenüber schüttelte den Kopf. „Nein, da klingelt bei mir tatsächlich nichts. Komisch. Ich hätte schwören können..."

„Ich, äh, geh dann wohl mal schnell", beeilte sich Conny zu sagen. „Also, danke noch mal."

„Okay, vielleicht sehen wir uns später noch einmal", hörte sie Cecil Elliott sagen, während sie schon Richtung Ausgang hechtete.

Kapitel 20

Inkognito unter Hardcore-Fans

Jetzt war Conny doppelt froh, dass sie sich das teure Hotelzimmer gegönnt hatten, denn ihre Jacke hatte sie natürlich in der Garderobe lassen müssen. Als sie der Meinung war, genug Distanz zwischen sich und Cecil Elliott gebracht zu haben, blieb sie stehen, zückte ihr Handy, tippte noch eine SMS an Steffi und Kirsten und bat sie, später ihre Jacke mitzunehmen.

Im Hotelzimmer angekommen, machte Conny sich fertig und kuschelte sich ins Bett, um noch eine Weile zu lesen und etwas fernzusehen. Sie war froh, dass Elliott erst aufgetaucht war, nachdem sie sich sattgegessen hatte. Eigentlich war es gar nicht so übel, auf diese Weise noch einmal Zeit ganz für sich zu haben. Das kam schließlich nicht allzu häufig vor. Sie öffnete ihren E-Book-Reader und begann zu lesen. Auf der Hälfte der Seite musste sie jedoch feststellen, dass sie überhaupt nicht bei der Sache war. Die Begegnung mit Cecil Elliott und das Gespräch mit René wollten ihr nicht aus dem Kopf gehen. Er schien ja tatsächlich ein ganz umgänglicher Typ zu sein – zumindest hatte er sich vorhin höflich und hilfsbereit gezeigt. Renés Frage war berechtigt. Warum brachte es sie eigentlich so auf die Palme, dass Cecil Elliott sich an ihrer Stelle im Licht der Öffentlichkeit sonnte? Würde sie sich anders fühlen, wenn es Cecil nicht gäbe? Vielleicht. Man würde rätseln, wer sich hinter dem Pseudonym verbarg. Nun war alles, was über Connys Bücher gesagt und geschrieben wurde, auf ihn gemünzt. Auf ihn und sein gutes Aussehen. War er erst durch ihre Bücher so begehrenswert geworden? Oder war es umgekehrt und - wie von René geplant - waren ihre Bücher erst durch seine Person so wahnsinnig erfolgreich? Erfolg hatte sie schon vorher gehabt, aber hätte der Hype um ihre Bücher dieselben Dimensionen angenommen, wenn es ihn nicht gegeben hätte? Im Nachhinein war das vermutlich einfach nicht mehr festzustellen. Vielleicht war es auch einfach nicht zu trennen. Ein Buch war schließlich ein Gesamtpaket – wenn man René glaubte.

Doch der schien Conny als Autorin wider Erwarten eine Menge zuzutrauen. Vielleicht sollte sie sein Angebot aufgreifen und es einmal mit einem Krimi oder Thriller versuchen. Vielleicht auch einem Romantic Thriller.

Auf jeden Fall sollte sie wohl ihr Kriegsbeil mit Cecil Elliott begraben, dachte Conny. Allerdings würde sie ihm dazu erst einmal eine Menge erklären müssen. Morgen würde er auf der Messe eine Lesung halten. Ob sie ihn vielleicht dort abpassen konnte? Bei dem Rummel, der dort herrschte, war es eher unwahrscheinlich. Und selbst wenn sie tatsächlich zu ihm durchdringen sollte, war das wohl kaum der geeignete Rahmen für ihre Beichte. Sie würde eine günstige Gelegenheit abwarten – oder vielleicht einfach René nach Kontaktdaten fragen. Das hatte bis nach der Messe Zeit. Conny überlegte, ob Elliott wohl darüber lachen konnte, wenn sie ihm ihre Mineralwasser-Attacke beichtete. Er hatte ein offenes, freundliches Lächeln gehabt. Durchaus nicht unsympathisch. Vielleicht konnte sie sich mit einer Einladung zum Abendessen bei ihm revanchieren. Conny schüttelte unwillkürlich den Kopf. Was ein paar Gläser Sekt und brach liegende Hormone mit einem anstellen konnten. Natürlich würde sie nichts dergleichen tun. Sie mochte ja bereit sein, das Kriegsbeil zu begraben, aber ein romantisches Dinner? Außerdem hatte sie Christian – na ja, genau genommen hatte sie ihn ja nicht. Konnte man es schon als Beziehung bezeichnen, wenn man regelmäßig telefonierte und mailte und dabei auch immer wieder heftig flirtete? Oder war es mehr wie ein ausgedehntes erstes Date? Wie auch immer man es definieren wollte, sie hatten gegenseitig eindeutig Interesse aneinander bekundet, und Conny fände es nicht besonders amüsant, wenn Christian irgendeiner Bestseller-

Autorinnen-Darstellerin hinterherlechzte – mochte sie auch noch so gut aussehen. Abgesehen davon spielte ein Typ wie Elliott – der nicht nur ein sehr attraktives Exemplar Mann war sondern auch eines, das über eine reiche Auswahl an schmachtenden Groupies verfügte – wohl kaum in Connys Liga. In einem Anflug von schlechtem Gewissen tippte Conny schnell eine Gute-Nacht-SMS an Christian.

Sie gähnte und fischte nach der TV-Fernbedienung. Ein bisschen seichte Berieselung vor dem Schlafen würde sie vielleicht von ihren kreisenden Gedanken ablenken und angenehm müde machen.

Als Conny aufwachte, lief der Fernseher noch. Sie schielte seitwärts auf Steffis Bett, das noch immer leer war. Conny setzte sich auf, nahm das Handy vom Nachttisch und schaute auf die Uhr. Schon zwei Uhr morgens! Die beiden hielten es aber lang auf der Party aus. Conny schlüpfte aus dem Bett und in die bereitstehenden Frottee-Pantinen. Müde schlurfte sie ins Bad, um sich einen Schluck Wasser zu holen, als sich die Tür öffnete und Steffi den Kopf hineinsteckte.

„Oh, du bist noch wach?"

„Nein, ich bin gerade noch einmal aufgewacht und wollte mir einen Schluck Wasser holen. Warst du bis gerade eben auf der Party oder seid ihr doch noch losgezogen?", entgegnete Conny.

„Wir waren bis gerade eben noch da. Es war tatsächlich noch sehr nett. Habe dann doch noch zwei Gläschen Sekt getrunken.

Erstens – sind wir doch mal realistisch – klappt es bestimmt sowieso wieder nicht und zweitens werden so viele Kinder im Vollsuff gezeugt, da werden zwei kleine Gläser Sekt über den Abend verteilt schon nicht großartig schaden." Steffi ließ sich auf die Bettkante fallen und streifte die Schuhe von den Füßen.

„Dein Cecil Elliott ist übrigens gar nicht so eingebildet. Das ist ein ganz netter Typ."

„Erstens ist es nicht *mein* Cecil Elliott", schnappte Conny, „und zweitens konnte ich das bei meiner peinlichen Stuntshow selbst feststellen."

Steffi lachte. „Stimmt. Das hatte ich schon wieder total vergessen. Siehst du, so peinlich war es gar nicht, sonst hätte ich es mir gemerkt. Sah witzig aus, wie du da plötzlich mitten in dem Jackenberg saßt."

„Fand ich auch irre witzig", knurrte Conny. „Es war schon vor meinem Slapstick-Auftritt unangenehm genug, aber jetzt wird es erst richtig blöd, wenn ich ihn dann doch mal persönlich kennen lerne."

„Du willst ihn doch kennen lernen?", fragte Steffi. „Find ich gut. Was hat denn diesen Sinneswandel ausgelöst?"

„Ich hatte doch heute dieses Vier-Augen-Gespräch mit René. Er hat ein paar Dinge gesagt, die mich zum Nachdenken gebraucht haben. Außerdem hat er mir vorgeschlagen, es mal mit einem Krimi oder Thriller zu versuchen – unter meinem eigenen Namen."

„Das klingt doch super!", fand Steffi. „René ist eigentlich auch weit weniger schrecklich als ich ihn mir vorgestellt habe. Ich hoffe, du bist nicht sauer, aber...äh..."

Conny hob die Augenbraue.

„...wir haben ihn quasi eingeladen, morgen mitzukommen, wenn wir feiern gehen", beendete Steffi ihren Satz und sah betreten zu Boden.

„Bitte sag mir, dass ihr nicht auch noch *ihn* eingeladen habt." Conny stemmte die Hände in die Hüften.

„Nein, nein", wehrte Steffi ab. „Cecil reist nach seiner Lesung und der Signierstunde morgen Nachmittag schon ab."

„Dem entnehme ich, dass ihr ihn gefragt habt", stellte Conny beleidigt fest.

„Ach Mensch, Conny. Die beiden waren halt super aufmerksam und charmant. Ich bin doch schon so lange verheiratet, da bin ich so etwas einfach nicht mehr gewohnt und...na ja, da habe ich mich eben hinreißen lassen zu fragen, ob sie morgen mitkommen wollen. Tut mir wirklich leid, Conny. Sei bitte nicht böse."

Conny lachte. „*Du* hast sie eingeladen? Ich hätte eher mit Kirsten gerechnet. Die ist aktuell derart auf Männerfang programmiert, dass ich ihr beinahe alles zutrauen würde."

„Ich war ziemlich erleichtert, dass Cecil letzten Endes abgelehnt hat", grinste Steffi. „Obwohl...vielleicht wäre das eine Gelegenheit für dich gewesen..."

„Nein", unterbrach sie Conny. „Nach meinem Auftritt gestern möchte ich lieber noch ein wenig Gras über die Sache wachsen lassen und ihn dann in aller Ruhe einmal treffen. Morgen möchte ich mich einfach mal wieder mit euch amüsieren und mich ausnahmsweise mal nicht zum Horst machen."

Steffi kicherte. „Du hast aber auch echt ein Talent für so etwas. Erst das mit dem Wasserglas, dann diese Miss Fitness-Geschichte und jetzt..."

„Moment mal", protestierte Conny lachend. „Die Carina-Geschichte ist ja wohl kaum meine Schuld."

„Na ja", gab Steffi zu bedenken. „Wenn du nicht versucht hättest, eine gute Nachbarin zu sein und so nett zu Barne gewesen wärst..."

„Na prima. Soll ich etwa lieber ins Lager der Leute wechseln, die nicht einmal die Namen ihrer Nachbarn kennen?" Conny schlüpfte wieder unter die Decke.

„Quatsch! Bleib bloß so wie du bist!" Steffi zog ihr Nachthemd aus dem Koffer und begann, sich umzuziehen.

„Aber du scheinst so etwas wirklich anzuziehen."

„Das ist wohl wahr", seufzte Conny und knautschte ihr Kissen zurecht. „Gute Nacht, Steffi."

Zum Mittagessen hatten sich Conny und ihre Freundinnen mit den Kollegen aus der Schule getroffen. Jetzt saß Conny auf einem Mäuerchen in der Nähe des Lesezelts, wickelte ein Eis am Stiel aus dem Papier und ließ sich die Oktobersonne ins Gesicht scheinen, während Steffi und Kirsten beschlossen hatten, sich noch einmal ins Gewühl zu stürzen. Zufrieden knackte Conny den Schokoladenmantel und beobachtete die vielen Menschen, die über den Platz zwischen den Hallen wuselten. Vor dem Signierzelt hatte sich bereits eine Schlange gebildet, und während sich Conny gerade noch fragte, für wen die Leute wohl dort anstanden, knackte es in den Lautsprechern und ein Moderator kündigte die Lesung dreier Autoren zum Thema Lust und Liebe an – darunter auch ein ihr allzu bekannter Name. Natürlich! Sie hatte sich keine weiteren Gedanken darüber gemacht, aber selbstverständlich las jemand wie Cecil Elliott nicht einfach am Stand. Schließlich war für seine Lesung ein größeres Publikum zu erwarten. Conny überlegte kurz, ob sie die Flucht ergreifen sollte, doch dann beschloss sie sitzenzubleiben und die Lesung aus der Ferne zu genießen. Der Platz vor dem Lesezelt füllte sich zusehends und auch die Schlange am Signierzelt wuchs. Conny beneidete die anderen beiden Autoren nicht darum, gemeinsam mit Elliott lesen zu müssen. Das war fast wie Vorband bei *Take That* zu sein.

Als Cecil schließlich begann, zu lesen, war es schon ein sehr seltsames Gefühl. Die Stimme, die aus den Lautsprechern zu ihr herüberwehte, war angenehm und irgendwie vertraut – so wie der Text, der vorgetragen wurde. An dieser Stelle hatte Conny besonders lange herumgefeilt und kannte sie beinahe auswendig. Es war beinahe surreal, dass sie hier saß und ihrem eigenen Werk lauschte, während dort die Menschen – überwiegend weiblichen Geschlechts – Schlange standen, um im Anschluss ein Autogramm von diesem Mann zu ergattern, der drinnen im Zelt gerade ihre Zeilen vortrug. Conny überlegte, was wohl geschehen würde, wenn sie sich an seiner Stelle ins Signierzelt setzte. Sie musste grinsen. Eigentlich war es doch gar nicht so schlecht, unerkannt hier sitzen, Eis schlecken und die Lesung genießen zu können.

Wann hatte man schon mal die Gelegenheit, in dieser Form Mäuschen spielen zu können?

Neugierig erhob sich Conny und schlenderte über den Platz. Sie hielt sich in Hörweite und flanierte langsam an der Schlange der Wartenden vorbei.

„...es kaum glauben, dass das ein Mann geschrieben hat, oder?", hörte Conny eine Dame mit braunem Lockenkopf sagen.

„Ich hab es ja normalerweise nicht so mit erotischer Literatur, aber die Bücher haben mich wirklich umgehauen. Der Mann weiß scheinbar ganz genau, was Frauen gern lesen möchten", fügte sie kichernd hinzu.

„Allerdings", pflichtete ihr eine korpulente Dame in einer violetten Jacke bei. „Und dabei sieht er auch noch so gut aus!"

„Tja, leider ist er unter Garantie schwul!", seufzte eine andere, die das Gespräch mit angehört hatte.

Conny konnte sich ein Grinsen nicht verkneifen.

„Ich war eigentlich bloß neugierig, was es mit dem ganzen Hype auf sich hat und habe mir das erste Buch von einer Kollegin ausgeliehen", hörte Conny, als sie ein paar Meter weiter an der Schlange vorbeigelaufen war. „Ich wollte wenigstens mitreden können und lästern. Tja und dann konnte ich das Buch überhaupt nicht mehr aus der Hand legen."

Die Frau war wesentlich jünger als Conny, vielleicht Mitte zwanzig. Conny fühlte sich extrem geschmeichelt.

„Cecil schreibt aber auch wirklich toll. Die Sprache, die Atmosphäre – gefällt mir einfach richtig gut", stimmte eine junge Frau mit Kurzhaarschnitt zu. „Und dann sieht der Typ auch noch so hammermäßig aus. Schon ein bisschen älteres Semester, aber immer noch extrem lecker!"

Ein warmes Gefühl breitete sich in Connys Bauch aus. Ob sie nun für Elliott schwärmten oder nicht, es war unglaublich, heimlich bei ihrer eigenen Fanbase hineinzuhören. Es versöhnte sie ein wenig mit dem Umstand, dass Elliott den Ruhm für ihre Arbeit erntete. Außerdem nahm sie sich in diesem Moment fest vor, Renés Vorschlag aufzugreifen und sich an einem Romantic Thriller zu versuchen – unter ihrem eigenen Namen. Vielleicht würde sie dann selbst eines Tages im Signierzelt sitzen.

Kapitel 21

Neue Freunde, neue Dates und neuer Schrecken

Sonntag am späten Nachmittag wuchtete Conny ihren Koffer die Treppen zu ihrer Wohnung hoch. Sie war schrecklich müde, obwohl sie fast die ganze Zugfahrt geschlafen hatte. Samstag war es recht spät geworden, das war sie einfach nicht mehr gewohnt. So war sie auch mit Steffi schon als eine der ersten ins Hotel aufgebrochen. Kirsten hatte richtig Gas gegeben und war überhaupt nicht totzukriegen gewesen. Dafür war sie aber auch auf der Rückfahrt im Zug ungewöhnlich schweigsam gewesen. Conny war bereits kurz hinter Friedberg eingeschlafen und erst über zwei Stunden später geweckt worden, als Steffi und sie in Hannover umsteigen mussten. Kirsten brauchte nicht auszusteigen, sie konnte direkt nach Hamburg durchfahren. Alles in allem war die Messe zwar anstrengend, aber trotzdem eine durchweg positive Erfahrung für Conny gewesen. Sie hatte sich mit dem Gedanken ausgesöhnt, nicht auf direktem Wege die Lorbeeren für ihre Bücher zu kassieren, hegte Hoffnungen, dass ihr Kinderbuchprojekt vielleicht doch angenommen würde und war mittlerweile Feuer und Flamme für Renés Idee, sich doch einmal außerhalb ihrer üblichen schriftstellerischen Gefilde zu probieren. In all dem Trubel war sie gar nicht dazu gekommen, ihre Kinder oder Christian großartig zu vermissen. Doch jetzt hatte der Sonntagsblues sie eingeholt. Der hatte sich früher immer bei Conny eingestellt, wenn sie am Wochenende mit Freunden aus gewesen war und dann am Sonntagnachmittag plötzlich wieder allein zuhause gesessen hatte. So ein abrupter Wechsel von turbulenter Geselligkeit zu besinnlicher Einsamkeit zuhause ließ bei ihr oft ein Gefühl von Leere und Verlassenheit entstehen, welches sich jedoch glücklicherweise schnell wieder legte.

Dennoch griff sie gleich nach dem Telefon, um ihren Bruder und die Kinder anzurufen und sie wissen zu lassen, dass sie die Kinder morgen am späten Nachmittag abholen würde. Als sie auflegte, bemerkte sie, dass der Anrufbeantworter blinkte. Sie drückte den Abspiel-Knopf und Kirstens Stimme ertönte. „Hi Süße. Ich weiß nicht, ob du schon zuhause bist. Ruf mich doch bitte zurück, ich muss dir dringend etwas erzählen." Conny fragte sich, was es so Dringendes gab und wählte Kirstens Nummer. Die Leitung war besetzt. Conny beschloss, später anzurufen und setzte sich an den Rechner, um ihre Mails zu checken.

Von:	c.meyer@schwarz+schimmel.de
Betreff:	Willkommen Zuhause!
Datum:	13.10.2013 14:24:38 MESZ
An:	c.mayer@schwarz+schimmel.de

Hallo Conny!

Wenn ich mich nicht irre, müsstest du heute aus Frankfurt zurückkommen. Zur Feier des Tages habe ich extra den PC meines Schwagers gekapert, um dir ein paar Zeilen zu schicken. Ich hoffe, du hattest eine tolle Zeit in Frankfurt und bin sehr gespannt, die Details von deinem Treffen mit Frau Jankowiak zu hören. Deine SMS klang ja zunächst mal ganz positiv. Ich würde mich sehr freuen, wenn es klappt. Und das nicht nur, weil ich so einen Auftrag zur Zeit wirklich gut gebrauchen könnte, sondern weil ich es kaum abwarten kann, dich besser kennen zu lernen und mit dir an diesem Projekt zu arbeiten.

Wir sollten wirklich möglichst bald unser verunglücktes Treffen nachholen. Wie wäre es denn bei dir übernächstes Wochenende? Also 25.-27. Oktober. Hättest du da irgendwann Zeit? Nächstes Wochenende bin ich leider schon verplant. Deine kurzen Messe-Impressionen klangen spannend. Ich freue mich schon darauf, mehr zu hören. Mein Verwandtenbesuch verläuft recht unspektakulär, war aber wirklich längst überfällig. Morgen geht es für mich auch wieder heimwärts. Vielleicht können wir morgen Abend telefonieren. Ich habe unsere Gespräche schon vermisst.

Ganz liebe Grüße
Christian
xxo

Conny lächelte. Er hatte sie vermisst. Das war ein gutes Gefühl. Sie warf einen Blick auf den Kalender. Übernächstes Wochenende hatten Torsten und Ela die Kinder.

Von:	c.mayer@schwarz+schimmel.de
Betreff:	Re: Willkommen Zuhause!
Datum:	13.10.2013 14:24:38 MESZ
An:	c.meyer@schwarz+schimmel.de

Hallo Christian!

Danke für deine liebe Mail. Das war eine schöne Überraschung. Die Messe war anstrengend, aber toll. Ich erzähle dir alles morgen Abend am Telefon. Ich muss bloß erst die Kinder ins Bett bringen, wie gehabt. Übernächstes Wochenende hätte ich auch Zeit, da sind die Kinder bei ihrem Vater. Am besten, wir machen dann am Telefon etwas aus. Meinst du, wir sollen es noch einmal mit dem Sai Gon versuchen, auch wenn es uns letztes Mal kein Glück gebracht hat? ;-)

Ganz liebe Grüße zurück, ich melde mich dann morgen.

Conny

xxxo

Conny hatte gerade den Laptop zugeklappt und wollte sich ins Schlafzimmer begeben, um ihren Koffer auszupacken, als es an der Tür klingelte. Verwundert ging Conny zur Tür und lugte durch den Spion. Draußen stand Carina. Was sie wohl von ihr wollte? Ein erneuter hysterischer Anfall passte Conny nach dem anstrengenden Wochenende jetzt überhaupt nicht in den Kram. Conny überlegte einen Moment, ob sie einfach so tun sollte, als sei sie nicht zuhause. Nachdem sie allerdings eben mit ihrem Koffer durchs Treppenhaus gepoltert war wie eine mittlere Elefantenherde, war ihre Ankunft sicher nicht unbemerkt geblieben. Conny straffte also die Schultern und öffnete die Tür.

Carina strahlte sie an. „Hallo Conny! Ich wollte nur kurz bei dir vorbeischauen, bevor ich wieder nach Bremen fahre."

Sie zog hinter ihrem Rücken einen kleinen Blumenstrauß hervor und streckte ihn Conny entgegen. „Hier, für dich. Du, könnte ich vielleicht kurz reinkommen? Ich hatte bisher ja noch keine Gelegenheit mich richtig bei dir zu entschuldigen."

„Klar. Äh. Komm rein. Ich bin gerade erst aus Frankfurt zurück." Conny machte eine einladende Geste mit dem Arm.

„Ich wollte das nicht im Flur besprechen", sagte Carina, nachdem sie sich auf der Wohnzimmercouch niedergelassen hatten. „Man weiß ja nie, wer da so mithört. Es ist ja doch eher privat."

„Möchtest du vielleicht etwas trinken?", fragte Conny.

„Nein, nein. Ich möchte dich auch überhaupt nicht lange stören", wehrte Carina ab. „Ich wollte mich bloß noch einmal bei dir für die Briefe entschuldigen. Überhaupt war ich wohl nicht besonders nett zu dir."

„Schon gut", beschwichtigte Conny, der solche Gespräche immer unangenehm waren. „Es ist ja nichts passiert. Wenn man verliebt ist, macht man schon mal Blödsinn."

„Du bist so furchtbar lieb!", rief Carina und in ihren Augen schimmerte es verräterisch. Conny hoffte, Carina würde nicht wieder in Tränen ausbrechen. Doch sie schien sich wieder gefangen zu haben. „Ich muss mich wirklich bei dir bedanken. Das Gespräch neulich hat mir ganz schön zu denken gegeben."

Carina hob die Hand vors Gesicht und ließ dabei ihre pink lackierten Finger spielen. An ihrem Ringfinger glänzte ein schlichter Goldring mit einem kleinen Stein.

„Barne und ich haben uns verlobt. Wir haben uns lange ausgesprochen. Ich werde mein Studio in Bremen einem Freund verkaufen und mir hier etwas Neues aufbauen."

„Warum zieht ihr nicht nach Hamburg?", wollte Conny wissen. Sie war sich nicht sicher, ob ihr der Gedanke behagte, Carina dauerhaft zur Nachbarin zu haben. „Ist es dir hier nicht zu provinziell?"

„Nein, überhaupt nicht!", verneinte Carina. „Außerdem hat eine Bekannte hier ein Studio eröffnet, in dem ich als Partnerin einsteigen könnte. Speziell auf Frauen zugeschnitten, mit Kinderbetreuungsmöglichkeit. Klingt doch toll, oder?"

Vor allem klang es nur allzu bekannt. Vermutlich würde sie sich in Steffis Fitness-Studio doch lieber nicht anmelden. Schließlich musste sie sich beim Training nicht unbedingt auch noch vom Anblick einer Vize-Miss-Fitness deprimieren lassen.

„In Hamburg gibt es auch zu viel Konkurrenz. Da ist es schwer, Fuß zu fassen. Und provinziell finde ich es hier auch nicht. Es gefällt mir hier eigentlich ganz gut. Außerdem kenne ich in Hamburg doch niemanden. Hier kenne ich wenigstens dich."

Carina machte eine Pause. „Ich weiß, wir hatten keinen besonders guten Start, aber vielleicht...vielleicht könntest du dir ja vorstellen, dass wir Freundinnen werden. Mir würde das jedenfalls gefallen."

Conny schaute betreten zu Boden.

„Äh, ja. Sicher, das wäre toll", log sie. Warum musste sie auch immer so verdammt nett sein? Jetzt hatte sie Miss Fitness an der Backe. Nun ja, vielleicht gewöhnte man sich ja auf die Dauer auch an sie, so wie an eine hässliche Tapete.

„Du bist einfach spitze. Dank dir!", rief Carina. Sie fiel Conny um den Hals und hüllte sie in eine Wolke von Jil Sander Sport. „Ich muss dann jetzt los. Wir sehen uns. Vielleicht können wir ja mal zusammen einen Kaffee trinken."

„Klar, gerne." Conny rang sich ein Lächeln ab und begleitete Carina zur Tür.

„Oh und falls es was wird mit meiner Beteiligung am Studio meiner Bekannten, bekommst du natürlich eine Gratis-VIP-Mitgliedschaft", fiel Carina noch ein, bevor sie ging.

Au Backe, was hatte sie sich da bloß eingebrockt? Conny war froh, dass sie kleine Kinder hatte, die sie jederzeit als Ausrede vorschieben konnte, wenn es ihr zu viel wurde. Wenn sie an Christian und ihre guten Vorsätze in Bezug auf die Optimierung ihrer Figur dachte, war eine Gratis-Mitgliedschaft im Fitness-Studio allerdings doch keine so schlechte Idee.

Conny rollte ihren Koffer ins Schlafzimmer, wo sie ihn aufs Bett hievte und öffnete, um ihn auszupacken. Dann fiel ihr ein, dass sie ja noch Kirsten zurückrufen sollte. Sie holte das Telefon aus dem Wohnzimmer und wählte Kirstens Nummer. Als das Freizeichen ertönte, klemmte sie das Telefon zwischen Schulter und Ohr und begann auszupacken.

„Behr?", meldete sich Kirsten.

„Hallo Süße. Entschuldige bitte, dass ich so spät zurückrufe, aber bei dir war erst besetzt und dann hatte ich eine unheimliche

Begegnung der dritten Art mit Carina. Sie und Barne haben sich anscheinend wieder versöhnt. Jetzt will sie ihn heiraten, hier her ziehen und unbedingt meine Freundin werden", erklärte Conny.

„Carina? Die durchgeknallte Fitness-Tante?", wunderte sich Kirsten.

„Genau die." Conny leerte den Beutel mit der Schmutzwäsche in den Wäschekorb.

„Ich dachte, die hätte dir Drohbriefe geschrieben, weil du ihr angeblich den Freund ausspannen wolltest. Und jetzt will sie mit dir befreundet sein?" Kirsten klang verwirrt.

„Frag nicht. In letzter Zeit passiert lauter so Zeug, wo ich nicht durchblicke", lachte Conny. „Du, ich kann auch nicht so lang quatschen. Ich bin extrem müde. Samstagnacht hat mir den Rest gegeben. Ich bin doch nichts mehr gewohnt. Aber es hat trotzdem irre Spaß gemacht, mal wieder mit euch um die Häuser zu ziehen."

Einen kurzen Augenblick war Schweigen in der Leitung.

„Wo wir gerade beim Thema sind...also...wegen der Messe. Ich muss dir da noch etwas erzählen, und ich fürchte, es wird dir nicht gefallen." Kirsten räusperte sich. „Es hat sich da unerwartet etwas ergeben. Hm. Nun ja, äh. Also, am Freitag, nachdem du gegangen bist...Steffi und ich waren ja noch eine Weile da und da ist...da hat sich...da habe ich..."

„Drucks nicht rum, Süße. Raus damit. Mit wem bist du in die Kiste ge..." Conny unterbrach sich. Sie ließ sich aufs Bett fallen. „Ach du heilige Scheiße! Bitte sag mir, dass es nicht der ist, der ich denke. Kirsten, ich hab dich lieb, aber ich flipp aus! Sag mir, dass es nicht *er* ist!! War ja klar, dass du dich von seinem guten Aussehen und ein bisschen Geschleime um den Finger wickeln lässt."

„Aber er war super nett und charmant, Conny. Und wir haben uns gleich auf Anhieb verstanden. Wir haben erstaunlich viel gemeinsam. Jetzt reg dich bitte nicht so auf. Du weißt doch, wie sehr ich mich danach sehne, endlich mal wieder jemand Besonderen in meinem Leben zu haben", versuchte Kirsten sie zu beruhigen. „Verdammt! Ich wusste, dass es keine gute Idee ist, so etwas am Telefon besprechen zu wollen. Pass auf. Morgen muss ich arbeiten. Ich habe einen 24-Stunden-Dienst und muss dann Dienstag, wenn ich nach Hause komme, erst einmal ein bisschen schlafen. Ich würde einfach Dienstagabend zu dir kommen, wenn dir das recht ist. Dann erzähle ich dir alles in Ruhe, okay?"

„Okay", brummte Conny in den Hörer. „Ich mache dann etwas zu essen. Nach dem Dienst hast du bestimmt Hunger."

„Das wäre super lieb, danke. Bis Dienstag, Süß! Sei bitte nicht so böse auf mich."

Auf den Schock hätte Conny sich am liebsten erst einmal einen Schnaps gegönnt. Doch erstens war Alkohol auch keine Lösung, und zweitens hatte sie keinen im Haus. Stattdessen rappelte sie sich auf, sortierte die restlichen Sachen aus dem Koffer und räumte sie zurück an ihren Platz. Obwohl es noch keine sechs Uhr war, hatte sie eigentlich vorgehabt, sich nach dem Aufräumen direkt ins Bett fallen zu lassen. Sie war total geschafft, aber nach dieser Mitteilung würde sie vermutlich ohnehin nicht einschlafen können. Sie beschloss, sich noch eine heiße Milch mit Honig zu gönnen. Vielleicht würde das ihre Nerven beruhigen.

Mit finsterer Miene tauchte Conny den kalten Löffel in die Milch um die Haut abzuschöpfen, die sie ungefähr genauso abartig fand wie den Gedanken, dass ihre beste Freundin anscheinend etwas mit diesem Cecil Elliott angefangen hatte. Schließlich war es zu erwarten, dass sie ihn jetzt auch in ihrem Privatleben ständig vor der Nase haben würde.

Aber sollte eine wirklich gute Freundschaft so etwas nicht aushalten? Sollte sie als gute Freundin Kirstens Glück nicht über die Animositäten zwischen ihr und Elliott stellen? Sie sollte sich für ihre Freundin freuen. Schließlich suchte die nun schon so lange nach jemandem, der sie glücklich machte. Und was, wenn es nun ausgerechnet Cecil Elliott sein sollte?

Conny fragte sich, warum es sie immer noch derart anfraß. Hatte sie nicht gerade beschlossen, ihr Kriegsbeil mit Elliott zu begraben? Nach ihrer missglückten Flucht von der Party hatte sie sich doch vorgenommen, den Kontakt zu suchen um diese Sache zwischen ihnen endgültig aufzuklären.

Conny trank den Rest ihrer Milch. Unten im Glas hatte sich der Honig gesammelt und der letzte Schluck war beinahe unerträglich süß. Entschlossen stand sie auf und räumte das Glas in die Spülmaschine. Vielleicht konnte der Honig ihr das, was sie jetzt tun musste ein wenig versüßen.

Sie ging zurück ins Schlafzimmer, wo das Telefon immer noch auf ihrem Bett lag. Nachdem sie noch einmal tief Luft geholt hatte, nahm sie es und wählte die Handynummer ihrer Lektorin.

„Conny, hallo!", grüßte Iris fröhlich. „War schön dich auf der Messe zu sehen. Ich hab jetzt endlich auch Feierabend. Wir sind schon dabei zusammenzupacken und gleich wird der Stand abgebaut. Was gibt es Wichtiges?"

„Entschuldige bitte, dass ich dich störe", begann Conny. „Aber ich dachte, ich bringe das hinter mich, bevor ich es mir anders überlege. Ich brauche dringend die Kontaktdaten für Cecil Elliott. Also, den richtigen Namen und eine Telefonnummer, unter der ich ihn erreichen kann."

„Warte, ich muss mir mal eben eine ruhige Ecke suchen." Es dauerte eine Weile, dann war Iris wieder zu hören. „So, hier kann ich ungestört reden. Also, was Cecils Kontaktdaten angeht, kann ich dir leider auch nicht weiterhelfen. Der Kontakt lief komplett über René und der ist schon losgefahren. Soweit ich weiß ist Cecil wohl ein alter Freund der Familie."

„Stimmt. Jetzt, wo du es sagst...René erwähnte, dass Cecil ein Studienkommilitone seines Bruders ist", erinnerte sich Conny.

„Seinen richtigen Namen kenne ich auch nicht. René hat ihn allen unter dem Pseudonym vorgestellt. Er wollte vermeiden, dass sich jemand aus Versehen verplappert", erklärte Iris. „Du kannst es natürlich unter der offiziellen Verlags-Email versuchen. Aber da kommt aktuell so viel Fanpost, das bearbeiten unsere neuen Praktikantinnen, genau wie den Facebook-Auftritt. Hin und wieder schaut er wohl auch mal selber rein, aber wahrscheinlich ist es besser, du wartest bis morgen und rufst René im Verlag an. Vormittags sind Konferenzen, aber am späten Nachmittag könntest du ihn erwischen."

„Alles klar, mache ich", sagte Conny. „Einen Tag wird es wohl auch noch warten können."

„Ach, Moment...mir fällt gerade ein – René ist noch unterwegs und erst am Donnerstag wieder im Verlag. Vielleicht versuchst du es auf dem Handy. Hast du seine Nummer?"

„Nein, nur seine Durchwahl im Verlag", entgegnete Conny.

„Hm...sei mir nicht böse, aber ich möchte die Handynummer jetzt nicht weitergeben, ohne ihn vorher gefragt zu haben", sagte Iris.

„Klar, versteh ich. Dann warte ich einfach, bis er zurück ist und frage ihn dann. Trotzdem vielen Dank, Iris. Und einen schönen Feierabend noch."

Enttäuscht legte Conny auf. Sie hoffte, dass ihr bis dahin weder die Entschlossenheit noch der Mut abhanden kommen würden.

Conny nahm die Wolldecke aus dem Sessel in der Ecke und ging damit ins Wohnzimmer. Es hatte keinen Sinn, sich jetzt ins Bett zu legen. Ihre Gedanken würden bloß unentwegt Karussell fahren und sie nicht zur Ruhe kommen lassen. Lieber würde sie sich auf die Couch kuscheln und sich einen Film anschauen.

Kapitel 22

Nicht verlobt im Morgengrauen

Conny stieg vom Pferd und lief auf das Gebäude am Horizont zu. Von irgendwoher drang eine Männerstimme an ihr Ohr, die etwas aus ihrem Buch vortrug. Von der Seite kam eine Palme in ihr Blickfeld gerollt, aus deren Blätterkrone Erika, die Energieberaterin auftauchte.

„Ich sehe eine Zeit des Umbruchs. Nichts ist wie es scheint." Conny versuchte, an Erika vorbeizukommen um das Gebäude zu erreichen.

„Eine schockierende Entdeckung oder eine Nachricht aus dem Freundeskreis kann dich aus der Bahn werfen."

„Entschuldigung, aber ich muss hier vorbei. Ich bin verabredet", versuchte es Conny.

„Du musst dich auf die Veränderungen einlassen", forderte Erika. Ihre Stimme dröhnte in Connys Ohren. „Da ist etwas, das du nicht ausleben kannst!"

„Ich muss jetzt wirklich vorbei!", rief Conny verzweifelt. „Ich muss da rein. Er wartet auf mich."

Erika lachte. Dabei sah sie plötzlich aus wie Herr Waldraff aus der Schule. Conny versuchte sich an ihrem Kollegen vorbei zu drängen, dann stürzte sie. Sie fiel und fiel und fiel.

„Christian!", schrie Conny und ruderte verzweifelt mit Armen und Beinen, doch nirgends fand sie Halt. Ein Sturm erstickte ihre Stimme. „Christian! Wo bist du?"

„Hier!", hörte sie Christians Stimme wie aus einem Telefonhörer. „Hier bin ich! Nimm meine Hand, Conny!"

Dann fühlte sie, wie eine kräftige Hand ihre eigene umschloss und sie nach oben gezogen wurde. Plötzlich blickte sie in ein paar stahlblaue Augen. „Da haben Sie aber Glück gehabt. Haben Sie sich verletzt?", fragte Christian.

Conny wollte sich in seine Arme werfen und ihn küssen, aber dann riss Christian den Mund auf und stieß einen langgezogenen schrillen Schrei aus, der in ein Klingeln überging. Conny wich einen Schritt zurück. Dann entfernte sich Christian wie an einem Band gezogen immer weiter von ihr und verschwand in der Dunkelheit, während das seltsame Klingeln immer noch in ihren Ohren schrillte.

Conny brauchte eine Weile um zu begreifen, dass sie geträumt und das Telefonklingeln sie geweckt hatte. Was hatte sie sich für einen Blödsinn zusammengeträumt? Wieso verfolgte dieser Elliott sie jetzt schon im Traum? Schlaftrunken rappelte sie sich vom Sofa hoch und rieb sich den schmerzenden Nacken. Sie hatte keine Ahnung, wie lange sie geschlafen hatte und warf einen Blick auf die Zeitanzeige des DVD-Players. Sechs Uhr morgens. Wer zum Geier rief um diese Zeit an?

Mit einem Schlag war Conny hellwach. Die Kinder! Bestimmt war irgendetwas mit den Kindern.

„Mayer?" Connys Herz klopfte wie verrückt.

„Conny?" hörte sie Anjas Stimme am anderen Ende. „Entschuldige bitte, dass ich dich wahrscheinlich aus dem Bett geworfen habe, aber ich musste einfach mit irgendjemandem sprechen, weil ich sonst durchdrehe."

„Ist was passiert?" Conny rieb sich die Augen.

„Nein. Ja, schon irgendwie. Ich bin nicht verlobt", stammelte Anja.

„Was? Natürlich bist du nicht verlobt. Und dafür schmeißt du mich aus dem Bett? Na ja..." Conny streckte die steifen Glieder „...von der Couch um genau zu sein."

„Ich dreh durch, Conny. Dirk war gestern da, und ich weiß noch gar nicht so recht, wie mir ist", begann Anja atemlos.

„Vielleicht fängst du einfach mal vorne an", schlug Conny vor. „Ich bin noch nicht ganz wach und verstehe ohnehin nur Bahnhof."

„Okay, also...gestern klingelte es, und da stand plötzlich Dirk vor der Tür mit einem riesigen Strauß Blumen. Er hat mir einen Nicht-Antrag gemacht."

„Einen was?" Conny setzte sich auf die Couch und stopfte sich ein Kissen in den Rücken.

„Er sagte, falls ich gehofft hätte zu verhindern, dass uns das Herz gebrochen würde, hätte es nichts genutzt. Es sei bereits viel zu spät und es würde ihn wahnsinnig machen, mich jeden Tag auf der Arbeit zu sehen und zu wissen, dass er mich nicht berühren oder küssen darf", erzählte Anja.

„Das ist ja total süß!", entfuhr es Conny.

„Und dann hat er sich hingekniet und mir hoch und heilig versprochen, dass er nicht erwartet, dass ich zu ihm ziehe – außer ich möchte es ganz unbedingt und dass er schwört, mich niemals im Leben zu fragen, ob ich ihn heiraten möchte", fuhr Anja fort. „Sollte ich jemals meine Meinung ändern, könne ich ja um seine Hand anhalten – er erwartet allerdings einen originellen und romantischen Antrag."

Conny lachte. Der Mann gefiel ihr immer besser.

„Und dann?"

„Äh...ja...und dann sind wir...haben wir...na ja, wir sind in der Kiste gelandet", erwiderte Anja. „Und es war bombastisch. Er ist gerade eben zur Tür raus. Er wollte vor der Arbeit noch nach Hause fahren. Und jetzt kommen mir Zweifel, ob das alles so richtig war."

„Hast du immer noch Angst?", wollte Conny wissen.

„Ein bisschen schon. Er meinte, wir lassen uns Zeit und dann soll ich seine Töchter erst einmal kennen lernen. Vielleicht gehen wir mal gemeinsam ins Kino oder so etwas. Er wird mich aber nicht drängen. Ich soll einfach Bescheid sagen, wenn ich mich dazu bereit fühle. Ich müsse dann eben akzeptieren, dass er öfter am Wochenende keine Zeit für mich hat. Aber das dürfte wohl kein Problem sein, wo wir uns ohnehin jeden Tag sehen."

„Das klingt doch vernünftig", fand Conny.

„Es fühlte sich auch richtig an. Er meinte, die Ehe sei offensichtlich auch nicht das Beziehungsmodell, das bei ihm erfolgreich funktioniert hätte, und an mir würde er gerade schätzen, dass ich nicht so bedürftig wirke und mein eigenes Ding mache. Vielleicht habe ich mich aber auch überrumpeln lassen. Er sagt, ich soll mir ruhig Zeit nehmen, alles sacken zu lassen und mir in Ruhe überlegen, wie es weitergehen soll."

„Ich finde, das hört sich alles sehr vielversprechend an. Das könnte doch genau das sein, wonach du gesucht hast. Findest du nicht?", fragte Conny.

„Ganz wohl ist mir bei dem Gedanken immer noch nicht, aber wahrscheinlich ist das Reflex", lachte Anja. „Du hast schon Recht. Wenn er das nicht nur gesagt hat, um mich umzustimmen, könnte es tatsächlich fast perfekt sein. Na ja, bis auf die Sache mit den Kindern. Da wird mir immer noch mulmig."

„Was ist schon perfekt?" Conny wickelte sich eine Haarsträhne um den Zeigefinger. „Ich glaube, dass du da mit der Zeit reinwachsen kannst. Schließlich hast du die Kinder nicht jeden Tag um die Ohren."

„Mach mir keine Angst", stöhnte Anja. „Du meinst also, ich sollte dem Ganzen eine Chance geben?"

„Ich meine überhaupt nichts", entgegnete Conny. „Aus solchen Entscheidungen halte ich mich lieber raus. Aber wenn ich das so höre, würde ich meinen, du hast dich schon längst entschieden."

Anja seufzte. „Ich fürchte, da hast du Recht."

„Das wird schon", ermutigte sie Conny. „Mach dir nicht so viele Gedanken."

„Entschuldige noch mal, dass ich dich so früh geweckt habe. Ich musste es bloß dringend jemandem erzählen, der mich versteht, sonst wäre ich geplatzt. Ich muss mich jetzt mal fertig machen und los zur Arbeit. Danke fürs Zuhören, Conny. Du bist die Beste!", sagte Anja.

„Schon okay. Dafür sind Freundinnen doch da", wehrte Conny ab. „Ich habe ein gutes Gefühl, was euch betrifft. Mach dir keinen Kopf und lass es einfach langsam angehen."

Conny setzte Kaffee auf und beschloss, wo sie nun schon einmal wach war, Brötchen zu holen und in Ruhe zu frühstücken. Draußen war es noch dunkel, als sie aus der Haustür trat. Der Herbst hatte eindeutig Einzug gehalten, und während sie fröstelnd den Reißverschluss ihrer Jacke bis unters Kinn zuzog, konnte sie kaum glauben, dass sie gestern noch mit einem Eis in der Sonne gesessen hatte. Fast schon bereute sie es, sich nicht noch einmal hingelegt zu haben, als sie im Dämmerlicht durch die feuchtkalte Herbstluft Richtung Bäckerei stapfte. Immerhin machte die Kälte den Kopf frei.

Es war schon skurril, was in den letzten Wochen so alles passiert war – allein gestern. Ein Date mit Christian am übernächsten Wochenende, Carina plötzlich erpicht darauf, ihre beste Freundin zu werden, Anja trotz aller Bedenken in einer festen Beziehung mit einem Mann, der Kinder hatte und Kirsten – auf dem Weg in eine Beziehung mit Cecil Elliott. Warum auch nicht? Wenn sie ehrlich war, hatte er einen sehr netten Eindruck gemacht und schien von nahem betrachtet lange nicht so arrogant und selbstverliebt, wie er in der Öffentlichkeit rüberkam. Was hatte Iris noch gesagt? Die Fanpost und der Facebook-Auftritt wurden überwiegend von den neuen Praktikantinnen betreut? Cecil Elliott war schließlich nur ein Kunst-Produkt. Es war anzunehmen, dass seine öffentliche Darstellung genauso wenig echt war wie der Typ selber. Außerdem sah er wirklich umwerfend aus. Vielleicht war er der Glücksgriff, auf den Kirsten jetzt so lange gewartet hatte. Was wäre Conny für eine Freundin, wenn sie es Kirsten nicht gönnen würde? Sie beschloss, sich ab sofort für ihre Freundin zu freuen. Außerdem würde sie, so schnell es ging, die Situation zwischen ihr und Cecil klären, um ihn möglichst unvoreingenommen kennenlernen zu können.

Vielleicht war sie selbst ja auch bald in einer glücklichen Beziehung. Übernächstes Wochenende würde es sich zeigen, ob Christian und sie die Feuertaufe überstehen und den Schritt von der virtuellen in die reale Welt machen konnten. Hoffentlich gefiel sie Christian, so wie sie war.

Es duftete herrlich, als sie die Bäckerei erreicht hatte. Sie kaufte zwei Brötchen und ein Vollkornbrot und machte sich wieder auf den Rückweg.

Warum machte sie sich eigentlich so einen Kopf darum? Wenn Christian sie plötzlich nicht mehr mochte, weil ihm ihre Optik nicht passte, war er wohl kaum der Traummann, für den sie ihn gehalten hatte. Und überhaupt – wer sagte denn, dass Christian ihr gefiel? Schließlich hatte sie auch nur ein völlig veraltetes, reichlich unscharfes Foto von ihm gesehen, das nicht mal zum Phantombild getaugt hätte, weil man sein Gesicht gar nicht richtig erkennen konnte. Wie er wohl aussah? Wenn seine Freunde nicht die sieben Zwerge waren, war er groß. Das gefiel ihr. Und er hatte dunkle Haare - soweit man der Farbgebung bei einem eingescannten Bild trauen konnte. Was für eine Augenfarbe er wohl hatte? Sie versuchte sich Christian vorzustellen. Groß, sportlich, dunkle Haare und wunderschöne, strahlend blaue Augen. Vor ihrem inneren Auge tauchte ein Bild auf. Eine keck in die Stirn fallende schwarze Haarsträhne, ein freundliches Lächeln, diese Wahnsinnsaugen und eine kräftige Hand, die sich nach ihr ausstreckte, um sie auf die Füße zu ziehen. Conny blieb unwillkürlich stehen und schüttelte den Kopf, um das Bild loszuwerden. Sie brauchte dringend einen starken Kaffee und sie musste aufhören, an diesen Kerl zu denken!

„Mamaa!", Adrian umschlang Connys Beine, ließ sie aber Sekunden später auch wieder los, um sie an der Hand ins Wohnzimmer zu zerren. „Schau mal, Onkel Guido hat mit mir ein voll tolles Flugzeug gebaut!"

Tobi zuckte lachend mit den Schultern und folgte den beiden ins Wohnzimmer, wo Leni vollkommen darin vertieft war, Schlappi ein Bilderbuch vorzulesen. Natürlich las sie nicht wirklich, sondern erfand ihren eigenen Text zu den Bildern.

Während Adrian Conny stolz umkreiste, sein Duplo-Flugzeug über den Kopf hielt und Flugzeuggeräusche machte, begrüßte Conny ihren Schwager Guido und streichelte Leni über ihr blondes Lockenköpfchen. Die Kleine sah kurz von ihrer Lektüre auf, schenkte Conny ein Lächeln und las dann in aller Seelenruhe weiter.

Conny hatte sich abgewöhnt, es als Kränkung zu empfinden, wenn ihre Kinder ihre Ankunft auch nach längerer Abwesenheit nur kurz registrierten und dann zur Tagesordnung übergingen.

Dafür war Leni einfach noch zu klein. Sie hatte einfach noch kein Verhältnis zu Zeit. Adrian begann langsam eine Vorstellung davon zu entwickeln, dass ein paar Tage etwas anderes waren als ein paar Stunden. Kinder lebten eben ganz im Hier und Jetzt. Manchmal fand Conny es schade, dass man sich diese beneidenswerte Fähigkeit als Erwachsener nicht bewahrte.

„Scheint ja, als hätte alles super geklappt", kommentierte Conny. „Ich hoffe, die beiden Racker haben sich benommen."

Inzwischen hatte Leni ihre Lesestunde beendet, Connys Hände ergriffen und hüpfte lachend und quietschend um Conny herum. „Mamiiiiiiii! Mammiimimimiiidididi!"

„Na klar!" Tobi gab sich Mühe, Leni zu übertönen. „Meistens jedenfalls. Bleibst du noch ein bisschen? Wir wollten Waffeln machen."

„Au jaaaaa! Waffeln!", rief Adrian.

„Ich glaube, das beantwortet wohl deine Frage", grinste Conny. „Aber für mich bitte keine Waffeln. Ich versuche gerade mal wieder ein bisschen vernünftiger zu essen."

„Wie du meinst, Schatz", sagte Guido. „Auch wenn du es wirklich nicht nötig hast. Du siehst toll aus."

„Danke, Guido. Ich sollte euch öfter besuchen. Du bist immer so gut für mein Ego." Conny lächelte.

„Hör auf ihn, Schwesterherz. Mein Mann hat meistens Recht", stimmte Tobi zu. „Und einen guten Geschmack."

„Meistens?" Guido stemmte die Hände in die Hüften.

„Gut, er hat immer Recht", verbesserte Tobi.

Zuhause versorgte Conny die Kinder mit Käsebroten und steckte sie dann in die Badewanne. Satt und sauber kuschelten sich die beiden anschließend mit Conny auf die Couch, um noch eine Gutenacht-Geschichte zu hören. Conny genoss diese Kuschelzeit mit ihren Kindern. Nachdem sie Adrian und Leni ins Bett gebracht hatte, ging Conny ins Wohnzimmer um Christian anzurufen.

„Hey! Schön, deine Stimme zu hören", freute sich Christian. „Wurde auch mal wieder Zeit, dass wir quatschen, finde ich."
„Da hast du Recht. Wie war dein Urlaub?", fragte Conny.
„Nicht besonders spannend. Dafür aber erholsam. Kurz zusammengefasst: lange schlafen, interessante Gespräche, gutes Essen, lange Spaziergänge, gemütliche Abende und leckeres Bier. Aber erzähl doch mal von der Messe!", entgegnete Christian.

Conny erzählte von ihrem Termin mit Frau Jankowiak. Dabei verschwieg sie allerdings, dass diese wegen der Illustrationen so zögerlich gewesen war.

„Jetzt müssen wir abwarten. Aber ich glaube, ihr hat es schon sehr gut gefallen. Fragt sich nur, ob das die Programmleitung ähnlich sieht."

„Sag mal, warst du eigentlich auf der Party vom Verlag?", wollte Christian wissen.

„Äh...woher weißt du...", begann Conny. „Ach so, klar. Du hast die Einladung ja auch bekommen. Ich vergesse ständig, dass du auch bei Schwarz & Schimmel bist. Ja, ich war kurz da."

„Und? Hab ich was verpasst? Erzähl doch mal", forderte Christian sie auf.

„Na ja, nicht direkt. Mal von den Freigetränken und dem tollen Buffet abgesehen", antwortete Conny.

„War dieser Elliot-Typ da? Den hab ich vorhin noch in einem Fernsehbericht über die Messe gesehen", fragte Christian.

„Äh...ja, der war auch da." Jetzt fing Christian auch schon an. Anscheinend kam man um den Kerl wirklich nicht mehr herum.

„Und? Hast du ihn persönlich kennen gelernt?" Conny hatte gehofft, er würde das Thema wechseln, aber anscheinend war auch Christian neugierig, wenn es um Prominente ging.

„Nein, ich habe ihn nur von Weitem gesehen", flunkerte Conny.

„Gefällt er dir denn, der George Clooney der Literaturszene?", feixte Christian. „Das stammt übrigens nicht von mir, das haben sie vorhin in dem Bericht gesagt. Scheint ja bei den Damen sehr gut anzukommen, der Typ."

„So toll ist er ja nun auch wieder nicht!" Conny war genervt.

„Aha. Nicht dein Typ?", neckte Christian.

„Jetzt hör doch mal mit diesem Kerl auf! Alle Welt scheint vollkommen verrückt geworden zu sein.", schnaubte Conny in den Hörer.

„Ist ja gut", beschwichtigte Christian. „Nun geh doch nicht gleich in die Luft, wenn man ein bisschen herumflachst."

„Entschuldige. Wahrscheinlich bin ich einfach ein bisschen müde", sagte Conny.

„Sehen wir uns denn übernächstes Wochenende?", lenkte Christian das Gespräch auf ein interessanteres und weniger heikles Thema. „Wollen wir es noch einmal mit dem Sai Gon probieren?"

„Gerne. Mein Schwager war neulich mit Kollegen dort und war total begeistert", stimmte Conny zu. „Sagen wir Samstag um 19 Uhr?"

„Gebongt. Und dieses Mal vergessen wir auch nicht das Erkennungszeichen", lachte Christian.

„Ich werde dann einfach nach der Sandkastenfee Ausschau halten", bestätigte Conny. „Und nach Prinz Christian."

Kapitel 23

Zucchinilasagne mit Geständnissen

Adrian und Leni sahen sich im Wohnzimmer eine Folge *Thomas und seine Freunde* an, während Conny in der Küche Zucchini-Quark-Lasagne und einen Tomatensalat zubereitete. Obwohl Conny wild entschlossen war, sich für Kirsten zu freuen und Cecil eine Chance zu geben, war ihr seltsam flau, wenn sie an das Gespräch mit ihrer Freundin dachte. Warum, das wusste sie selbst auch nicht so recht. Immerhin war die Katze bereits aus dem Sack, und sie hatte Zeit genug gehabt, sich an den Gedanken zu gewöhnen, dass sie ihr öffentliches Gesicht nun vermutlich auch privat öfter zu sehen bekam. Vielleicht machte sie die Tatsache nervös, dass diese Beziehung einen entscheidenden Einfluss auf ihre Freundschaft mit Kirsten haben konnte. Conny konnte die Male, bei denen sie mit Kirsten in Streit geraten war, locker an einer Hand abzählen. Und selbst bei den wenigen Meinungsverschiedenheiten, die sie gehabt hatten, war der Ärger im Nullkommanichts verraucht. Falls sich etwas Ernstes aus der Sache mit Cecil entwickelte, konnte Kirstens Beziehung zur ersten wirklichen Belastungsprobe für ihre Freundschaft werden. Wenn Conny und er es nicht schafften, miteinander klar zu kommen, würde es unweigerlich bedeuten, dass entweder die Beziehung oder ihre Freundschaft darunter zu leiden hatte. Und wenn Kirstens Beziehung daran scheiterte, dass sich ihr Freund und ihre beste Freundin nicht zusammenraufen konnten, wäre das sowieso das Ende der Freundschaft. Zumindest würde es nie wieder so werden wie früher. Conny musste sich also alle Mühe geben, nicht nur Cecil zu mögen – sie musste sich auch anstrengen, dass er sie mochte. Ihr Wutausbruch im Sai

Gon und ihr peinlicher Auftritt bei der Verlagsparty waren da eine verdammt schlechte Ausgangsposition. Sie konnte nur hoffen, dass Cecil nicht nachtragend war und eine gute Portion Humor besaß.

Außerdem musste sie dringend damit aufhören, ihn in ihre Träume einzubauen.

Conny schob die Auflaufform in den Ofen und stellte den Küchentimer. Dann setzte sie sich zu den Kindern ins Wohnzimmer. Ausnahmsweise durften sie noch eine Folge anschauen. Die Lasagne würde ohnehin noch eine Weile brauchen. Danach deckten sie gemeinsam den Tisch, als Kirsten klingelte.

„Hallo Süße. Na? Ausgeschlafen?", begrüßte Conny sie.

„Ja, aber nach dem Dienst bin ich trotzdem immer ziemlich daneben. Das wirft mich komplett aus meinem Rhythmus." Kirsten schnupperte. „Hmmm...das duftet aber bei dir."

Kirsten pellte sich aus dem Mantel und hängte ihn an einen freien Garderobenhaken.

„Kikiiii!", rief Leni, die einen Narren an Kirsten gefressen hatte und sich über ihre Besuche riesig freute. Adrian brauchte immer eine Weile um aufzutauen und war zurückhaltender.

Nachdem sie gegessen hatten und Conny die Kinder ins Bett gebracht hatte, holte sie zwei Flaschen Mixbier aus dem Kühlschrank und ging zu Kirsten ins Wohnzimmer.

„Ich hab dir mal ein Mädchenbier mitgebracht." Conny reichte ihrer Freundin die Flasche, auf der sich bereits ein Film feiner Kondenswasserperlen gebildet hatte.

„Als könntest du Gedanken lesen!" Kirsten lächelte und nahm die Flasche entgegen. „Ich hatte jetzt richtig Durst auf ein kühles Bier."

Conny setzte sich neben ihre Freundin auf die Couch.

„Bevor du irgendwas sagst", begann Conny und streckte Kirsten die Flasche zum Anstoßen entgegen. „Ich habe lange genug Zeit gehabt, darüber nachzudenken. Du bist meine beste Freundin und eine Freundin wie dich findet man nicht an jeder Straßenecke. Ich werde mich schon dran gewöhnen. Als gute Freundin sollte ich mich schließlich für dich freuen."

„Du bist süß! Ich heul gleich." Kirsten lächelte gerührt. „Ich bin total froh. Ich weiß ja, dass du deine Probleme mit ihm hast, aber wenn du ihn erst einmal besser kennst, versteht ihr euch bestimmt viel besser. Er ist wirklich nicht so ein übler Kerl. Du wirst schon sehen, wenn du ihm nur eine Chance gibst. Ich bin so happy, Conny."

„Das freut mich", sagte Conny. „Ehrlich."

„Eigentlich ist er ja viel zu jung für mich." Kirsten knibbelte am Etikett ihrer Bierflasche herum. „Aber er hat mich einfach total von den Socken gehauen und aus irgendwelchen unerfindlichen Gründen scheint er ganz verrückt nach mir zu sein."

„Nun hör aber auf!", protestierte Conny. „Erstens ist er doch gar nicht soooo viel jünger als du, und zweitens bist du eine tolle Frau. Warum sollte er also nicht auf dich fliegen?"

„Ach Conny, ich bin so froh, dass du nicht böse auf mich bist." Kirsten klang erleichtert. „Ich hatte so einen Bammel, es dir zu beichten."

„Du weißt doch, dass ich dir nie lange böse sein kann", grinste Conny. „Aber jetzt erzähl doch mal. Wie ist es überhaupt dazu gekommen?"

„Na ja, nachdem du schon weg warst, haben wir uns auf dieser Verlagsparty richtig gut unterhalten. Er war total charmant und aufmerksam, und wir haben extrem viele Gemeinsamkeiten entdeckt. Wir mögen die selben Bücher und Filme, träumen beide von einer Kreuzfahrt zum Nordkap, und in sehr vielen Dingen haben wir dieselben Ansichten. Es war einfach toll. Wir waren so ins Gespräch vertieft, dass wir die Party um uns herum gar nicht mehr wahrgenommen haben. Anschließend haben wir uns dann ein Taxi geteilt, weil er in dieselbe Richtung musste. Ich weiß gar nicht mehr so genau, wer eigentlich angefangen hat. Aber plötzlich haben wir uns geküsst und wild rumgemacht. Als wir dann an seinem Hotel angekommen waren, sind wir einfach gemeinsam ausgestiegen. Es war traumhaft. Am Samstag haben wir dann im Bett gelegen und ganz lang geredet und gekuschelt. Anschließend hatten wir noch echt heißen Sex unter der Dusche. Conny, da passt einfach alles! Ich glaube, er ist wirklich der Mann, auf den ich die ganze Zeit gewartet habe. Auch wenn ich mich noch nicht so ganz traue, mir zu viel Hoffnungen zu machen."

„Ach, deswegen kamst du zu spät zu unserem Mittagessen." Im Nachhinein verstand Conny einiges wesentlich besser. „Aber warum hast du mir denn nicht gleich erzählt, was passiert ist?"

„Ich wusste doch, dass du nicht so gut auf ihn zu sprechen bist", erklärte Kirsten. „Außerdem war ich mir nicht sicher, ob es nicht einfach nur ein One-Night-Stand war."

„Und jetzt bist du dir sicher?", wollte Conny wissen.

„Ja. Naja, sagen wir sicher*er*. Was ist in der Liebe schon wirklich sicher? Samstagnacht sind wir auch wieder gemeinsam nach Hause gefahren."

Conny runzelte die Stirn. „Samstag?"

Kirsten nickte. „Wir haben dann morgens darüber gesprochen. Also, was aus uns wird und was wir uns davon erwarten. Ich habe ihm von meinen Enttäuschungen erzählt, und dass ich gerne genau wissen möchte, woran ich bei ihm bin. René war total offen und ehrlich. Unterm Strich meinte er, dass er keine Garantien geben kann, aber dass er ein sehr gutes Gefühl hat, was uns betrifft. Er hofft auch, dass mehr daraus wird. Seitdem haben wir schon ein paar Mal telefoniert."

„Moment mal...René?", entfuhr es Conny. „René??? Wir sprechen die ganze Zeit von René????"

Kirsten schaute sie verdutzt an, bis Conny in schallendes Gelächter ausbrach. „Wieso? Was dachtest du denn?"

Conny machte ein paar Versuche, Kirsten zu antworten, brachte aber nur seltsame Grunzlaute und Glucksen zustande, weil sie von einem derart heftigen Lachkrampf geschüttelt wurde, dass sie kaum noch Luft bekam."

„Was denn?" Kirsten war irritiert. „Was denn? Conny? "

Schließlich hatte sich Conny so weit eingekriegt, dass sie wieder sprechen konnte.

„Ich dachte die ganze Zeit, wir sprechen von Cecil Elliott", keuchte sie atemlos und wischte sich die Tränen aus den Augen.

„Im Ernst, René?"

Jetzt musste Kirsten auch lachen. „Cecil Elliott? Wie kommst du denn auf so etwas? Wir haben doch von Anfang an ziemlich geflirtet, René und ich. Ich dachte, das hättest du geblickt."

„Nein." Conny schüttelte den Kopf. „Damit hätte ich jetzt nicht gerechnet. Ich war wohl auf der Party zu beschäftigt damit, mich zu blamieren."

„Und?" Kirsten schaute sie direkt an. „Du bist trotzdem nicht böse?"

Conny schüttelte den Kopf. „Nein, ich glaube nicht. René und ich hatten auf der Party doch dieses Vier-Augen-Gespräch. Das war eigentlich ganz okay. Ich glaube, wir haben eben einfach andere Ansichten, was Verlagsarbeit und die Rolle von Marketing angeht. Und wenn er dich glücklich macht..."

„Du glaubst gar nicht, wie erleichtert ich bin!" Kirsten drückte sie. „Jetzt kann ich mich erst richtig freuen."

Conny seufzte. „Nicht dass ich es euch nicht gönne, aber du und Anja glücklich verliebt, Steffi verheiratet und ich bleibe alleine übrig."

„So ein Quatsch!", protestierte Kirsten. „Du hast es eben ein bisschen schwerer, jemanden kennen zu lernen wegen der Kinder, aber du bleibst bestimmt nicht allein. Und außerdem hast du doch deinen Künstler. Wie heißt er noch mal?"

„Christian. Wer weiß. Vielleicht hat sich das übernächstes Wochenende schon wieder erledigt. Da wollen wir uns nämlich treffen. Wenn ich ihm nun nicht gefalle..." Conny nahm einen Schluck Bier.

„...dann ist er völlig blöd und hat Tomaten auf den Augen! Du bist eine erfolgreiche, interessante und schöne Frau. Aber einen Augenblick mal. Hab ich was verpasst? Du sagtest, Anja glücklich verliebt?", Kirsten schaute sie erwartungsvoll an. „Ich will Details!"

Conny erzählte von Anjas Nicht-Verlobung mit Dirk.

„Wie romantisch!", schwärmte Kirsten. „Süße, das müssen wir feiern. Lass uns doch am Samstag mal wieder zusammen auf den Swutsch gehen. Anja, Steffi, du und ich. Wir können dir doch auch noch was Nettes aufreißen. Dann hast du einen Plan B in der Hinterhand, falls das mit deinem Christian nichts wird."

Conny lachte. „Ich muss mal sehen, ob ich Tobi und Guido noch einmal zum Babysitten überreden kann. Wahrscheinlich haben sie nach der Woche mit Leni und Adri erst einmal genug."

„Ich dachte, die beiden wollen Kinder. Dann müssten sie doch für jede Gelegenheit zum Üben dankbar sein", grinste Kirsten.

„Im Gegenteil, man ist froh für jede freie Minute, die man noch genießen kann und jeden Morgen, den man noch ausschlafen kann. Aber ich werde sie fragen", versprach Conny.

Kapitel 24

Kiez, Cowgirls und Überraschungen

„Onkel Tobiii! Onkel Guido!" Adrian hüpfte begeistert im Flur auf und ab, und auch Leni ließ sich von ihrem Turmbau ablenken und kam aus dem Wohnzimmer gelaufen.

„Danke, dass ihr beiden noch einmal einspringen konntet." Conny umarmte ihren Bruder und ihren Schwager.

„Immer gerne, Conny." Tobi wirbelte Leni im Kreis herum und setzte sie wieder auf dem Boden ab. „Das sage ich nicht nur so. Du darfst es ruhig ernst nehmen."

„Ich auch! Ich auch!", rief Adrian und wurde ebenfalls durch die Luft gewirbelt.

„Am Kühlschrank ist ein Zettel mit den wichtigsten Telefonnummern. Das Essen für heute Abend steht im Kühlschrank. Ihr braucht es nur zu wärmen. Achtet bitte darauf, dass Adrian nicht immer die Socken auszieht. Er ist ohnehin schon erkältet", begann Conny das Kinder-Übergabeprotokoll abzuspulen. „Ach und Leni braucht zur Zeit vor dem Schlafengehen immer Nasentropfen, sonst wacht sie ständig auf, weil die Nase so zu sitzt und..."

„Hey, hol mal Luft", lachte Guido. „Wir schaffen das schon. Stimmt's, Adri? Mama soll mal ruhig losfahren."

„Wir schaffen das!", wiederholte Adrian mit wichtiger Miene.

„Hier, vergiss den Schlüssel nicht." Tobi warf seiner Schwester ein Schlüsselbund zu. Anja würde bei Kirsten übernachten, Steffi und sie konnten bei Tobi und Guido in Hamburg schlafen, die dafür über Nacht bei den Kindern in Connys Wohnung bleiben würden. Conny holte ihre Tasche aus dem Schlafzimmer, gab Adrian und Leni einen Gutenacht-Kuss und verabschiedete sich.

„Bis morgen. Ich schätze, ich bin so gegen zwölf wieder da."

Guido umarmte seine Schwägerin zum Abschied.

„Lass dir Zeit, Conny. Genieß deine kinderfreie Zeit. Wir haben hier alles im Griff. Viel Spaß mit deinen Mädels."

Immer wenn sie auf dem Kiez unterwegs waren, landeten die vier Freundinnen zwangsläufig irgendwann im *Murphy's*. Der urige Irish Pub war kaum größer als Connys Wohnzimmer und immer gut gefüllt. Doch sie hatten Glück. Gerade, als sie sich durch die Tür quetschten, verließ eine Gruppe junger Frauen mit Trillerpfeifen und pinkfarbenen Cowboyhüten im Polonaise-Schritt und unter wildem Gejohle ihren Stammplatz in der Ecke direkt am Fenster und zog Richtung Ausgang. Ohne eine Trillion Junggesellenabschiede beiderlei Geschlechts war der Kiezbesuch wohl einfach nicht komplett. Eine der Frauen hatte eine Kette um den Hals baumeln, an der zahlreiche kleine Schnapsfläschchen klimperten, die sie für 2 Euro das Stück feilbot. Conny kaufte der Braut aus Mitgefühl einen kleinen Feigling ab und drängelte sich dann zu ihren Freundinnen durch, die bereits den Tisch mit Beschlag belegt hatten. Sie stellte fest, dass sie ihr Gleichgewicht nicht mehr zu hundert Prozent unter Kontrolle hatte.

„Ich glaube ich bin dran. Was möchet ihr drinken?", brüllte Conny gegen den Kneipenlärm an. Vermutlich war auch ihre Aussprache schon einmal sicherer gewesen, dachte Conny. Steffi, die seit gestern – auch noch etwa eineinhalb Wochen zu früh – mal wieder „die Russen" zu Gast hatte und dementsprechend frustriert war, hatte ihre strikte Mineralwasser-Politik aufgegeben und bestellte ein Kilkenny, Kirsten und Anja Guinness. Conny wandte sich zum Tresen um, quetschte sich mit einem freundlichen „Scuse me", zwischen den beiden Herren in Manchester United-Trikots am Tresen durch, die sich mit starkem Akzent auf Englisch unterhielten, und bestellte die Getränke. Für sich selbst bestellte sie sicherheitshalber eine Cola. Schließlich war sie nichts mehr gewohnt.

„Are these for us, luv?", scherzte einer der beiden englischen Fußballfans, als der Barkeeper die Getränke auf den Tresen stellte. Conny schüttelte lachend den Kopf.

„Don't get any ideas!"

Sie stellte die Getränke auf dem Tisch ab und bekam einen Rippenstoß von Kirsten. Conny hatte in der Tat eine Schwäche für alles, was von den Britischen Inseln kam, Männer eingeschlossen, und der eine hatte gar nicht mal schlecht ausgesehen. Er hatte ein bisschen was von Colin Firth. Vielleicht war es aber auch nur der Alkohol. Conny fühlte, wie ihr jemand auf die Schulter tippte.

„You from round ere, luv?", nuschelte Colin Firth in ihr Ohr.

„Not really." Conny schüttelte den Kopf. „I live outside of Hamburg. It's about half an hour's drive."

Eine halbe Stunde, eine Cola und ein Bier später, verabschiedete sich Colin, der in Wirklichkeit Gary hieß und tatsächlich aus Manchester kam, um zur Toilette zu gehen. Wie Conny inzwischen wusste, arbeiteten die beiden bei Hapag Lloyd und waren geschäftlich in Hamburg. Gary mochte Fußball, Oasis und teilte Connys Begeisterung für *Midsomer Murders*, wie Inspektor Barnaby im Original hieß. Außerdem liebte er Frauen mit langen Haaren und fand, dass Conny sehr sinnliche Lippen und tolle braune Augen hatte. Sein Freund Stuart hatte sich irgendwann diskret aus dem Gespräch gezogen und war jetzt in eine Unterhaltung mit einer Rothaarigen auf der anderen Seite des Tresens vertieft. Conny gesellte sich wieder zu Steffi, Anja und Kirsten am Tisch hinter ihr.

„Na? Ich habe doch gesagt, wir reißen dir was auf", brüllte ihr Kirsten, auch längst alles andere als nüchtern, ins Ohr.

„Erzähl doch mal. Wie ist er?"

„Ganz nett so weit. Er macht mir ständig Komplimente. Der wäre sicher nicht abgeneigt", informierte sie Conny pflichtschuldig. Kirsten und Steffi reckten die Daumen in die Höhe, aber Conny schüttelte vehement den Kopf. Allerdings kam in diesem Moment Gary zurück und stellte sich zu ihnen an den Tisch. Als er sich kurz zum Tresen umdrehte, um noch ein Bier für sich und eine Cola für Conny zu bestellen, zog Kirsten fragend die Augenbrauen in die Höhe. Conny hob die linke Hand und deutete auf den Ringfinger. Kirsten mimte ein stummes „Ach so!" und nickte. Steffi grinste.

Er mochte ihn nicht tragen, aber ein geübtes Auge konnte den leichten Bikinistreifen erkennen, den der fehlende Ring am Finger hinterlassen hatte. Sicher nicht der geeignete Plan B. Aber für einen kleinen harmlosen Flirt vielleicht nicht schlecht.

Schließlich konnte Conny gerade ein bisschen Egopolitur gebrauchen, so kurz vor ihrem alles entscheidenden Zusammentreffen mit Christian.

Sie fischte ihr Handy aus der Tasche. In regelmäßigen Abständen kontrollierte sie, ob Tobi versucht hatte, sie zu erreichen. Auf dem Display fand sie eine Nachricht von Christian.

Hallo, meine süße Sandkastenfee! Wollte dir nur einen schönen Samstag wünschen. Bin mit Freunden unterwegs. Wünschte du wärst hier. Christian xxoxoxo

Conny musste lächeln. Das klang aber, als sei da noch jemand nicht mehr ganz nüchtern. Da sie ohnehin schon die ganze Zeit zur Toilette musste und bloß zu faul gewesen war, sich nach hinten durchzudrängeln, entschuldigte sie sich kurz und quetschte sich durch die Menge der Feiernden. Nachdem sie es trotz ihres leicht angeschlagenen Gleichgewichtssinns geschafft hatte, in Hockstellung ihre Blase zu entleeren, ohne dabei die versiffte Klobrille zu berühren, wusch sie sich die Hände und tippte schnell eine Antwort an Christian.

Witzig! Bin auch auf dem Swutsch. Sind auf dem Kiez unterwegs. Mädelsabend. Prinzen verboten. Vermisse dich aber auch. Conny xxxo

Conny legte das Handy kurz auf dem Waschbeckenrand ab, um noch einmal ihr Makeup zu überprüfen und die Lippen nachzuziehen. Sie erschrak, als es plötzlich vibrierte und schnappte es gerade noch auf, bevor es vom Waschbeckenrand gleiten und zu Boden fallen konnte.

Kiez. Cool. Wo seid ihr?
C. xxx

Murphy's
auch C. xxx

tippte Conny und drückte auf Senden. Im selben Augenblick dämmerte ihr, dass das vermutlich ein Fehler war. Sekunden später brummte das Handy erneut. Conny schaute aufs Display, auf dem nur zwei Worte zu lesen waren.

Thomas Read!!!

Conny stopfte das Handy hektisch zurück in die Tasche, als könne es jeden Augenblick explodieren, wenn sie es noch länger in der Hand hielt. Das Herz schlug ihr bis zum Hals. Es vibrierte erneut in ihrer Tasche. Sie wusste, was das bedeutete. Das *Thomas Read* war selbst in alkoholisiertem Zustand keine zehn Minuten

Fußweg von hier entfernt. Christian würde vorschlagen, dass sie dorthin weiterzogen. Das Thomas Read war Irish Pub und Disco in einem. Es lag nahe, dass sie dorthin umzogen, um weiter zu feiern. Das ging so nicht. Das hatte sie so nicht geplant. Darauf war sie nicht vorbereitet. Sie beschloss, so zu tun, als habe sie seine letzte SMS nicht gesehen.

Als sie die Toilette verließ und zurück in den Kneipenraum kam, war es dort noch voller geworden. Auf einem Barhocker am hinteren Ende hatte ein Live-Musiker Stellung bezogen und begann, Irish Folk-Klassiker zum Besten zu geben. Conny drängelte sich zum Tisch durch und ignorierte das Vibrieren in ihrer Hosentasche. Verflixt. Er versuchte sie anzurufen.

Kirsten schob Conny ihre Cola zu. Sie hatten sich angewöhnt, stets gegenseitig auf ihre Getränke aufzupassen, seit eine Bekannte von ihnen auf dem Kiez unangenehme Bekanntschaft mit K.O.-Tropfen gemacht hatte. Zum Glück hatte ihre Begleitung sie noch zum Taxi und nach Hause bringen können, bevor Schlimmeres passiert war, aber sie hatte sich kaum rühren können und eine Nacht und den halben Tag auf dem Toilettenfußboden verbracht. Grund genug, dass die Freundinnen aufeinander aufpassten. Conny trank das Glas auf Ex. Ihr Mund fühlte sich fürchterlich trocken an. Ihr Puls raste. Ohne gründliche Vorbereitung konnte sie Christian unmöglich treffen. Noch dazu in ihrem angetrunkenen Zustand.

Sie versuchte, so gut es ging die tickende Handy-Zeitbombe in ihrer Jeans-Tasche zu ignorieren und sich auf die Live-Musik und das Gespräch mit Gary und ihren Freundinnen zu konzentrieren.

Etwa eine Viertelstunde später kam Stuart zu ihnen an den Tisch. Er hatte die Rothaarige im Schlepptau und nach kurzem Palaver mit Gary fragte dieser Conny augenzwinkernd, ob sie nicht zu viert noch in einer ruhigere Kneipe umziehen wollten.

Conny lehnte dankend ab und blieb standhaft, obwohl Gary sich alle Mühe gab, sie umzustimmen. Auch wenn es verlockend war, sich mit Gary und Stuart in irgendeine kleine abgelegene Kneipe zu verziehen und sich dort vor Christian zu verstecken, wusste Conny, dass sie damit die vollkommen falschen Signale senden würde. Gary war wildentschlossen, sie heute Abend mit nach Hause zu nehmen. Das war vielleicht irgendwie schmeichelhaft, aber es entsprach nicht unbedingt Connys Vorstellung – und der von Garys Frau höchstwahrscheinlich noch viel weniger. Enttäuscht verabschiedete sich der Engländer und zog mit Stuart und der Rothaarigen ab.

Es vibrierte erneut in Connys Tasche. Sie beschloss es zu ignorieren, bis ihr plötzlich einfiel, dass es ja auch ein Anruf von Tobi sein konnte.

„Was ist los, Conny? Ist dir nicht gut?", fragte Steffi besorgt.

Conny zog das Handy aus der Tasche und schaute aufs Display.

Fünf verpasste Anrufe von Christian. Und drei Nachrichten.

Warum gehst du denn nicht ran? Mist. Warte, ich komm rüber.

Stehe jetzt draußen vorm Murphy's. Wo steckst du?

Mist, du weißt ja gar nicht wie ich aussehe. Habe gerade so einem Typen eine rote Rose abgekauft. Stehe immer noch draußen. Wo bist du?

Connys Herz schlug bis zum Hals. Nein, das ging nicht. Das war unmöglich. Sie konnte doch da jetzt nicht rausgehen.

„Was ist los? Ist was mit den Kindern?" Steffi legte ihr besorgt eine Hand auf die Schulter. „Du siehst aus, als hättest du ein Gespenst gesehen."

Wortlos legte Conny das Handy in die Tischmitte. Nachdem sich ihre Freundinnen der Reihe nach darüber gebeugt und die Nachrichten gelesen hatten, reckten sie neugierig die Hälse.

Es war schon weit nach Mitternacht und, angezogen von der Live-Musik und der späten Stunde, drängte sich inzwischen draußen eine Traube Menschen, die rauchend und mit Flaschen in der Hand auf dem Bürgersteig standen, so dass sie nichts erkennen konnten.

Kirsten schubste Conny Richtung Ausgang. „Los, raus mit dir! Der arme Kerl steht sich die Beine in den Bauch!"

„Kirsten, ich kann nicht...", versuchte Conny zu protestieren, aber jetzt drängten sie auch Anja und Steffi. Connys Blick fiel auf die Flasche Kleiner Feigling, die zwischen den halbleeren Gläsern auf dem Tisch stand. Entschlossen griff sie danach, klopfte damit auf den Tisch, schraubte den Deckel ab und stürzte den hochprozentigen Inhalt hinunter.

„Meinst du, das ist so eine gute Idee?", gab Steffi zu bedenken. „Du verträgst doch so ein Zeug nicht. Und schon gar nicht, wenn du auch noch durcheinander trinkst."

„Ich brauche aber jetzt was Stärkeres!", gab Conny zurück. „Sonst machen meine Nerven das nicht mit."

„Jetzt aber los. Dein Rosenkavalier wartet bestimmt nicht ewig", forderte Kirsten.

„Ist ja schon gut!" Conny fühlte sich wie vor der mündlichen Examensprüfung, als sie ihre Jacke schnappte und sich langsam Richtung Ausgang durchwühlte. Die Nachtluft kühlte ihre erhitzten Wangen, als sie aus dem vollgestopften Pub auf die Straße trat und sich vorsichtig umschaute.

Es war viel Partyvolk unterwegs. Johlende und grölende Grüppchen – überwiegend Männer – wankten die Straße entlang Richtung Hans-Albers-Platz, wo sie vermutlich entweder in eine der zahlreichen Kneipen oder in einen Sexclub verschwinden würden, oder sie bogen an der Ecke diskret links ab Richtung Herbertstraße. Conny bekam immer ein ungutes Gefühl in der Magengegend, wenn sie sah, wie viele Herren hier unterwegs waren, um die eine oder andere der netten Damen mit den kleidsamen Skianzügen aufzugabeln. Rein statistisch betrachtet konnten die nicht alle Singles sein. Manche Dinge wollte man lieber gar nicht so genau wissen.

Conny ließ ihren Blick über die Menschentraube vor dem Pub schweifen, konnte aber keinen einzelnen Herren mit einer Rose entdecken. Doch dann sah sie ihn. Er lehnte schräg gegenüber an der Wand neben der Astra Bar und betrachtete seine Fußspitzen. Er hatte wohl diesen Beobachtungsposten bezogen um den Eingang zum Murphy's im Blick zu behalten. Seine Körperhaltung ließ vermuten, dass er die Hoffnung aufgegeben hatte, dass Conny erscheinen würde. Die Rose baumelte kopfüber in seiner linken Hand. Er war groß und schlank und sein strubbeliges schwarzes Haar fiel ihm ins Gesicht, so dass Conny es nicht so genau sehen konnte. Conny machte zunächst einen unsicheren Schritt auf ihn zu, blieb dann plötzlich wie angewurzelt stehen und wäre am liebsten direkt wieder umgedreht und zurück ins Murphys gelaufen. Christian hatte den Blick gehoben.

Der Boden unter Connys Füßen schwankte, was – davon war Conny zumindest überzeugt – sicher nicht bloß am Alkohol lag. Sie starrte ungläubig über die Straße zu dem großen, schwarzhaarigen Mann, der mindestens ebenso verblüfft zu ihr herüberschaute. Er löste sich von der Wand und kam auf Conny zu. Doch noch bevor sie irgendetwas sagen konnte, ertönten schrille Trillerpfeifen und aufgeregtes Johlen, und die Junggesellinnentruppe mit den Cowboyhüten von früher am Abend – oder war es eine andere? – stürzte sich aufgeregt gestikulierend auf ihn. „Tschuldigung. Sind Sie nicht dieser...? Mensch, ich komm nich auf den Nahm", lallte eines der pinkfarbenen Cowgirls. „Der mit *Lippenbekenntnisse*", kam ihr ihre Freundin zur Hilfe.

„Jaaaaa. Genau", kreischte die erste und zog das T-Shirt hoch. „Wollen Sie meinen BH unterschreiben?"

Peinlich berührt wandte Christian den Blick von der rosa Spitzenwäsche ab und schaute verzweifelt zu Conny hinüber.

„Nein, ich bin nicht der, für den Sie mich halten!", protestierte er schwach und erreichte damit zumindest, dass die freizügige Dame ihre Brüste wieder bedeckte.

Conny stand immer noch wie angewurzelt am selben Fleck und sah zu, wie die reichlich angeheiterte Meute Christian dazu nötigte, wenigstens noch ein paar Erinnerungsfotos mit ihnen zu schießen.

Sie versuchte zu begreifen. Christian? *Das* war Christian? Christian war Cecil Elliott? Oder Cecil Elliott war Christian? Oder hatte Christian vielleicht einen bösen Zwilling, der Schauspieler war? Conny konnte überhaupt keinen klaren Gedanken fassen. Sie versuchte das Gewirr ihrer kreuz und quer feuernden Gedanken zu durchbrechen, um zu verstehen, was das bedeutete. Er hatte es die ganze Zeit über gewusst! Dieser Typ hatte sie monatelang zum Narren gehalten und sich dabei vermutlich köstlich amüsiert. Vielleicht war René mit von der Partie gewesen, und die beiden hatten sich vor Lachen über ihre E-Mails ausgeschüttet? Aber warum war davon am Telefon nichts zu merken gewesen? Und wieso hatte er die Scharade dann nicht schon früher auffliegen lassen? Warum hatte er sich unbedingt mit ihr treffen wollen? War das alles ein ausgeklügelter Plan um sie zu demütigen? Allerdings hatte Christian vorhin mindestens genauso überrascht ausgesehen wie sie. Entweder war er wirklich ein verdammt guter Schauspieler, oder er hatte selber nichts von all dem gewusst. Steckte vielleicht René dahinter? Conny kam einfach zu keinem befriedigenden Ergebnis. Die Puzzleteile schienen in keiner Weise zusammen zu passen. Außerdem war ihr reichlich schwindelig, und der kleine Feigling veranstaltete inzwischen in ihrem Magen seine eigene Party. Gerade als sie sich entschieden hatte, die Flucht zurück ins Murphy's und zu ihren Freundinnen anzutreten, wurde sie am Ellenbogen gefasst und weggezogen.

„Komm mit!"

Christian hatte sich inzwischen von seinem Fanclub losgerissen und zog die völlig verdatterte Conny mit sich Richtung Hans-Albers-Platz, wo sie etwas abseits von den lärmenden Nachtschwärmern hinter einem schwarzen Müllcontainer zum Stehen kamen.

„Conny?" Christian sah sie forschend an. „Oder heißt du in Wirklichkeit Carina?"

„Conny", brachte sie heraus.

„Conny", wiederholte Christian. Es war ihm anzusehen, dass auch bei ihm einige offene Fragen durch den Kopf spukten. „Dann warst das doch du. Die Frau, die mir das Wasser ins Gesicht gekippt hat. Und das auf der Buchmesse. Das warst du."

Conny nickte stumm und kämpfte gegen das flaue Gefühl in ihrem Magen.

„Aber...aber warum?" Christian schüttelte den Kopf. „Ich begreife das alles nicht."

„Ich war einfach so wütend, als René mir eröffnet hat, dass 15% von meinem Autorenanteil an Cec...an dich gehen! Ich mei-

ne, hast du denn überhaupt keinen Anstand und kein Schamgefühl? Du hältst dein Gesicht in jede Kamera, gibst Interviews, Autogramme, hältst Lesungen, posierst für Fotos mit irgendwelchen Girlies, die dir mit den Titten im Gesicht herumwedeln..."
Conny hatte sich in Rage geredet. Monatelang angestauter Frust brach sich mit aller Macht Bahn. „...dabei hast du nichts – aber auch gar nichts - dazu beigetragen! Außer, dass du so ein verdammter Schönling bist und alle Frauen ganz wild auf dich sind. Dabei habe ich nächtelang am Computer gesessen und mir Rückenschmerzen und Sehnenscheidenentzündungen geholt, mich mit Korrekturen und Überarbeitungen herumgeärgert und das alles noch neben den Kindern und dem blöden Job. Glaubst du, das war ein verdammtes Sonntags-Picknick? Meinst du, es macht Spaß, wenn man sich abrackert, um neben all dem noch Bücher zu schreiben? Und dann kommt so ein Lackaffe daher und heimst dafür das Lob, den Ruhm – und nicht zuletzt auch noch das Geld ein? Findest du das witzig?! Findest du das..."

Weiter kam Conny nicht, denn jetzt brach sich auch etwas anderes mit aller Macht Bahn, nämlich ihr Mageninhalt, dem die Aufregung und der ungewohnte Getränkemix überhaupt nicht gefallen wollten. Conny drehte sich zur Seite, stützte sich mit einer Hand an dem Müllcontainer ab und übergab sich mehrfach. Zum Glück gehörte das hier auf dem Kiez zum gewohnten Straßenbild. Während sie noch keuchend und würgend dastand, bemerkte sie die Hand in ihrem Nacken, die ihre Haare hinten zusammenhielt. Auch das noch. Als ob es nicht alles schon demütigend genug war. Jetzt hatte sie dem Typ auch noch quasi vor die

Füße gekotzt, während er ihre Haare aus dem Gesicht gehalten hatte.

Langsam drehte Conny sich zu ihm um. Sie mochte ihm nicht in die Augen sehen. Wenn sie sich in den vergangenen Monaten ausgemalt hatte, Cecil Elliott mal so richtig die Meinung zu sagen, waren es wesentlich würdevollere Szenarien gewesen. Kühl und überlegen hatte sie da gewirkt.

„Geht es wieder?" Christian hatte eine Packung Tempotücher aus der Tasche gezaubert und reichte Conny eines.

Conny nickte und quetschte ein leises „Danke" hervor.

„Pass auf, wir besorgen dir jetzt irgendwo eine große Flasche Wasser und machen einen kleinen Ausnüchterungsspaziergang. Dann können wir in aller Ruhe reden, okay?", schlug Christian vor.

Conny nickte und wischte sich noch einmal mit dem Taschentuch über den Mund. Sie blickte an sich herab und war erleichtert festzustellen, dass ihre Jeans keine Spritzer abbekommen hatte.

„Ich muss nur schnell den anderen Bescheid sagen", sagte sie. „Wo wollen wir denn hingehen?"

„Runter zum Hafen. Richtung Fischmarkt, denke ich", antwortete Christian. „Sag du deinen Mädels Bescheid, ich sehe, ob ich irgendwo eine Flasche Wasser für dich aufgetrieben bekomme. Wir treffen uns in zehn Minuten wieder vor dem Murphy's."

Tatsächlich hatte Christian dem Wirt in einer der umliegenden Kneipen eine Flasche Mineralwasser aus seinem persönlichen

Vorrat abschwatzen können. Conny wollte lieber nicht fragen, wie viel er dafür auf den Tisch gelegt hatte. Aber wenn sich Christian schon ihre 15% einstrich, konnte er gerne auch mal ein bisschen spendabel sein, fand sie.

Schweigend liefen sie nebeneinander her über den Hans-Albers-Platz, die Straße weiter runter und bogen irgendwann links in eine kleine Straße Richtung Hafen ab. Conny blieb immer wieder stehen, um einen Schluck aus der Wasserflasche zu nehmen. Eine Treppe führte hinunter zur Hafenstraße, der sie Richtung Fischmarkt folgten. Beide hingen ihren Gedanken nach, während sie, ohne ein Wort zu sagen, nebeneinander her liefen. Bald schon kam die Kuppel der Fischauktionshalle ins Blickfeld. Sie überquerten den Platz und liefen über die kleine Brücke zum vorgelagerten Fähranleger. Dort hockten sie sich jeder auf einen Poller und blickten noch eine ganze Weile schweigend zu den Verladekränen und beleuchteten Hafenanlagen hinüber, bis Christian schließlich den Mut fand, das Schweigen zu brechen.

„Wie fühlst du dich?", fragte er. „Ist dir noch schlecht?"

„Nein. Alles klar soweit." Conny schaute weiter hinaus aufs Wasser, in dessen Oberfläche sich die zahlreichen bunten Lichter des Hafens spiegelten. Aus den Augenwinkeln konnte sie sehen, dass Christian sich ihr zugewandt hatte und sie aufmerksam betrachtete.

„Jetzt noch einmal in Ruhe", sagte er schließlich. „Habe ich das gerade richtig verstanden? Du bist eigentlich Cecil Elliott? Das sind deine Bücher?"

Conny nickte und starrte weiter geradeaus. Irgendwie hatte sie Angst, ihn anzuschauen.

„Wow. Ich meine, ich hatte keine Ahnung!", staunte Christian. „Ehrlich nicht. Das war sowieso eine total vertrackte Geschichte. Ich dachte anfangs, es wäre ganz witzig. Ein harmloser Spaß. Dann plötzlich hat sich alles verselbstständigt, und ich kam aus der Nummer überhaupt nicht mehr raus."

Jetzt hatte Conny den Mut gefunden, sich zu ihm zu drehen. „Wieso hast du dich denn überhaupt darauf eingelassen?", wollte sie wissen.

„Das war so eine Schnapsidee. Ich bin sehr gut mit Pascal Schwarz befreundet – das ist Renés älterer Bruder. Wir haben zusammen studiert", erklärte Christian. „Wir haben abends mit René zusammengesessen. Er hatte gerade dieses Imprint übernommen, und wir haben über Marketing und Verkaufsstrategien gesprochen. Er hat uns erzählt, dass er gerade diesen erfolgreichen Erotikroman für Frauen im Programm hat. Er hatte diese Theorie, dass der sich viel besser verkaufen würde, wenn er von einem attraktiven Mann geschrieben worden wäre. Pascal hat dann herumgeflachst, er soll es doch einfach mal ausprobieren und für das Autorenfoto auf der Homepage und im Buchumschlag ein männliches Model anheuern. Es war eigentlich nur ein Scherz, aber wir haben die Idee dann weitergesponnen."

„Verstehe", sagte Conny knapp. „Und wie bist du dann ins Spiel gekommen?"

„Eine Zeit später rief René mich plötzlich an. Er hätte sich das alles noch einmal durch den Kopf gehen lassen und beschlossen, es wirklich einmal auszuprobieren. Ich habe ihn ausgelacht, aber er ließ nicht locker. Er fand, dass ich genau der Typ wäre, auf den seine Leserinnen stehen könnten, und außerdem könne er mir vertrauen. Er meinte, es sei einfach nur ein Experiment und es würde schließlich auch ein kleines Taschengeld für mich dabei herausspringen. Conny, du weißt, wie bitter nötig ich es im Moment gebrauchen kann. Außerdem hatte Pascal noch einen gut bei mir. Er war es schließlich, der mich ermutigt hat Ratgeber zu schreiben und sie bei seinem Vater einzureichen. Ich schwöre dir, als ich zugesagt habe, hätte ich niemals damit gerechnet, dass die Aktion so einen Erfolg haben würde und ich plötzlich mitten drin steckte in diesem Schmierentheater. Ich glaube nicht einmal René hat daran geglaubt, dass sein Plan wirklich derart erfolgreich aufgehen würde. Aber dann konnten wir doch unmöglich wieder zurück. Alle Welt dachte schließlich, ich sei Cecil Elliott. Alles auffliegen zu lassen, hätte René – und natürlich auch dem Verlag – das Genick brechen können. Das hätte ich ihm und vor allem seinem Vater niemals antun können. Ich hatte gehofft, der Hype wäre einfach irgendwann vorbei, und ich könnte wieder zur Tagesordnung übergehen."

„Dann hast du es nicht wegen des Geldes gemacht?", fragte Conny.

„Nicht nur. Conny, ich möchte ehrlich mit dir sein. Anfangs war es echt geil. Schnell verdientes Geld. Nachdem ich so lange verzweifelt nach einer Stelle gesucht und mich mit kleinen Jobs und Aufträgen gerade so über Wasser gehalten hatte, war das echt verlockend. Aber es fing an, mich wirklich zu nerven. Du glaubst nicht, wie gerne ich einfach nur wieder ich selbst wäre und mein ruhiges Leben zurück hätte." Er grinste. „Auch wenn die meisten Männer es sich bestimmt ziemlich cool vorstellen, wenn Frauen sich darum reißen, dass du ihnen die Brüste signierst. Für mich ist das nichts. Ich habe schon mit René darüber gesprochen. Wenn der ganze Rummel sich etwas gelegt hat, werde ich als Cecil Elliott meinen Rückzug ins Privatleben verkünden. Tut mir leid, dass ich dir auf die Art und Weise dein Pseudonym versaue, da wirst du dir wohl ein neues überlegen müssen."

„Danke, ich glaube, das nächste Buch schreibe ich unter meinem eigenen Namen." Conny konnte nicht anders. Sie musste ihn anlächeln. „Wenigstens weiß ich jetzt, warum du mich neulich am Telefon so über Cecil Elliott ausgefragt hast."

Christian nahm ihre Hand und drückte sie sanft. „Dann bist du nicht mehr sauer auf mich?"

Conny schüttelte den Kopf. „Nein, ich glaube nicht. Ich weiß auch gar nicht, ob ich es je wirklich war. Vielleicht war ich einfach nur wütend auf mich selbst. Dass ich nicht das Selbstbewusstsein hatte, Renés Vorschlag abzulehnen. Dass ich Angst hatte, ich würde keinen anderen Verlag finden, der meine Bücher herausbringen möchte. Vielleicht auch darüber, dass ich mich immer noch nicht getraut habe, den Schritt zu wagen und meinen Job in der Schule aufzugeben."

„Vielleicht solltest du das langsam ändern", fand Christian. „Du bist schließlich richtig erfolgreich. Du hast eine ganze Menge auf dem Kasten, Conny. Damit meine ich nicht nur deine

Bücher. Ich meine überhaupt. Schließlich habe ich dich in den vergangenen Monaten ein bisschen kennen lernen dürfen. Und ich hoffe, dass...", er ließ den Blick hinüber zu Dock 11 schweifen, während er aussah als suche er nach den richtigen Worten, „dass ich das auch fortsetzen darf. Du bist eine tolle Frau und wir haben so viel gemeinsam. Ich habe lange auf jemanden wie dich gewartet, Conny."

Er wandte sich ihr wieder zu. Conny wich seinem Blick aus. Er sah so unverschämt gut aus. Wildfremde Frauen streckten ihm ungefragt ihre Brüste entgegen. Und da interessierte er sich ausgerechnet für sie? Halt! Stop! Hatte sie nicht gerade selbst ausgesprochen, wozu es führte, wenn man nicht zu sich stehen konnte? Wenn man sich ständig klein machte und nicht den Mumm besaß, an sich selbst zu glauben? Conny wandte den Kopf und sah Christian direkt in die Augen. Die Lichter des Hafens spiegelten sich glitzernd in seinen Pupillen.

„Lass uns einfach so tun, als wäre das alles nicht passiert. Wir machen einen Strich drunter und schauen, wohin der Weg uns führt", sagte sie. Christian lächelte.

„Wir hatten nicht gerade den allerbesten Start, oder?"

Conny musste lachen. „Das kannst du wohl laut sagen."

„Aber wenn uns vielleicht später mal jemand fragt, wie wir uns kennen gelernt haben, ist das eine verdammt geile Geschichte, das musst du doch zugeben." Christian legte den Arm um Connys Schultern.

„Total unrealistisch", winkte Conny lachend ab. „So einen Mist würde ich nie schreiben. Aber mir fällt noch etwas ein, das ich immer noch nicht verstehe."

„Was denn?", wollte Christian wissen.

„Wenn wir uns wie geplant damals im Sai Gon getroffen hätten, hätte ich doch auch erfahren, wer du bist", sagte Conny.

„Das Risiko musste ich eingehen. Ich wollte dich unbedingt kennen lernen und hatte das Gefühl, ich kann dir vertrauen. Ich hatte geplant mit dir zu sprechen, dir alles in Ruhe zu erklären und dich zu bitten, Stillschweigen zu bewahren. Ich hatte ja keine Ahnung, dass ausgerechnet du die Autorin hinter den Cecil-Elliott-Büchern warst", erklärte Christian.

„Aber als ich dann unsere Verabredung per SMS abgesagt habe, hast du geschrieben, du wärest noch nicht dort gewesen", wunderte sich Conny.

„Ganz so uneitel, wie mein Freund Pascal glaubt, bin ich wohl doch nicht." Christian lächelte verschämt. „Ich war schon eine halbe Stunde zu früh dort, weil ich auf keinen Fall zu spät kommen wollte, und als du dann abgesagt hast, kam ich mir irgendwie blöd vor. Ich wollte eben nicht verzweifelt wirken. Also habe ich so getan, als wäre ich noch gar nicht dort angekommen."

Wieder schwiegen sie und blickten aufs Wasser hinaus. Diesmal war das Schweigen allerdings weit weniger unangenehm. Es hatte etwas Friedliches, Malerisches.

„Ich weiß, wir haben gerade beschlossen uns erst einmal besser kennen zu lernen", sagte Christian schließlich, „aber ich würde dich jetzt wirklich sehr gerne küssen."

„Aber ich hab doch gerade..." Conny ahmte pantomimisch ihr Missgeschick von vorher nach.

„Mir egal." Christian sah sie unverwandt an.

„Moment." Conny lächelte verlegen, schraubte die Wasserflasche auf, nahm einen großen Schluck und spülte sich noch einmal sorgfältig den Mund aus. „So."

Christian lachte leise. Dann legte er seine Lippen sanft auf ihre Stirn. Conny spürte, wie das Blut in ihre Wangen schoss.

„Oh, ich dachte du wolltest..."

Weiter kam sie nicht, denn Christian zog sie an sich, seine Lippen suchten ihre und öffneten sie mit sanftem Druck. Conny schloss die Augen. Wieder schien der Boden unter ihr zu schwanken – diesmal war sie sich allerdings sehr sicher, dass dieses Gefühl nicht vom Alkohol kam, ebenso wenig wie das Kribbeln in der Magengegend, das langsam durch ihren ganzen Körper ausstrahlte. Es fühlte sich an, als habe sie gerade ein ganzes Ameisenvolk verschluckt, das nun wild in ihrem Körper herumwuselte und nach einem Ausgang suchte.

Nach einer gefühlten Ewigkeit lösten sich seine Lippen von ihren.

„Ich dachte, ich wäre nicht dein Typ", feixte Christian und Conny knuffte ihn in die Seite. „Vielleicht sollten wir zurückgehen. Sonst melden dich deine Freundinnen noch vermisst."

„Gut dass du mich daran erinnerst. Meine Freundin Steffi und ich – die müsstest du sogar von der Messe kennen, stand bei Iris am Tisch - wollten zusammen bei meinem Bruder übernachten. Eigentlich habe ich für heute genug vom Kiez und würde am liebsten gleich ein Taxi nehmen, aber ich kann Steffi ja schlecht allein hier stehen lassen. Ich versuche sie mal eben zu erreichen." Conny holte ihr Handy aus der Tasche und wählte Steffis Nummer.

Ein paar Minuten später war alles geklärt. Steffi wollte noch eine Weile bleiben und würde später bei Kirsten übernachten.

Conny und Christian schlenderten Hand in Hand zurück zur Hafenstraße, um nach einem Taxi Ausschau zu halten. Christian musste ohnehin in den Osten Hamburgs, da lag St. Georg in etwa auf dem Weg.

„Möchtest du noch mit raufkommen?", fragte Conny, als sie vor dem Haus hielten.

Christian schüttelte den Kopf. „Nein. Nicht, dass ich nicht in Versuchung wäre. Ganz im Gegenteil. Aber ich glaube, wir sollten uns ein bisschen Zeit lassen. Ich habe ein sehr gutes Gefühl was uns betrifft und möchte ab jetzt wirklich alles richtig machen."

Kapitel 25
Frohes Neues Jahr

Anja schlug mit einem Löffel gegen ihr Sektglas. „Schön, dass ihr alle kommen konntet", sagte sie, als die Gespräche langsam verstummten. „Eigentlich hatte ich für dieses Silvester etwas anderes geplant. Ich wollte auf eine große Party gehen mit Drinks-Flatrate und Buffet. Noch vor ein paar Monaten wäre mir nicht in den Sinn gekommen, dass ich selbst eine große Party schmeißen würde und hätte euch für verrückt erklärt, wenn ihr mir erzählt hättet, wer dort zu Gast sein würde. Aber wie heißt es noch so schön? Unverhofft kommt oft. Daher möchte ich euch noch einmal danken, dass ihr zu unserer Nicht-Verlobungs-Silvester-Party gekommen seid, und wir gemeinsam in ein – für mich sicherlich sehr abenteuerliches – neues Jahr starten. Ich freue mich über neue Freunde", hier prostete sie zuerst Christian und René zu, dann Carina und Barne und schließlich Dirks Ex-Frau Sandra und den Teenie-Töchtern Larissa und Antonia. „Und ich freue mich über alte, die mir auch dieses Jahr die Treue gehalten haben. Auf euch alle!" Sie prostete Conny, Kirsten, Steffi und Arndt zu.

Es war in der Tat seltsam, was in den letzten Monaten alles passiert war. Kirsten schien in René endlich den Mann gefunden zu haben, der genau in ihr Leben passte. An Weihnachten waren sie zum Christmas Shopping nach New York geflogen und Kirsten strahlte selber wie eine Christbaumkerze. Carina war kurioserweise tatsächlich so etwas ähnliches wie eine Freundin geworden, auch wenn sie Conny mit ihrem Gesundheitsfimmel manchmal ganz schön auf den Geist gehen konnte. Steffi und Arndt hatten sich doch entschlossen, sich an eine Kinderwunschklinik zu wenden und hatten nach gründlichen Untersuchungen Grund zur Hoffnung, dass sich ihr Wunsch nun vielleicht doch mit einer recht unkomplizierten Hormonbehandlung und ohne den befürchteten IVF-Horror erfüllen lassen könnte.

Conny selbst war bis über beide Ohren verliebt in Christian, mit dem sie fieberhaft an ihrer Kinderbuchreihe arbeitete. Sie hatten kurz vor Weihnachten die Zusage vom Verlag bekommen. Das Schönste war, dass er ebenso verliebt in sie war und auch ihre Kinder ihn sehr gern hatten.

Außerdem hatte Conny tatsächlich begonnen, einen Thriller zu schreiben. Das Exposé lag gerade bei Iris auf dem Schreibtisch und wartete darauf, dass sie aus dem Weihnachtsurlaub zurückkehrte.

Die radikalste Veränderung war allerdings, dass Conny zum Schuljahresende gekündigt hatte. Ihr war immer noch ein wenig mulmig, wenn sie daran dachte. Doch sie war wild entschlossen, daran zu glauben, dass sie es schaffen konnte. Außerdem hatte Kirsten geflachst, dass sie schon dafür sorgen würde, dass Connys Bücher immer einen günstigen Programmplatz und jede Menge PR bekamen. Sie hatte schließlich einen guten Draht zum Chef.

Die vielleicht kurioseste Entwicklung von allen war, dass ihre Gastgeberin nun doch noch Teil einer ziemlich gut funktionierenden Patchwork-Familie geworden war. Sie war sogar in letzter Zeit erstaunlich oft in Begleitung zweier pubertierender Mädchen anzutreffen, die Papas neue Freundin total cool fanden, was wiederum Anja schmeichelte. Und solange die Verantwortung bei Sandra blieb und Anja die beiden jederzeit zu ihrer Mutter abschieben konnte, kam sie erstaunlich gut damit klar. Dirk ließ ihr offenbar genau das richtige Maß an Freiraum.

Manchmal war es einfach verrückt, wohin einen das Leben trug, wenn man es zuließ. Vielleicht landete man genau da, wo man immer schon hin wollte – vielleicht trieb es einen auch weit ab vom geplanten Kurs an völlig fremde Gestade. Doch das musste ja nicht immer das Schlechteste sein.

Dieses Buch ist auch erschienen als Ebook bei Forever by Ullstein.

http://www.forever-ullstein.de

Liebe Leser/innen!

Wenn euch dieser Ausflug in Connys Leben gefallen hat, könnt ihr auch mehr von Conny und ihren Freundinnen lesen. Mein zweiter Roman „Einmal, keinmal, immer wieder" ist ebenfalls als Ebook bei Forever by Ullstein erschienen und überall erhältlich, wo es Ebooks gibt. Ich plane auch, den Roman in einigen Monaten als Printausgabe zu veröffentlichen. Wer so lange nicht warten möchte, kann also gerne zum Ebook greifen.

Eure
Dorothea Stiller

Danksagungen

Gründe, dankbar zu sein, gibt es jede Menge und es gibt auch jede Menge Leute, denen ich viel verdanke.

An dieser Stelle sollen allerdings nur die genannt werden, die mir bei diesem Projekt mit Rat und Tat zur Seite standen.
Vielen Dank also an Medina, Corvinia, Michi und Mita und an das wahre Leben, das so viele Anregungen zu diesem Buch lieferte, dass ich aus dem Vollen schöpfen konnte.

Spezieller Dank gilt auch Susann Julieva, die mich davon überzeugt hat, dass ich die Print-Ausgabe selbst in Angriff nehmen soll.